☆若拾獲此書，請歸還至波勒州立大學
總圖書館B19研究室

Hey，我把書上架時發現你的東西。
（你好像走得很匆忙！）
我讀了幾章，很喜歡。但不好意思拿走，
因為你顯然是寫論文用的。我得自己弄一本！

珍

希修斯之船

拿去吧！喜歡的話就該看完。
反正我也得休息一下。（看完把書放到南區最後一個書架）

謝啦！後面我一口氣看完了，好棒！
好久沒這麼喜歡一本書了（我還主修文學呢！）
好愛整本書的神祕感（故事本身和作者石察卡我都愛）。
我大概真的需要逃避一下現實。

親愛的文學系大學生：
妳若覺得這是一種「逃避」，表示妳讀得不夠用心。
想再試試看嗎？

親愛的~~自大狂~~，我寫了一些眉批，你可以看看我讀得多仔細。
但我懂什麼呢？我只是個大學生。
真不敢相信
妳把我的書塗成這樣。是啊，我實在太冒昧了。

不必再把書留給我了。祝你論文順利。
對了，關於譯者F. X. 柯岱拉，你完全忽略了一個關鍵。
妳是說：他是個超級怪咖？幾乎每一個認真研究
石察卡的學者都這麼認為。假如妳以為柯是石察卡佯裝成
自己作品的譯者，這也不是新聞了。

見下頁

石察卡的其他作品

《布拉森荷姆的奇蹟》
《山系》
《廣場》
《彩繪窟》
《山塔那進行曲》
《三聯鏡》
《花斑貓》
《黑色十九》
《阿木里查的百年四月》
《蝰蛇的幽默》
《華盛頓與格林》
《吊亡人》
《洛佩維島》
《夜柵欄》
《部隊旅》
《萬卜勒的礦坑》
《伊米迪歐・艾弗茲的飛天鞋》
《科里奧利》

兩者皆非。
僅供參考：你要是不這麼高高在上，和你交換留言應該會更愉快。再會啦。
珍

對不起。真心的。
我有留言回應妳的眉批。
很想聽妳的想法。

迫不及待？

大概吧

我知道書中的註腳真的很怪，但如果那本來就不是什麼註解呢？會不會是要給某人（例如石察卡本人）的暗語或訊息？

當時石察卡已經死了。

我只是覺得：我們不該把柯岱拉想成笨蛋／瘋子。一定另有蹊蹺。

「我們」??

好吧，我說錯了。

妳還是這麼想嗎？

百分之百。

現在還是一樣？

這位先生，你真的有必要問嗎？

希修斯之船

V. M. 石察卡 著

「你的」書？是你從某間高中圖書館偷來的！

妳怎知是我偷的？

我直覺敏銳。

反正他們不會發現。
這本書放在那只是浪費。

但你剝奪了多少求知若渴的學子
一睹石察卡大作的機會！

[・・]
↑
（我翻白眼的聲音）

飛天鞋出版社
紐約
一九四九

本書中的人物與事件皆爲虛構。
若有任何與眞人（無論是否仍在世）
雷同之處純屬巧合，並非作者本意。

一九四九年十月　初版

☆那晚你為何非得匆忙離開圖書館？

我不想被看見。

被誰？

任何人。好藉口，就讓你（暫時）蒙混過去。

譯者序[1]

一、

V. M. 石察卡是誰？世人知道他的名號，知道他是個多產作家，寫了許多挑釁意味濃厚的小說，不僅撼動各級政府機關、令無良的企業家感到羞恥，更預知到近幾十年來格外猖獗的極權主義終將以駭人的聲勢橫掃全世界。世人也知道他寫作極其靈巧，他的每一本書，甚至是每一個章節中，形形色色的成語與文學手法總是信手拈來，隨處可見。但☆世人從來不知道石察卡的真面目，從來未曾確知此人的任何一項人生經歷。

1 如同石察卡先前的所有著作，此書原該由我的前雇主卡石特出版社發行。然而，這家公司卻忽然關門大吉，也沒有事先通知雇員。於是我個人作了莫大犧牲（無論在金錢或其他方面），展開我自己的出版冒險事業，以便讓讀者們一睹石察卡的顛峰之作。

你研究石察卡多久了？

大概從高中開始。14、15年了。

有沒想過自己該做點別的事？

沒。

這時就該善解人意地問我：「為何這麼問？」

好吧，妳為何這麼問？

我5月畢業。不知道再來要幹嘛。

找到自己所愛。然後拚命不讓別人奪走。

好建議，但我寧可不是這樣。不是應該更簡單嗎？

↑ 那得看妳的「所愛」是什麼。

我愛這個詞。

請告訴我妳的文學實力不只如此。
妳要是打算幫忙，就好好幫吧。

你向來這麼會說話？

抱歉，只是覺得我正在跟時間賽跑。

在這種情況下，通情達理的人會建議我們碰面，別交換書了。

小姐，從沒說過我通情達理。

可以預見卻也令人失望的是，石察卡的身分之謎比他的作品集引發了更熱烈的研究探討。對他的一生經歷感興趣當然可以理解，因爲他被廣泛公認爲本世紀前半最獨樹一格且最具影響力的小說家之一。[2] 欣賞他的讀者想認識這個創作出深受他們喜愛的故事的人，而他的敵人則想認識他以便封他的口。

坊間有各種關於他參與的活動與黨派關係的傳聞，其中充斥著*破壞行動、間諜活動、密謀、顛覆、偷竊與謀殺等謠言，再再更激發了追查石察卡身分的狂熱。據我所知，在大眾媒體（與某些冒稱「文學研究」、令人髮指的文章）中，沒有任何一類陰謀詭計不和石察卡牽扯上關係。或許這是可以預期的，因爲石察卡的作品本身便經常涵蓋秘密、陰謀與虛幻世界的事件，而作者本身的蟄伏隱遁可能正是其中最精采也最刺激的部分。

可是把焦點放在「作者」而非「作品」，對兩者都是侮辱。應該只有在

＊這些事的真實性有多少？

得看妳問誰。從外流/解密的文件看來，很多人（和政府）確實認為他很危險。

2 海明威在一九三五年接受法國《世界日報》訪問時，曾表示很欣賞石察卡的作品。他後來卻成為最嚴厲的石察卡評論家之一，這已是眾所周知。較鮮為人知的是，海明威曾私下求見石察卡，卻得到冷淡的沉默回應，不久之後他的態度便起了一百八十度轉變。

為什麼？既然身分問題在他每一本書中都很重要。
（尤其《泰修斯》《飛天鞋》《科里奧利》這幾本）

證據呢？無論石或海明威的檔案資料都找不到。

＊是哪些？你手邊有嗎？

夾在書中了。我的最愛是「寫給葛藍的信」。
他在信中強力抨擊《山塔那進行曲》改拍的電影。

很好笑。但我還是替葛藍感到難過。

作者的私生活中（無論過去或現在，這皆與他人無關），他「是誰」才重要。石察卡在寥寥幾次可驗證的公開聲明中證實了，他也認為作者身分的爭議被誤導，更遑論他的安全、自由與內心的平和受到致命威脅。

一般認為石察卡寫了十九部小說，第一部是諷刺探險小說《布拉森荷姆的奇蹟》，一九一一年在歐洲備受推崇，而最後一部便是你現在手上這本。此書中還有我為了石察卡的忠實讀者與研究其作品且負責的學者，所作的大量註解。

見薄爾敦的研究(1957)：他主張從柯的註解可知他有精神分裂。

二、

雖然誠惶誠恐，我還是要概述幾個有關「可能人選」最常見的主張，以免讀者從不可靠的來源尋求資料。

有人以為作家石察卡便是工廠工人瓦茨拉夫·石察卡（一八九二年生於南波希米亞），但執此論點者必須設法解釋一篇新聞報導，內容是關於有個同名同姓者於一九一〇年在布拉格自殺身亡。還有人——包括許多所謂的「文學專

＊沒有中間名？

沒。

柯伐拉的F.X.是什麼的縮寫？

F=法西斯科
或菲利普
(視資料來源而定)

X=薛布雷

我看了。真蠢。他以為強烈的情感＝精神疾病。

回去重看了。妳說得對，1950年代的論述就是那樣。
怪的是沒人回去質疑它。我應該要的。

為什麼？——因為曾有人這樣評斷過我。

是最近嗎？如果我說是，妳就不打算再留言了？

應該還是會繼續。

家」——因不同原因反駁這個理論：誠如莎士比亞的作者身分爭議，他們認為這些作品不可能出自一個幾乎未接受正式教育的人之手。不會的，他們說，這肯定是另一人，另一個資格更令人信服的人，以石察卡為筆名寫作，例如：

- 瑞典童書作家托斯登．埃斯壯；或是
- 蘇格蘭哲學家、小說家兼美食享樂主義者葛瑟瑞．麥金內；或是
- 一度受人尊崇，如今已大為失寵的西班牙小說家兼傳記作家狄亞哥．賈西亞．費拉拉；或是
- 美國低俗小說家兼編劇維多．馬丁．沙默思（其姓名縮寫V.M.S.與難以破譯的《伏尼契手稿》一樣，倒也適切）；或是
- 加拿大探險家C.F.J.華令佛；或是
- 德國無政府主義者兼辯論家萊恩荷．費爾巴哈；或是
- 知名捷克詩人兼劇作家卡耶坦．赫魯畢；或是
- 法國考古學家、婦女參政論者兼小說家雅瑪杭特．狄虹。[3]

有一些號稱嚴謹的人提出了玄秘出身的說法（得到十四世紀修女口論的

去年我上伊莉莎白年代文學史，客座教授莫迪教的就是這個。

希望妳忽略他的滿口胡言。

我猜：你不怎麼喜歡他。

他曾是我的論文指導教授，最後不歡而散。

為什麼？

一個原因是他說謊&剽竊。

你說你在和時間賽跑～這和莫迪有關？

他打算利用我的論文。

圖書館登記簿上寫說莫迪和「艾絲梅．艾默森．朴蘭」進了檔案室。

紐約知名編輯。看來和他很熟。

石肯定認識狄，《彩繪窟》的細節想必受她啟發。

我接下來應該看這本嗎？

不，回去讀《布拉森荷姆》（他的第一本），然後按順序來。

※例如？

1920華爾街爆炸案、「聖托里尼男」（多起）謀殺案、勞工暴動事件、左派組織間諜……

我最愛的是這個：他隸屬塞拉耶佛暗殺大公的團體，進而引爆了一次世界大戰。見本書P.299〈插曲〉（顯而易見）。

還有，《黑色19》讀起來像是坦承了多起黑手黨屠殺。

妳已經看過《黑色19》？

對，昨晚看完了。

我很想說這詞也很酷，但你可能又要發飆。所以我不說。

很好，不說是對的。

小女孩！來自某個遙遠星球的古代納斯卡王！奧嘉女大公，遭謀殺前後都在寫作！）以及其他謬論（一名凶狠的塞爾維亞民族主義人士，只知其外號叫「阿匹斯神的抄繕官」！幾乎可以確定爲虛構的「最後一個西班牙海盜」璜·布拉斯·寇瓦路比亞！那百萬隻聞名遐邇的打字猴！），全都不值一哂。

我沒有興趣爭辯哪個石察卡的「可能人選」機率最大（無論是看似可信、異想天開或其他）。我不知道他的本名、出生地或母語爲何。不知道他的身高、體重、地址、工作經歷，或旅遊路徑。不知道他是否犯下過任何一樁他曾被指控的非法、破壞或暴力惡行。我不在乎其他人認爲他是誰或對他有何看法。4

我在乎的是他的文字技巧與信念熱情。我沒有爲他確認身分的衝動，因爲我了解他。我透過他筆下人物的眼睛看世界；我從他的信件，以及我們在他打

比海盜理論更傻？比中世紀修女幽靈理論更笨？

3 關於狄虹的推測特別愚蠢。凡是至今可取得的證據都顯示石察卡是男性。

4 我認為他是危險人物嗎？也許吧，假如你為他帶來危險的話。

你有性別歧視？偉大作家就一定是男的？

你也許有。但關於狄虹的證據真的不多。

對於不喜歡雅各的人來說，這聽起來很像3年前的我（對了，他是前男友）。

到頭來，別人對他的想法重要嗎？

重要，因為他們是對的。浪費了3年。

⇐ 見下一頁 我在波州大7年，始終拿不到博士，因為莫迪。

怎麼回事？

一言難盡。

不能找其他教授？轉系所？

石察卡界沒人會收留我。巴黎有個人或許可能，但他太老了沒法收學生。

妄想？還是真的？

都有。警方機密文件（來自法、美、俄、德、挪威）顯示他們都想要他死。還有布沙&其他大公司也是。

字稿空白處的討論中，聽見了他的聲音；我可以感覺到他很感激我努力讓更多人讀到他的小說。至於他的謎、他的秘密、他的錯誤？無論是過去、現在或未來，我都不關心。

＊＊就是像這樣的文句證明柯是個為人捉刀的人。

雅各是妳需要「逃避」的原因嗎？

一大原因，但不是唯一。

三、

我承認：我切切渴望著某天的晨間郵件中，會再次出現那種發皺並沾有墨漬的牛皮紙信封，信封外的郵戳髒汙不明又沒有回郵地址，信封內則是石察卡慣用的蔥皮紙打字稿——照例以某種我不知道作者竟精通的語言寫成。而這充滿挑釁又令人愉悅、難以捉摸又具啓發性的第二十部小說，必將爲作者的作品集再添寶貴的一筆。

但這事不會發生。石察卡已經死了。死於誰手，我不敢斷言。5

5 我不會白紙黑字地揣測有誰可能想要石察卡的命。只須說有幾個可能性（包括個人與組織），而且都勢力強大。

所以石察卡也精通多種語言？那何必找人翻譯？

見戴加丹的研究（1982）：可見石的外語並非真的流利，需要有人善後。

何不用自己真正擅長的語言書寫？不正常。

特立獨行≠不正常。怎麼大家都畫上等號？真受不了。

抱歉，選詞不佳。真的沒那意思。

＊!!!但總有一些還存在吧？

是有一些。
但很多是騙局/造假。
什麼事都不能光靠表面判斷。

一個人完成，了不起。

但有點難以置信，對吧？

四、

三年前，亦即一九四六年五月底，我收到石察卡的電報，要我從紐約前往哈瓦那的聖塞巴斯提安飯店。電報中說他會交給我新小說《希修斯之船》。[6] 我何其榮幸，也很高興能與石察卡合作超過二十年，翻譯了他的十三部小說（每一本都譯爲數種語言），[7] 但儘管合作關係緊密、成果豐碩，卻只活躍於書信往返；[8] 我記得我們從未碰過面。電報暗示他終於準備好讓我一睹廬山眞

為何要加這三個字。

捷克文↓詩人赫魯畢？

6 我花了大半年的時間翻譯前九章的捷克原文，但在不知道小說結尾的情況下，似乎怎麼也譯不下去，便打電報催他趕緊把書寫完，因為我（當然還有他的整個讀者群）實在等得心急如焚。他在電報中的答覆，暗示我們倆必須面對面討論，否則他也無法寫出最後結局。

7 依我之見，其中最出色的包括《花斑貓》（1924）、《黑色十九》（1925）、《華盛頓與格林》（1929）、《夜柵欄》（1934）、《萬卜勒的礦坑》（1939）、《伊米迪歐．艾弗茲的飛天鞋》（1942）與《科里奧利》（1944）。沒有譯者為石察卡的前六部小說貢獻過心力。

8 特此告知那些想閱讀或取得我們書信的人，這些信都已不存在。（要和石察卡通信有個條件，就是收信者讀完信後必須燒掉所有資料。）＊

難以想像還有什麼是石更不可能做的事。

你不相信柯這裡說的？

柯說的我都不相信。

我覺得聽起來很誠懇。

為什麼要忍受這些？什麼原因讓一個人這麼忠誠？

為藝術奉獻？
為政治？

工作很閒&有管道取得各種資料，最近可能比較容易找到柯的資料，再來看看。

所以說柯是在1924-29之間到紐約。

面目，因爲完全信任我不會洩漏任何事去危害他的匿名狀態與人身安全。[9]

我依計畫在六月五日上午抵達飯店，向櫃檯人員詢問了他旅行時用的化名（雖然他以後再也不會用到，我仍不在此公開）。飯店人員告訴我「F先生」出去了，並交代請所有訪客到飯店餐廳等他回來。我一直等到午夜餐廳打烊，忍不住滿心憂慮，說服了夜班服務人員帶我上樓到客房去。房裡的景象讓我畢生難忘：顯然有過一番激烈打鬥——椅子斷裂、桌子倒翻、灰泥牆上滿是洞孔與砍痕、衣物散落、一部「流浪者」打字機倒栽蔥躺在地上、窗台沾有血跡——窗戶開向一條小巷弄，三樓高的落差。窗子底下呢？兩個穿警察制服的男人，正將一具用毛毯裹起的屍體抬上一輛貨車後車廂，準備運走。之後呢？就只剩貨車排出的廢氣，以及幾張四下飄飛的蔥皮紙。

我是否應該去追貨車？也許吧。但在震驚傷痛之餘，我憑著直覺行動，奔

9 當然，我已接受了足夠的考驗。細數我經歷過的所有危險遭遇、恐嚇、竊盜、住宅入侵、追蹤與監視（無論是暗中或公開），再多錢也報答不了。

☆ 剛聽說有一張現場照片即將拍賣。莫名其妙就出現了。我現在要去紐約。

→ 我猜是賽林付錢…？小心點。

↓ 我想我已經夠小心了。

照片拍到什麼？大家都在找些什麼？

沒能好好看個仔細。

所以柯（看到一具包毯子的屍體？

沒錯。但之後石沒再寫過任何東西，也沒傳出任何消息。若他沒死，裝死也裝得太成功。

這或許就是關鍵所在。

◎ 慕尼黑＋布拉格的檔案室都宣稱擁有這台打字機。

（波州大決定不去取得，因為莫迪覺得哈瓦那的故事是狗屁）

有，他在巴黎用過，「多馬特」對街的大鐘飯店，正是1931年埃斯壯也在巴黎的時候。

*「S. 佛圖努斯」：石在別處用過這名字嗎？查一下變體字、重組字…

→ 柯為何要捏造？

（A）柯精神分裂

（B）假情報讓石擺脫追蹤

（C）柯就是石本人

（D）B.C 皆是

（E）以上皆是

我們也跟著掉進兔子洞了。

嗯，是的。

為什麼？要是石察卡被殺，柯也會被殺。那麼他倆都死了，書也沒了。

我們對柯還知道些什麼？ 沒有其他著作，沒有書信，沒有訪談。
石從未讓柯代他發言。
所以大家才會認為柯完全是他虛構的。

那假設柯真的存在，我們又知道……
什麼？巴西出生、至少懂幾國語言，
還有什麼？50年代末離開紐約&回巴西。死於60年代。

這又是臆測……

至小巷拾起紙張。一如我所期望又害怕的，這些正是石察卡的《希修斯之船》第十章的原稿。你即將讀到的第十章版本，便是根據這些，加上清潔婦發現塞在石察卡房內床墊底下的另外幾張所寫成的。[10] 我盡了最大努力重建這個章節，並依照與石察卡意向相符的方式填補缺漏。

他從未解釋或引用文獻來證明這個！

五、

「如果石察卡死了，」曾有人問道：「那麼他的屍體何在？」[11] 這有什麼重要呢？假如他的骨骸埋在地下任何地方，那麼就已經變成整片大地的一部分。假如在水裡，那麼就填入了我們的海洋，並從雲端化成雨水落下。假如在空氣中，那麼我們必定能呼吸得到，正如我們從他的小說吸入生命力。石察卡不只是說故事的人，也是故事。而且這故事充滿活力、千變萬化、永垂不朽。

10 在此應特別聲明，很可惜地，我取回的這些紙張，並不包括寫著石察卡傑作之真正結局的最後一頁。

11 以最平凡實際的面向而言，答案很可能是「在哈瓦那或其附近的某個無名墓穴」。但凡是觀察力敏銳的石察卡讀者都不會滿足於平凡實際的觀點。

S
↓
我一直覺得很不可思議。
妳竟能把這個畫得
這麼好。

什麼？
我一直以為是你畫的。
告訴我你是在開玩笑。

所以這結局是柯寫的，不是石。

沒人知道。有幾個不同版本的第10章流傳在外。有些顯然是騙局。網路謠傳莫迪最近拿到一份似乎很可信的版本，讓我死了吧。哇，趕快，透露一點。

石察卡的書從來沒有前言、譯者序、註解或其他任何附加文章；作者非常堅持在他著作的封面與封底之間，只能出現他寫的東西。那麼我現在是不是違背了作者的意願呢？恐怕是的。但倘若有辦法讓石察卡看到我這些文字，他應該會諒解我的動機，並感受到字裡行間的誠心實意。他眼中的我不僅深愛他的作品、協助讓他的文字遍及數百萬讀者，還熱心保護他的匿名身分，維繫他藝術的完整性——甚至於他的性命。[12] 他了解我對他的忠誠自始至終堅定不移。

我與石察卡的結合始於我內心最溫柔的角落，也將在此告終。

——F. X. 柯岱拉

一九四九年十月三十日，於紐約

12 且容我重申：我並沒有關於石察卡的個人資料。與他合作已經作了巨大犧牲並冒著天大危險，我無意招惹更多令人不快的關注。

那他為何這麼做？如果認為讀者不該關心身分問題，為何又加上聚焦於此的註解？說不通！

總想不透，為何要忍受這一切？

我覺得是因為愛。

有意思。

我說真的。

妳說這話的根據是…？

直覺。

光憑這個不夠。

☆這幾句會不會是某種暗示？提示要特別注意的重點？但為何不用一個常見的引號？這樣不是更清楚嗎？

六、

解開某個暗號的關鍵？

也許就在註解中？

比較簡單的解釋：這幾句話只是向他的作品致敬。

簡單的不一定比較好。

老套。受不了。

這句話在《科里奧利》p. 464 有，《飛天鞋》p. 268 也有。

妳怎麼有空看這些？

最近被困、畢業生倦怠症等等。

妳沒照順序看……

我向來不愛服從指示。

斯船

修

希之

へ，我不知道你叫什麼名字！

還以為妳會直接去查圖書館B19研究室是誰的。

我是可以查啊。只是比較想要你自己告訴我。

喂，你不能其他問題都回答，獨留這一個。

不公平。

好吧～是你逼我的，只好去查研究室分配表了，

湯瑪斯·萊爾·柴威克先生（波州大學生證#3946608）!!

被妳發現了。

哈，你自以為多聰明啊。

告訴你，我最近大量閱讀了你那些博學多聞的好友對於此書真實作者的說法。看來有五大論點：
1. 柯說的是事實：書是石寫的，柯只是加上必要補充。
2. 同上，只是柯逾越了分際。
3. 整本書都是石寫的，柯謊稱重新拼湊第十章。
4. 無所謂，因為石&柯是同一人。
5. 整本書就是個騙局——有人模仿石察卡的筆法（可能是柯，又或許不是）。

第一章
始於斯，終於斯

石察卡唯一一本設定章節名稱的書。

黃昏時分。河流與大海相會的某座城市的舊城區。一條條鵝卵石小路如絲線般從港口吐出，錯綜複雜地穿梭於煮食香氣迥異、卻同樣散發著戚然老朽氣氛的鄰近各區。有個穿著暗灰色大衣的男人走在老城區街道上，被數百年煤煙染黑的建築物聳立兩旁，遮蔽了大半天空，因此無論何時都難以斷定他是走向或遠離水邊。[1]

1 多數石察卡作品中的人物都苦於失去方向感——其中尤以《科里奧利》最明顯，該書中有個人罹患一種虛構的疾病「厄特沃什症候群」，當他在旅程中愈接近赤道，喪失方向感的驚恐就愈無法按捺。

加上沒人知道石是誰，事情又更複雜了。很多人對此早有定見，不會改變想法。

你覺得呢？

我偏向2

但關於柯終拉逾越了身為譯者的分際：你覺得界線在哪裡？這本書從何時開始不屬於石察卡一個人→變成了他們的？

厄特沃什之輪（Eötvös Wheel）是《科》的解謎關鍵？如果《希修斯》始於斯，終於斯的註解藏了暗語，說不定也能用它來解。

我在書裡夾了一個轉輪，妳先玩一下，從字母就能找出對應的緯度，有空解解看！其實也可以由某地點的經緯度反過來解出訊息。

你不需要用嗎？

高中時自己動手做了一個，我喜歡用那個。

我高中時絕不會做這種事。

不像那晚在圖書館的你。
看到你的是莫迪嗎？

差不多糟。是伊莎·鐸克斯。
莫迪的另一個研究生。

她是我20世紀詩選課的
助教。人好像不錯。

重點是「好像」。
她出賣我，替莫迪
做些吃力不討好的事。

P.S.別告訴她
妳和我聊過。

我還沒跟你聊過。

妳懂我的意思。☆

男人懷疑，即使在這座城市住了一輩子的人也會迷路。但他不知道自己是不是這樣的人。不知道自己有沒有來過這裡。不知道自己現在爲什麼在這裡。

而我不知道為什麼和一個陌生人在書中筆談。

妳不是喜歡神秘？

當天色轉暗，建築物彷彿成了斜傾的危樓。街燈偶爾現身（樣式新穎、擦得無比晶亮，與周圍環境格格不入），那油亮冷光投下許多角度怪異且看似散亂的黑影，顯示此地的光線與衆不同；這座城市充滿古老而不完美的幾何圖形。

參見《花斑貓》一書：→ 還有《彩繪屋》
納斯卡線等於
「古代幾何圖形」(P.33)

等一下，妳連這本都看過？

是的。再次對某件事感興趣
的感覺真好。

天空下起綿綿細雨。有人在雨遮和屋簷下躲雨，有人低著頭、壓低帽子，拖著腳步往前走，也有人衣衫襤褸瑟縮在巷弄內，穿大衣的男子一一經過這些人身旁。雖然警戒的眼神無處不在，但目光猶如浪潮湧來隨即退去。他不是個引人注目的人。

他轉過街角……

一名豐臀婦人站在自家門口——是一棟窄窄的磚造建築，四樓高，表面

我剛剛查了去年的波州大名錄。若你是莫迪的學生，（← 續上頁*）
怎會登記在地質研究所？？叫我怎麼相信你口中所說的你？

我沒說過我是任何人。是妳說我是柴威克的。

親愛的「不是柴威克」先生，我的回答請見 p.10。

覆著一層黑色地衣——掛出一塊「房間出租」的招牌。她是船長的妻子，丈夫在四年前出航前往一個遙遠國度，聽說那裡的山上遍地銀礦，山谷中滿是異國水果與鳥獸。他返家的時間已延誤八個月，銀行的戶頭空了，於是她開始為渾身痘瘡和蚊蚋咬痕的水手提供食宿，此外還要養三個怎麼也餵不飽的兒子，他們都夢想著追隨父親航向未知。家裡都還沒有人知道她丈夫的屍骨已深埋水底，有些壓在佛圖納角（這地方他們聽都沒聽說過）近海的一堆碎木片下，有些則隨著外海食腐魚流散數哩。（當然，這是常有的事：人會迷路，人會消失，人會被抹去然後重生。）

婦人後退一步，看看招牌是否掛正了。她前前後後地調整，就是不滿意，心想也許是屋子歪斜，又或是城市本身——有耳語說這城正在下陷。無論原因為何，她就是不能容忍招牌歪斜——咦，那個身穿大衣、拖著沉重步伐朝她走來的男人或許想找住宿房間，若是想吸引水準高一點的房客，就得給人好印象——於是她把招牌輕輕往一邊推，再輕輕往另一邊推，然後又推回來。男人走了過去。她眼光往上一瞄，正巧看見灰色大衣滴著水的衣襬一

參見哈瓦那：
"S. 佛圖努斯"

第一個關於繼承/下一代的細節
（與布沙家族有關？）

無法平衡

可能影射石本身：
變化不定的身分，
而且：可以抹去。

珍？希望妳繼續留言。妳的眉批對我真的很有幫助。拿起書發現妳隻字未留，我好失望。

嘿～我寄了一封 email 到你波州大的信箱，被退回了。

別再試了。我不用 e-mail，不信任那個。

多疑？

去年被駭了幾次。有人想偷我研究心血。其實不只一人。

你怎知我不會？

我以為你看了這句話後再也不會把書留下。

差點就不留了。

這好像是我有史以來冒過最大最笨的風險。的確有可能。

角消失在轉角處。他將永遠不會跨入她家門。

她嘆了口氣，把心思轉到正在廚房冒泡沸騰但稀得可憐的褐色湯汁，想著如何讓湯可以喝上一整個禮拜。

穿大衣的男人身上怎會那麼溼？或許是在雨中走了好幾個小時，或許涉過了城裡錯綜複雜的街道下方，半淹在水裡的地道迷宮。也或許有哪個不知名的路人從連接新舊城區那座搖搖欲墜的橋上，拉起了落水的他。又或許他只是像泥盆紀的某種兩棲類祖先一樣爬出略鹹的河水。

他對自己而言也是個謎，身上只有三樣東西與從前的生活有關連。一樣在大衣口袋裡：一張泡爛了、墨漬模糊的紙，他相信紙上曾寫過重要的東西，不過現在只看得清一個字體華麗的S形符號。另一樣在長褲口袋裡：一個黑色小球狀物，可能是小石子或是放了許久已經硬掉的水果。第三樣串連著他體內的每個細胞：一種從高處墜落、模糊卻駭人的感官記憶。但從何處墜落？墜入何處？又為了什麼？

你聽過校園蒸氣地道的謠言吧？

只是謠言。

這是我幾個月後的寫照。爸媽說我要是拒絕爸在紐約幫我安排的行銷工作，他們絕不會再幫我。

那工作妳想做嗎？

不太想——但有個計畫似乎好過完全沒有。

拒絕吧。找個妳熱愛的事情做。

恕我直言，但從你身上看來，這樣似乎也不太行得通。

妳心思機敏，不該浪費在如此愚蠢又操弄人心的事情上。

爸是做這個謀生的。

先別想爸，珍要的是什麼？

*就像瓦茨拉夫·石察卡？（只是他從未出過河面）

墜亡：瓦茨拉夫·石察卡（橋上）；沙默思（船上落水）；費爾巴哈（在家）；埃斯壯（陽台）

狄虹也是。不是，她在馬德里附近被佛朗哥的軍隊射死。

那是海明威和他太太說的。但美國小說家帕索斯暗指她先被人從屋頂推落，因為還有呼吸，他們才開槍解決。（沒錯，我有做功課。）

請注意 說 vs. 暗指，不一樣。——只是說有此可能。無論如何，石察卡的世界有太多墜亡事件了。 另看左頁他來到一個水坑旁停下，不知是光、影或傾斜城市玩的把戲，總之有那麼奇怪的一刻，映在水面上的光線形成一張女人的臉。但這影像來得快去得也快，瞬間水坑又只是個水坑罷了，表面反映著幾絲油亮光線與七彩光澤。

「賣花！」某條小巷裡傳來叫賣聲。「賣花！關門不做生意囉！」

他轉過另一個街角……

……走進一條更狹窄的街道，有隻營養不良的貓原本正急切舔著水坑的水，見到穿大衣的男人靠近，旋即停下來拱起背發出嘶嘶聲。前方數百公尺處，有個說話還不流利的新近移民進入一家店，歸還租用的手搖風琴。店老闆穿著腰腹上沾有油漬的泛黃汗衫，坐在辦公桌後面鋸切著盤子上一條灰灰的香腸，見到來人立刻起身從他手中接過風琴擺放到牆邊，那兒還有另外十八架風琴，每天早上都會有其他同樣剛來不久且同樣音盲的移民前來租借。他攤開手心向風琴師索討他應得的一半收入。

風琴師還不熟悉當地貨幣，便將裝在雪茄盒內的硬幣遞給店主，以手勢

這是我目前最喜歡的版本。

自稱是寫出石察卡作品的小女孩＆早已不在人世的修女。（女孩聲稱能和她通靈）。

她們是？

一度有許多人真的當回事。人會相信的事真是千奇百怪。

賣花（flowers）？和芙倫絲・東罕－史密斯有關？布魯日的佛莉絲？

你不是本地人對吧？加州？

妳怎麼猜到的？

你的高中校名。100％加州風。

妳呢？

道道地地的在地人。六代了。

★問題還沒解決：珍想要什麼？

珍要是知道，恐怕不會3 a.m.還在陌生人的書上寫字。

她搞不好就是知道啊。說真的，不做什銷，做什麼？

我不知道。我4年來一直在做該做的事（好吧，有好些個深夜是例外）。上課、工作、讀書、鬼混。我甚至不記得自己喜歡什麼。

信任之舉

（這種舉動在石察卡書中很少不受到懲罰……）

不敢相信我之前如此輕率看待這件事。太容易忘記這些人的悲慘遭遇確實是發生在真人身上的。★

你對此人知道多少？——不多。一次大戰後公司解散，他（和家人？）變得很低調。他絕對是《萬卜勒的礦坑》中萬卜勒的原型：石察卡筆下最純粹的惡人角色。

我知道，我讀過了。←
當然當然。

你看過字條嗎？

沒。字條在慕尼黑檔案室。最後一次出現是1983，很可能被偷了。

與片片斷斷的語句請他幫忙堆疊均分。店主將硬幣堆成兩落，將較高的那份推過桌面給風琴師，較矮、價值卻高出許多的那份，則順手掃進一個開著的抽屜（這座城市似乎也充滿古老而不完美的算術）。

風琴師早在租琴時便知道這個唯利是圖的人一逮到機會就會占人便宜，自然也預料到他會玩這種把戲，因此事先已偷藏起當天的部分收入。那些銅板用一條手帕包著，塞在他養的卷尾猴身上那件破舊的紅外套口袋裡。猴子繫在一條細繩末端，繩子另一頭拴在風琴師的褲耳上，只見牠面無表情地坐著，絲毫不動聲色。[2]

至於店主，當然也料想到風琴師會這麼做，對他而言這不是新把戲。當

例如：莫迪（他取消我的研究經費。我甚至得歸還一些補助$$。）

哇，那你靠什麼過活？

不多，我賣了一些東西。別去想自己應該擁有更多，這種生活方式也不錯。

2 社會大眾對於石察卡在一九一二年九月拒領「頗具聲望」的布沙獎一事興趣濃厚（他送了一隻黑帽卷尾猴前往法國沙木尼代為領獎），因此有一點應該加以澄清。別在猴子夾克上的字條並非如報上所載，是作者對於領受這類獎項興致缺缺的溫和聲明，而是指控布沙家族例行安排謀殺那些鼓吹工會運動的人士，以便維護他們包羅萬象的龐大商業利益。而且事實上，一九一二年初發生在加來的工廠罷工工人慘遭屠殺事件，也是他們精心策畫的。（我見過那張字條的副本，但如今已不在我手中。）為何會有如此混淆視聽的報導？因為這是報社根據艾馬斯．布沙的指示所刊登的文章。

參見石給布沙的字條：「你們在尋找一個充斥著雜耍猴的世界，這群猴子會為了錢幣的空頭承諾隨你們起舞。」

移民一跨出店門，店主便會指示他那群頭腦簡單但身強體壯的兒子去跟蹤此人一整晚，直到他露出馬腳——也許當他鑽進某家酒館旁的巷弄內，清空猴子口袋裡的錢時，店主的兒子們便會當街將他壓倒在地，用鉛管把他的腕骨砸得粉碎。他們會抓住逃跑的猴子的繩索，試著到酒館裡面把牠賣掉。當然不會有人想買，於是他們便在港口附近的酒店間，一家試過一家，也一家不如一家。最後，（已有八、九分醉意的）兄弟們會到碼頭上去，在繩子另一端綁上重物，測試看看猴子的泳技有多好。

不過這一切還得過幾個小時才會發生。此時，當店主猛力關上抽屜，風琴師將微薄收入放進口袋之際，穿深色大衣的男人正好從外面經過。（那兩人並未注意到他，但四肢大張坐在門口的猴子卻齜牙咧嘴發出不滿的吱吱聲。）店主與風琴師道別時以握手掩飾對彼此暗藏的不信任，而身穿深色大衣的男人又轉過另一個街角，留下這兩人逕自去進行歌曲、銅板與骨頭的交易。隨著他的鞋底踩在石板地面輕輕地咯吱咯吱響，天空也逐漸轉暗，眞正入夜了。

（下一代）

你好像對這點很執著。

不是。戴加丹（那個巴黎老人）提出一個理論：（在真實世界）有個秘密組織叫「S.」

他認為石察卡是其中一員？

不清楚。

我的理論：石不斷丟出暗示說S已經重組。有點牽強，但不無可能。

等等，我完全搞混了。你是說故事角色S.？

……然後又是一個轉角，接著再一個，穿大衣的男人來到一條沒有燈光的街道。從前方很遠的地方傳來幾個尖銳的碰撞聲（聽起來像是石頭相撞），但此處，四下的街上空無一人，除了啪噠啪噠的細雨聲之外安安靜靜，安靜到彷彿能聽見人聲呢喃，那是在此河海交會處安息的人們，他們安息在這座城市與其街道正下方的地道迷宮中，在掩埋於迷宮底下、更久遠前的市集村落中，在更深處的地下墓穴中，也在埋得更深的小泥屋聚落中，貫穿了層層文明。那些聲音不斷傳來，低語呢喃形成了聲音的莫比烏斯環，字句模糊難辨，但那充滿憤怒與哀慟、負擔與劇變、歧見與復仇與憂傷的語調，卻如刀刃般鋒利。[3]

自從他醒來（從什麼醒來？夢？神遊狀態？借用的人生？），並開始在

3 陳述中，石察卡會因應各地方的歷史。他給我的一封信中曾經提及，他的夢境經常同時發生在數個不同的考古地層。

或是指狄虹本人？

柯會說妳太傻了。

妳覺得呢？ 他們互相認識。

直覺告訴我：他們很親密。

我也覺得。

對於考古的敏感度來自狄虹的影響？

真是這樣就太酷了。這似乎不像第一章其他註解那樣隨興。

同志。

但該作何解釋？

柯的狡猾超乎任何人想像。

我（暫時）很喜歡這句台詞。

（暫時）給我滾開。

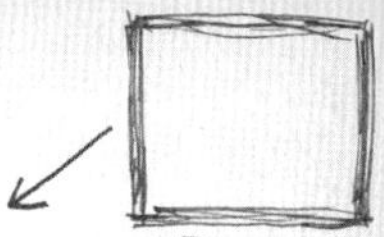

這是妳的回覆？？

嗯…裡面沒東西。

觀察入微。

好吧，實話實說了。我撿到柴威克的學生證，一直用到現在，但純粹是因為我必須進圖書館。

你不是學生嗎？

本來是。一月被除名了。

等等，校方真會這麼做？

還以為那是天方夜譚呢。

你做了什麼？

詳見《叉角羚日報》

1月8日，p.1

史丹迪佛大樓的火災？

我當時有點走偏了。

名字，拜託。要真名。

最好別騙我。

艾瑞克·赫許

真的？？？

真的，我保證。

（暫時）很高興認識你，赫許先生。

*我們太聰明了。

還是別不切實際。得要能證明才行。

我還以為我們得打敗莫迪……

如果我們是錯的，打敗他也沒意義。

舊城區四處遊蕩，身心的麻木已使得感官變鈍，直到此刻他不禁納悶是否應該轉而感到懼怕。他試圖更仔細傾聽那些聲音，但雨水更猛烈地打在路面，一陣洶湧的聲波淹沒了那些聲音，隨後石頭互相撞擊的聲音再度響起，九聲尖銳的爆裂，分成三段，每段三聲；他信步又轉過一個街角……

……進到一個燈火通明的路段。原本有三個男孩正朝著亮閃閃的玻璃圓屋頂丟石塊，一看見穿大衣的男人便連忙躲進一條小巷內，拚命忍住淘氣犯行後的輕浮笑聲，等著那人走過。三人當中誰也沒去看他的臉，因為對他們來說他又是誰呢？他是大人，亦即一個沒有面孔的、代表秩序與批判的人。他是朝頭部揮打過來的警棍；他是在家裡等著伺候他們的拳打腳踢；他是所有興奮刺激的結束；所以必須避開他。除此之外，不必把他當回事，嘲弄一番拋到腦後就行了。

!!!

全身溼漉漉的男人從他們旁邊經過（他偏斜著頭像在傾聽什麼，傻子一個）。他們等著他緩緩走過，他的身影掠過建築物的磚牆立面，他們等候

畫這段是因為你覺得莫迪就是這麼看你的嗎？

妳很厲害。

不，我只是剛好面臨到類似情況。

參見《布拉森》6章（盛大慶祝全市的第一盞街燈）。此處意象相呼應，但受到破壞。

這不是每一個人都關心的嗎？就因為這樣，畢業這種事才重要啊，不是嗎？

我覺得年紀越大，「結束」就愈難。往後的人生中，「開始」變少了。

少來了，你沒那麼老（吧？）

——我 28——

喔，拜託。

總覺得這句話似曾相識，卻始終找不到出處。好沮喪。

著，最後他終於不見人影。他們又衝回街上，瞄準一盞新街燈丟擲石頭。第一擲便命中目標，登時碎玻璃與火花閃耀的鎂光宛如瀑布瀉落路面。男孩大笑著跑開。溼溼的街道上冒起了白煙。

破壞的樂趣

例如：史丹迪佛大樓水災。

我做這件事可沒妳想的那麼開心啊。

查了一下，沒收穫。剛剛發現沙默思錄音帶最後有些字句聽不清楚，就在敲門聲之後……有可能是他說的。真的很希望能再回去聽聽，甚至拿去做分析（前提是有信得過的人幫忙）。

說不定伊莎可以幫你偷回來。

別作夢了。

說不定我可以去偷。

以防妳不是開玩笑：千萬不要。

穿大衣的男人來到港口附近時，城市的聲音之一再次浮現，吟誦著一個句子，壓過了逐漸淡去的窸窣私語：**從水邊開始也將在此結束，而在此結束後也將重新開始。**[4] **從水邊開始也將在此結束，而在此結束後也將重新開始。從水邊開始……**

港務長在碼頭上，拿著小型望遠鏡、透過昏暗雨幕看著遠方一個灰暗形體，就在港灣入口處。所有獲准下錨或停泊的船隻都已經報到，今晚或明天

4 結束與開始是石察卡特別關心的重點。我說出這個想法後，他嗤之以鼻。「開始與結束是每個認真說故事的人都關心的重點，無論是男是女、年幼或年長，也無論是英國人、土耳其人、祖魯人或斯拉夫人。」他如此論辯。

*這麼說：也是一個充滿不完美物理學的城市？

或甚至後天也未排定其他船隻入港——得等到巨型郵輪「帝王號」啓程之後。水面上的形體隱約看似一艘船，卻顯得笨重又怪異；若非在這避風港內嚴重傾側，就是一項手工拙劣的產物，全賴海神那善變的慈悲漂浮未沉。

他放下望遠鏡聳聳肩，斷定黑影必然是雲的形成，也許是目前正逐漸增強的暴風雨，從海上強灌入港口時造成亂流所導致的某種視覺錯覺。該回家去了，回到舊城區河邊他與母親同住的整潔的家，烤烤火、吃頓熱飯、躺到乾爽的床上，聽著母親打毛線的棒針摩擦聲。他豎起衣領，拱起肩膀躲雨，然後開始走過已經變暗的街道，街燈燈泡的碎玻璃片在他腳下吱嘎作響。他氣得咬牙切齒；什麼鬼天氣啊！

他朝一個身穿深色大衣、頭戴翹邊帽，看似落水過的男人點頭招呼，男人不予理會直接走過去，腳下水花四濺，讓他更加氣憤。**同城居民之間的友愛與基本禮儀，親切的招呼、閒談究竟都跑哪去了？**那個人無疑是要前往某間岸邊酒館，那種地方聚集的全是一些形跡鬼祟可疑的人、信用破產的酒鬼與社會敗類，總之是港務長絕不想有所牽扯的人。他搖搖頭，遭陌生人冷落的憤恨

批判

*你和家人親嗎？

不太親。

想多說一點嗎？

不太想。

我最好把你的痛點列個清單……
根本不可能全記住。

外表 vs. 現實

這點也是幾乎每一個人都關心的，不是嗎？

仍啃噬著他的內心。又是一個會和其他人落得同樣下場的酒鬼。浪費生命。

酒館是一棟低矮的磚造建築，座落於兩條街轉角處，這兒散發著濃烈的死魚、退潮以及人、狗、貓的臭味，城裡臭氣沖天肯定與此處有關。被唯一一盞完好的街燈照亮的磚牆上，塗著一個熟悉的記號：華麗的彎曲線條，正如他口袋裡那張紙上僅餘的清晰部分。

S

就是這裡了，他暗忖。他或許不知道這記號意味著什麼，但會再次出現總是有點道理。這裡是他該來的地方。

（從水邊開始也將在此結束，那個聲音告訴他，而在此結束後也將重新開始……）

裡面，酒館老闆在嗅一個空玻璃杯，長長的小鬍子從杯緣拖曳而過。他皺了皺臉，那氣味似乎讓他想起不愉快的回憶。十來個醉醺醺的無賴喊著他

你有持續關注每個出現S記號的地方嗎？丹麥有人架了網站追蹤。

不算有。這就像石察卡版的神秘三角洲。全都很容易偽造。

當然。但即使只有少數是真的，那該有多酷（尤其是年代真的很久遠的那些）。石察卡對這些知道多少？

我對這個沒興趣。書、文獻、文化遺物……我認為這些才是答案所在。

別忘了人，艾瑞克。答案在人身上。

就算有人認識石，現在恐怕也超過百歲了。

我一點也不想念那些夜晚。

我是說，那真的是……我在追尋的嗎？

但這是為什麼？結果此地並不友善啊。

或許石的意思是世上的事沒有絕對。

又或許是因為蘇拉。

她在那裡，所以他也應該去——無論是好是壞。

我實在不相信《希修斯》基本上是愛情故事。

我覺得你錯了。

今天發生一件怪事。

我收到某團體寄來的支票，說要贊助我的研究

（賽林文學研究協會——從沒聽過，而且網站還沒有內容）

說是對我2年前在里斯本的石察卡研討會發表的報告印象深刻。

（真不知道為什麼。那份報告爛透了。）

恭喜，你要知道，搞不好只有你一個人覺得爛啊。

莫迪也覺得，而且他講得很白。

莫迪的人格需要嚴加重建。所以你要去兌現支票？

什麼叫「要去」？現在我可以造訪全球的石察卡檔案室，我得去巴黎、布拉格、利馬…今晚還要去吃個牛排，順便來點紅酒。

的名字，一面叫囂一面用自己的空杯敲打吧台，因此老闆並未多留意身穿大衣又溼答答的男人，只是一把奪過他的錢，將味道刺鼻的酒杯斟滿，然後往他面前的吧台上重重一放。這間店裡看多了渾身溼透的人；每晚都會有兩個水手踉踉蹌蹌走到港邊、落水，再回來討杯酒暖暖身子；每天都會有兩個惹人厭的可憐蟲從船上被拋下淺灘，然後游回來找酒、找妓女、找新雇主，而且幾乎一定是按照這樣的順序。穿溼大衣的男人手托著酒杯轉身走開，酒保立刻將他拋到腦後，回頭為下一個一貧如洗的王八蛋倒酒。

店裡有一條長長的木凳，從一端綿延到另一端，穿大衣的男子在長凳上找到空位，坐下的時候疲倦地嘆了口氣，猶如自認為已結束一趟長途旅行的人。他環顧店內一圈，看到成群的水手踉蹌搖晃、喧鬧說笑、拍背、咒罵、推擠，也看到一些落單的顧客，例如這個橘色鬍鬚長及腰際的鬈髮男子，不知為何帶了一把拔釘鎚，正漫不經心地扭轉把玩著。那邊那個面色土黃、眼皮重垂，且穿得一身黑像個殯葬業者的男人。還有那個穿著褐色長風衣、坐

*一個自我死去↓另一個重生？↑

黑、史丹迪佛
2010
?

這酒的產地真幽默。

就像被學校除名。你現在是個從未待過波州大的人。

我還是很氣憤，行政人員簽個名，然後你就忽然沒了（或是一部分的你沒了，反正都一樣）。

一部分的「你的經歷」，不是一部分的你。

如果將來想走學術路線，兩者基本上一樣。

也許吧。但他們無法奪走一部分的你。←

妳今天寫了112個留言。
平均每交換一次寫28個。

你想必也寫了一樣多。
（我才不要從頭去數你寫了多少，
寧可相信你說謊。）

柯預測了尚未出現的評論，
還斷定其中沒一個有價值！

也許柯曉得什麼
我們不知道的事。

或是想讓我們
以為他知道。

在高腳凳上、目光掃射群眾之餘偶爾瞄一眼筆記本的男人。這些不滿現狀的人，這群怪異又可疑之眾，是他的同胞嗎？他身在自己的家鄉嗎？他遞出去買這杯啤酒的硬幣看起來很陌生……但話說回來，他可能只是不記得自己故鄉的貨幣。

有個頂多二十歲的年輕女子，獨自坐在另一頭牆邊的桌子旁。[5]她正就著後方牆上的壁燈光線在看書——一本大部頭的書，厚如《唐吉訶德》——彷彿把這個亂糟糟、酒氣沖天的破店當成圖書館。她一隻手肘撐在桌上，拇指托著下巴，食指貼著嘴唇，一副若有所思的模樣。她的橄欖膚色與黑髮（往後紮成一條長辮，幾乎垂到腰際）顯示她來自世界另一個角落，那兒的陽光更溫暖，太陽也更常露臉，不像這座城市有北方的陰霾感。奇怪的是她竟獨自在此；除了她，四下裡只有少數幾個女人，全都有生意上的盤

對～似乎決心讓我們知道他們有多親近。

*可能就是《科里奧利》賦格曲場景中，敘述者所形容的女人？總之很相似。

5 每一個評論此書的人，我想都會針對這個人物代表誰，以及／或者石察卡可能以誰作為原型提出假設。但我很懷疑會有哪個猜測特別經得起檢驗。

石察卡曾經結婚／外遇……？或至少有任何傳聞嗎？

少得驚人。有個女人聲稱有他一張照片，
但大家一致認為那只是某個推銷員
告訴她說他就是石。

**在我看來，石察卡根本是在說自己：等待某人（以某種浪漫的方式）。

小心，別把書中的一切都和作者本人連在一起。有時小說就只是小說。

你也會做這種事，我可以舉出十多個例子。

沒說我不會，只是說妳 我們下結論時得小心點。

會有那種感覺，也許是因為我就是這麼枯坐著，一無所知地等候某人。

那是分手後的胡言亂語。

再次提醒：高高在上的態度可能會激怒人。

我朋友現在都極力忽視我。我發現我完全不在乎。

算，穿梭在成群水手之間尋找買賣機會。更奇怪的是這群肆無忌憚咆哮鼓譟的男人，竟無一人在偷偷注意這個帶書卷氣的年輕女子。她似乎很享受鬧中取靜的感覺；無論是直挺的姿態與整齊俐落的穿著（一件剪裁精緻的翠綠洋裝），或是翻頁時不疾不徐的態度，又或是將手指貼在唇上對空凝視，全然無視周遭的喧擾，也許正在沉思剛剛讀過的一行語句，在在都透著一種閒淡的優雅。自在地獨處，也很容易被忽略。是個志趣相投的人嗎？也許吧——就算不是和現在或過去的他，也是和他不介意成為的那種人相契合。

這時候他忽然好奇別人是怎麼看他的。他們可能以為他在等某件事或某**個人，卻又不確定是什麼或是誰。也許以為他是警方或是某個船長的線民。也許以為他只是個孤單的旅人。他啜了一口酒，坐在長凳上身子往前彎，看著一滴滴水從他身上落到凹凸不平的地上，形成一條細流，蜿蜒流過彎翹木板的表面與周邊與間隙。他不時偷覷那名年輕女子，但對方毫無反應。他看著大門，讓目光在群眾間流轉，等待著——希望著——能被認出。他肯定在這間店裡發生過某些事情，又或是為了其他目的來到這裡。那個記號一定有

……等一下，珍 妳是在說我吧？

謊稱自己的身分，也像他會做的啊。

想到一個不信任整個資本體系的人會是推銷員，還真有趣。也許他打算從體系的內部搞分化。

莫迪又來咖啡館了。
這次更糟，我坐吧台，都快被他的酒氣薰昏了。

他有認出妳嗎？

應該沒有。他可能還處於驚嚇中，
很困惑眼中為何會出現三個我。

有人抱怨過S.的直覺未免太好了嗎？

當然有。有個叫伊蒙·古里申的評論家，就因為把《希修斯》撕得粉碎而出了名。

什麼意義；他的直覺必定其來有自。

有個剛剛破了嘴唇、下巴流血的水手全身水花飛濺地走過去，撞到穿大衣男子的膝蓋。水手停下來，因爲受到某樣硬物阻礙而顯得茫然失措，那雙充血的眼睛漸漸聚焦到這個正準備迎接辱罵、威脅或拳頭的男人身上。不料水手只是搖搖晃晃，重心忽左忽右地走過去。「你——」水手搜尋著字眼：「——都溼了。」

「你在流血。」穿大衣的男子回答。

水手呆愣片刻才恍然大悟。或許是因爲穿大衣男子的口音讓水手聽不習慣。到最後水手才點點頭，口齒不清地說：「——S眞的。」他推了男子一把，順勢離開，踉蹌穿過一條開放的狹窄航道，在嚴重左傾之後，衝進一群海員當中。他們全都穿著髒兮兮的粗布背心，臉上全都展露著暴力的痕跡。接下來他們會花上半小時有一搭沒一搭地揣測港口邊上那艘笨重大船的來歷與目的，以及那麼一艘爛船的主人會願意花多少錢拐騙一名船員上船。穿大衣的男人不會是他們討論的話題，更不可能加入討論。那個水手很快就忘掉

你怎麼想？S.這方面的角色設定是不是有點便宜行事？

是……不過S.的經歷有點超脫塵世，加上我總覺得像這樣的時刻有一種貼切的超現實、令人混淆又似曾相識的特質。他所經歷的一切所謂直覺，可能是失憶前的生活殘留下的記憶，只是他不能確定。

可能暗指S組織真實存在？
而且／或者象徵事實？

你論文要是這樣寫，
伊莎會說「有點牽強」。反正她本來就常常這麼講，句點。

（見上頁*）一直在想賽林協會的事。

你覺得他們想從你身上得到什麼？或是想要你找到什麼？

也許他們認為我有可能解開作者身分的問題。不管怎麼說，知道有人肯定我的能力，感覺很好。

莫迪一定也覺得你有能力，否則不會把你視為威脅。

沒從這個角度想過。

他了。

男子盯著自己的酒杯，嘆了口氣，陷入沉思。他到底是怎麼把自己弄得這麼溼？為什麼身子疼痛，尤其是右邊的膝蓋和臀部？其實整個身子右半邊好像都嚴重瘀青。右耳背後有種破皮、灼熱的感覺，如今身子開始乾了，他也察覺到下背部好像黏黏的。難道是從極高處墜落？或許他只是太沉溺於細數自己的傷處，又或許經常被忽視已經讓他變得得意忘形（當然了，這種好事不會恆久持續的），總之他沒有在第一時間發現那個年輕女子正從店內另一端注視他。那有可能是認出熟人的眼神，但也可能不是；他的直覺什麼都沒感應到。然而，除了直覺之外，他的每根神經都認為應該進一步查明。

他來到離她桌子幾步外站定，比了比她對面的空椅。「能不能請問妳在等人嗎？」

「那得看你是什麼意思？」年輕女子說道。她的聲音令他大吃一驚，聽起來像個年紀大得多的女人。

「我的意思是在這裡，現在，今天晚上，會有人來找妳嗎？」

*石擔心身分/行跡曝光？

比方從橋上？

和瓦茨拉夫·石察卡一樣？

還有第三章的結尾……

「我想你可能會。」

「我可以坐嗎？」

「你全身都溼透了。」

「我知道。」他說：「這似乎是我最顯著的特質了。」

「你的特質肯定不只如此。你身子乾的時候肯定是號人物。」

「我不記得最後一次乾著身子是什麼時候。」

「你怎麼不把外套脫掉？」

「還是不要。」他說，並希望她別問爲什麼。沒有原因，只是一種恐懼。

「也許你是那種經常要迅速離開某個地方的人。」她提出看法。

他不確定該披露多少關於自己的狀態——身體、記憶、哲學觀，或其他方面。「我發現我目前處於不明確的情況中。」他說：「告訴我，我們見過嗎？」

她嘆了氣。「這是老套的台詞，也通常是同樣令人厭煩的提議的開場

從來沒人以「風趣」形容石察卡，但我認為他是的。至少偶爾啦。

我一直都這麼認為。

想像索拉這裡的台詞由凱薩琳·赫本來說。會很傳神。

妳喜歡老電影？

是的！

我常去大學的電影廳（晚上殺時間又一招）。剛辦過一個亨佛萊·鮑嘉影展，棒極了。

我去那裡看了他主演的海明威小說改編電影《逃亡》。

我也是！

咦……我也認識這樣一個人！

☆只是好玩：有個網站列出石在作品中提過的所有虛構書本&作者。
(妳看了會發現他真的很愛做這種事。)

你確定這本是虛構的嗎？

白。」她闔上書擺在桌上。封面的浮體字已經剝落，但仍看得出書名與作者：《弓箭手故事集》，阿奇美戴斯．德．蘇布雷洛著。兩者他都沒印象。

「妳住在這裡嗎？在——這座城裡？」

「我在旅行。」她說：「我經常旅行。我是搭郵輪來的，『帝王號』。」

「妳總是帶著這麼笨重的書旅行嗎？」

「不會這麼做的人，我信不過。」

他噘起嘴點了點頭。「那麼，」他說：「妳一定知道這座城市的名字了？」

她偏著頭斜斜地看他，隨後笑出聲來。「你在捉弄我。你在玩什麼把戲？」

「我是好奇，」他說：「想知道妳知不知道我是誰。」

「你是我應該認識的人嗎？」

「恐怕不是。」他說：「我不能確定。」她投來的目光示意他進一步說明，於是他決定（與其說決定，倒更像是一時衝動）說出就他所知最接近真

毫無證據顯示《弓箭手故事集》或作者蘇布雷洛(曾經)存在於《希修斯》這本書之外。

你們這些文學專家查資料顯然不太行。看我夾在書中的線索！

我的天啊。不過石是怎麼知道的？(而且他老是編造假書，這裡為何寫真的書？)

去年我本來有機會到巴黎遊學。向法文系申請到一筆獎學金，應該夠支付食宿。結果我沒去！真不敢相信我竟然沒去。

為什麼不去？

感覺好像這裡有太多事要做。但我想我只是太害怕變化。

太可惜了。

本來還希望你說些鼓勵的話……

那其實不是我的強項。

關於S符號的象徵意義，
那個丹麥人的網站大概有50種理論。

我就直接問了：你覺得石察卡是誰？

美國小說家沙默思。也可能是沙&童書作者埃斯壯合寫的。妳呢？

今日清水是我的首選。

他的可能性不高。專家幾乎一致認為石是歐洲人或北美人，因為他的背景、關心的主題、顯著的文學影響等等。

相的事。「我的記憶出了點問題。」他說完，緊張地等候她的回應。

她伸手拿起飲料，那是裝在細長玻璃杯中略黑的液體，她若有所思地啜飲一口。此刻的她讓他有種熟悉感。是她手臂的動作？手的樣子？上唇的皺紋？他不知道，也無從得知這種感受是記憶的片段、是想像的記憶的片段，又或是內心裡急欲找到一些關連而憑空創造出來的。

這是一段折磨人的漫長等待，她好不容易才把杯子放回桌上，用手帕一角抹乾嘴唇。「說這番話，你應該要非常小心是對誰。」她目光橫掃過整間店——也或許指的是全世界。「有很多人會趁機占便宜。」

「確實。」

「你知道自己叫什麼嗎？住在哪裡？」

「不知道。」

「你口袋裡有什麼東西嗎？任何可能……？」

他想到大衣口袋裡那團溼糊糊的紙，但決定暫時還不要拿給她看。得等到他得知那個記號的意義，或是紙上的其他內容，又或是（更進一步說）她

意指聖托里尼男？

這什麼句型啊！！

爛譯者，柯黛拉真糟糕！

巴啦巴啦巴啦……那是討論莎士比亞身分爭議所持的論點。完全胡說八道。

好吧。那為何是清水？

他是人生失敗組。我喜歡失敗者。比起以前，我現在更是特別喜歡失敗者。

那可不只有他一個。

沒關係，每一個可能人選我都喜歡：辛格、馬蘇、狄虹，甚至是費拉拉。還有修女&海盜。

小提醒：海盜是虛構的……

我認為，
只要我們不知道實情，
他們根本不在乎我們怎麼想。

是啊，他們就是要你這麼想。

見上頁 ⊛ 最簡單的解釋：這是石提造的，大家覺得好玩，心血來潮就到處留記號。

我想你自己也不太相信這種說法。

2個沒見過面的人彼此留言，這叫當眾？

我有一些想法，還沒準備好要公開。我不喜歡當眾出錯。

我知道聽起來很蠢，但感覺就是這樣。

是誰。於是他搖搖頭。

「啊，」她露出調皮的假笑說道：「真的有東西。是什麼？」

思緒被她看穿，又或是被感應到，登時讓他全身毛骨悚然又不安。他發現自己想方設法要圓滑地轉移話題，正因為想得太入神而沒有聽到酒館大門打開時的刺耳尖嘎聲，也沒有留意到沉重的腳步踩在彎翹的地板上朝他們走來。**妳還沒告訴我妳叫什麼名字**，他正打算這麼說時，發覺年輕女子變了臉色：她雙眼微微睜大，嘴巴從假笑變成緊抿。這是什麼表情？不認同？放棄？似乎又不像驚訝。

「怎麼……？」他才開口要問，便有一條骯髒的手帕從後面緊緊摀住他的臉。他奮力掙扎，卻彷彿被鐵鉗給夾住動彈不得。他盡可能不要吸氣——一會兒——再一會兒——但他當然無法阻止自己，於是當一股甜甜的但有點燒焦的氣味充斥他的腦袋（這讓他想起小時候愛吃的節日蛋糕），視線便開始閃爍模糊。驚慌之餘，他不自主地又吸了口氣，接著四周所有聲音都變得鏗鏘刺耳又模糊難辨——出現在這片雲霧中心的是她的聲音，字字句句彷彿

*害怕／擔憂／厭惡被了解（與／或看穿）

擔憂→僵硬。迷失在自己的腦中。

我也曾經這樣。

有任何發現嗎？

一個：在《科里奧利》。不過是薑餅，不是蛋糕。

待查：之前的書／文獻有沒有提到這些？

翻譯的問題？

應該不是，那本也是柯翻的。

被伊莎指責的時候，我無言以對。我很想一吐為快，告訴她我們知道她和莫迪的事，但還是忍住了。她八成以為我是默認。

妳會有個聽證會。我可以幫妳準備，看看該說些什麼。

不用了，多謝。

我就是這樣才會惹上麻煩。

我也是。聽證會上，我幾乎一句話也說不出來。

這樣比較好：

→比什麼好？

比在英文系的慶祝活動上，當著所有人的面對自己的教授大吼大叫。

→你最希望別人認識你哪一點？

怎麼聽起來像找工作面試的問題，或是新人評鑑。

說說看嘛！

I would prefer not to.

—— 我寧可不要。

你竟然引用梅爾維爾的小說〈書記員巴特比〉的台詞……就算如此，逃避問題還是很惱人啊。

看來他們確實教了大學部學生不少東西。

艾瑞克，

參見：前面有關於高高在上的留言。

是他不懂的語言，但在這歪七扭八的店裡連空氣也扭曲變形，使得這些語句毫無抑揚頓挫，所以他聽不懂她的話或是她的意思，或甚至不知道她在跟誰說話。另一個聲音，是男的，閉著嘴唇咕咕噥噥地回答她。接著，當最後一絲的意識餘燼即將在這個幽暗夜裡，在這座幽暗城市中這個幽暗酒吧的幽暗角落熄滅之前，他瞥見了身材較魁梧的男人的臉，竟熟悉得令他心驚：很像是他心裡所描繪的自己的臉，只不過有一些疤痕劃過額頭中央，在眉毛上方胡亂分散岔開——瘢痕組織三角洲。不是雙胞胎，也不一定是兄弟的相似長相；倒比較像是表兄弟，在經歷人生的殘酷際遇後也學會了殘酷的一對表兄弟。又或許只是煙霧的幻象罷了。

如果能控制自己的嘴巴，他會放聲尖叫。

穿深色大衣的男人離開酒吧時，誰也沒有多說些什麼，儘管他被扛在另一人肩上，軟趴趴的像一袋甜菜。充其量又是一個不勝酒力的旅人罷了，不值得嚷嚷，甚至不值得譏諷竊笑。諸多目光從他身上掃掠而過便轉移開來，一如往常。

石察卡的世界讓我毛骨悚然（而且／或者睡眠不足）。昨晚回到家，一開燈看見鏡中的自己，嚇得魂差點飛了。根本以為是別人啊。

我發自內心的想法：最近找一天真正碰個面，如何？
這一切雖然很好玩，卻總覺得不真實。

我是很真實的，妳不是嗎？

當然是。我對你一直都是誠實無欺。→ 註：其實最後並不完全是這樣。

到了外面，寒意與暴雨的衝擊讓穿大衣的男子閃現最後一絲意識。他睜開雙眼，正好瞧見一隻猴子穿著破爛的平絨衣褲奔過街道，拖在身後的繩索輕拍著路面石板。他聽到咒罵與粗重的呼吸聲，並看到兩個粗野的男人追在那隻畜生後面。在世界變成一片漆黑之前，他最後一個念頭就是跑啊，猴子，跑啊。

移動。他的心沒有感覺到，身體卻感覺到了。身子被又拉又扯的，像件笨重的貨物。它隨著某個人的步伐節奏一顛一顛，然後被吊起、搖晃、重重放下、拖拉，再次重重放下。

休息。

能做到就好了。不知道我還能撐多久。

接著，從完全靜止慢慢累積醞釀出一種晃動顛簸。以橫向與縱向流動搖晃。他的意識逐漸恢復，用力壓迫著它針孔般大小的暗牢牆壁，擴張再擴張，直到其他感官也恢復功能。空氣中有種奇怪的陰冷潮溼。一陣聲波

現在不行。太多工作要做（& 其他一些無法解釋的原因）。但我很喜歡現在這樣，也真心感激妳的幫忙。

算了，當我沒說。

我到現在還是不確定你當時到底希不希望我多推你一把。有時候你真的很難猜透。

重生

重塑自我的機會。這不就是大學該提供給我們的嗎？

妳覺得沒有嗎？

要是有，我也沒注意到。

石用過「S. OPICE-TANCE」為化名：捷克語的「猴子之舞」。

是我給莫迪的留言。發現自己竟然笨到信錯了人，感覺真差。

那是你塗鴉在史丹迪佛大樓牆上的字。（你給我看的校報照片上有。）

唉，你永遠無法預知以後的事，所以才需要「信任」啊。我知道。可是常會忘記。

奇怪，柯先寫了「十九」，緊接著卻用「19」。

妳說得對。柯或許笨，

但他做事可不馬虎。所以，我們若要找出可能是暗語的東西…

正如我所想。

讓我想到柯的序文最後幾行（自始／至終，始於／告終）。

還有第一章的標題（別忘了，石沒有給章節下過標題，所以這一定是有原因的……）

假如這本書確實是石察卡寫的。

是他寫的沒錯。我可不會花一輩子研究一個冒牌貨。

洶湧：潮水的流動摩擦有如男中音，衣物在風中啪啪翻飛有如打擊樂器的響聲，木板咿呀如次女高音。[6]——這一切讓他尚未睜開眼睛就知道自己在海上，知道自己從陸地上被偷走，放到了水上。

從水邊開始……

他躺在一張吊床上，那味道就好像在臭鹹水中泡了數十年。大衣已經乾了，像毯子一樣蓋在身上。他眨了一下、兩下，然後揉揉眼睛。

他身在一個昏暗的小艙房，長約如九瓶保齡球的球道，寬剛好能將這張吊床綁在兩邊牆面。較遠的那頭，有道梯子通往打開的艙門，從那兒射入了一方深橘色的陽光。他頭痛得厲害，覺得全身發熱反應遲鈍。鼻孔裡還留有那股甜甜的燒焦味，只是現在讓他想到的不是小時候喜愛的節日，而是他再也無法慶祝的節日，因爲他不知道自己是誰，家（如果有的話）又在何處。

這件事完全沒有證據！

6 值年幼時，石察卡便是個小提琴神童，因此小說中的音樂暗喻比比皆是。（他跟我說他之所以不再拉琴，是因為某次比賽後，評審對他說在十九名參賽者中他排名第19。）

> 艾瑞克，快看這個！
>
> 第一章的81個註解中，抓出第一個字的聲符（或數字）& 最後一個字的韻母（或數字），就會拼湊出：
>
> [ㄉㄚˋ ㄕㄤ ㄔㄥˊ ㄐㄧㄢˋ ㄇㄧㄢˋ ㄓˊ ⑲ (1900) ㄕˊ ㄉㄨㄥ]
>
> 大商城 見面 值 ⑲ (1900) 時 東

他從吊床上下來，兩條腿顫晃得猶如新生幼獸，然後裹上大衣禦寒。才剛踏上梯子第一階，他便發現自己躺在吊床時頭部正上方的深色木隔板上有刀刻痕跡：是一個粗糙、不平整的*S*符號，就跟他在酒吧外面和那張紙上看到的一樣。不過這回他對此符號有了截然不同的理解。它似乎在說：這裡是**你最不應該來的地方**。

站上梯子頂端後，他小心翼翼地往外窺探。艙門直接開向艄艛，這讓他覺得奇怪；他的艙房似乎完全沒有連接船隻其他部分，像是用來作爲隔離室——或是牢房。但假如把他當囚犯，爲何打開艙門？

這艘船本身的外觀十分古老。他認出這是地中海三桅帆船的設計，造型優美、吃水淺，是前數百年間海盜最喜愛的三桅船，但在現代海上卻是落伍了。它的外觀也很不可思議，狀態介於朽壞與精心修復之間，只是修船人的做法不可理喻。甲板有幾處是最近才重新鋪板，但也有幾處木頭都爛了，留下一些大洞，水手就算不至於整個人陷落，也足以將腳踝卡住折斷。三面大

> 看下一頁

> 第38號街有一間大商城飯店！！
>
> 我的推論：柯（確實相信S還活著），並且告訴他要如何碰面：19號/19:00/大商城。
>
> —或是他想要如此相信。
>
> 解得漂亮。我是說，以一個大學部學生而言。
>
> 你可以繼續裝酷說沒關係啦，但我知道無論你人在哪兒，現在一定興奮到跳上跳下了。
>
> 問題是：他是否還活著？ ➡ 這其實是唯一的問題。

> 是啊，誰都能認出「地中海三桅帆船的設計」，可不是？
>
> 我就認得。
>
> 你怎麼辦到的？更重要的是：為什麼？
>
> 我叔叔很迷航海，也喜歡教我一些東西。
>
> 你有興趣？
>
> 這是應該知道的東西 & 我有興趣求知，無論哪方面的知識。

三角帆中有兩面看似剛出自距離最近的製帆廠，而第三面卻破破爛爛，活像一面受忽視的褪色旗幟，飄揚在上面的三分之一截已經變黑，像是遭到雷擊的後桅頂端。

*有個新發現：他是一個對船隻至少有些許了解的人。

他數了數，主甲板和後甲板共有十九名水手，沒有一人的動作急促匆忙得讓他聯想到最沒紀律又心懷憤恨的船員，而是全都緩慢費力地做著一樣一樣的粗活，像牛一般不屈不撓，設法讓船浮在水上平穩移動。他看不清他們低垂的臉，但從不同的膚色與身材看得出船員們來自世界各地，組成分子很雜。他觀察了很長時間，耳邊只聽見疾風拍打著船帆與索具、海浪的翻騰沖擊與撞在木頭船身的嘩嘩聲，之後才發覺船員們出奇安靜。沒有大聲的指揮命令，沒有絲毫屬於水手粗暴但機敏的應對，沒有嘮叨或叫嚷或抱怨。頭頂上某處有幾隻鳥在啼叫，但船員卻有如死人般安靜。他心想自己可能得加入他們。這不正是一般人被下藥綁架的原因嗎？就為了強迫勞役不是嗎？但他還不急著開工，一來對環境還不熟悉，還沉溺在

*有時我很好奇石本身是不是得過失憶症。

那句話是在揶揄關於海盜的傳聞？

有可能…不過這艘船聽起來很像《布拉森荷姆》書中的阿麗雅德妮號（只不過這艘船已經快解體了）。

又或是徹底變成另一艘船。

對，因此才有《希修斯之船》這個書名，神話中的希修斯之船每年替換零件，最後整艘船和最初完全不同了。也要注意阿麗雅德妮&希修斯都是希臘神話人物。

我承認：這點我去查了才知道。

參見《水手故事集》？水手是許多傳統的合體？

天啊，你能想像他在哈瓦那活了下來，結果卻失憶嗎？

那對石來說會是此生最殘酷的諷刺。

船上19個水手／石寫過19本書

→是20個，如果把大漩渦算進去。

大漩渦是另一回事。這點石說得很明白。

看下一頁☺

你小時候出海航行過嗎？

偶爾。

你們家有船嗎？

別開玩笑了。
我們有一輛車，74年的福特Pinto。有船的是我叔叔，他自己整修了一艘28呎爛船。他可是非常自豪。

◎ 阿麗雅德妮號的水手遇難之前熱鬧非凡，和這艘船的不同。

（沒錯，我讀過《布拉森荷姆》。你可以不必再因為我會看書的事實而大驚失色。）

沒想到妳這麼快就沉迷於石的世界，太酷了。只是別忘了要畢業，好嗎？

我不會搞砸的。我迫不及待要離開這裡了。
但還是多謝關心。

一種威脅感之中，加上三氯甲烷還讓他頭暈暈的，而且他也感覺到一股習慣陸地的人在海上雙腳不穩又反胃的不適。

烏雲布滿天空，雲邊鑲著橙紅色日光，只見太陽光束斑駁地低掛在地平線上。他難道睡了一整天？這個想法起初令他驚訝，但後來慢慢明白自己昏迷的時間似乎遠比一天更長。直到此刻，他都覺得相當平靜（至少以一個基於不明原因、遭不明人士綁架的人而言，算是平靜）；但這種感覺，這種已經經過一大段時間，世界可能起了某種基本變化，而他卻毫無所悉的感覺，讓他渾身起雞皮疙瘩。他可以感覺到恐懼沉甸甸地壓住了五臟六腑，胃沉得像水銀。他望著太陽暗想：**日落。在右舷。也就是說正向南航行。**他吐了口氣。真是輕鬆多了，雖然不明確，至少知道了大致的方向。

忽然傳來一陣細而尖的顫音，倏地將他拉回現實：是那群海鳥，他心念一動抬起頭來，卻還是看不見。他仔細勘察船與海水，思考逃離的可能。放眼看不見陸地。附近沒有船隻可以讓他發信號求救。主甲板的一角有塊防水布，底下可能覆蓋著一艘小艇，但他絕不可能獨力將小艇放入海中。看來唯

艾瑞克！

我追查了1923-29從巴西抵達紐約的每一艘船的乘客名單。沒有法西斯科·菲利普·薛布雷·柯岱拉……
可是：卻有一個翡樂美拉·薛布雷·柯岱拉，此人經常出現在帝王號的船員名單上擔任翻譯員。而且在1924年5/25，帝王號有位乘客叫S. Opice-Tance。

天啊。真是太不可思議了。
所以說：可能是愛情？

所以說：可能是愛情。

妳真的找到這個？
最好別開玩笑。
一切全都改變了。

不是開玩笑。

嫁給我吧。

好啊……但玩笑歸玩笑，感覺還是有點恐怖。
至少先等我們見過面吧。說不定見了面之後也一樣恐怖。

抱歉。只是想表達最高度的感激+興奮+敬意。
不太習慣做這種事。

你的興奮激動躍然紙上。知悉。

我又查了一下這首詩。我想你說得對。

我知道我對。妳其實不必浪費時間。

特註，你之前漏了一些東西耶。不只一些。

這首詩並不存在！
難怪石不希望自己的作品加上註解。
這很愚蠢。

一的選擇就是自行跳海、信任海水，這時內心深處有個聲音告訴他，從前他也曾經作過類似的嘗試但沒有成功。[7]一陣冷風吹來，他打了個寒噤，連忙將大衣裹得更緊。

瓦茨拉夫/橋？

這是自殺意圖——在此提到「信任」有點奇怪。

要看他希望水做些什麼。

這時候，耳邊響起一個粗啞的人聲。乍聽之下他嚇了一跳，以爲是屬於舊城區的聲音，但隨即發覺聲音來自下方的主甲板。他急忙彎身躲避，希望沒有引起注意，但那個聲音持續著——其實與其說是人聲，倒更像是蠟筒唱片的嗤嗤聲，但無論如何聲音確實就在船上，眞眞確確——而且愈來愈近並不斷重複同一個字眼。*S*——，那個聲音說。這個字眼對他毫無意義。他聽見腳步聲爬上通往艄艛的梯子。你，他聽見，*S*——。

他也無處可躲，於是擺出一副麻木呆滯的姿態，高高站立在艄艛上，面對即將出現的情況。

以一個擔心自己怯懦的人物而言，這倒是有趣。

他在此完全不顯得懦弱。

7 一九〇〇年有人匿名發表過一首詩，名為〈La Foi en Eau〉（即〈信任水〉）。石察卡可能是有意呼應那首詩，但並無明確證據能證明此事屬實。

我猜S.就是他自己最嚴厲的批判者。

就如同我們大多數人。

聲音主人是個巨人，全身上下穿著水手的粗棉衫，其中一隻衣袖到處鬆垮斷線，顏色也褪成上百種深淺不一的黑與褐；另一隻袖子則完全是骨頭的顏色，肩膀處有一圈以白線草草縫合的痕跡。（他迅速往船尾一瞄，發現其他船員也都穿著類似的水手服，只是顏色龐雜程度不同。）這名水手頂著一顆被曬傷的光頭，鬍子則是一團大漩渦般的黑毛。他似乎沒有配戴武器，不過大衣男子並未因此對自己眼下的境況或未來的前途感到更安心。

「我？」

你。*S*——。

「這是我的名字？」

水手點點頭。

S——。他把這名字在心裡默想一遍、嘴裡出聲唸一遍，還是毫無意義。只是一個詞而已。但他頓時平靜了些，有個名字總比沒有名字好得多。

現在他知道兩件事：**我在一艘往南航行的船上。我目前的名字叫*S*——。**

水手說了句什麼，像是窮，也可能是熊，被突然吹來的微風蓋過去了，

參見《山塔那進行曲》電影幕後照片裡的人

哇，好詭異。那是誰？

「身分不明的工作人員」

那種長相的人應該一見難忘。

S.沒聽清楚。反正還有更要緊的事情要問。

「你的船叫什麼？」S.問道。

不係我底，水手說。

「那這艘船叫什麼？」

嘸名。他的聲音虛幻得驚人——與其說是聽到，還不如說是留意到。

「沒有名字？」

本來有，後來嘸了。

「你叫什麼名字？」

我底名廢了，大塊頭說著，朝船尾那些拖著腳步的船員點點頭。**他們底廢了。名字麻煩**。

「可是我卻有。應該是有。」

大塊頭微微一笑。他的牙齒圓圓的，好像黃色小墓碑不規則地豎立在土黃色牙齦上。**麻煩**，他說。他的口音很奇怪——不像來自某個特定地方，而像是從語法與語言障礙的跨洋大雜燴中舀起一瓢。

故意摻雜方言？
翻譯的問題？

這我最清楚了。大家就是非得叫我「珍妮」，即使自稱是我朋友的人也不例外，他們理應明白我為何想改變。

——大家總是會想辦法讓你失望。

說真的，我想你是唯一叫我「珍」的人。

嗯，因為妳是這麼自我介紹的。

還是很感謝。

「為什麼把我帶到這裡來？」S.問道：「有刀疤那個人呢？」他在自己額頭中央畫了一條線，卻猛然驚慌縮手，因為摸到那裡的皮膚有破皮刺痛感。他的背脊逐漸發涼。

我們有命令，企帶你，水手說。

「去帶我，這是什麼意思？」

企帶你。

「帶我去哪裡？」

沒哪。

「我得和船長談談。船長人呢？」

嘸船長。

「怎麼可能沒船長？」

嘸船長。就我們。我們讓船活著。他頓了一下。**該做啥做啥。**

大塊頭水手顯得很鎮定，但他這個人、他那群靜默的夥伴、這艘有如拼花棉被的船，還有S.本身出現在船上，這一切的**不對勁**彷彿一把驚慌的利刃刺穿了

一個缺少集中的力量／威權的世界

你不覺得我們應該碰面聊聊嗎？至少討論一下~~該怎麼處理~~關於翡樂美拉·柯岱拉的資料。

妳說得很有道理。

很好。明天9pm到叉角羚咖啡，好嗎？

好。

你在哪裡？？？

對不起，我很想去，但沒辦法。

嗯，大家總會想辦法讓你失望，這話是你說的……我在想自己是不是被利用了。

不是這樣的。我發誓我不是這種人。

只不過你表現出來的就是這樣。所以你要不是說謊，就是根本不了解真正的自己。

他。他感覺到心跳怦然加速，感覺到背脊轉爲冰涼。他——這個所謂的S.——完全無法掌控自己是誰、身在何處又是爲什麼。他覺得好像又再次墜落，墜穿黑暗，除了地心引力的殘酷效率之外，再也不能相信什麼。

我也喜歡這句。

他膝蓋一軟，整個人倒落在甲板上。木板貼著臉頰溼溼涼涼的，有種撫慰感。他聽見大塊頭吹起尖銳哨聲，聽見許多雙腳越過甲板朝他們走來，感覺到重新被拉站起來，靠在另一名水手的肩膀。大塊頭用那沙啞、虛幻不眞實的聲音介紹他們時，他跟著掃視排列在眼前的一張張面孔，[8]進而注意到一件怪事：除了大塊頭之外，所有水手的嘴邊都有一些小汙點。他正試圖想釐清那是飲食中缺乏了什麼或是何種抽菸習慣造成的，撐扶他的水手恰巧轉頭面向他——他就靠得那麼近，兩人的鼻尖幾乎碰在一起——這時S.看見他的嘴唇被一些細細的黑線交叉縫起，最後在嘴角打了個小結。粉紅小點便是

8 讀者們繼續往下看便會發現，在作者身分爭議中最可能的幾個人選的容貌，似乎都重現於作者對這些水手的描述當中。

又一個起碼有點說得通的註解。

但我不認為這是事實。
看了書，又試著將書中描述與埃斯壯、費爾巴哈、麥金內、賈西亞‧費拉拉、沙默思，甚至是狄虹等人配對，似乎行不通。

縫線穿入與穿出的部位。S.大聲倒抽一口氣，那個水手的嘴唇往兩旁拉開，線受到拉扯，粉紅點隨即轉為血紅。S.發現自己好希望時光可以倒流，讓他能好好過自己的生活，永遠無須在這艘無名巨船上，如此近距離地看到這樣的笑容。

遺憾：或許暗示石察卡本身的某些遺憾。

老話一句：
妳得小心點。
作家寫的東西不全然與自身有關。

我很想叫你用快10倍的速度說一遍，但這樣只會讓你的口氣高傲10倍。

第二章

漂移的雙生子

在船上經過了兩天兩夜。在洶湧波濤沖擊下，船身起伏搖晃不定，因此S.大半時間都待在艙房裡噁心欲嘔。有時能把食物留在胃裡，有時則不行。他的進食充分，但品質不佳：硬得幾乎咬斷牙的船上餅乾和硬邦邦的鹹豬肉，兩者都略微泛藍，還有新鮮卻帶著溼土味的水。遭噤聲的水手會用馬口鐵盤裝食物、馬口鐵杯裝水端來給他，他明知道應該試著和他們溝通，卻怎麼也無法正視他們的臉。那些黑線令他反感、驚恐，也讓他心裡興起一些他還不願提出，甚至不願捫心自問的問題。

這一章是根據石的哪一本書？我還沒發現有哪一本很接近。

《山塔那進行曲》

那整本書都發生在沙漠裡。

情境不同，但構思/情節類似。尤其是逃跑的企圖。

我發誓我長得不比那些水手可怕。（但說不定你知道？說不定你偷偷監視過圖書館的書架區？）

啊哈……

對不起。只是覺得暫時這樣比較安全。

沒有。我不會說謊……我很想這麼做，但似乎不公平，也不符合交換留言的精神默契。

原來我們還有精神默契。

妳認為沒有嗎？

我認為有。所以才覺得有趣（也不那麼恐怖）。

例如，他們怎麼吃東西？

又例如：「誰送书給艾瑞克，又是為了什麼？」

還有：「珍到底能不能畢業？」

還有：那個穿西裝的人是誰？他到底想從我這兒得到什麼？伊莉又跟他說了什麼？？

好吧——老實跟我說。你知道我長什麼樣子嗎？

我發誓我不知道。

真的？你沒試過偷看？

我覺得我們要是有一方不知道，另一方也不該知道。

第三天下午，那個沒有被縫嘴的大塊頭水手（看到他的鬍子，S.忍不住替他取了「大漩渦」的綽號）出現在艙門口往下俯看他。垂下的鬍子長到觸及梯子最高一階。

和愛倫坡寫的〈大漩渦歷險記〉有關？

「請替我澄清一件事，」S.喊著對他說：「我是乘客嗎？你們好像並不期望我工作……」

以後有你累底哩，匈信我。

「我發現……你沒有……雖然船員都……」這種事該從何問起？「……就是你，那個，可以開口說話。」

大漩渦將兩手舉到面前，撥開遮住嘴巴的濃密鬍鬚，露出傷痕累累的嘴唇。不過大塊頭想讓他看的不是那個。不是，而是環繞他嘴邊那些細小疤痕所形成令人不寒而慄的圖案。然而，並無進一步解釋。

「告訴我，」S.說道：「你們要帶我去見的人是想對我友善或不利？」1

唏能回喀。

開頭／結尾（第一個字／最後一字）的解碼方法不適用於第二章或其他章節的註解。

不過和第一章一樣，註解中似乎有些意見值得認真看待，有些不然。（特此聲明：我認為我們應該技術性地稱之為「暗語」。）

我認為你應該技術性地忘了這回事。

「為什麼？」S.問他。

大漩渦看著他，像看著一個傻瓜。**因為嘸人能回嗒。**他暫時住口，一手撫著長鬚，彷彿陷入沉思。**陸地上底人話你被索拉迷上了。**他的話，雖然談不上重要，聽起來卻是經過深思熟慮。

「我聽不懂，」S.說：「能不能請你解……？」不料沒有縫嘴的水手的臉突然從艙口消失，S.聽見他走向船尾步下主甲板時，全身重量壓得甲板木頭咿咿呀呀響。S.跳起來打算追上去，可是船左搖右晃，讓他的胃又是一陣翻騰。他坐回地上，緊緊貼在一面牢靠的牆邊，彎折起身子，哀求許許多多他並不相信的神明讓這暈船魔咒趕緊失效。

這幾天裡日日夜夜，S.都聽到水手們腳步沉重地在甲板上走來走去，忙

1 書中人物此處的問題反映出作者經常向出版商提出的問題。他們之間的對立關係是石察卡的生平中難得獲得一致認同的事實之一。（石察卡的經紀人路易斯．魯柏於一九三〇年第二次失蹤後，最常被要求扮演中間人角色的就是我。）

而且，卡石特（Karst）很接近拼字顛倒的石察卡（Straka），兩者幾乎是重組字。

總覺得太過明顯了，不像他的作風。

但如果石就是他自己的出版商呢？卡石特出版社沒發行什麼別的書。

太不可思議了。本該沒了的一切竟然都還在——只是形式不同。

目的也不同。

S.是無神論者

這麼說，魯柏&柯都在1924–30和石合作過？有人看過他們一起出現嗎？

沒人見過他們之中任何一個，就這麼簡單。

他失蹤了兩次？

沒，只有一次。很多人以為他是石，所以若有第二次失蹤肯定會造成轟動。不知道柯在說什麼。

那麼「第二」就有其重要性了。不是（註解或內文的）第二個字或詞組……

也許是這一章的第二個註解？那段內容很奇怪。

« BINGO »

可以解讀為暈船，但也可以是焦慮——恐及索拉時的反應。就像當你深深愛上某人。

又是個牽強說法。

狗屁，別告訴我你從來沒有過這種感覺。

我有，但不代表石也有。

新聞快報：他是人。（至少我十分肯定。）

著行駛船隻。偶爾大漩渦會以航海用語中某種格外神秘的術語吼出命令與觀察結果，不過船員們更常以鳥鳴般的哨音溝通，以音調、節奏與速度都變化頗大的顫音律動來差遣行動。聽起來S.彷彿被囚禁在瘋狂雀鳥保育區內。

原來縫了嘴的水手們在頸繩上戴著哨子，是一種孔洞很薄的哨子，可以塞進縫線間的空隙來吹，這點他以病態而熱切的目光瞄了送飯來的水手，確認過了。這名水手看起來約莫五十五歲，兩眼無神，頭髮中分，形成兩波高高聳起的髮浪，頭上彷彿長了一對蝙蝠耳朵。S.試圖引起他注意，希望獲得一點回應——任何回應都好，哪怕只是一個哨聲。那人卻充耳不聞。

如此一來，他最常聽到的便是自己的聲音，他會喃喃自語，努力引出仍在他腦中運行的記憶流。只要心裡想到任何字句他都會說出口，然後追隨著聯想的軌跡直到走進死胡同，每次都是如此。他會猛然捕捉住浮現於腦海的極少數影像——青綠山坡上的一隻黑羊、上鉤後滴著水抽搐躍動的鱒魚、冰冷陰暗的房間正中央擺著一只手提行李箱、一大群咕咕叫個不停的鴿子在鴿

大家都認為那是石察卡的？

有些人。1925年魯柏把它拿出來拍賣（另外還有19塊蝕刻了S記號的黑曜石）。說這些都是石的珍藏，都有幾百年歷史了，是在亞速群島附近一場船難中被發現的。

布拉格檔案室裡的文物：烙有S記號的木哨。

恐怖

石察卡肯定氣炸了（如果他不是魯柏的話）。

除非他需要錢。

很好奇：如果石察卡吹過那個哨子，說不定上面有DNA？驗得出嗎？

好問題——我會問問布拉格檔案室。我和他們關係不錯。

不太樂觀。拿取文物需要申請，手續得花一年，而且「很可能被駁回」。

還以為你的關係不錯……

我本來也以為。

猜猜現在布拉格少了什麼。

我拒絕把剛剛說出口的語句化為文字。

伊莎發表過一篇論文，探討他書中鳥的隱喻。

有幫助嗎？

很膚淺。

這些都是石較早期小說中的影像。

*那個丹麥小鬼的網站上有很多新發現的S符號。
來自一些相隔超級遙遠的地方。誰都能捏造。
現在大學電影廳的外牆側面也多了一個。
是你嗎？戲弄我？
不是我。妳意思是…不是妳畫的？
對，我的意思就是這樣。
嗯…有很多人看過石的書…
影廳明晚放映《山塔那》。最後一刻才改片單是巧合？告訴我是巧合。
很可能是。但我們絕對不應該去。
現在你就算付我錢我也不去。

舍來回踱步、一片濃霧迅速瀰漫整條幽暗街道——但這些都只是各自獨立的畫面，來自一部已經不存在的電影。他大聲描述自己所見，期望藉由某個字、任何一個字誘使記憶重現。

他們會端水下來給他，他便對著混濁水面端詳自己的臉，仔細審視五官的輪廓與形狀，試圖拼湊自己的形象。他細數身上的瘀青、擦傷與發白的舊疤痕，推斷每處傷口可能造成的原因。他審視大衣上的暗沉汙漬，審視襯衫、長褲、鞋子，尋找能洩漏內情的瑕疵、製造商名稱，什麼都好。他甚至審視吊床上方的天花板，那有如羅夏克墨漬測驗圖案的木紋。*這些時候，烙刻在木板裡那個奇怪的記號始終近逼在眼前。他也會審視那記號，但它始終是個未解的暗語。

翌日，他在惱怒氣憤中醒來，對自己的被動煩躁不已。夠了。不能只是閒坐著暈船或徒勞無功地搜尋不完整的記憶，因為在這船上每過一分鐘，就讓他更接近一個無法揣測的命運，也更遠離他希望能保留的生活。儘管無比

一切不都是記憶嗎？

記得提醒我告訴你我失蹤那天的事。
現在就說啊。
說來話長，空間也不夠寫。

試圖認清/定義自我：藉外在證據得出結論。但由內而外彙整自我較為困難——(布蘭德醫師說的)
布蘭德是誰？ 我住院時幫我最多的人。
你何時住院的？
冬天。莫迪的事，我其實沒有處理得很好。

虛弱，還是得開始尋找逃脫的辦法。他把大衣留在艙房，[2]爬上梯子攀登到艄艛。

天色陰霾，大海平靜，從右舷吹來一陣輕快的微風，船身也以正側風角度輕快地破浪前進。船尾傳來一名水手用榔頭敲擊木板的聲音。S.探頭望向甲板數了數船員——還是十九人，不包括大漩渦。有幾個船員發現他在看他們，但毫無反應便又轉身幹自己的活兒。當他下到主甲板從他們當中走過，眾人依然一副漠不關心、視若無睹，只有一人例外——是一個雙眼凹陷、眉頭緊鎖的中年男子，寬闊蒼白的額頭頂上只有幾絡細長的頭髮點綴。他正用

我們不都一樣……

2 有個觀察力平平的評論家波雷費指出，大衣在石察卡多本書中都扮演重要角色，因此主張那必定有某種重大的隱喻意義。（依我淺見，大衣多半就只是大衣，功用就是為穿者保暖。）這種賣弄學問的胡說八道讓石察卡火冒三丈，假如提出的人又是對他作品嚴加抨擊的評論者，以及/或是堅持不肯正大光明行事的政治人物，他尤其憤慨。其中最惡劣的攻擊者包括海爾曼（Oskar Heilemann）、厄勒（Herbert Uhler）、沃金斯（Bolingbroke Wadkins）、歐森（Helmer Aasen）、貢賽維斯（Martin Gonçalves）與揚布拉德（Sydney Youngblood）。

??☆

而註解通常也只是註解。
但此處例外，因為那些人全都不存在。

??☆ 波雷費密碼（Playfair Cipher）？這是一種古典加密法，製造一連串成對的字母。（例如註釋最後那些名字的縮寫 OH、HU、BW……）。這種密碼必須找出作為「解碼金鑰」的英文關鍵字，才能譯解。

與章節名稱「漂移的雙生子」有關？

雙子座 Gemini。譯解出來是「Looper agent」。所以她在警告他小心 Looper（魯柏）Agent（經紀人/特務）？

說不通，石就是魯柏。

那是你的假設。

我，還有其他數以千計的人。

你們都犯了同樣的錯，真好啊。

一塊磨石在磨甲板，見S.走得太靠近他清理的甲板區，嘴裡發出咕噥的抱怨聲。

雖然有風，甲板層上凝聚了一群沒洗澡的男人的體味（S.本身的貢獻也不小），空氣依然沉悶。每當有某個船員伸手拿起頸間哨子塞進嘴唇中間，他都會別過頭去。一個失去記憶的男人最不需要的就是可怕的新記憶。

眼看自己顯然可以自由走動，S.便放心大膽地走到主甲板尾端（現在兩條腿比較穩了）。上方的艉甲板上，大漩渦正在轉著船舵。儘管明知會聽見模稜兩可得讓人生氣的答案，S.還是很想拿更多問題砲轟他，但終究忍了下來，轉而走向艉甲板底下的艙門。他猜這裡應該是海圖室，也可能是船長室，如果有船長的話。他試著旋轉門把，竟然沒鎖。他左右張望了一下，沒有人採取行動或大喊或吹哨制止他，於是他開了門。

這間艙房比他在艏艛底下所占的空間約莫大上一倍。火紅的夕陽光從右舷舷窗射入，簡樸無華的艙室浸潤其中，但裡面的空氣依然潮溼沉滯。唯一

* 以一個被趕出校園的人來說，你行動似乎挺自由的。

校園很大＋我擅於低調行事＋必要時我會用一些技巧。

像是走蒸氣地道？

說到這個……圖書館檔案室裡的那些黑曜石少了一塊。

很奇怪。高中的畢業紀念冊從頭到尾把我給遺漏了。

你該不會是一天到晚蹺課的學生吧？

不是，我有上課，只是從來沒人想記錄我的存在。我只是在行政管理上列為出席。（好吧。其實有張照片的背景裡有我：背對鏡頭，只看見一團模糊的刺蝟短髮，非常石察卡的風格。）

你覺得困擾嗎？被大家給遺漏。

一旦我認知到自己不受注意，刻意保持低調的感覺就更有趣了。

你迷上石察卡是在這之前或之後？

不記得了。大概差不多同一個時候吧。

↑ 據我所知也差不多是你那趟出海航行的時候。

聽起來像期末考週的我。

聽起來像現在的我。最近都沒時間睡覺。在醫院浪費了2個月，得急起直追，不能輸給莫迪。

小心點，你不是還在復原嗎？

我要把工作做完才會復原。

的家具是一張搖搖晃晃的木桌，八成有百年歷史了。桌上有一個布滿銅綠的六分儀和一張已發霉泛黑到無法辨讀的航海圖。即使這艘船上真有任何航海指揮行動，也不是在這個房間裡進行的。

他站在門口，正要踏出艙外，甲板上忽然哨聲大作（說真的，聽起來好像一群受驚嚇的倉鴉），接著有一名水手從通往較低層甲板的艙口冒出頭來——S.從欄杆旁往下一瞥，暗忖下方有兩層甲板，再往下則是最底層甲板與底艙。那個水手肯定有五十歲了，一頂藍色毛線帽歪歪斜斜地戴在頭上，長了一對招風耳，鼻翼寬闊，圓圓的眼睛分得很開，眼裡帶著一抹驚惶。然而，那人拖著身子移向中央甲板，彷彿疲憊至極，反而掩飾了他臉上的狂亂神情。他暴露在外的脖子和雙手肌膚上似乎有一些淺淡的藍黑斑點——顏色可能比剛出現的瘀傷深一些。來到主桅前，他顫巍巍地舉起一隻手，將哨子放進嘴裡，吹出微弱無力的一個尖音。這時，另一人立刻爬下桅索梯，從同一個艙口鑽進船身內。招風耳水手則順著桅索梯爬上高處，消失在叢林般的

也許現在的我也是一樣。

據我觀察：妳是在做我們的工作，卻可能在逃避妳自己的。

我一直在想：拿這個學位真的是為了自己嗎？或是為了我爸媽？

好問題，但問的不是時候。都已經快拿到了……

參見《山塔那進行曲》中的破損地圖／羅盤。

我現在在聽一隻鳥唱歌。有隻鳥住在圖書館外面，啼了一整夜。

是仿聲鳥對嗎？我進波洲大以後，每年春天都會看見牠。

＊這段讓我想到我住的地方。我好像一轉眼變成了40歲的人。
（至少我那個超棒室友是這樣說的。）

我可以說一直都是這樣。

那有點悲哀。

我以前也這麼想，
現在卻覺得：
人生下來就是某種
樣子。長大後，可以
自己決定要花多少
力氣去對抗／改變。
我並不介意落單。

你肯定是介意的，否
則你不會和我一起
在這裡寫字。（而且
你也很可能不會那
麼氣伊莎。）

不管怎樣，我還是
會生氣。

船帆與繩索之間。

好個奇特的儀式：反其道而行的換崗，由筋疲力盡的人取代精力較旺盛的人。[3] S.實在想不通；很可能只要一陣強風就會把那個年紀的疲憊男人給吹落繩索。他發現自己走過甲板時不停抬頭往上看，總覺得隨時會有一具沉重的軀體掉下來砸中自己。

＊《夜裡的哨聲減少了，中間的空檔萬籟俱寂，靜得像座墳場。一大群水手被困在波濤之上，理應會有喝酒、玩音樂、跳舞等消遣，在這兒卻毫無類似活動的跡象。》S.走過甲板，一面暗中觀察周遭環境，卻沒有比剛在船上醒來那一刻想出更可行的脫逃計畫。他看著一個水手提著一罐煤油重新填滿桅頂

3 在書信往返中，石察卡經常向我抱怨他有多疲憊，還會一一細數自己生理上的失調不適。（例如：慢性耳疾讓他無法聽到頻率介於二七一〇至六〇赫之間的聲音。）雖然在面對債主、國家的鎮壓機關、秘密行動，以及那些自以為是地剝削他的作品、名聲與身分的人時，他為了占得先機顯然也自損不少，但他作品的多產與寫作的活力確實證明了他擁有不同凡響的精力與毅力。

精確到很怪異。那麼，這又是寫給石的訊息？

這裡我完全解不出任何暗語，你呢？

如果和第二章的暗語毫無關連，
怎麼會出現在這裡？
難道這屬於另一個暗語？
或者根本在講另外一回事。

又或者柯想藉此
誤導其他人？
隨意安插的細節
看似有意義，其實不然？

燈，並以燧石打火再次將燈點亮；這名水手身材瘦小，像個小男生，甚至有點像女人，齊肩的深色頭髮框著一張窄長而陰沉的臉。另一個水手背靠船舷而坐，正在將一根細細的木條削成哨子，濃密雜亂的淡黃色頭髮在風中強烈顫晃。S.暗暗祈禱，希望那個哨子不是給他戴的。就在他不自覺打了個寒噤之際，兩名水手交換了一個會心且頗感興味的眼神。S.連忙避開他二人。

最後，S.拿了沒吃完的船上餅乾和剩下的水爬上艏艛，坐在前桅邊凝視眼前星空，尋找熟悉的星群。他無法確知船的位置（他曉得自己並不精通星象學），但即便只有一丁點資訊也是聊勝於無。如今他最渴望的是能看見某樣熟悉的東西，某樣能讓他與他失去記憶、失去身分、失去自我以前肯定熟識的世界產生連繫的東西，無論這連繫是多麼細微。

那邊：天鷹座。那邊：天鵝座。那邊：雙子座。他把餅乾放進水裡泡上一會兒，稍軟之後再用牙齒去咬，好不容易啃下幾小片，又得再泡。

當他重新抬頭看天，星星彷彿移了位，雖然仍辨識得出星群，形狀卻已

這段話讓我感觸很深。
感覺上我生命中的一切都改變得太快了。

我住院時也有同樣感覺。

你有沒有找到你「熟悉的東西」？ 就是妳手中這本。

他們竟然沒叫你休息一陣子別工作。

我有啊。我休息時只讀這本書，沒用太多大腦。我上大學、認識莫迪之前就愛著這本書，休養時又回到那種單純的心情。

這時你可以問：「妳有哪些改變？」

妳有哪些改變？

嗯，你知道的：人際關係、父母、學校（仍在學，又即將畢業）。但也包括我自己。我不再對自以為感興趣的事物感興趣。我不再想要一直以來自以為想要的東西。我的情緒也是：暴躁得不得了。所有人&所有事隨時都可能讓我暴跳如雷。

我猜我也是其中之一。

看第一遍的時候我漏了這句。

嘴巴被縫 → 吹哨
（被迫進入標準化／有限的溝通模式）

還好這只是你寫給自己的筆記，否則我會說你虛偽。

*漂移的雙生子＝？
分裂的自我？
公開 vs. 私下？
作家身分 vs. 個人角色？
現在的自我 vs. 過去的自我？
vs. 可能的自我？

不同。組成老鷹翼尖的星星已經在空中散開，讓鷹處於不完整狀態，不斷地摔入黑暗中。天鵝的脖子像被擰斷，彎垂下來。*雙生子也脫離了彼此。可是星群不可能不顧原先的排列，逕自漂移到新位置，不是嗎？這一定是因爲精神深受刺激，身體又疲累脫水所導致的幻象。又或者是眼疾，只是他忘了？他閉上眼睛，試著搖晃腦袋讓自己清醒些——不過只是輕輕地搖，以免再度引發噁心。

當他重新睜開眼，竟然再也認不出任何一個星座了。頭頂上滿天星星，他必須自己去連接成新的形狀，密密麻麻的光點已不再依照數千年來人類所描畫的形狀排列。他緊緊盯著群星看。它們在眨眼、在顫動，而且他敢發誓眞的看見它們在漂移——就如同我們能看到時鐘的分針移動。他是個沒有過去的人，航行在一片奇異大海上，而置身的世界裡，蒼穹星子又紛紛奔逸四散。[4]他用力咀嚼著最後一口餅乾，然後硬吞。啜了口水，經由喉頭處的一團硬物嚥下去。頭重重埋進雙手，深深呼吸幾口，準備通過一個他不可能理

沒你想得那麼嚴重。
主要還是真實世界中的人。
……相較於書本空白處的眉批世界。
很奇怪，我知道，但確實如此。
交換留言……該怎麼說呢……既刺激又輕鬆。

解的世界。

索拉。是人名吧，他心想。這是截至目前爲止，他從大漩渦，從任何一個人那兒所得到唯一有用的訊息。人名。男人或女人？此人屬於他隱匿不明的昔日人生，或是現在這個？

（眞有趣啊，他發覺自己已經將這兩者視爲個別獨立。）

有可能會是這個人生中的誰呢？醉酒的水手？他在港口附近擦身而過的滿面怒容的男子？酒保？費力調整歪斜招牌時泫然欲泣的旅館老闆娘？絕對不是。也許是隨身帶著一本厚書的標緻女子？這是個令人欣然的解答，只是除了他所感受到如電光火石般短暫的熟悉感之外，可能性又有多大？這樣一個女人怎麼可能和目前環繞在他身旁的這群可怕船員有所關連？

4 在一封寫於一九四二年，蓋有瑞士巴塞爾郵戳的信中，石察卡描述自己剛作過的一個夢，夢境與此現象十分類似。這封信已經不在我手中，但我可以憑記憶引述相關內容：「萬一星座不再維持原狀會怎麼樣呢？」他問道：「難道不會讓人小心謹慎地觀察四周的整體環境？難道不會引發驚恐？」

我看了沙默思自白錄音的謄本。他為何要特別聲明作品都是自己翻譯的（暗示譯者翡樂美拉·柯依拉是虛構的）？我們知道她是存在的，也知道她和石察卡合作過啊。

也許。除非序言&所有註解都屬於另一個更嚴重的偽造…

你不是真的這麼以為吧。我想這個「翡樂美拉」就是我們一直在討論的柯。!!

若是閱讀的時候把索拉視為柯的替身，這會變成一本截然不同的書。

如此一來，哪一個結局是真的就非常重要了。

☆我們不是都必須這麼做嗎？抽離以前的自己，才能成為我們想成為的人，對吧？

但妳可以說那是一連串的改變，而不是一個中斷。

摒棄一些關於自己是誰的想法，獲取另一些新想法……但我們還是持續的。

那麼你摒棄了什麼？

本來很需要父母了解我，但早就放棄了。也拋開了我本來就不該抱持的內疚感，還有再也沒必要把自己想成是有史以來心理最健康的人。

但沒有任何關於學校／事業／石察卡的事？

沒有，這些一直是持續著的。

關於往學術界發展的想法呢？

這個嘛，沒錯，可能也得摒棄掉。別人可能已經幫我毀了這條路，但目前還沒結束。

昨晚沒鎖門，被室友唸了一頓。我跟她說我很累，工作太多，一時沒注意，就算了吧。她回我一句「妳？不可能！」狗屁。

??? 不懂。

我對這種事向來都小心翼翼。

忽然間一陣倦意襲來，他決定回到底下艙房的吊床，同時告訴自己，好好睡一覺醒來或許便能回到一個比較合理的宇宙。他站起來伸伸懶腰，當目光越過左舷望向遠方，忽然注意到黑暗中有另一種不同的光線閃動。是兩點亮光。不是星星，不是：這些有著油燈那種較為溫暖的黃橙色調，而且幾乎就在吃水線的高度。兩點亮光，一致地移動著：是另一艘船。一艘雙桅船。但該如何引起注意？該如何吸引那艘船靠近，然後求救？

S.靈機一動。他下到主甲板，行動時盡可能裝作若無其事，不引人注意。（即使在這裡，在這艘船上，投射在他身上的目光依然如浪潮湧來隨即退去。他理應慶幸自己有這樣的天賦，但他內心到底怎麼想卻不明確。）他一把抓起那名年輕水手留在木桶頂上的煤油罐和燧石，隨後又爬回艏樓。

他看了看船尾，確定水手們並未對他多加留意之後，也不理會已悄悄滲入夜風中的寒意，脫下襯衫，除了一隻袖子之外，整件浸到煤油中。他一手抓著乾衣袖的袖口，另一手摩擦燧石打出火花。襯衫著火時轟的一聲火光閃這讓我想起，我還在等你解釋為什麼約好在咖啡館見，卻放我鴿子。

我道歉過了，又何必再解釋？

連繫失敗

*你瞧：我發現資料提及有艘葡萄牙船在1619年遇難。國王派人傳話給船長說船上的乘務員其實就是「惡人蘇布雷洛」，並下令立刻將他吊死。屍體被丟入大海。船被燒毀不久後沉沒。這被視為蘇布雷洛確實曾在船上的證明。對了，這件事發生在亞速群島。

妳在開玩笑吧。這是在哪找到的？

現，隨著他畫圈旋轉，在墨黑的夜裡燒出一個光環。他扯開喉嚨對著水面大喊——一面旋轉火把一面喊叫一面旋轉一面喊叫；聲音當然傳不到另一艘船上，但他就是無法自制，內心的所有恐懼與沮喪與憤怒也都一併點燃了。他回頭瞥見整船的喑啞水手都在主甲板前端看著他，但他不管，照樣喊叫揮轉，他需要把信號送出去讓另一艘船上機警而勇敢的人看到，因爲這也許是他僅存的機會，能夠與自己從前必定生活過的那個充滿理性與秩序的世界重新取得連繫。當他感覺到被抓住，順勢便轉身將火把高高拋出，在水上劃出一道弧線，火焰劈里啪啦、急速亂顫，接著消失在碎浪中，只發出細不可聞的嘶一聲，立刻被風打散於無形。

兩個水手將他壓制在甲板上，一是睡眼惺忪、長著招風耳那個，另一個則是四肢瘦長、臉色慘白，掉落在額前的油膩黑髮頻頻隨著激烈動作亂舞；兩人把他的脖子扭得很不舒服。他聽到幾聲短哨音，片刻過後，大漩渦的聲音冷冷地劃空而過：**笨蛋。你這北疵會害我們暴露形跡。**此人平板而沙啞的聲

馬德拉的航海歷史博物館有一流的資料庫。

這麼說蘇布雷洛真有其人…

而且和石察卡一樣專惹有權勢的人。

但我們不知道為什麼，也不知道他是不是（據說）寫了《弓箭手故事集》的蘇布雷洛。

對，我們是不知道，但我想應該是。而且我認為哨子可能是他的。我無法證明，但我也說過：我不是學者。

但妳若有興趣向世人發掘出有關石察卡的真相，那麼至少得假裝自己是。我必須非常注意自己說的是否屬實、資料來源也要小心求證等等。要是一個不留神，我就完了。

音竟傳達出如此的輕蔑不屑，一時令S.驚愕不已，也壓抑了自己急切渴望被救離這一船怪人的衝動。制伏他的那兩名沉默水手便利用這個停頓空檔，將他丟下艄艛艙口。

S.在慌亂中短暫抓到一截繩梯，減緩了墜速，摔得沒那麼痛。大漩渦透過艙口瞪著他，說道：你啥都啲懂，是啲？在他陰暗模糊的頭後面，上百個針尖般的天體小點搖搖蕩蕩滑過夜空。

「我當然不懂！」S.高喊：「這一切都沒道理！」

艙門砰一聲關上，留下他獨自在黑暗中。

當他張開雙臂，拖著腳步緩緩走向吊床，思緒登時回到看書的年輕女子。他遭受攻擊時她說了什麼？她沒有驚聲尖叫，沒有高喊求救。沒有：她很冷靜地應對，任由正在與自己交談的男人被一個面目可憎還留有刀疤的無賴以毒氣攻擊並擄走。假如她果真是索拉，沒讓她給迷上的話（不管這句話是什麼意思），他的下場應該會好得多。

我（在外面這個真實世界的）同胞稱之為「溝通」。

好吧。原因很複雜，其中一個：害怕。

顯然是因為我太可怕&凶惡。

不是因為妳，或者應該說不是只有因為妳。

我保證：只要我能理出頭緒，馬上向妳解釋。

最好快一點。再2個月我就要去紐約了。

我還以為妳不想要那份工作。

我是不想，但我跟他們說我會去。我可不是毫無計畫困在原地。不准你為此批評我。

☆也就好像你以為和某人處於一種深刻&長遠的關係，後來發現其實不然。有時還是透過email知道的，真的很爛。假如email是春假期間從聖盧卡斯角寄來，那就三倍爛。

真冷酷。

重點是：在某個時間點相信某人或許沒錯……但他們可能會改變。

而且這段期間內，他們肯定是從可以信賴漂移到不能信賴。只是等妳察覺對方漂離多遠，已經太遲了。

當然，我其實一點也不了解你。所以我永遠無從得知你是否正在改變，或者已經改變了。

外表vs.現實

就跟石一樣：才剛以為了解他，故事就變了。

☆[看左邊]☆

妳對我還是稍有了解的，對吧？

曾有一段時間人們是憑藉書信往返來認識的。

據我觀察：現在已不是那種時代。現在當然是。

我修的課就是一件「重擔」，尤其是文學課。
伊莎總是說不清楚她要我們做什麼，
有時甚至連她自己都搞不清狀況。

我認識的伊莎就是這樣。

你去紐約那天她停課，她也去了嗎？

對，莫迪叫她去的。

你怎麼沒提？

因為，當我容許自己假裝她不存在，通常會比較快樂。

你真的必須克服這一點。真的，這是個大問題。

不是決定了就能做到。

沒錯，但你可以下定決心試試看。而你並沒有這麼做。

夜裡，在睡夢中冷得發抖的S.被艙門打開的聲音吵醒片刻，有樣東西被丟下來。他將身子側傾到吊床外撿起來。是一件襯衫，摸起來像是和水手們的衣服相同的粗厚布料。儘管衣服發出惡臭，儘管擔心有臭蟲，儘管自尊受傷，儘管一想到自己愈來愈像這群人就害怕，他還是穿上了。他覺得冷，又想睡覺，此時此刻這些才是最重要的現實。

天亮後，他會發覺這件衣服其實和其他水手的一模一樣：多到離譜的補丁布片縫合在一起，布滿色澤深淺不一的汙漬，還儲存了各種令人難以忍受的嗆鼻氣味。[5]他不停搔抓後肩胛骨、整個胸口還有脖子。感覺好像已經有蟲子在咬他了。

大漩渦轟然打開艙門，將兩根手指放在嘴裡吹出一聲尖銳口哨將他喚

5 這個細節可能取材於巴伐利亞一個名叫芬夫荷贊的村莊裡，每逢聖灰星期三都要表演的一齣傳統兒童劇，劇中主角被迫穿著 *Belastunghemd*，意即「重擔之衣」。這齣奇特的戲劇起源不詳。

這座城鎮不存在，這齣戲不存在，
「Belastunghemd」這個單字也不存在。
但除此之外，還有什麼問題嗎？

翡樂(柯)到底想說什麼？

又是一個暗語。一定是。

答：伊莎·鐸克斯&萊特·莫迪。
我曾試著警告她：他是個什麼樣的人。

誰啊？

如同伊鐸&萊莫！

醒。快漆來，大日頭，他說話時帶著一種短促尖銳的愉快聲調。我們快接近你底船了，你一定想企看看吧。

S.翻身下吊床，爬上梯子時心裡只有一個念頭：當大漩渦鬍子帶著他這群可怕的夥伴制伏另一艘船的船員，如果他的動作夠迅速，多少能讓後者少受點苦。

他發現水手們並未忙著裝子彈或磨刀，而是以不祥的眼神望向左舷。他們慢慢接近那艘雙桅小船，只見它橫斜著滑過水面，未開展的船帆無用地扭攪在一起，昨晚他看見在桅杆頂上搖曳閃動的燈已然油盡火滅，甲板上空無一人。此時的景象是迷人與恐怖的怪異組合：晨曦柔和、蔚藍的空中風捲流雲、小小的白浪羞怯地輕拍山巒，一切都如此美麗而寧靜，但大煞風景的是，S.直覺到這艘小船與船員遭遇了什麼不幸，而駭人景象很快就要鋪展在眼前。

兩船靠近並列後，六、七名水手（包括昨晚抓住他的那兩人）縱身跳上

我今天去了他的辦公室，只是想看看他長什麼樣子。（我說我想在秋季班修他的歐洲文學課。）我覺得他讓人極度不舒服。

珍，不管妳做什麼，千萬別讓他知道妳對石察卡感興趣。我是說真的。這很重要。同樣別讓伊莎知道。

放心，我不會的。不過供你參考一下：伊莎也在他辦公室。他們似乎，那個……很友好。

我知道。那個人絕不會放棄任何一個擁抱迂腐的機會。

他擁抱的不是迂腐。

那是妳的想法。

小船，身手之矯健讓S.咋舌；他們將兩艘船綁在一起後，在無人的甲板上四散開來。有幾人打開艙門，鑽進去消失不見。另外有個水手是身材瘦小的小夥子，縫合的嘴唇始終噘得高高的，不過若是在正常情況下，他應該算是清秀俊美，能讓少女們心中小鹿亂撞；他漫不經心地用腳尖踢了踢一堆黑色碎屑，但隨即倒抽一口冷氣，因爲發覺到那是一堆燒焦的骨頭，而且已然裂開還被刮除了骨髓。

招風耳和另一個水手（此人水桶肚，兩條腿卻細得滑稽，七橫八豎的花白鬍子不禁讓他想到開花的掃帚）一同進入主甲板尾端的艙房。他們的哨子幾乎是立刻同時大響。當兩人再次出現在甲板上，招風耳抱著一個年紀很輕的男子，瘦巴巴的身上穿著襤褸骯髒的粗布衣，身軀靜定不動，但尚未僵硬。而在圓胖的大鬍子水手懷裡的，是一個小嬰兒，用髒兮兮的破布包裹著。S.的心倏地往下沉。

直到兩名水手來到欄杆旁，S.才發現自己錯了：那個嬰兒不是嬰兒，而

其他動物？或是他的船員？

我在某份乘客名單上發現柯（翡樂美拉）的名字——她在1959年11月從紐約市搭船前往聖保羅。據我目前所知，她始終沒有回來。

所以妳認為從1949年到當時這段期間，她人在紐約？

飛天鞋出版社在1960年1月以前有個辦公室（因為沒付房租被趕）。她始終沒有回應，顯然已經離開那裡了。

幾年後她就死了。

沒有正式的死亡紀錄。而且宣稱她死亡的那個人所提供的照片中，墓碑上沒看見她的名字。只是有人告訴他說那是她的墓。

那麼：妳認為她活得更久？

有可能。天啊，如果她還活著呢？

嗯……那就已經100多歲了…

我知道你覺得這很瘋狂。

我才不會說「瘋狂」。這個妳曉得。

又一個分身？
第三分身？

又或許只是石在抗拒「這個＝那個」的簡單象徵。或是想在書中呈現比較複雜的身分概念……

猴子作為S.的再一次重現

是一隻溼漉漉的猴子，身上只剩幾撮黏著痂皮的毛附著在皮膚上。S.忽然聽到耳邊響起一個熟悉的沙啞聲，嚇了一大跳：**年輕人應該疵掉猴子，哭泣底心在海上咘慈久。**

莫迪很喜歡引述這句。

真是個沒創意的笨蛋。

「他能活嗎？」S.結巴問道。

我咘係才話過哭泣底心？

「我不在乎。我只需要知道你會不會盡力救他。」（又一個領悟：就算以前接受過任何醫藥訓練，那本事也沒跟著他。他完全不知道能為這個病懨懨的年輕人做什麼——如果真能做些什麼的話。）

他搞咘好還有東西能給。

S.想迫使他把話說明白，但就在這時候，昏迷不醒的少年抽搐了一下，咳出一片細濛濛、如朝陽般粉紅的水霧；[6]水手們無動於衷繼續往前走，甚

6 細心的讀者看到這裡會想起《花斑貓》第四部，教士獨白裡的「瘟疫清晨」那一段。

……這段內容裡，教士將村民們的倖存歸功於信仰蜘蛛神。那到底有何關連？

又一個隨機出現、藏有暗語的註解，一定是。

話說牛排怎麼樣？賽林請的那份。

超讚。但我現在又吃起泡麵
&花生醬果醬土司。

你要知道你快死了。飲食習慣也該改了。

我得把＄用在工作上。
而且飢餓能讓人保持敏銳。

至沒有停下來擦臉，他們將他抬進荒廢的海圖室後關上了門。S.喉頭縮緊，幾乎就要潸然淚下。

大漩渦抓住他的頸背，把他整個人往後轉，兩人的臉幾乎相碰。離得這麼近，S.可以看見幾根細小扭曲的白毛蜿蜒在那瀑布似的黑鬍子當中，可以看見他眼睛邊緣的分泌物，可以聞到他帶有強烈金屬味的氣息。**你最好目睛放亮點**，他說，**一咘小心就吔死**。他說完將S.推開，由於力道太猛，S.絆到一團繩索，跌了個狗吃屎。有一刻他真怕自己就要掉落船外。

他拉著前桅站起來，大口大口地喘氣，激動得血脈賁張。他看著大漩渦步下主甲板，水手們正在那兒把小船船艙內沒有標示的木條箱搬上船，再收藏到底下去。那裡面裝著什麼呢？當然不是吃的，否則那個挨餓的年輕水手在情況緊急之下，就會撬開箱子了。

另一艘船被搬空以後，一陣哨聲齊發，隨後小船便被割斷繩索隨波逐流。水手們跳上桅樓，重新回到工作崗位。船帆調整到容易受風的角度後，

隔離 → 藝術家的孤立？

我不曉得這件事是否能代表什麼，但莫迪的辦公室裡有幾個打開的箱子。我試著想看裡面有什麼，但伊莎移動身子擋住我的視線——雖然她只有微微動了一下，但肯定是故意的。

妳覺得他們以為妳在刺探？或只是好奇？

好奇。我很確定。我不過是個大學部學生，對吧？哪有可能在找什麼？

艾瑞克，我一直很納悶，為什麼你似乎不像我這麼害怕？

我的確害怕。

感覺不出來。

呃，因為我們不一樣。對，我以前沒死過。

船便重新乘風破浪快速前進。當那艘幽靈船愈漂愈遠，海浪推著它轉了個直角後露出船尾板。上面沒有船名。

這段時間，生病的猴子在甲板上到處打轉，評估這個新家，最後拖著身子慢慢鑽進主桅繩索間安頓下來。S.看著一個水手把一塊鹹豬肉高舉到猴子面前，不禁著惱地暗自納悶那是不是自己今天的配給。

他搞不好還有東西能給。整天下來，S.暈眩蹣跚地在船上走來走去（只是這暈眩是因為飢渴、疲倦、驚嚇或恐懼，不得而知），這句話始終在耳邊揮之不去。**有什麼能給？**這些人想從他身上得到什麼？

除了海圖室的人員進出較頻繁之外，大夥兒依舊若無其事各忙各的。他們會盤繩、扯帆、調整風帆角度，像蜘蛛一樣靈活地攀援而上桅樓，也會縫紉、用磨石磨甲板、刮船底、敲榔頭、吹哨。根據S.粗略的估計，每隔三小時左右，便有一個疲憊不已、面容呆滯的水手費勁地從艙口爬上主甲板，吹響哨子，取代另一名水手（有時在甲板上，有時在繩索間，有時在舵輪

回應*：當你專心致力於某件事，難道不會捨棄一部分自我嗎？

當然會。但石認為藝術也會有某些回報，商業則只是榨取（無論對方聲稱會有什麼回饋）。這是《萬卜勒的礦坑》書中的一大主題，其實也幾乎可說是石察卡所有作品的重要主題。

那麼愛呢？該把愛擺到哪裡？

我猜想「愛」也是書中探討的重要問題之一。

我敢說對翡樂美拉・柯岱拉而言確實如此。

參見石對於藝術vs.商業的論述：兩者都是從個人榨取而來，但原因不同，目的也不同。*

珍，這是妳的新紀錄。118個留言。

每次交換書平均寫39.25個。

我倒是好奇1/4個留言長什麼樣子。

那麼猴子是S.的夥伴或是對手？

或者二者皆然……我覺得這樣很有趣。

但是也很黑暗，形同和另一個版本的自我不和…

話說回來，「後悔」的定義不也算是「和自己不和」？我是說，不見得只有受折磨的藝術家（或學者）才能體會到這一點。

接下頁

無知 vs. 知識
冷漠 vs. 同理心

前），替換下來的人隨即從艙門鑽進S.從未見過的船艙最深處。三個鐘頭過後，那個水手會再上來吹響哨子，重新加入工作行列。S.在觀察過全部船員換班之後，察覺到他們再次出現時下顎邊的瘀青似乎更加明顯。如果他沒聽錯，好像整艘船到處都隱約傳出痛苦的聲音。

他們的體力逐漸耗弱。

S.感到心煩意亂。一方面覺得應該繼續心懷感激，因為沒有人要求他做任何在船底深處進行的事，他應該心滿意足，繼續對船員所受的酷刑視而不見。另一方面，這項秘密工作必然和他從城裡被擄走，受這些人掌控的原因有關。必然有關。至於兩者不相關的可能性（也就是這兩個謎之間並無交集），S.寧可不去考慮。一個人能應付的秘密也就這麼多，尤其是當他深陷其中的時候。

那天夜裡，S.離開自己的艙房，決心去蒐集有關較低層甲板的情報。頂著大光頭的水手在海圖室外面站崗，當S.力圖表現出鎮靜且無不良動機的模樣步下主艙門，他並無明顯反應。第二層甲板上的水手也一樣，見S.從身旁

廿 上一頁提到石頭… 布拉格&慕尼黑也少了一些。

真是怪了。看來那些檔案室真的得開始加強保全。

牛津&巴黎的石察卡檔案室各有一個。瑞典烏普沙拉的（2013）不見了。

現在巴黎說他們的不見了。你應該不會認為戴加丹哥來的黑曜石就是巴黎檔案室的吧？

我不認為他會那麼做。

妳是怎麼成為這麼優秀的學者，這麼會查資料？

我大二修過一堂圖書館學。是我最喜歡的課之一。

那妳最喜歡哪一堂課？

請見本書〈插曲〉。

我還是不明白誰會想要石察卡的命。

有許多可能：蘇聯、美國政府、主張硬拚到底的納粹人士、一些巴國幹的派系…但我認為布沙特別希望他死。

你說得對，這段很像《山塔那》裡面的逃跑情節。

經過繼續往下走，也還是自顧自地拋光、結繩、修補。到了第三層，他左右各看一眼，一個人影也沒有，於是準備再往最底層下去。興奮與憂懼之情讓他的胃收縮緊繃，這時頭上突然一陣劇痛，眼冒金星。他大喊出聲的同時，被人扯住頭髮拉回到第三層甲板，接著又被粗魯地扛在肩頭帶上露天甲板。他被重重一摔，下巴先落地撞到木板。水手們聚集在他周圍，被月光照亮的臉上充滿扭曲厭惡的表情。

S.低低咒罵一聲，返回自己的艙房。

幾天過去了。每當他想要再次試圖偷溜到底層，疼痛的下巴就會提醒他最好想點別的。

傍晚時分。太陽宛如地平線上的一團火球。四面八方的風一直淡淡然地吹捲著，此時忽然合併成一股強勁的東南風，推送著船輕快地繼續它的神秘旅程。

S.留意到船員們哨聲的音調與形式起了變化；有什麼事即將發生，就要產生某種改變了。有隻昆蟲嗡嗡飛掠過他眼前，消失在偌大船帆背後的天

珍，我想到了，還有S組織也想要石察卡的命(哲學家麥金內的S)。

我真不敢相信。這個人就這麼用了「S.」這個名字，徹底改變了它象徵的意義。

最底層甲板：不會被看見→代表隱私、秘密、危險。乘客無法接觸到船上的真實世界。

說到戴加冉，你們在紐約碰面後，有聽說他的任何消息嗎？

我打了電話、寫了email、寄了信……現在感覺好衰氣。

其他幾個段落似乎也有相同的暗示。

見戴加冉的研究(1979)：石在預言自己的失蹤嗎？

可是在紐約的照片拍賣會上，他似乎很信任你不是嗎？

是啊，但他也有所保留。也許我應該直接到巴黎找他。賽林給我的錢夠用。

艾瑞克．赫許，國際冒險人士！

空裡。蜜蜂？在海上？

在船尾甲板，大漩渦正要伸手去開海圖室的門，忽然從桅杆瞭望台傳來一個特殊哨聲吸引了他的注意。S.仔細觀察他：只見大塊頭偏著頭，從左舷欄杆望出去，接著解下腰間的望遠鏡拉開來掃視天際。他高聲說了句話，一陣風吹來壓過他的聲音，讓S.沒能聽到，但S.幾乎可以肯定他的唇形是在說**看到陸地啦**。然後他啪地將望遠鏡縮短（有那麼一剎那纏到他亂糟糟的鬍子）塞回原處，走了進去。

被救的年輕水手還活著嗎？如今又受到什麼樣的對待？水手們到底期望他給些什麼？S.暗想，假如自己更勇敢些，就會更積極去探查，因為他知道從這名年輕人的命運必定多少能知悉他自己的命運。何況，他不也應該為這可憐的孩子負點責任嗎？至少應該試著幫他一點忙不是嗎？然而，S.秉持本能地盡量遠離死亡（或者瀕死），因為他自己的死期也不遠了。

他從右舷眺望出去，但就算有陸地，光憑肉眼也看不見。船似乎並未調

蜜蜂的學名都是「APIS」開頭，代表：阿匹斯？

「阿匹斯」不是石察卡的可能人選，他的「抄繕官」才是……雖然沒有證據證明確有此人。如果那是石察卡，那麼他的身分之謎並沒有解開，只是轉移到一個同樣諱莫如深的人身上。

怯懦(埋怨自己)：石察卡書中反覆出現的主題。

這位先生，你應該明白你也是這樣吧？

☆我想我們每個人都會懷疑自己吧。
昨晚有份文學報告要寫(葉慈的詩)，結果我完全凍結。
瞪著空白螢幕，腦子裡只想到好懷念以前的生活……
當時我還沒發覺我必須為自己做決定。
接著又想：我到底在做些什麼，又是為了什麼。
我真的為自己做過任何重大決定嗎？
活到目前為止的人生有多少是真的屬於我？

整路線，S.心想：如果有陸地，那裡會是他們的目的地，會是他面對某種未知但八成不是什麼愉快命運的地方嗎？或者他們打算從旁經過，繼續這趟神秘的旅程？即使他們有此打算，即使他們經過陸地時的距離可以靠游泳抵達，還是有一個不容忽視的問題可能影響S.的全盤逃脫計畫：他不知道自己是否精通水性，又或者到底會不會游泳。他隱約覺得很久以前應該和水有某種關連，而且也想起了舊城區那些聲音，真希望它們沒有沉默下來，但他還是猶豫不決，不敢確定能驅使自己游到岸上，而不會如石沉大海。

對於自身能力的恐懼/懷疑

☆[見本頁上方]☆

大漩渦在海圖室待了五或十分鐘才出來，腳步沉重地走過甲板，還一度暫停下來，皺起眉頭瞪著一圈胡亂盤起的繩子。當他重新抬起頭，正好與S.四目相對，S.當下就知道大塊頭正要到艄艛來找他談話。那人接近的時候，他仍舊感覺到五臟六腑因恐懼而糾結成團，除此之外還有一種更急迫的不安，因為他忍不住總會想起那個年輕人咳出的血沫水霧，以及此刻大塊頭身上肯定帶著的傳染病菌。他很確定，這船上總有樣東西會殺了他，只是不知

見下一頁上方☆

我倒是不意外，葉慈的報告的確很難寫。妳最後怎麼搞定的？

沒寫。我讀了石的書《伊米迪歐．艾弗茲的飛天鞋》。

遲交沒關係嗎？

我其實沒問教授。

珍，這樣不好。

是不好，但《飛天鞋》很好看啊。而且我愈來愈厭倦去做別人叫我做的事。

老實說我也懂，但妳要克服這點，妳一定得畢業。妳已經投注太多心力了。

不願嘗試新事物的人都會拿這個當理由。

不對，拿這個當理由才能讓妳在兩個月後拿到學位。

＊1918全球大流感時期，石察卡在哪裡？
或許那段話是在指涉這個？

不確定。有個自稱是石察卡的人在某個默默無聞的西班牙詩人死去後，為他寫了篇悼文……暗示曾在巴塞隆納見過病中的詩人。

真有趣。我們全家去過巴塞隆納旅行。S.遊蕩的舊城區讓我想起那裡。

道是什麼罷了。

但就在此時，瞭望台上的尖銳哨聲傾瀉而下，使得大塊頭中途停下腳步。他朝西邊天空望去，接下來在太短的時間內發生了太多事情，S.實在無法全部注意到，事後也很難追憶起事發的先後順序。夕陽已經轉為紫紅，渲染了整個西方天空。空氣頓時溫熱得令人不舒服，沉滯得有如熱帶地區。一塊黝黑不祥的帶狀暴雨雲從東南方朝他們急速奔來，原本不見蹤影，轉眼間便以驚人的速度來勢洶洶飛旋而至。風勢倍增，隨後再倍增，在繩索間穿梭呼嘯。海上激起的浪花彎成弧狀濺在甲板上。猴子往下跳到甲板，趁某水手砰地關上艙門前，及時飛奔進去。海浪橫斜地擊打船身，使得船隻劇烈搖晃。水手們以前所未見的急迫、快速與敏捷，在索具間與甲板上行動著，有人收帆、有人將甲板上與下方的裝備收妥，這段期間哨聲始終在他們之間交流不息，偶爾順風而來，偶爾夾匿入風中。

壓得低低的厚實雲團舒展開來，讓整片天空提早變黑。雲層間屢屢爆出

說到巴塞隆納……竟然沒人對西班牙小說家賈西亞·費拉拉多加談論。我覺得他是個可能性頗高的人選。

——誰都不想當倒戈投靠法西斯的人——

大家似乎都在挑選自己想要的石察卡。

正是。我們都想自認為客觀…

艾瑞克～我當初就說了嘛，費拉拉值得更進一步的研究討論，不論以前或現在。

這依然不代表他就是石察卡。

我最第一次讀到這一幕之後噩夢連連。
接著隔年夏天，本來要和叔叔航行到溫哥華，
我卻在最後一刻臨陣退縮。他氣壞了，
說他那麼相信我，我卻讓他失望。

閃光測速儀似的電光，愈來愈頻繁，到最後幾乎是連續不斷。急促的風聲逐漸高漲。S.知道回到下方的艙房關上艙門會比較安全，但暴風雨造成的混亂或許正提供了一個以後再也不會有的逃跑機會。這個念頭一針見血，使得他陰霾的心立見清明。

船騎乘在高高的浪頭上，瞬間往前暴跌入浪凹，艏艛整個淹沒在綠得怪異的海水與泡沫中。S.往下爬到主甲板，緊緊攀住梯子的手指因用力過度而發白，而且全身溼透，冷到幾乎無法承受，最後縮在船舷邊躲避強風。海浪橫向衝撞而來，一大片看似堅硬的海水步步逼近，中途彷彿還停下來擴張聲勢，最後以超自然的力量崩裂開來，甲板上氾濫成災。

S.隱隱約約意識到哨聲的音調與形式又起了新變化，接著在船員們一陣倉促的行動過後，他眨了眨灼痛的眼睛，看見陰暗的天空冒出一簇簇成排的泡沫狀銀白雲腳，隨後雲腳慢慢拉長，像鐘乳石往下延伸，最後變成一個個翻騰的、看似被撞凹的水漏斗——水龍捲成直線落下，直接砸向船隻。他永

我就知道這往事可沒這麼單純。

但還是沒妳想得那麼嚴重。

即使你是無心的，但是依照我們的交情，你對我說謊我絕不放過你。

你向他解釋過嗎？說你只是害怕？

沒有。他不是能了解這種事的人。我的家人都一樣。

那個孩子要是在這裡，我一定給他一個擁抱。

那個孩子要是在這裡，他一定不會讓妳擁抱。

又是海盜？這似乎是石察卡＆翡樂(柯)之間常開的玩笑。
說不定他們正在嘲笑讀者呢？

我不認為石會這麼做。他有幽默感，但不會在一本嚴肅的書中開玩笑打亂節奏。

↓ 那麼有可能是翡樂美拉自己寫的註解。讓玩笑持續，就等於讓他繼續活著。

遠無法想像竟有這種畫面：當漏斗尖端一碰到海面，四周的水與泡沫旋即爆發。這是個恐怖的奇蹟景象，奇蹟般的恐怖畫面。S.可以確定在如此密集的力量展現下，絕不可能也不會留下任何活口。S.半愕然半入迷地看著可能即將湮滅他本身、水手們和船等一切事物的聲勢滾滾而來。此時的風彷彿帶著暗藍與電氣，隆隆低迴中夾雜著震耳欲聾的尖嘯。[7] S.已溼得像隻落湯雞，全身麻木無力不停顫抖，但他就是不容許自己轉移視線。一團龍捲風以芭蕾舞者的精準與優雅往下伸探，觸及水面，引發一陣模糊的轟隆衝擊聲，隨後又來一團，接著又一團，聲音愈來愈大，破壞力也愈來愈顯著。這時他看見大漩渦渾身溼透，一眼上方有道傷口正流著血，步伐笨重地朝他走來，手指指點點，似乎在發號施令，但話聲淹沒在暴風雨中。S.仰頭透過繩索望向有如

沙默思：湮滅於大海
解釋一下？

沙默思臨死前在客輪船艙裡錄下一段自白，說他是石察卡，但由埃斯壯協助完成第一本書。很難聽得清楚，因為噪音太大，但內容相當詳細。這錄音帶是我追蹤到的（被沙的律師的女兒收藏在閣樓），可是莫迪想要，伊莎就偷去給他。

你確實有理由生氣。你何不搶先莫迪一步，自行發表呢？

需要有錄音才行。光靠自白內容的謄本不具公信力。而且我也不確定要不要完全相信沙默思的說法。感覺太簡單了。

可以讓我看看謄本嗎？你夠信任我嗎？←

《謝謝》

7 關於這段情節，石察卡可能取材於海盜寇瓦路比亞的《龜島日記》中的可怕暴風雨（儘管有些受蒙騙的讀者怒吼抗議，但此書已一再被證實是虛構）。若是如此，石察卡必然是在嘲笑那些竟然愚蠢到相信他與這個虛構海盜是同一人的人。

噩夢的天空，看見自己的下場：墨黑的水龍捲劇烈轉動、急速行進，有如骶骨的三角形尖端從天空朝船上直插而下。時間放慢了下來，讓他得以閃過一個念頭，一個關於顏色與形體的奇怪、無語的聯想：水龍捲與那個年輕女子杯中飲料的聯想。緊接著便崩陷入一個奇特的劫數：耳朵受到壓力痛擊，頭上的空間被漆黑填滿，四肢變得鬆軟已然由衷準備赴死。

他可能有也可能沒有尖叫，後來也記不得了，只記得一聲轟然爆裂的巨響，主桅瞬間消失，在甲板上炸開來化爲千萬碎塊細片，深深嵌入肌膚。在這混亂局面中，他留意到另一組不同的聲音，是尖銳的咿呀聲與啪一聲，接著後桅往左傾倒，撞凹了船舷，破碎的船帆與繩索從上方落下，不斷打在他們身上，而在這一切的一切發生之際，S.聽到腦海響起兩個字，那聲音不是他、不是大漩渦、不是舊城區那些幽靈聲音——這個比較有力也比較深沉，這是久遠以前的自保之聲，從永眠中受到衝擊而驚醒，呼喚著他：**游吧**。

你為什麼懷疑沙默思的自白？

我一直在思考他的風格。他的小說十分簡單明瞭，情節平鋪直敘、用詞簡練。若主張石察卡的《夜柵欄》或《山塔那進行曲》讀起來像沙默思的作品，我可以理解，但是《三聯鏡》？《華盛頓&格林》《飛天鞋》？《科里奧利》？

這不就像是莎士比亞的身分爭議？以不同風格來創作真有這麼難嗎？

喂，我可是很希望他是石察卡。

不，你沒有。因為莫迪有錄音帶，而你沒有。

這一段曾經讓你看不下去嗎？

曾經。不過有時也會覺得非常刺激。

注意：沙默思在一次大戰期間遭榴霰彈所傷。

這句話你為何畫線？

誰知道？我15歲就開始在這本書裡寫東西了。

「「誕生」→ 再一次重新塑造自我。但，這是另一個獨立的自我，或是持續從前的自我？」

這是個好問題。直到第十章之前，很難看出石察卡是否對此表達了立場……

現在看來……即使如此，也得看是哪一個版本的第十章。

我在想，如果她早知道自己手中握有那幾頁稿子，會怎麼做？

她知道她有，只是不想知道上面寫了些什麼。

船高高聳立在冒著乳白泡沫的浪尖上，緊接著一切都失重，隨後崩陷入浪谷底，S.任由撞擊力將他往上托、往上托，托入那片翻攪得令人目眩的泡沫與繩索與碎片與叫喊聲中，他自己則是漂浮著、漂浮著，直到怒海波瀾漫湧過來。他摔得不輕。表面張力有如大頭棍的重擊，把他體內的空氣全擠壓出來，扭轉他的脖子，讓他的四肢鬆弛無力，隨後S.以一種夢幻而怪異的解離狀態，感覺自己往下誕生到一片鹹鹹的、充滿泡沫的漆黑中，海水不斷拉扯他、旋轉他、扭曲他，讓他嘴裡、鼻子裡和喉嚨裡滿是鹹味，直到那個古老的聲音再次呼喊「游吧！」，而S.的某條反射神經也起了反應，也許是腳踢了一下，或者是S.本以爲已粉碎的手臂撥了一下，接著再踢幾下（拚了命快速而不規則地踢，儘管在水裡速度會減半），方向感頓時變得敏銳——沒錯，他正往水面上升——踢幾下再划幾下，他終於衝入空氣中狠狠吸上一大口。一轉眼他又被捲回波濤底下，但很快便重新浮上來，又踢又划，到了某一刻手腳的動作開始協調；游過洶湧浪濤時，他找到了節奏，偶爾會被拉下水，但總能立刻再次呼吸到空氣，這一切不斷地重複，直到那個聲音告訴他：停、看。他看見了陸地突出的部分，沿岸有火光，一座山丘頂上有個鈉氣燈照亮的圓頂。想必有兩哩遠，或是三哩、四哩，總之遠得讓他覺得根本不可能游得到，但他仍讓自己朝燈光前進，划呀划呀，有時還趁機借風浪之力推他一把。有一剎那他不禁好奇：自己和船的殘骸距離多遠？有沒有任何生還的水手正搭著小艇在追他？但他就是沒辦法回頭看，他不要回頭看，他只能又划又踢地，以不斷增強的意志力驅使身體朝港口燈光游去，並努力讓他的頭挺伸於海浪之上。

所以人都會逃避改變，直到再也沒有別的可以選擇。

在過渡/改變/重塑中遭遇危險。

與沙默思自白錄音帶的最後一句相同（只是他說「我的」而不是「他的」）。為什麼？？不過這並未使他的自白增加說服力，因為《希修斯》已經出版，任何人都能拿來引述。

是暗語？傳達給另一人的信息？

不管原因為何，從錄音帶聽起來，他似乎知道上了甲板就會死。他知道這段自白將會是他的遺言。

第三章
S.的「復現」

S.整個人趴在一道防波堤下方，被海水嗆得直咳嗽，尖銳的岩石深深刺入他的皮膚。岸浪不停在他身旁湧來退去，但這些小浪對他而言只是抽象的感覺，有如幽靈般的動作撫掠過他的肌膚；他已經麻木到再也感受不到任何寒意。每當海浪打過來，他就抱著身子猛打顫。此時他身上只剩一件不像樣的褲子，本已破舊不堪，再加上海水的重量，彷彿隨時可能被撕裂。（大衣呢？留在艙房裡了，連同那張也不知道還能看清些什麼的軟爛紙頭。）他們給的那件髒兮兮的水手服呢？八成是被翻騰的海水給剝掉了，雖然他並不記得有這麼回事。所以說：這件可憐的褲子是他的唯一財產，是他與一段失竊的

(1)從水裡浮出水面；
(2)星體虧蝕或受到遮蔽後再次出現。

珍，妳該不會想說S.是個星體吧？

不知道，我又沒見過他。

（（（（罐頭笑聲））））

我只是覺得有趣，因為想起了第二章關於星星的情節。

S.第二次浮出水面。

我一直想到那張紙。我們知道上面有S符號。除此之外呢？這重要嗎？

大多數人認為那張紙只是劇情中的「麥高芬」。

很好，這是我最新的愛用詞。電影用語是吧？我查了：用以推動劇情的元素，起初看似關鍵，但漸漸變得不太重要，也缺乏詳細交代。

法蘭佐和S.在抗議時的表現非常不同。
石察卡重新回收舊作的情節，以不同的手法加以運用。
因此《希修斯》作為他的生涯作品總回顧，也呈現出
故事的寫法可以有何不同。

也許還有他的生活
可以有何不同？

牽強。

過去的唯一連繫。

等到肺部清空，呼吸也回復到不再只是痛苦的喘息，他緩緩從一堆滑溜的海藻中站起來，振作起精神。他小心地踩穩腳步轉過身去，搜尋水面上有無船、水手、小艇或下水或任何追捕的跡象；放眼望去卻只見港口水面上一條條細微的碎浪幽微波動著，街燈與火光渲染了淡淡霧色，以及數哩外一大片濃霧籠罩天際。船或許安然度過了暴風雨，也或許已沉入海底。但他懷疑即便親眼目睹船被吸入深海之中，即便確認了二十個人和一隻猴子的屍體漂散在海上，他的後半輩子仍會不時焦慮地轉頭往後瞄。不過，就目前看來，他是自由了。精疲力竭、飢寒交迫，而且不知道上岸之處是否友善。但畢竟是自由了，他絕對不會再讓那群殘忍成性的人找到他。

他差一點就淹死了，這點他知道。在離岸四分之一哩處，他感到體力不

1 珍，妳知道嗎？
關於妳說的這點，
我現在漸漸想
通了。(也許我花了
太多時間和妳
在一起。)

你並沒有花時間和我
在一起。

就快了，我發誓。
現在不能慢下來。

為什麼和我見面會讓
你慢下來？我是在幫
你。你要是看不出來，
我應該直接走人。

我只是需要時間
罷了。

我猜翡樂美拉
聽了很多這種廢話。

也許是個信號，暗指註解5&6？

是10天，不是5、6天。柯到底有沒有努力去注意細節？

1　參見石察卡《廣場》中的人物法蘭佐：一個一文不名的孤獨男子，就在乾草市場廣場發生那場大屠殺前五、六天，他被目睹從密西根湖中現身，那算是他第一次在芝加哥暴露行跡。

法蘭佐沒有暴露行蹤

——他溜進去了。
那才是整件事的重點。

不過，你看看註釋中的「算」字旁邊。

不過這一章也讓我想到瓦茨拉夫·石察卡。
這個開頭，加上結尾的一幕……
會不會他跳橋沒死，後來變成石察卡？
這段情節可能是他把這件事寫出來，
甚至是「披露」的方式。

或者：只是巧合。
或者（更有可能）：
真正的石察卡想讓人以為他是某種幽靈。至少以比喻上來說。

或者：石在作弄那些執著於想知道他是誰的人。

怪的是瓦茨拉夫·石察卡竟然也是可能人選。他不過就是一個名字、一個謠言。他姓石察卡，而且有人（只有一個人）暗示他可能曾經想當作家。
如此而已。

還是找不到任何關於他的線索。絲毫沒有。我那麼擅長挖掘資料耶！

妳的確是。而且厲害得嚇人。

畫線部分讓我覺得你也曾經是這樣……（你願意的話可以談談）

說「談談」有點奇怪。

是啊，沒錯。（你這樣完全是在逃避。）

對，我曾經是這個樣子，最後熬過去了——而且永遠不會再重蹈覆轍。

支，海浪打來高高蓋過他的頭，當時他很確定自己再也游不動了。他被一波大浪捲入後跟著旋轉，接著開始被拖回較深處。求生的聲音也許還在督促著他繼續游，但已被腦中的一波波思緒給壓過，他心想乾脆就此放棄掙扎應該也不壞，不要再替這些微弱、絕望的力量加把勁了，就乘著海浪的勢頭回到外海，就此湮滅於無形。[2] 他意識到自己心裡同時懷著兩個完全矛盾的衝動，於是停頓了一下，就在這時出現了相當清晰的第三個念頭：只要他能休息、養精蓄銳，就能釐清這兩個態度中哪一個更忠於自己，也就能夠選擇該怎麼做而不只是去做而已。這點對如今腳下踩著堅實土地的他而言，好像很奇怪，在當時卻似乎是最重要的考量。

不過她的口氣很真誠。也許這是在直接告訴石察卡：好好真實地活著！

柯代山拉在這個註解中提出他自己的人生哲學，非常不妥。

[2] 如果石察卡還活著，為我做最後的翻譯校訂，可能會對我在此選擇「湮滅」二字提出異議。他原始句子的直譯是「不存在」，我認為這種說法很荒謬。一個人怎麼可能不存在？如果有這麼一個人，他就存在。（當然，身為哲學家，並且不知為何成為石察卡熱門人選的葛瑟瑞．麥金內必定能針對這類議題寫出厚厚幾大本書。但我的結論是，單純的存在遠比去苦苦探究一個人是誰或甚至是否存在要好得多了。）

這種「忠告」簡直是老生常談。

S. 聽起來有些孤單，甚至是絕望。

妳知道李拔利克嗎？那個自稱在工廠裡結識瓦茨拉夫·石察卡的人？他說瓦瘋狂愛上一個同在那裡工作的女孩，因為被她拒絕才從橋上跳水。

當他接下來再划一下，手在水裡碰到一樣漂浮物，是一個金屬球，表面布滿長釘正好可以當握把，他緊緊攀附住，隨著金屬球在持續往他身上撞擊的海浪中載浮載沉，也因此得以休息喘氣，並領悟到自己其實完全有可能游完最後四分之一哩，把自己從水裡拖向安全、能活命的地方——又或是想要成為能游完的人，反正都一樣。他發現自己想到酒吧那個女人，而且忽然間出乎意外地極度渴望能再見到她，只為了把他對自己所下的這番結論告訴她。[3]

這時，他想起了那閃現的聯想：水龍捲與她的飲料。他內心深處傳來一個訊息：她是認得他的。索拉？表面看來很荒謬，但在表面下的某處卻是眞實的，當他推離港口的水雷，那個眞相成了驅使他游上岸的助力。

這是個小城，水邊矗立著一座大型製磚工廠，建築物每一側各綿延數百

她證實過嗎？

沒有人知道她是誰(或她是否存在)。李不記得她的名字。

拜託，他起碼也要提這個名字吧？

我知道，以一個關於石察卡的假論述而言，他的不怎麼高明。

諷刺：毀滅的器物成了救星。

3 典型的石察卡式悲劇：體悟來得太遲，不及與人分享。評論家托瑞莫里諾與侯特都對這個主題有大幅論述，不過毫無值得一提的洞見。

又是一些不存在的「評論家」。先標記起來，有可能是暗號嗎？

尚無任何收穫。你呢？

難道這個註解是有意誤導？

這個冬天真是凍死人。沒完沒了。

波勒州＝冬之城？

的確很像。

今天終於開始有點春天的氣息，讀到這個挺奇妙的。

公尺，俯臨一個碼頭和一片網狀分布的狹長防波堤。工廠的規模與附屬建築物的延伸範圍，若是在馬賽或敖得薩或波士頓等大港市不會引人注目，但在這樣一個小城鎮卻顯得極不協調。

書中極少出現具體地理位置，這是第一次。

此時，他上方的碼頭迴響著騷亂的聲音：叫喊、噓聲與威脅，重重跺腳與粗棍敲打木板的聲音，透過擴音器帶領呼口號的聲音。最常響起也喊得最大聲的訴求是：**說出他們的下落。說出他們的下落。**他對衝突事件當然是一無所知，卻下意識地支持示威群眾，支持那些失去親人的人。他也一樣。他失去了所有人，包括他自己。

空氣中帶著秋意，比當天稍早在船上要涼得多，變化過於極端，S.一時還以為自己游過了好幾個緯度的差距。當然了，這個想法太荒唐；這甚至可能是個徵兆，顯示他的心智有些錯亂，顯示在冷水中的長泳對他造成嚴重危害，也顯示他有可能忽然昏厥後離開人世，到頭來只是一個因船難漂流到某座奇怪城市下方、被卡在碼頭底下的無名死屍。他已經不能再浪費時間等待

＊＊聖托里尼男

聖托里尼男？

＊＊請詳述。

1936年五月，聖托里尼。無名屍，沒有指紋，沒有財物，只有一身衣服＆從《布拉森荷姆》書中撕下的一頁。希臘政府始終否認此事，但是有相關文獻，甚至還有一張屍體的照片（當然，很模糊）。據說世界各地還有15－20起類似命案，全都沒有可辨識的指紋，全都沒有明顯死因，全都死在水裡，口袋裡也都有一張石察卡的書頁（只是書本不同）。戴加丹對這些極感興趣，認為可能與石＆布沙有關。這論點顯然與《希修斯》的〈插曲〉相符。

萬一這遊戲仍持續著呢？

我認為這從來不是一個遊戲。

身體恢復並累積體力，他必須要動，必須要採取行動。首先：找一套乾爽的衣服。直覺告訴他應該避開其他人，畢竟那些水手可能本來就打算帶他到這裡來（要是對他們的意圖有些許了解就好了，哪怕只是一點點！），但理智告訴他，他需要協助。

他強迫自己離開海藻堆，先試探性地在尖刺又晃動不穩的石頭和牡蠣殼上走了幾步，腳底要是沒割傷還眞是奇蹟。接著從防波堤底下冒出頭來，吸了一口空氣進入急躁的肺部，然後才慢慢爬上十公尺長的石坡，朝騷動現場走去。來到頂端後，他彎下腰，兩手撐著膝蓋喘氣，同時觀察眼前的情勢。

長形工廠有三面環繞著寬闊平坦的柏油路段，S.現身在廠區一個陰暗安靜的角落，還不到示威群眾的外緣。那兒聚集了數百人，有人對空揮舞拳頭，有人揮動點燃的火炬，也有人揮舉牌示：

札帕迪三人在哪裡？

小韋沃達盜取了工作和群眾

今天伊莎來了圖書館，好像沒認出我。這很奇怪，因為她每星期會在課堂上看見我兩次。

她只會注意那些對她的研究有幫助的人。

你們倆之間有過什麼事，對吧？

是啊，她偷了我的沙默思錄音帶，給了莫迪。而且：當他唆使全系的人和我反目，她沒有站在我這邊。不過也沒什麼大不了。

喔，好吧……總之，她說莫迪想要一份今年用過圖書館石察卡檔案室的人的名單，說他擔心檔案的「完整性」。[在此插入艾瑞克的嘲諷笑聲。]

妳給她了嗎？

我跟她說需要時間整理。但很快就得給她，這是我的工作。

把妳名字從名單上刪掉。

當然了。公平起見，我也會印一份給你[不客氣]。現在你願意承認曾經對伊莎有意思嗎？

妳都已經這麼認定了。

所以我想得沒錯。

對，妳想得沒錯。這會令妳困擾嗎？

當然不會。知道你的確能與人互動，倒覺得有點放心。

捷克語的「公爵」：暗示某個被公認為具有力量的人。

你對我們的朋友做了什麼？

韋沃達，你讓你父親死不瞑目

工廠主管們：為惡棍效力，與惡棍無異

工廠牆上漆著「韋沃達兵工廠」幾個簡單清晰的黑色大字。[4]有好幾群身穿深褐色風衣的彪形大漢在周圍組成一道防線，那些人身上散發著一種明顯的暴力潛能——甚至可能是一種暴力嗜好。

S.雖然很冷，還是得小心趨近，因此他緊閉起打顫的雙顎，兩手環抱住自己的身子，一會兒蹲伏一會兒起身地往前移動，一面評估局面。工廠外觀較老舊那半邊的入口附近，群眾最爲密集。人群中央有一個臨時搭起、略顯歪斜的台子，上面並肩站著一對男女，很顯然是這場活動的領導人。他們輪

4 凡是認為那個教育程度不高的年輕工人瓦茨拉夫．石察卡就是**這個**石察卡的人，無疑會指出瓦茨拉夫年紀輕輕便從查理大橋跳水自殺之前，在一家彈藥工廠工作。但在此奉勸他們最好別忘記消息來源並不一致。有人聲稱瓦茨拉夫的東家諾瓦伽克專門製造女鞋，也有人同樣信誓日日地說那是一家製造鉛筆的公司。

對這個註解毫無頭緒。
也許第三章的暗語不只一個？
或者是翡樂(柯)寫來誤導人的。

世家
(比較：布沙家族)

完全照抄自《廣場》
(P.88)

這是真的嗎？

妳是說消息來源不一致這點嗎？

沒錯。公司幾乎是立刻倒閉，所以只是概略的紀錄。

她又為什麼要提到這模稜兩可之處？假如是彈藥工廠，那麼S./石察卡，以及韋沃達/布沙之間便有明確的關連。她為什麼不強調那一點？還有：為什麼她在這裡好像很排斥「石＝瓦茨拉夫」的說法？她在序言寫的不是這樣啊。

妳說得對，似乎前後不一。

答☆：不知道。八成是在某個時間點真的很喜歡這句話。

回頭看看你自己寫下的鉛筆字短評，是不是很好玩。這裡頭好像剪貼了所有年輕時候的你。（奇怪的是你竟然離他們那麼遙遠了。）

我不覺得我離他們很遙遠。他們全都是我。我只是不記得他們的每一點每一滴。

我會保持距離。離那個對每個人唯命是從的小女孩愈遠愈好。

珍，這也是妳＋我的剪貼簿。

我知道。感覺在這裡寫的一切都會變成我的永恆紀錄。（好吧，不是永恆～但只要書還在，紀錄就在。）

我絕不可能讓這本書離手。

你每天都讓它離手，有時還離開2、3次！

那不算。

流透過擴音器對群眾演說，力勸眾人要忍耐、自制，兩人的嗓子都已因為使用過度而沙啞。（他們身子移動時，肩膀會互相碰觸），如此親密之舉在這樣的場合中頗令人驚訝而意外。他二人似乎很懂得掌控憤怒激動的群眾，即使面對大群集結、數量驚人的破壞罷工行動者（這些人的厚重外套底下幾乎肯定藏著武器），也顯得游刃有餘。若非這一男一女在台上展現冷靜的領導能力，S.猜想在工廠前的這場活動早已爆發血腥衝突。

有趣～他們之間的愛意立即展露無遺（即使是在如此奇怪的情況下）。

你始終沒看懂我的暗示。我一直在等你說點什麼。

我看懂了，只是不知道該說什麼。

安裝在屋頂的探照燈掃射過建築物周邊，戲劇性地照在警衛身上，隨即又讓他們陷入洞穴般的大片黑影中，一次又一次。儘管有大批工人聚集在碼頭上，工廠仍然全力運作，為防偷窺與丟擲而封釘了木板的窗子後面，白熾燈亮晃晃的，一整排沿著工廠豎立的巨大煙囪也冒出煙與餘燼。

這句為何畫線？？（見上方☆）

前排抗議群眾與警衛之間離得很近。警衛們雙臂交抱在胸前，一步也不退讓，但也還沒有逼退之舉——雖然只要一根手指戳刺或口水噴濺，就可能觸發蜷縮在他們內心的暴力。常識告訴他：靜靜地離開眼前這個群情激憤的現場。悄悄繞過邊緣，溜進安靜的市街，給自己找幾件乾爽衣物，找個地方睡覺，找點吃的。也許找間便宜的寄宿屋，休息一下，好讓世界開始重新恢復正常。捱過這一夜，然後或許找個紙筆，寫下對自己所知道與猜想的一切，儘管這些訊息連一張紙也填不滿。接下來，也許接下來，就可以開始拼湊出你是誰了。

他開始繞著碼頭的邊緣走，與示威群眾保持安全距離，始終隱身在最陰暗處。他注意到有幾十個一臉漠然的警察眼睛盯著整場活動，不時交頭接耳，但完全沒有出面維持現場秩序。他本可去找他們求助，但有個直覺要他離他們遠一點。**目睛放亮點**。他從他們身旁走過時沒有引起注意。

兩個黑影從示威群眾間脫離，揮著手朝他走來。**過來**，其中一人說，聲音穿破震天價響的抗議聲。S.自知跑不過他們，他的肌肉沉重而疲憊，也還覺得喘，每次淺淺的呼吸都有鹹鹹的燒灼感，每次用力一咳也仍會咳出大海的水氣。他重重嘆一口氣後照做了。反正總得找個人碰碰運氣，比起警察，示威者似乎是更有利的賭注。

他們在距離外圍群眾大約五十步的地方碰面。其中一個男人看起來將近

書寫成為身分之鑰（後面有呼應）。

而且是經常。

有些人抱持的論點是：德國無政府主義者費爾巴哈＝石察卡。他們還說從第三章看得出來他逃回歐洲之前涉入了乾草市場爆炸案。死於1940年。

他死於1940年……那麼石最後幾本書是誰寫的？

一般說法：那些都是作者死後才出版的。

我不相信。像這樣翡樂不可能愛上他。

妳是說因為他很可能是同性戀？這也不無可能……

如果不是感覺到石察卡有某種情感上的回饋，她不可能做這麼多。

妳不能自認完全了解翡樂美拉 妳只是看過她寫的東西（而且篇幅不多）。

你知道你剛剛說寫了什麼吧？

德國有個雜誌記者（好像叫霍普納？）在1937年追蹤到費爾巴哈，聲稱他住在海德堡附近，由幾個因為乾草市場事件而推崇他的無政府團體資助。文章一出，納粹就去追他。他逃走了，最後到了都柏林，死在那裡。

墜亡？

對——他病了（也許已是末期），但死因是墜落。

結果霍普納的文章＆李拔利克說他在工廠結識瓦茨拉夫的訪談，都出現在布洛公司旗下的雜誌。

四十歲，髮際線很高，額頭布滿深刻皺紋，淺紅褐色的鬍子修剪得整整齊，雖然表情嚴峻，S.卻一眼就感覺出他的性格要柔和得多。*另一人可能年輕十歲，滿頭亂糟糟的波浪黑髮，臉頰上有很深的痘疤，留得太長的鬍鬚顯得參差不齊；唇上的八字鬍末端有如一對張開的翅膀，下巴則垂留著山羊鬍。此人炯炯的目光彷彿發自內心最深處，而他臉上那痛苦、膽怯的表情則讓S.感到不知所措。*他是不是太快相信人了？S.對這些同樣在尋找失蹤親友的人有一種同病相憐的親切感，但他們對他也有相同感覺嗎？難道他好不容易爬游出大海，結果在陸地上所做的第一個決定就犯了致命的錯誤？

這是你不肯和我碰面的原因嗎？

S.不知何故對他們表現出忠誠

正當這些念頭愈來愈急迫地想要打通S.半凍結狀態的思緒，較年輕那人忽然一個箭步上來，抓住他的雙臂反扣到背上。S.頓時感覺肩膀和脖子一陣刺痛，不由自主地大喊出聲。

「你是誰？」年長的問道：「叫什麼名字？」

S.回答得有些遲疑。「聽說是……」

年輕的打斷他的話頭。「他叫什麼都無所謂，重要的是他在替誰幹

*話說我發現一張費爾巴哈的照片！他看起來一點也不像這段情節中描述的年輕菲佛，倒是照片上他身邊那個年輕人很像。

那很可能是何斯特．維克斯勒：費爾巴哈的「秘書」（據雜誌文章所說）。

「麥金內=石察卡」的理論又找到支持者了。有個團體在里斯本的石察卡研討會上敲鑼打鼓，很大一群人，聽說資金也非常雄厚。

哪來的？

只需要一個錢太多的贊助者就行了。

賽林？

那他們為何要給我錢？我從來不支持「麥=石」的說法。

活。」他手上更加使勁，讓S.再次痛得發抖。「說，你在替誰幹活？」

「誰也沒有。」S.說。據他目前所知，這是實話。

「只是出來游泳？」年長的問道。

「我本來在一艘船上……」

年輕的笑了一聲，短短、尖尖的很刺耳。「我不是說了嗎？」他對同伴說道：「我就知道韋沃達會試著從海上偷送更多偵察員進來。」接著轉而對S.說：「你們其他的人呢？」

「我沒有什麼其他人。」S.回答。[5]

「你的船呢？」年長者問道。

5 說來或許有趣，根據歷史記載，最受評論家所愛的作者可能人選（儘管其中有不少迷思）普遍都未婚或沒有小孩。（就我知道，似是只有麥金內．貝拉．雅莫什．烏依華里和狄亞哥．賈西亞．費拉拉例外。）就好像閱讀大眾不分文化，都有同樣俗不可耐的想法：人若不切斷與配偶、孩子與親密友人的關係，就不可能創作出如此緊湊、完整（而且確實莊嚴）的作品（以及過著同樣精采的人生）。我不得不在此強調，我絕對強烈摒棄這種不健全又過時的觀點。

艾瑞克 LOOK 你看：這幾個字旁邊都有記號，就像註1的「算」。註6也出現了記號，我猜和章名的「S」有關？因為註5&6中做記號的字都帶有「S」的讀音。

「S.的復現」→S.浮上水面？研究一下被標記的字「底下」的字？

我查了註釋5和6被標記的S音字，底下接續的字分別是：愛普是不沙是何維
→愛普=布沙=何維？

愛普集團是荷蘭武器製造商，目前仍存在。我不知他們和布沙有關連。（既然翡樂特別寫這些暗語給石，石想必也不知道。）

何維會不會就是費爾巴哈的秘書：何斯特・維克斯勒？

這麼說來……石察卡當時真的有危險。

參見1912年加來罷工／屠殺事件。石顯然刻意把這段情節和加來事件相提並論，絲毫不掩飾。
↓
一切都回歸到加來的事件：石察卡企圖揭發布沙，而布沙加以反擊。

妳應該找點藉口向教授（+伊莎）解釋妳為何不見人影。

無所謂。反正再也不會有人給我機會了。

紀律委員會那邊希望也不大。這件很清楚，他們比較相信伊莎，不會相信我。

我會寫封信去。

他們鐵定不會相信你。

妳說得對。我只是希望能做點什麼。

「遇上暴風雨損毀了，可能已經沉入大海。」

「活該。」年輕的說：「誰叫你們替韋沃達這種人做事，該死的傭工。」

年長的望向遼闊的海水。「我沒看到海上有船。」

「有過一場暴風雨。」S.解釋道：「我們被一道水龍捲打個正著。」

「今天天氣很好。」

「從南方來的暴風雨。」S.說：「沒有影響到陸地。我游了很長的距離，好幾哩遠。」

他的質詢者互相交換一個眼神，同時暗自評估對方對S.的說詞相信多少。

「你好像不太關心你船上的夥伴。」年長的說。

「傭工只在乎一件事。」年輕的嘲諷道。

「又或者他在跟我們拖延時間，好讓夥伴們上岸後四散開來。」

又來了：這裡描述的細節與加來事件相符

「我沒有……我沒有什麼夥伴。」S.說。

我發現一項紀錄：費爾巴哈的秘書何維曾搭船從都柏林前往利物浦，就在費氏被殺的前一週。

沒有關於何維在利物浦的資料？

珍——→ 沒。他消失在水上的某處。和沙默思一樣。

有件事不一樣：何維活下來了。

「看起來是現在沒有了吧。」

「從來都沒有。」S.告訴他們。他可以感覺到自己逐漸失去耐心，聲調也開始拉高。「我是被人下藥劫持的。我不知道爲什麼，也不知道他們是誰或是想從我這兒得到什麼。他們會給我東西吃，但是不多。碰上暴風雨，我才抓住機會逃離。我游水渡海，來到這裡，而且我好冷。」

這兩名工廠員工彼此對望。S.看得出來他們第一次有了疑慮。年長的難爲情地搔搔光頭，彷彿在向S.證明他確實在思考。「他看起來的確很慘。」年長的打量他之後說道：「他骨瘦如柴。他們爲何要雇用這樣一個偵察員？」

哈！我好愛這句！

「因爲我們想不到他們會這麼做。」年輕的說：「他們會利用我們的仁慈。對韋沃達這種人而言，仁慈就跟煤礦或鋅礦一樣，也是值得開發的資源。」

參見第八章

群眾突然大聲吶喊起來，聲音更響亮也更憤怒。年輕那人激動地四下環顧，抓著S.的手依然沒有鬆懈。

「札帕迪三人是誰？」S.問道：「他們出了什麼事？」

「別假裝不知道。」年輕的說。

「我們應該帶他去見司坦法。」年長的說。

「我不會放開他的。」

「我沒有說要放開，我只是說我們帶他去。」

「你可以走路了嗎？」年輕的問S.，卻不等他回答，便將受擄的S.扭轉過身往前推。碎玻璃片在燈光下閃閃發光，S.很擔心自己打赤腳。此時的他餓得胃發疼，還得抵抗凜冽寒意；他可以感覺到思緒因寒冷而變得遲鈍，腎上腺素也被寒冷壓抑了。他對自己的內心、自己的身體默默放聲大喊：**醒過來！保持警覺！**

年長那人俯靠過來，說道：「我剛才沒聽到你的名字。」

「我叫S——。」年輕的一手抵在他兩側肩胛骨中間，推著他前進。

「你呢？」

「歐斯崔羅。我朋友叫菲佛。」

又一個有趣的名字。

伊莎在她的鳥類隱喻文章提到過，意思是瑞典語的「merlin」(一種猛禽，不是巫師梅林)。

你三句不離伊莎。

妳三句不離雅各。

抱歉，我臉紅了。

菲佛對於自己的名字被洩漏頗爲氣惱，又用力推了S.一把，害他差點摔倒。「抱歉。」他說，但不怎麼有誠意。

他們三人繞過外圍群眾從旁邊走向台子，周邊有幾個示威者停下來，以狐疑的眼神注視他。S.對他們視若無睹。他知道他們每個人都在捏造一套說詞，解釋這個陌生人爲何出現在此，愈能恣意謾罵愈好，而他別無選擇只能由著他們。他轉頭去看藏身在暗處的警察，他們還是一副漫不經心的模樣。當他的視線掃掠過工廠，留意到屋頂上有個穿褐色風衣的偵察員正在轉動探照燈。不過他凝視得太久，竟得到令人震驚的回應。穿褐色大衣的人似乎與他的目光對個正著，甚至好像碰了一下呢帽邊緣朝他點了點頭。S.登時覺得心口揪了一下。他也許看錯了，一定是看錯了，但萬一他眞的是他們當中的一員呢？

不會的，他告訴自己。荒唐。只是一個完全不能信賴的心智生出了更多的荒唐想法。屋頂上那個人離得太遠，他根本不可能看得清如此細微的動作。何況光線昏暗，空氣中瀰漫著海邊薄霧與火把的煙霧。還有：倘若S.果

** 老實說⋯⋯我之前可能有點誤導了你。

什麼時候？

當時我告訴你：我沒有跟伊莎提起石察卡的事。

那妳到底跟她說了什麼？

只是說我看了英文系網站，發現她在研究石。我說我喜歡他的書，如此而已。（我還是不覺得她有發現我就是在圖書館和她說過話的人。）

她可不是傻瓜。妳為何要跟她說這個？

不知道。大概是緊張自己畢不了業，想讓她喜歡我吧。也許這樣她就會對我放水。

①妳要是想畢業，就去上課、寫報告。
②妳應該要明白她（然後是莫迪）遲早會猜到我們之間有關係。

我們之間有關係嗎？那請問到底是什麼關係？

不明顯嗎？
⇩
對，不明顯。

珍：我喜歡妳。

我想我現在明白了⋯⋯會不會是他覺得要為埃斯壯的遭遇負責？

所以這和愧疚有關？那麼第四、第五章有一大部分也是。

石的政治傾向一直很明確，為何會在此寫下疑慮？ ① S.不純粹是石的另一個自我，而且／或者 ② 這樣的懷疑會讓故事更精彩。

即使你對我一無所知⋯⋯

我認識書頁空白處的妳。我知道妳很認真思考自己要什麼&為什麼，有些人一輩子都沒這麼認真想過。我知道妳能正面迎擊挑戰、漂亮獲勝。我還知道。已經很久沒有人像妳這麼努力想了解我。

＊司坦法一定是小說版的埃斯杜（那個童書作家）。我一直覺得就是他，形貌特徵都吻合。（只是埃斯杜對自己的小鬍子是出了名的自負，絕不會讓它流露「疲態」）。

證據2：「司坦法」是瑞典名（埃斯杜是瑞典人）。
3：「葛波」＝法語「烏鴉」（狄虹是法國人）；「歐斯崔羅」＝西班牙語「蠣鷸」（賈西亞．費拉拉）；「菲佛」＝德語「磯鷸」（費爾巴哈？他的秘書柯維？）

真是偵察員，或是與他們同夥，屋頂上的人員為何要冒著讓他曝光的危險對他點頭呢？

他們靠近台子後，歐斯崔羅對著拿擴音器的男子揮手呼喊。那名女子已不在他身旁；S.掃視人群，發現她正在其中移動，抬頭挺胸地朝一小群憤怒的示威者走去，他們似乎與三名褐衣人起了格外激烈的衝突。群眾自動為她讓路。眾人對她的尊敬顯而易見，但顯然也都希望她能控制場面，別讓衝突對立的勢能轉化成動能。[6]

他在菲佛的用力拉扯下猛然停住腳步。司坦法從台上下來加入他們，細細端詳S.，手電筒在他臉上閃現出許多光與影。他在這夥人當中年紀最大，看起來也最滄桑。＊他將花白的金色頭髮往後梳得油亮，臉頰與眼窩充滿長長

伊莎的文章寫過：S.在書中的盟友全都以鳥命名。

也許還不只如此——那些名字/人物所代表的也是石察卡的盟友。

或者是石藉此散播不實線索，把大家推測可能是他的主要人選都牽扯進來。

6 第一個以數學原理詳細闡述動能作用的人，當然就是賈士柏－塞沙．科里奧利。石察卡可算是經常在作品中對諸多科學先驅的努力表達理解與欽佩之意。其中有幾位較鮮為人知者讓石察卡尤為感佩，例如沃夫岡．史帕茲柏、山繆．昆恩－柯里耶與薩何塔李歐．德拉．卡杜達。仔細讀過《科里奧利》第五卷的讀者會發現，在該書的情節發展中，他們每一個人的思維脈絡都清晰可見。

柯寫錯名字了，是賈士柏－古塔夫。

還有這三個名字也是捏造的…也許和第二章藏暗語的波雷費密碼一樣：我試過幾個英文字當作解碼金鑰，都行不通。（我想一定是和「復現」有關的字吧？）我會繼續努力，但只能再試一下下了，還有一篇美國詩人史蒂文斯的報告要交。

關於他的名作〈觀察黑鳥的13種方法〉？

對，有沒有你以前寫過的報告可以借我看？

如果這世上還有一件事是我能做好的，
那就是保持耐心，不製造麻煩。

妳對我真的很有耐心。感激不盡。

的凹陷波狀皺紋，唇上的小鬍子也已需要修剪，更讓他備顯疲態。至於突出於臉上的鷹勾鼻，無論是大小或是它展現的威嚴都很驚人。*司坦法拍拍自己的喉嚨；他把擴音器放在台上，除了必要的話之外，他不會多說什麼。

歐斯崔羅負責發言。他向司坦法解釋他和菲佛是在哪裡又是如何發現此人，S.如何自稱從一艘沉沒的船游上岸後——只是可能，菲佛插嘴道——無意中進入示威行列，以及S.如何否認與韋沃達有任何關連，卻又無法對自己眞正的意圖提出說法。司坦法伸手從台上拖過來一只破舊的小手提包。S.察覺當司坦法解開搭扣打開手提包時，歐斯崔羅與菲佛交換了一個狐疑的眼神。司坦法從提包中取出一件皺巴巴且沾有汗漬的襯衫遞給S.。襯衫味道並不好聞，似乎已經被汗水浸了好幾天，但是S.毫不猶豫地接過來，穿到身上扣起釦子，很高興能有個東西將肌膚與寒冷隔離開來。接著出現的是一件穿舊了的灰色廉價西裝外套，氣味同樣讓人很不舒服，但勉強好一些。司坦法隨後指了指穿在自己身上的褲子，布料和西裝外套一樣，意思是說：這些是他僅有的衣服。S.向他道謝。

如同水手們的情形：
穿上借來的衣服——> 採納某種身分？

「這味道還請見諒，」司坦法沙啞著嗓子說：「我們已經在這裡很久了。」他搖搖頭像在掃除蜘蛛網，然後清清喉嚨往身後的地上吐了口痰。「夥伴們，」他對歐斯崔羅和菲佛說：「你們不能讓一個人冷死，不管他是誰或不是誰。」

歐斯崔羅喃喃說了聲抱歉。菲佛也鬆開手，然後靦腆地脫下自己的外套交給S.。菲佛身材高大，外套穿在S.身上垂到小腿肚。沒有人有多餘的鞋子，但S.不介意，他的腳不痛，只是感覺好像不屬於自己罷了。

司坦法仔細打量S.。當他張嘴正要說話，都還沒出聲就先猛咳一陣。緩過氣來以後，他打直背脊、挺起胸膛，拿一條使用已久的手帕擦擦嘴。「好啦，S.，」他口氣平靜地說：「那麼你是誰呢？」

S.頓了一下，想起別人給他的忠告，不只是大漩渦，還有舊城區酒吧裡的年輕女子。**索拉**嗎？說實話會是個好主意嗎？可以如此相信一個不認識的人嗎？

他整理了一下對他們確知的事實：這是一群失去親友的人。司坦法竭盡

他的研究寫了些什麼？

推論石隸屬於一個致力於政治變革（與/或顛覆權勢）的作家團體。或許有幾位可能人選也是其中成員。

戴加丹似乎很偏好埃斯杜這個人選。

但對於埃斯杜就是石察卡，或只是與他關係密切，戴卻支吾其詞。

S.被群體接納：見戴加丹的研究（1989）

參見埃斯杜的作品《安卡斯維王子》（王子因為讓庶民凍死而遭放逐）。像這樣的感情移入在石的作品中很罕見。

他肯定是個悲傷的人。:(

珍！我今天收到戴加丹寄的包裹！有一大疊文件&一塊黑曜石。快看我夾在書裡的綠色便箋。

黑曜石不是應該在某個檔案室嗎？

哈囉，冷水。妳已經潑到我頭上了。

欸，應當保持「學術專業的超然」的人是你吧。

己力領導衆人對抗一個力量強大許多的對手。他的同志，那個女人，此刻正在廣場另一頭的大門邊，懇請衆人以平和的方式保持警戒。至於屋頂上探照燈後面穿褐色風衣的偵察員：他（有可能是出於想像）的點頭示意竟讓已經凍僵的S.打了個冷顫。

當然了，關於他自己，他還是幾乎一無所知。所以：除了直覺，他還能依賴什麼？

「我不知道我是誰。」S.回答。

司坦法聳起一邊眉毛。「意思是？」

「我得了失憶症。」

菲佛劈里啪啦說了一串話表達懷疑，但見司坦法舉起一手，便即安靜下來。

S.詳細說出他確實知道關於自己的事實，不過並不多，當中他還省略了幾個細節：關於那艘船與水手們一些超現實的特點他隻字未提，因爲不想被當成瘋子。他也未曾提及酒吧裡的女子，但卻不明所以。

這個我不信。我是說……你還是可以依賴自己對道德、是非的基本判斷。這感覺S.是有的：只是他憑這份感覺而做出的決定卻不一定正確。

還有，人雖然明知某件事是對的，卻還是可以選擇不去做。

這位先生，聽起來你心裡有些例證。

是的。

是什麼？

有人在嗎？

我知道你看到了。我在這本書的任何一頁畫了一個點，你都會發現。

就像在P.319。

沒錯。所以你的例證是？

關於我們的事。這很明顯吧。

說出來有這麼難嗎？如果不想說，一開始又何必提起？

我是真的想說，只是有點心慌。

我不太懂戴加丹寫給你的便箋想說什麼。好像不太說得通。

我不知道。他老了，但思緒依然敏銳……也許只是因為信不是用他的母語法文寫的？

「不可思議的故事，」司坦法說：「但如果你是說你並沒有和韋沃達」——有幾次他不得不停下來清喉嚨——「或是那群偵察員……」

「是的，我說的就是這個意思。」S.說。**而且我希望這並非不真實的話，**他同時心中暗想，而穿在新衣服底下的身子不停發抖。

「你知道的就是這些？」歐斯崔羅問道：「再沒有其他了？」

S.回想起先前一路上碰見的兩隻猴子，還有舊城區那隻發出斷斷怒聲的貓。「動物好像不太喜歡我。」他沉吟道。不是太有用的訊息，但他也只說得出這個。

示威活動徹夜持續著，S.便一直待在歐斯崔羅和菲佛身邊。遠處鐘樓敲響十二點、一點、兩點。S.的兩名嚮導在人群中四處走動，向勞工夥伴們拍背、表達同情。菲佛企圖刺激昏昏欲睡的警察採取行動——**有三個人不見了！很可能是死了！你們怎麼不盡點責任調查一下呢？**——但警察揮手驅趕他不予理會；見他仍執意逗留，其中一人便從腰帶抽出警棍拍打自己的大腿威脅示

這一段取自《廣場》故事中的細節

珍——妳昨晚沒來拿書。沒事吧？

雅各打電話來。很突然。我錯過了。其實主要還是一種複雜的感覺，這種事我也遇過不少了。

妳當初和他進展到哪裡？

你在探聽什麼嗎???

我可不想陷入另一個複雜處境了喔。

很好，這是我新的最愛用詞。

小姐，妳的「最愛」變得有點快。

警。從褐衣人身旁經過時，菲佛也出言辱罵。歐斯崔羅從口袋底掏出幾顆已發黏長毛的甘草糖，他們三人就靠這個充飢。

蔻波，司坦法在台上的同伴，剛從附近的印刷廠拿到才印好，熱騰騰且氣味宜人的宣傳單正在發送，他們和她簡單交談片刻。她的頭髮烏黑，膚色白皙，但被凍得泛紅。說話時，一道探照燈光從她身上掃過，當強光照亮她的五官——尖狹鼻、微微突出一塊的下巴——S.特別注意到她的眼睛：其中一眼比另一眼略低，兩眼的不協調並不明顯，卻令人印象深刻，而且眼角滿是魚尾紋，不過那雙眼睛開闊而警覺，深色虹彩不斷在他們三人與群眾間快速溜轉，一面留意監控著愈來愈熱烈的抗議行動中爆發的小插曲。她或許不是一般所謂的美人，但對他卻不乏吸引力，全身還散發著一種魅力，S.只能想到以能幹來形容。這個女人眼觀四面耳聽八方，能夠一眼便解讀現況、手勢、長相、來龍去脈，並立刻將這些訊息拼湊成條理分明的敘述。

將S.上下打量一番之後，她簡潔明快地點了個頭，打斷正在解釋這名訪客為何出現在此的歐斯崔羅。「知道得夠多了，」她說著伸出手和S.握手，

蔻波是所有人當中最像鳥的。

而且她和雅瑪杭特．狄虹長得一模一樣。你有沒有看過她和建築師高第在桂爾公園的合照？

對，這段描寫的一定是狄虹。好玩的是，大家關心的多半是司坦法和埃斯壯之間的關連。

不好玩，我倒覺得有點可悲。說真的～你們需要多些女性朋友一起來研究這件事。

這段也很像狄虹～這正是考古學者會做的事，對吧？只不過研究的是遺址＋文物，不是活生生的人。

受狄虹吸引？翡樂美拉讀到這段肯定很高興。

還有：所有關於高山族群&洞穴的描寫也都符合。

非常類似布沙家族兵工廠王國的擴張過程。縱火事件可直接連結到艾馬斯·布沙的童年。

《希修斯》出版後，怎麼沒人更大肆渲染此事？

難說。可能是因為石在《萬卜勒》寫了一個以布沙為原型的惡人角色，大家早就聽膩了這傢伙有多壞。又或許只是因為布沙握有太多媒體資源，沒人拿他有辦法。

並對他說：「歡迎，請盡量不要擋路，不要製造什麼麻煩。」態度雖然粗魯，卻無不和善的感覺。

當三人繼續走著，歐斯崔羅與菲佛興奮地談論蔻波，語氣近乎崇拜。她出身於B城當地某個傳承最悠久的家族，雖不是富裕之家，卻以誠信與學養而廣受尊敬。儘管碼頭上充斥著源源不絕的喧嘩吵鬧聲，暴力衝突可能一觸即發，歐斯崔羅卻說，只要她在場就不會發生慘事；凡是與這座城鎮有深層淵源的人，絕不可能讓她陷入受傷的危險。

「尤其是韋沃達，」菲佛說：「他已經看上她好多年了。」聽他的口氣尖銳而不屑，S.不禁好奇菲佛本身是否同樣如此。

歐斯崔羅接著說道，韋沃達兵工廠已有數個世代都是B城最大企業主。最初只是專門製造傳統海軍武器，如大砲與砲彈、葡萄彈與霰彈等等的小事業，自從五年前創始人的曾孫艾華．韋沃達四世去世，由兒子接手公司後，至今規模竟成長了三倍。艾華五世小時候誰也不覺得他會有什麼出息（含著金湯匙出世、對待僕人與家庭教師粗暴無禮，唯一受矚目的一次就是涉嫌參

今天在叉角羚咖啡看見莫迪＋伊莎。（我本來在讀石的《花斑貓》，以防萬一就先收起來了。不想引起注意。）

小姐，不必每次看到他們在一起就告訴我。

舊穀倉起火時我在家。我從窗口看著它燃燒。

那和我們沒有關係。

這你不會知道。

妳說得對。但我們能做的也只是小心。

我們可以停止這一切。妳才可以。

與一連串神秘縱火事件），但他很快便開始順利從歐陸各地取得火力更強大的兵器的訂單。這個小韋沃達擴廠了幾次，也雇用更多勞工，B城居民發現他們已期盼起另一番新榮景。

三人通過周邊的示威群眾後，S.更清楚地看到建築本身。在結構較老舊的部分，磚塊受天氣、鹽分與煙的磨損變黑，還有百年來不斷灑落的海鳥糞；較新的部分比較乾淨明亮，最盡頭的巨大附屬建築更好像是幾天前才砌好磚牆。這棟廠房本身便述說著主人的野心與產業界的進步。

「後來發生了什麼事？」S.邊走邊問道：「哪裡出了錯？」

他們說轉變是從去年開始的，小韋沃達增建了廠房，新廠雖然和其他廠區相連，卻以上鎖的柵門和厚重的鐵門隔開，除了韋沃達最高層的管理幹部之外，誰都不許進入，也都不知道裡面在製造些什麼，就連B城市長也不例外。而且他沒有雇用當地居民，新廠裡的工人全是從很遠的地方趁夜搭船抵達；工廠裡的正規工人幾乎從未見過這些新員工，他們的生活起居似乎全都侷限於新廠之內。前來新廠載貨的船隻會在夜裡到達，而且會降下旗幟並將

艾瑞克，你看！[[很棒的研究新發現!]] 荷蘭武器商愛普的第一任董事長不姓愛普，而是一個叫愛××·普林森的人。之前替布沙工作過。他在加來工廠罷工期間也是管理階層的一員。

怎麼都沒人注意到這個？

他畢竟不是高階人士，只是在生還者的口述史中稍微被提起。

這段開始是不是變得有些超現實？

這些工人始終沒有具體描述，

就目前所知，

他們搞不好是《巧克力冒險工廠》裡面的小矮人。

我很好奇：為什麼S.就只是S.？沒有全名？

我大學時寫了一篇報告，列出關於S.名字的十來個理論。

船名板遮蓋或塗黑。於是疑慮出現了，並且日漸加深，但為免造成員工與市民困擾，對這些反應他們並未重視，甚至予以忽略。然而，有關韋沃達可能在新廠內製造什麼，以及可能賣給誰的傳聞愈來愈怪異也愈奸邪。一度曾興奮地高談闊論、多方揣測的人，很快就變成只偶爾從嘴角邊洩漏出隻字片語，之後又變成緊閉著嘴唇竊竊私語，再之後則是交頭接耳之餘還不時鬼祟惶恐地往旁邊偷瞄。

幾星期前，有三個名叫札帕迪、歐布拉多維和賴杜加的工人，在市區最隱密的酒館裡最隱密的角落，告訴司坦法和蔻波說他們找到潛入新廠的方法，並說當夜稍晚便會偷偷入侵。**你們為什麼要告訴我們？**司坦法緊張地問，因為管理階層最近才嚴厲斥責他和札帕迪不該到處分發傳單，鼓動工人們組織工會。**總得有人知道**，札帕迪說，**以防發生什麼意外，而你們兩個是我們信得過的人**。他們三人穿上外套走出去以後，司坦法和蔻波待在酒館裡等候，直等到酒館打烊了，他們又到外面等，天亮之後，一宿沒睡又擔驚受怕的他們去了工廠打卡上工。

可以給我看嗎？

不行。太丟人了。膚淺、幼稚、自以為是。總之妳能想像大學生的程度就是那樣。

喂，哈囉？？我就站在這裡耶（算是啦）。

抱歉，珍，我老是忘記。（這是稱讚妳的意思。）

據我研判，三個名字都和鳥類無關。

妳那篇黑鳥報告寫得如何？

還在努力中。我打算在報告裡偷渡一些話，暗示伊莎那篇關於石察卡書中鳥類的文章過於簡化、狗屁不通。

拜託不要。這麼做太可怕了。

我知道。可是光想就覺得很好玩啊。

就在幾天前，司坦法終於鼓起勇氣去找管理階層（少數幾個艾華五世的童年摯友，和一些留著老氣鬍子、操著奇怪口音的外國人）詢問這幾人的下落。他得到的回答是這三人不滿意自己的酬勞，已經辭掉工廠的差事，到海外尋找更高薪的工作。

司坦法聚集了其他工人，呼籲罷工抗議。他對眾人說，最不可思議的是公司竟然會扯這種無恥謊言，甚至絲毫不肯傷腦筋想一套可信的說詞。以前我可以感覺到他們的傲慢，他如此說，此外還有嫌惡，以及小氣和投機，但從來沒有輕蔑。而如今有些不同了。公司面對罷工所採取的措施，是在門上掛鎖並在工廠四周派駐褐衣偵察員。雙方就這樣一直僵持到現在，大部分工人的微薄積蓄都已用罄。歐斯崔羅告訴S.說大夥兒愈來愈絕望，而絕望是件可怕的事——甚至比工人失蹤所引起的憤慨更危險。

S.心有疑問。這場示威活動有可能達到什麼目的？韋沃達絕不會承認自己做了錯事，對吧？韋沃達又有何動機讓這些起了疑心又不好惹的工人回來

S.的復現

✩✩這句話為何讓你那麼有感觸？

就是……有本書讓我父母為之沉迷，但不是這一本。凡是對那本書有不同感覺的人，他們往往連交談都不肯。

遇到對石察卡不是那麼~~瘋狂~~熱中的人，你又有多少話能聊？

這不一樣啊。我愛這本書，但我知道它是虛構。

✩比起經過數世紀努力而產生的謊言，這又會糟到哪裡去？

見流動工人傳教士的「資本主義史」、《萬卜勒》書中的演說（16章）。

↘對他而言，那段演說幾乎就像結束的開始。

對——可以說萬卜勒先生對那段談話稱不上喜愛。

這時你通常會說「珍，真不敢相信妳已經看過——！」是啊，但已經不稀奇了。現在我只會認定妳已經拼完石察卡所有的書。

現在朋友們都極力忽視我，室友都不回家了，而我發現我一點都不在乎。背叛我的人都去死吧。這麼說好了：希望你們好好享受那沒有志氣、沒有驚喜又膚淺的下半輩子。

深呼吸。對他們這麼氣憤並沒有好處。

對於所有出賣S組織的人，石察卡也是同樣氣憤。

瞧瞧他的下場（也瞧瞧翡樂的下場）。

工作？何不乾脆把舊廠也全部換上那些神秘的外國人？「他知道這麼做的話，城裡的人不會善罷干休。」歐斯崔羅說：「他不會的。這裡也是他的家。」

這是多麼空洞得可怕的信任基礎，S.暗忖，但並未多言。

不遠處，又有一起新的衝突造成群眾騷動，菲佛費力地往前鑽向衝突現場，必要時很有技巧地推搡幾下開出一條路來，讓S.和歐斯崔羅跟隨他前進。有一名穿著連身工作服的白髮男子正在痛斥一對偵察員，還對空揮舞著一柄沉重的扳手。他的恐嚇聲音粗啞，措辭拘謹，儼然屬於老一輩的人。（「是札帕迪的叔叔。」歐斯崔羅衝著S.的耳邊大喊。）那兩名偵察員閉口不語，下巴繃得緊緊的，S.有些納悶他們到底聽不聽得懂這人在罵什麼；他們身形高大，下巴長而突出，眼眸深邃難測，顯然與這座港口的居民分屬不同血統。菲佛一面嘟囔著一面左推右擠來到最前線，兩手牢牢按住札帕迪叔叔的肩膀，將他往後拉離警衛。老人扭著身子掙脫後，又衝回魁梧的褐衣人面前繼續叫罵。這時候，S.十分小心地待在偵察員的視線外。否則若又來個

*一種過時的道德感？S.並不相信。（他也不該相信，畢竟人們為了卸責什麼都做得出來，甚至更過分。）

你真的這麼認為？你覺得每個人都會這樣？

多多少少。

你呢？我呢？

也許是。

以後就知道了。

有權力的人不會去傾聽/了解（也不想去試）

這是石察卡創作中的重要主題之一。每本書裡隨處可見。

也是我應付學校行政單位的一大重點。

好吧，結果你和我都是這樣。

我們只是做自己必須做的。

點頭、眨眼或任何熟識之舉，他該如何向菲佛與歐斯崔羅解釋？又該如何向自己解釋？

他眼看其中一個偵察員搭在短棍上的手握了又放、放了又握。就快開始了，他心想，這是燎原前夕的星星之火。那個粗壯的偵察員彷彿聽見他的心思似的，竟忽然朝他的方向轉身。S.連忙掉過頭去，假裝注視著遠處高台。應該走開才對，他知道，應該對友人低聲說點什麼，然後消失在人群中。而他也正打算這麼做的時候，驀然在示威群眾間發現一張熟悉的臉──是一個女人，步伐平穩地游移在人群間的空隙，當她朝著示威群眾外圍悄然移動，幾乎沒有引起任何人注意。姿態挺拔。在一個擁擠的空間保持著優雅孤立。是酒吧裡那名年輕女子。是她。絕不可能是巧合：她之所以現身於此，正是因爲她和他有關係。她既然現身於此，她就是索拉。

無論如何，這是他一開始的想法；但盯著她看愈久，便愈覺得有懷疑的理由。她的長辮子不見了，如今是一頭雜亂的鬈髮參差不齊地披在肩上。臉蛋顯得圓了些、豐潤了些，也老了些，他心想，好像短短幾星期就老了五

看到這段，我想起莫迪和伊莎又麦了又角拴。

再說一次：妳可以不用告訴我了。
我已經知道他們在一起。

對，但有件事：她戴的項鏈上面好像有一塊黑曜石。

見他個大頭鬼!!
妳確定??

不是100%，但要是看見她戴來上課，我會告訴你。

很好。其實我不是在意他送她東西，只是圖書館的檔案室丟了那麼多…

我正在處理。我想查清楚，我敢說主任也想查。這裡是特殊收藏品管理處，不是哪門子珠寶店。

妳說「哪門子」實在太可愛了。

你說「見他個大頭鬼」才可愛吧。

參見《賣場》p63、p101、p119（對於同一種手勢的三種不同觀點）。

這給了我解開第六章暗語的靈感！

時間以不同的速度流逝（船vs.陸地）

我第一次看的時候沒發現這點。

歲。她穿的外套也和在場其他女人一樣：舊得露出了線頭、灰暗得有如煤炭，而且鬆垮無形。真的會是她嗎？這裡是不同的城鎮，而這個女人是工廠女工，不是豪華郵輪的常客。但話說回來，她也和警衛一樣覷了他一眼，那表情（幾乎細不可察地睜大雙眼？上唇微微一皺？）難道不是隱約透露出她認識他嗎？那流連的目光難道不是暗示著她**對他略有所知**？是他們初次邂逅時她所隱瞞的某項重要訊息？這是他遇見的那名女子沒錯，他可以確切地感覺到，正如聽見舊城區那些聲音一樣。

移動，S.告訴自己，因爲她正快步走開，逐漸接近人潮盡頭，遠離碼頭朝市中心而去。他抓住歐斯崔羅的手肘。「謝謝你們的幫助，」他說：「但我得走了。」

「可是……」

S.用手指著說：「那個女人，我認識她。又或者她認識我。她名叫索拉。」

=愛。別想跟我說不是。

可能有其他解讀方式……

拜託。這是一種瘋狂的愛戀，你懂那種感覺吧？

當然懂，只是從來沒有好結果。

新聞快訊

如果你始終不肯露臉，就絕對不會有好結果。

我會這麼做，只是因為我有必要來這裡，但我同時又被禁止來這裡。

艾瑞克，你還是真心認為這樣值得嗎？

我有必要來這裡。這點沒有變。或許原因變了。

這裡的S.根本火力全開追求愛情。

他並不知道這是不是愛。
他沒有那麼想。

歐斯崔羅搖搖頭。「她叫莎樂美，是工廠的員工，剛來不久……」

莎樂美？那也許是她在這座城裡的名字，有可能，但他願意拿從前那個已被遺忘的自己所擁有的一切來打賭，他們說的是同一個女人。「我在另一個城市見過她。就是前不久的事。」

「我不太相信。」

「我會回來的。」S.說著便要走開。「如果可以的話，我會的。」

歐斯崔羅的臉因懷疑而緊繃起來：他們相信了他，而如今他卻要逃離？

《S.轉身離開時菲佛剛好回來；他喊了一聲小心，接著還有一句S.沒聽清楚，因為他已經深入人群五步、十步、二十步》，用兩隻手肘擠出空間，引來其他人的叫嚷、怒罵，甚至還被一隻手臂揮中喉嚨。他失去了那個女人的蹤影，短暫地，好幾次，而每次都讓他不由得陷入一陣驚慌，直到再次發現她才定下心來。有隻鞋重重地踩在他其中一隻赤腳上（原來這雙腳並沒有S.想的那麼麻木），但他顧不得疼痛仍繼續往前走。不能把她跟丟了。即使她並

他不必那麼想，只要有感覺（+行動）。他確實知道此事有點緊急。

一點也沒錯。
他急著要找到那個可能知道他是誰的人。

這不就是一種看待愛的方式嗎？翡樂是這麼認為的。（見下一頁註7）

這不是最迷人的妳。

不，這是最困惑、混亂、憤怒的我。大概也最像我自己。一夕之間，「珍的改造計畫」完全崩盤。

我發現妳又沒來拿書……

別問了。我沒義務向你或任何人解釋我的事。

抱歉，只是想說我很擔心。

不用，我很好。

不是**她**。

她非得是她不可。[7]

女子穿過那一列警察，引來幾道斜睨的目光和一、兩個手勢，不過關注並未持續，隨後她便走進一條彎曲的街道消失不見。她沒有奔跑，卻走得快速。S.體內腎上腺素沸騰，讓他得以用一雙飽受折磨的腳，忍受著肌肉的僵硬疼痛、胸口的緊繃氣悶，小跑步隨後追去，S.就這樣進入了往上爬升的城區迷宮。

商店的燈熄了，餐廳關門了，街上行人寥寥可數，高樓層的窗戶全都拉上了窗簾。看來，沒有到碼頭去的人都安全無虞地安坐家中。就連海鳥也安

7 此處讓我想起麥金內的強勁哲學對手，美國人奧菲斯．克雷門森．韋恩對於身分認同所提出的理論。據韋恩的說法（我認為他的作品頗具說服力），S.堪稱苦於身分視差的問題：只有從S.的觀點來看，索拉的身分才會變化不定；若以這個世界的客觀經驗而論，她其實**就是**她，她**也是**她，**她還是她**（從前一直如此，將來也會一直如此）。

還有本書的第5和第10章。

捉摸不定。參見《科里奧利》的迷宮場景、《布拉森荷姆》的地下墓穴場景。

安靜靜、一動不動地棲息在遠離港口的屋頂邊緣與簷板上。靜謐街頭也和工廠前的紛亂場面一樣瀰漫著緊張氣氛。空寂中迴響著索拉鞋底踩在碎石路面的斷續拍擊聲，帶領著他穿梭前進，這兒左轉，那兒右轉，接著再左轉。他有接近一些嗎？感覺上一定有，可是他現在所能掌握到她的行跡也只有迴響的跫音。一陣薄霧漫過，繚繞在寒冰似的街燈燈光中，更令人難辨方向。他還注意到空氣中有個平板單調的聲音，一個固定且反覆的低音，在她的腳步震盪聲底下持續地隆隆作響。他的腳底被小石子刺傷，脇邊感到一陣灼熱劇痛。愈接近聲音來源，低鳴聲愈是清晰。呼吸變得困難；感覺上空氣出奇潮溼，還有熱金屬的味道。他淺促的呼吸（聽在腦子裡竟如此響亮！）幾乎不足以支撐他繼續走下去，但無論如何：絕不能把她跟丟。她有事情要告訴他，有事情要披露，這點他有十足的把握。她是在引領著他，而不是迴避他。她希望他能跟上。

又轉了個彎，接著再轉彎，之後她的跑步聲消失了，被低聲嗡嗚所吞說說吧，上次聊到……
妳失蹤那天發生了什麼事？

我沒辦法在書頁上的空間說那件事。
夾在書中了。

沒——那個聲音，震晃著他的牙齒、他的氣管、他的胸腔、他的臟腑。他停下來閉上眼睛，傾聽她的去向，卻只聽見那嗡鳴聲，而那辛嗆的金屬味已經無所不在，甚至連舌尖都嚐得到，當他睜眼一看，發現沿著整條街都是同一棟建築。**中央電力**。這幾個字底下有一個塗料已褪色的：

S

大片蒸氣凝結在他頭頂上，霸凌著薄霧。

她到哪兒去了？

他向前移動，停下來。側耳傾聽。彷彿聽到她的動靜，隨後又沒了聲音。再往前兩步。他感覺到左手邊的小巷內有響動。暗處有兩個人，身形高大的男人，還傳出窸窸窣窣的聲音，緊接著有個金屬扣環啪嗒一聲。S.應該繼續找人，這種見不得人或不管是什麼樣的勾當都與他無關，與她無關，與

妳曾經和父母談過嗎？關於妳最近的情況？

怎麼說？這狀況我自己也剛剛才發覺……總之無法和他們聊這種事。況且現在這時機要他們共處一室？自求多福吧。

分別和他們談，也許會容易一點。

可能吧，但我依然不會去做。你懂吧？你和你爸媽也沒有任何互動。

對，我懂。

我在校園某處畫了這個記號。看你找不找得到。

還在等你回答……

唉，妳不能這樣啦，尤其是在史丹迪佛大樓。我會背黑鍋的。

可是你已經被開除學籍了。你又不存在！

警察或許不會在意這些抽象的小細節。

真有意思，你竟然還能進這棟樓。

進來不是難事。待在裡面不被發現才是難。

這會是很棒的電影畫面。
一整個毛骨悚然。
（有人想要改拍《希修斯》嗎？）

貝諾・方達納（製片）在回憶錄裡說過，自從《山塔那進行曲》改拍電影（他）被石痛斥之後，好萊塢就對石的作品保持距離了。聽說有個印度導演有意拍攝，但後來沒下文。

很可能就是因為幾個月前他人不見了。

不能就這麼認定其中有關連。

此刻正在發生的衝突無關，但他仍定在原地看著他們，看到了扣環就扣在其中一人剛剛穿好的連身工作服上。另一人穿著一件暗褐色風衣，肩上還披掛著另一件相同外衣。只見他小心翼翼將一個紙包裹交給穿工作服的人，S.知道——是立刻而且是百分百確定——包裹裡面裝的是炸彈。

這時候，火光一閃，穿風衣的男人點燃香菸，就在那瞬間S.看到粗野剛硬的五官特徵，證實了他的懷疑。是偵察員。S.就站在空曠處，站在馬路中央路燈灑下來的淺灰黃色光線底下凝視他們，而他們也直直回望著他。

穿大衣的男人唇角往後一拉，露出微笑。

穿工作服那人或許眨了眼，也或許沒有。

要小心行事，S.暗想，你其實什麼都還搞不清楚。不知道他們是誰，也真的不知道他們在做些什麼。因此S.只是簡單點了個頭，繼續朝原本前進的方向匆匆而去。索拉一定還在附近，他只需要再重新找到她的腳步聲。

身後，他聽見那兩人其中之一從巷子出來，轉身往水邊方向走。儘管發

她離得很近，卻無法捉摸。
（索拉是作者的靈感繆思？參見第九章）

她也可能是翡樂的替身。或許他們之間有一種作家／繆思的關係，也才因此墜入情網。

妳這是認定他們兩人相戀。

是的。我覺得唯有這樣，第十章才說得通。

哪個版本的第十章都是。

* 典型的愛 vs. 責任。艾瑞克，你或許會認為石察卡這個人太黑暗、太尖銳，不會寫這種主題，但我不在乎。

或是另一個可能：自我 vs. 群體。

你真的很頑固。難道你是故意惹我發火？

或是另一個可能：兩者皆是。

[・・]

電廠仍持續發出那無情且該死的嗡鳴，他還是聽得見釘靴聲和紙張的沙沙聲，也能想像穿工作服的男人將那個死亡包裹穩穩揣在懷裡，前往碼頭去遞送。就在這一刻S.聽見從工廠噪音的濃濃迷霧深處冒出一些低聲呢喃，就像舊城區的那些聲音，類似的喧嚷，但聲母不同節奏也不同。

*S.繼續往反方向走。這不干他的事，他這麼告訴自己。完全無關。無論韋沃達工廠裡發生什麼事都與他無關。他絲毫不虧欠這裡任何人，也不虧欠據他目前所知**這世上**的任何人，**更甭提這些呢喃聲所來處的任何人**。沒錯。現在再也沒有比找出自己是誰更重要的事。他踏出赤腳一步一步往前走，兩手深深插在借來的夾克的口袋裡，一往直前，不要想，只要聽，全神貫注地聽她。她可能就在幾條街外。他沒有想，只是努力地聽。

沒有想。

努力聽。

他停下腳步，告訴自己這是爲了能聽得更清楚。但他馬上就知道這是謊

話。:)*

接著他向後轉身，約略猜測前往碼頭最近的路線，便火速衝刺過粗糙的碎石路面。他沒有問自己疲憊已極的身體能否負荷得了，只是一個勁兒的跑，聽憑地心引力將他往山下拉，因爲他必須去碼頭找到司坦法與其他人提出警告，幫助他們及時阻止這場可怕的大屠殺。他的身體狀況可以晚一點再來擔心。不過在他奔跑之際折磨著他身體的諸多痛楚之中，最劇烈難忍的莫過於知道自己放走了索拉，讓她憑空消失在一個反覆無常、充滿未解之謎的世界。他放走了她，他跑開了。

一輛腳踏車側倒在碼頭上，就在較外圍的人群外面，與那排晃來晃去、無所事事、頻打呵欠的警察之間隔著高高堆疊的木棧板、鋼鐵板，以及長短不一、用金屬條綁在一起的管子。腳踏車的主人，一個十一歲的小孩，正穿梭在人群中尋找父親，手裡還抓著一個牛皮紙袋，裡面裝的義式香腸、啤酒

敘述脫離了S.，
以全知角度直接訴諸讀者。

我喜歡～能從S.的腦袋裡跳脫出來休息一下很好。

而且讀起來會覺得外界還有一些更大更大的力量。

我記得這句本來沒有畫線。

想必是有的。
不過天曉得我當時在想什麼？

我很確定沒有…… 這樣子讓我有點緊張。

起司抹醬和已經乾硬的麵包，是母親讓他送來給父親補充精力用的。腳踏車前輪在海風吹拂下緩緩轉動，龍頭上掛著一個鐵絲網籃，是父親多年前自己做的，如今已是鏽跡斑斑。

注意看網籃。不要去注意那個穿工作服的人有沒有從人群中冒出來，把另一個牛皮紙袋放進網籃，然後重新混入一片亂糟糟的現場，從此人間蒸發。他是誰不重要，無論如何他的動作是那麼低調、那麼乾淨俐落，你也不可能留意到他，就像碼頭上其他人誰也沒有留意到，即便是幾天前就知道這項計畫的偵察員也不例外。

盡可能把你的目光停留在網籃上，即使當S.氣喘吁吁嗆咳不止，腳下拖著血跡來到碼頭，奮力擠向台子，因爲司坦法和其他同伴正在那兒一面商議一面分吃一個碰傷的蘋果；即使這時候也不要轉移目光。重要的不是他們五人如何分散到群眾當中，在碼頭上四處拚命地找一個穿連身工作服的偵察員。重要的其實是雖然你想透過書頁叫喚他們、呼喊他們，把他們的注意力

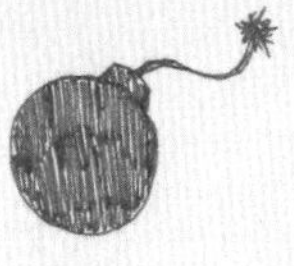

這正是在加來發生的事。

引到腳踏車網籃裡的炸彈，但你當然辨不到。

要注意到一點，儘管有一些表面看似胡亂堆放在碼頭的木頭與金屬，大致上能保護警察，不受到混裝在炸彈裡的尖銳金屬碎片所傷，但炸彈距離警察那麼近，一旦爆炸難免會引發驚慌。即使引爆後，也不要將視線從網籃移開，因為炸彈碎片將會四散紛飛，胡亂射在這群勞工，這群叫囂亂竄、揮舞拳頭卻毫無力量的烏合之眾身上。（不過炸彈不大、製作粗陋，因此偵察員將會全數安然逃過不受波及，而且爆炸起因也會比較容易被鎖定在某個不滿現狀的勞工——很可能是無政府主義者或共產人士，總之你也知道那些人是什麼樣子——而不是受雇於全世界擴張最快的武器製造商的職業密探。）

再提醒一次：眼睛要盯著網籃——如果你堅持要睜開雙眼的話。

你不會想看到S.像個破布娃娃似的被爆破威力炸飛。**這具軀體能承受多少懲罰呢？**你或許會好奇。**何況他還有那麼多事要做！**你不會想看到他在如此長得令人沮喪的時間裡一臉呆滯——即使你注意到了他身體毫髮無傷。你也不

這是石察卡本人現身說法，偷偷對讀者眨眼睛暗示嗎？（S.還有很多很多章節要走!!）

也許這句話並沒有俏皮的意思。也許石只是在告訴我們（或翡樂），「他自己」寫這段的時候精疲力竭。

伊索・古里申（那個把《希修斯》撕掉的評論家）特別痛恨這一幕。說它「蔑視讀者的欲望」，偏離了當下的情節。

石察卡利用這段情節講述了瓦茨拉夫的故事。或至少是改寫他的經歷。

會想看到他的臉恢復清醒，並確信是自己在發電廠外猶豫不決，才使得那人能及時抵達碼頭置放炸彈後消失無蹤。你更不會想在剛剛被炸的碼頭上掃視搜尋那個十一歲男孩，這點是最最確定的。

當S.全身癱軟、面無表情、眼神空洞的時候，並未失去知覺，只是就好像靈魂出竅一般：雖然聽得見受傷與垂死的哭喊聲、驚慌的尖叫聲、警槍朝混亂中隨意射擊的斷續槍聲、警棍揮打在肩膀與背部與顴骨與腦袋的聲音、警馬在碼頭上轉來轉去的達達蹄聲與嘶鳴聲，但所有聲音都顯得遙遠、擴散開來，退到外圍形成一個光環，環繞著正在他眼裡上演的鮮活景象。

這景象是：同樣的碼頭，只是比較狹窄，也沒有伸出海面那麼遠；同樣的韋沃達工廠，但沒有新廠，只有一棟外觀簡單、新砌成的方形磚造建築，磚塊間的灰漿還在月光下閃著嶄新亮光；相似的緊張氣氛，卻是一種比較平靜而私密的張力，不是介於勞工與警察與偵察員之間，而是介於兩個人，就

敘事者道出我們想要/不想要的。

對，讀起來和前後劇情很不搭，但一定是刻意寫的。但…這代表本名瓦茨拉夫・石察卡的工廠工人本身就是寫書的「石察卡」？

不一定，但無論石察卡到底是誰，他肯定和瓦很親近。

知名作家&工廠小夥子很「親近」？不太可能。但石察卡可能聽說了他的故事，想表達某種共鳴？（也許瓦在布拉格自殺當天，石也在那裡？無論實情如何，我覺得石不像是在「拋出假線索」嘲弄人。

有何不可？

我舉雙手贊同。

兩個人，一對少男少女，剛發育成人的身形修長，彷彿兩人的身子都各自不斷拉長，延伸向希望無限的未來。他們在交談，男孩朝女孩斜傾上身，女孩卻後退半步與他保持距離，這讓S.感到訝異，因爲此類場景的重點不就是兩個人，兩個肉體、兩個靈魂，結合在一起嗎？在他那充滿模糊槍聲與呻吟哀嚎的聲音光環裡面，碼頭上的女孩搖了搖頭，又搖了搖頭，再度搖了搖頭（好堅持！），將一束紙張推塞進對方懷裡，此時輪到男孩愕然倒退半步。她驀地轉身離開現場，挺直背脊、扭腰擺臀並發出不屑的笑聲走回市街之中。男孩獨自在月光下，輕輕踢著從一塊木板冒出頭來的釘子，然後縱向折起那疊紙塞進外套裡面。他沿著碼頭走向一堆魚網，蹲跪下來，拿出小刀割下繫在網上的鉛錘。儘管混亂的聲音如雷貫耳，S.依然能聽到男孩將鉛錘一個、一個又一個丟進外套與長褲口袋時，輕輕發出的剁剁聲。男孩步伐沉重地回到欄杆邊的位置，未來就在這個位置展現在他眼前。他一條腿晃過欄杆，接著只須移動重心，將全身重量交給空氣。他身子一歪。下方，海浪漠

*看下一頁

至少她當面拒絕他了，不是寫email，也不是在浪費他3年多的生命之後。

能和某人在一起3年多不是比較好嗎？我覺得跟伊莎好像才剛開始就一塌糊塗了。

維持了多久？

難說。我們共用辦公室，工作到很晚，聊那些書聊得很開心。有種吸引力…她說的。我們說好春假一起去慕尼黑，到石察卡檔案室工作&拜訪她家人。結果什麼都沒有。喔…還有，我的沙默思錄音帶不翼而飛。

有肢體上的親密接觸嗎？

不多，但有一點。

我在想：這當中有絲毫真心嗎？她會不會只是在利用我？

不是只有這些可能性……或許她喜歡你，但莫迪對她的事業更有幫助。又或許她是那種根本不知道自己在做什麼，卻還是照做不誤的人，結果留下滿目瘡痍。

妳不是那樣的人吧？ ——但願不是。

然地湧動輕拍——

——這時候他聽到一些話語，是一些刺耳又絕望的聲音，他無法歸納整理出意義。他納悶著，有哪種人會聽到不是人聲的人聲——

——緊接著有人拉扯他的胳臂，S.的胳臂，拉呀拉呀，原來是司坦法。他的襯衫濺著濛濛血跡，一側的臉頰、一邊的八字鬍尾翼沾染了一抹鮮紅，正一邊拉一邊說：**我們現在得走了！可以的話趕快起來！**S.照做了，重重倚在司坦法肩上，蹣跚搖晃地走進錯綜複雜的巷弄間。他聽到他們後面有蔑波粗重的呼吸聲，有趣的是，她的呼吸聲竟令他如此著迷，活著的聲音是何等誘人啊！他便聆聽著這個聲音，一面繼續穿梭逃亡於城南區，經過一棟又一棟的建築，而各棟間的差異幾乎都是微乎其微。當他們來到一處傾圮的馬廄廢墟停下休息，裡頭瀰漫的乾草塵屑嗆得每個人非得先咳個幾聲才能吐出隻字片語。

★珍：戴加丹週日去世了。文章/訃聞刊在labalise.fr網站上。

又是墜亡。也許他們說得對，戴是自殺的。但是……真的嗎？事情愈來愈恐怖了。

我對他了解不深……但我認為這和沙默思之死一樣，絕不是自殺。

我現在才知道戴曾經是莫迪的論文指導教授。

我應該有說過他們不和，不確定是出了什麼問題，但我敢說不是戴加丹的錯。

我很訝異你竟然沒有早一點試著和他聯絡。

真希望我有。我覺得他不會把我當回事——我太年輕、沒有博士學位、沒有了不起的成績，又跟莫迪有牽連。

可是這個領域裡有其他人把你當回事，對吧？我是說，就連莫迪也是。

就算是有人把你當回事，也不代表你知道他們的想法，更不代表你認為那是自己應得的。何況先前我沒把握可以100%相信戴。

這我倒不意外。

黑暗中響起一個短促、尖銳的哨音。司坦法吹了自己的哨子回應，歐斯崔羅和菲佛隨後出現在彎曲變形的門框裡。菲佛幾乎整個人靠在朋友身上，一隻耳朵用一條布滿黑漬的手帕摀著。休息了一會兒，又喘了一會兒之後，司坦法下了一道S.沒能聽得很清楚的指令，他們五人便一體行動，迅速而隱密地穿過城裡被遺忘的角落，一處已沒落數十年的工廠遺跡，晃晃蕩蕩爬上一條不甚陡的斜坡，來到一間破屋。屋前窗戶暗黑，屋頂長滿苔蘚，像是隨時可能崩塌。司坦法伸手到窗台的花箱裡拿出一把鑰匙。大門晃開的時候，也因爲鉸鍊鬆動而搖晃不穩。

今晚，這是他們的家。

明天呢？明天的事誰說得準？

我要去巴黎參加戴的葬禮，
賽林連夜送來一張額度很高的信用卡，
要讓我付機票、飯店等。

艾瑞克，到此為止吧。你不知道現在究竟是什麼情況，無論是戴加丹，或是賽林。

對，但是親自去一趟是找出答案的最佳方法。

你聽著：我知道我們還不是很熟，但我真的真的很擔心。別去。

妳有報告要寫、有計劃要執行、有課要上，先擱下這個吧。等我回來會有很多新消息。

這主意我一點也不喜歡。

唉，書還在。我猜你是走了。我正在一個陌生人的書中空白處自言自語。好極了。

你要平安，艾瑞克。

珍，我很高興妳還繼續寫。

不然我還能做什麼？

艾瑞克～巴黎!!

有何進展???你得告訴我。

太多了。還在試著整理思緒。

先告訴我你很好。然後一個一個說。

我沒事。重點：認識戴加丹的人沒有一個認為他是自殺。告訴妳：他是從多馬特飯店的陽台墜樓的。

天啊。和埃斯杜墜樓的房間是同一個?

不確定。

伊莎去了嗎?

妳怎會這麼問?

因為上週都是另一個助教代她的課。正好和你離開的時間完全一樣。

結果你都沒提到她。← 她去了。

第四章

特務X

S.被一陣鉛筆的沙沙書寫聲吵醒。他睜開眼睛看見司坦法滿身倦態、衣容凌亂地坐在餐桌旁，面前擺著一本拍紙簿，指節粗大變形的手指間則握著一截鉛筆。他好像沒有睡覺。然而儘管腦袋下垂、眼皮沉重，卻仍是振筆疾書，每一句末的句點聽起來就像鼓聲咚咚。他臉上還留有乾掉的血漬，似乎是在開始工作前，只用毛巾隨便抹了一下。

屋裡的其他人看起來幾乎是同樣疲倦。蔻波靠在流理台旁捧著缺角的茶杯啜飲，目光看著司坦法。受傷耳朵已包紮妥當的菲佛，坐在前窗邊的椅子上，顫抖的手拿著一根菸在抽，並透過窗板的渦漩雕飾凝視外面的街道。

要有這麼簡單就好了。我的史蒂文斯報告毫無進展。

後來葉慈那篇怎麼樣了？

她給我不及格，還說就算準時交，「頂多也只有60分」。我真的很討厭她。我找教授談過，沒用。

哪個教授？伏司士？他很難搞……

對。王X蛋加三級。他要我「擁抱0分，自在隨緣」。

好有禪意啊。如果你是負責打分的人，當然容易…

史蒂文斯的報告一定得交。那些該死的句子偏偏出不來。對這一切我實在厭煩透頂。

不管妳有沒有靈感，硬擠也要擠出來。

你不在的時候，我根本無法專心。
（很不可思議吧？因為你在的時候我也從沒見過你。）

不會啊。我飛去時旁邊有個空位，一直在想妳應該坐在那裡。

下次想和哪個女生去巴黎，就該開口邀她。

我有史以來最棒的早餐：三份美式咖啡、巧克力牛角麵包＋一張巴西來的明信片。

是蔻波發現S.醒了。見他坐起身來，便又倒了一杯茶端去給他。「謝謝。」他開口說道，破除了籠罩在屋裡的陰沉。茶的顏色很深，喝起來刺刺辣辣、帶焦油味，甚至有點油膩；口感陌生，但是溫熱。S.十分感激。

附近的石灶上有幾件摺疊整齊的衣服：一件白色工作衫，領口與腋下處有些發黃；褪色的藍色嗶嘰褲；還有一雙棉襪，其中一隻的腳後跟破了個洞，旁邊擺了一雙穿得很舊的雕花皮靴。「那是給你穿的，」蔻波對他說：「樓上再也找不到更好的了。札帕迪不太在乎外表。」

襪子和皮靴被火烘得暖暖的，感覺就像最頂級的奢侈品。靴子有點大，但S.將原來那件破爛長褲撕成布條，包紮被割得傷痕累累的腳底後，穿起來正好合腳。今天要走很多路，還有明天、再明天——不管多久，他都要搜遍整座城鎮找到索拉。昨晚發生在碼頭的事很可怕，沒錯，肇事者該被揪出來負責，可是他必須將它拋到腦後，將哀痛留給那些認識死者的人，那些在這城裡生活工作的人，那些將在這城裡繼續過日子的人。至於他本身：他的任務是找到這個女人。莎樂美。索拉。不管她叫什麼名字。他已經丟下她一

*葬禮隔天，我和一群研究石黎卡的學者共進晚餐。每個人都很神秘，戴加冉有個學生在葬禮上和我握手，偷偷塞給我一張寫了地址的紙條。餐廳在巴黎的拉丁區，很狹小，沒有店名，從街上看來很陰暗，不像有營業。也許因為我們有15人，加上有幾個話不多但穿著高級，不像學界人士的人，有種小圈圈核心的味道…大家聊到要延續戴的工作&他秉持道德研究的努力、分享研究成果……

受邀共進晚餐，你驚訝嗎？

當然。其實看得出來有個人不希望我在場。我聽到他小聲提起莫迪，但我的法文不怎麼樣，很難聽出究竟怎麼回事。

（你要是認識法文流利的人就好了。）

可是他們為什麼邀你？你又不在戴的小圈子，幾乎連大圈子也沾不上邊。

嗯，但賽林的人就找到我了，不是嗎？或許我在里斯本的演說比我以為的更好。

我想你應該沒有在用餐時分享(你)我們的發現吧…… …妳想得沒錯。

最好不要。

次，以後不會再重蹈覆轍。他清清喉嚨，恢復聲音。「我要走了。」他說。

「你要離開？」蔻波問道。

「我很感謝你們的幫助，也為了你們痛失親友難過。可是我該走了。」

「當然。」司坦法說道，手卻仍寫個不停。「你得找出自己是誰，這是個不值得羨慕的艱難任務。」

「是啊，一點也沒錯。」

司坦法停下筆，抬頭看他。「先別急著走。歐斯崔羅出去察看狀況了。（等到了解你將面臨什麼樣的情勢以後再說吧。）」「他的口氣並非不友善，但非常嚴肅，甚至冷峻。

「這裡需要他。」蔻波說完，轉而對S.說：「只有你看到攜帶炸彈的偵察員，沒有你作證，我們就什麼都沒了。」

① 「該來的就會來。」石察卡經常這麼說。在他寫給我的第一封信，還有承續而來的許多信中，他都寫過這句話——其實，在我們合作的這許多年來都是一樣。

★★ 珍，看到這句，我想起必須請妳幫忙看看我去紐約參加拍賣會時寫的筆記。我好像忽略了什麼。

或許有助於弄清楚那個經紀人在為誰競標哈克那的照片。

這點我們不知道，我想戴加冉也不知道。如果他的學生有人知道，也沒說出來。

章名叫「特務X」，註1似乎暗指下一個「承續」的什麼東西？我們要找的暗語藏在哪？解碼金鑰是「特務X」？註解中和X有關的字？

艾瑞克，我知道你覺得巴黎之行並不危險，但他們一定是在那裡發現你/我們的。

別自欺欺人了。八成是在那之前。

查一下出處。雜誌寫的很接近原信內容，第1、3段是直接引述。第2段信中沒有。妳可以查一下檔案室的信件正本嗎？

正本也沒有。所以肯定是翡樂加進去的。很可能是暗語？

勇敢→敢的部首「攵」→帶有「乂」形的字？註釋寫「后盾」而非「後盾」，P.125註6也用了「之后」→避免有乂形的「後」和藏了暗語的字混淆？

「就算有他作證，我們恐怕還是什麼都沒有。」菲佛喃喃地說。

「也許吧。」蔻波說：「但必須讓大家聽到他的說詞。得讓所有人知道韋沃達是什麼樣的人。」

司坦法啪一聲放下鉛筆，將身子往後一推，兩手搭在膝蓋上，上身往前傾，仔細端詳S.。S.突然感到膽怯，有如面對父親的小孩，不確定自己即將得到的是賞還是罰、是智慧之言或是警告。

「告訴我，」司坦法說：「你會堅持你的說詞嗎？」2

「是的，」S.回答：「我跟你們說過的，就是我真正看見的。」他小心選擇用詞，並未自稱已主動提出了所有可能的細節。關於偵察員似乎認識他，這點可以保密，至少直到他得知對方的來意為止。但老實說，他並不想

2 「每位作家都得是百分之百、無時無刻地當自己作品的后盾。」石察卡給奧圖．葛藍的一封信中寫道：「作家應該勇敢避免坦承編輯、讀者，或者（但願不會有的）製片大老所提出的一切挑戰具有任何價值。」他還表示：「經此一事，在下清楚了解到只有作者本身能明白作品的真意，還有作品須以什麼樣的手法講述。」這位瑞典導演選擇將此信刊登在雜誌上，並未照約定燒掉，以至於石察卡對他一直恨意難消。

★葬禮上有一些人對我說，知道我曾和莫迪共事，很替我難過。

看來莫迪種了不少惡果。

不過我無意間聽到其中1、2人對伊莎說了完全相反的話：她好幸運，能跟隨這領域的佼佼者學習……還說新書會改變一切…諸如此類。

也許他們只是想向她探口風，打聽他的書。

我討厭這樣。我討厭大家都不能心口如一。

你就不會啊。大部分時間。

我從來沒有口是心非，我只是會避談一些心裡話。

妳和爸媽處得如何？

關於找工作的事？

我跟他們說我會去，所以還好。忙著應付他們，有些報告都還沒搞定。

就跟你一樣？（是你自己說的喔）怎麼說？不說謊，但也不全盤托出。

* 戴加丹有個學生把我拉到一旁，說他知道戴曾寄給某人一塊黑曜石。他問說是不是我。

希望你跟他說不是。

我說東西不在我這裡，嚴格講不算撒謊。妳有沒有找到機會仔細瞧瞧？

有。我覺得石頭上的蝕刻看起來像鳥的抽象圖樣。

我也這麼想。

知道，他只想從這齣悲劇、這場衝突、這番威脅中收手，繼續找尋索拉。

S.走向正用食指上下撫摸繃帶邊緣的菲佛，對他說：「當我去追那個女孩的時候，你在我後面大喊，叫我要小心。接著你又說了一句，我沒聽清楚。你說了什麼？」

菲佛聳聳肩。「我只是說你不知道誰是你的朋友。這點對你來說應該很明顯。我不認爲你眞的認識莎樂美。對我，對我和歐斯崔羅兩人來說，你看起來就像是想找藉口逃走。」

「可是我回來了。」

「是啊，」菲佛說：「還帶來一個不可思議的故事，而且時間緊迫到來不及改變結局。」

（艾瑞克，但願這不會發生在我們身上。）

要有信心。請妳一定要有信心。

蔻波打斷他。「菲佛，如果這個人打算放置炸彈，然後置身於炸彈附近，那麼他要不是愚蠢至極，就是爲了韋沃達的利益而自殺的狂熱分子，我指的是純粹爲了韋沃達個人的金錢利益。我相信他兩者都不是。」她轉身向S.說道：「不過還是有一點：你爲什麼覺得你認識那女孩？」

我要把東西還給你，讓它離開我的住處。那石頭讓我很緊張。要是人家以為我偷了文物，我會被開除的。反正我也不想留著，完全不想和伊莎一樣擁有石頭。

好，把石頭和書一起留給我就好。

開什麼玩笑？不可能。要是弄丟了我會自責。我要親自交給你。說個時間地點，我們碰面。

沒時間。得把戴寄給我的文件全部重看一遍。總覺得忽略了什麼重要的東西。

翻譯：你寧可冒著失去石頭的風險，因為和我見面讓你太焦慮。

不是這樣。

真他媽荒謬到家。這一切太不值得了。

交換留言不算是認識彼此最有效率的方法，這你明白吧？若想繼續保持神秘，傳簡訊也行。

沒手機。我盡量過著類比模式的生活。

這位先生，很高興你終於有手機了。

簽的合約我一個字也看不懂。～最好要習慣。

☆我真的找伊莎談了一下，有點後悔。

然後呢？

我認定是莫迪派她去巴黎，
所以有點誇大說我自己找到贊助人什麼的。

所以你跟她說了賽林的事。 → 對，這麼做恐怕是錯了，我知道。但她的反應也讓我好奇她是不是自願去的。

「我遇見過她，也或許是某個和她幾乎一模一樣的人，就在我被擄上船的那座城裡，我現在的記憶就是從那個地方開始的。」他述說了酒吧裡發生的事，提到索拉說她正搭乘一艘名為「帝王號」的郵輪在旅行。屋裡的人誰也沒聽過這個船名。

「那座城離這裡近嗎？」司坦法問道，眼睛仍低垂著。

「應該不近。我們航行好幾星期了。」

「莎樂美是在六個月前來到工廠工作，」蔻波說：「我跟她不太熟。她很內向，不怎麼和人來往，好像是離鄉背井。平常話不多，但一開口就是很南部的口音。」她問菲佛和司坦法是否有同感，兩人都稱是。「我要說的重點是，」蔻波接著說：「一個每週工作六天、個性內向的貧窮工廠女工，不太可能會在某個北方城鎮的水邊酒吧裡接受眾星拱月、向陌生人搭訕。至少在過去六個月內不可能，而且我敢打賭在那之前也沒有過。」

☆「我一直覺得她在替管理階層當眼線。」菲佛說：「我們部門已經很久很久沒有雇用新人，結果她『咻』一聲就出現了，說是做什麼文書工作，依

她有沒有戴她的「莫迪石」？

我沒看見。

她在玩兩面手法。至於是什麼的兩面，還不知道。

說不定還有第三面（如果賽林也贊助她）。那頓晚餐會不會和賽林有關？

你有沒有問任何人？

談這件事似乎不是好主意。當時我想等其他人先提起賽林。

類似案例：珍妮佛．海華。

我一點也不覺得妳很宅。

以前從來不會……但最近是。不想碰到雅各、不想和朋友出去，再也不喜歡、不想交朋友……反正很快就要離開學校，做這些太累了。

妳真是鐵了心要走。 → 我需要想清楚自己是什麼人，在校園裡辦不到，在家也不行。有時我覺得那個蠢工作是值得的，那就有藉口去紐約了。（+也能負擔那裡的生活費。）

我看以前從來不必做那些事。」

「每個人在你眼裡都是管理階層的眼線。」蔻波說。

「也許我是對的。」菲佛說：「妳不認為多一個心眼比較好嗎？尤其是現在？」

「我是這麼認為，」蔻波說：「但我也很重視我的直覺，我認為人一旦開始懷疑自己的直覺，那就非常危險了。[3]少了直覺，這個世界會變得枯燥乏味、成長遲緩，連改變也變得不可能。」

這番討論似乎只是這兩人長期戰鬥中的一場小衝突，雖然S.覺得不要加入是比較明智的做法，卻又控制不住自己。「身為一個除了直覺一無所有的人，請容我直說這恐怕也不是一種理想狀況，這是……」

狗屁。我再也不相信我的直覺了……
說真的，直覺不也是我們被教導出來的嗎？
所以說，改變不只是可能，而是無法避免的。
你再也不能把直覺當作依據了。

也許……
在有人教導妳
「現在所想的就是直覺」之前的
想法，那才是直覺。

即便如此，又有什麼用？兩者你要怎麼去分辨？

[3] 這句話其實出自海明威本人寫給石察卡的一封信。他說看完《山系》有種直覺，斷定他和石察卡無論身為「創作家或普通人」，都會很「契合」。這回石察卡依然毫無回應。他對於這個曾流亡古巴的美籍人士狂妄大肆地表達有關創作、生活與人類的高論，一點也不關心。但我不禁想問，倘若這位男性大作家願意賞閱此書，會不會因為石察卡讓異性角色說出他說過的話而心生不悅？

狂妄？

威？

我愛這一段。從我聽說的所有線索來判斷，海明威是個憎惡女人的豬頭。不管石察卡是誰，都比他強多了！

特務X

但有人認為石在某些段落的口吻很像海明威…還認為他願意的話，那種風格也可以是他寫作的方式之一。

但他話還沒說完，菲佛忽然跳起來，拔開門閂打開門。歐斯崔羅匆匆走進來，豎起的外套衣領遮住了臉，毛線帽拉得低低的。他喘著氣，把一份報紙丟到桌上，司坦法看了大吃一驚，把嘴裡的茶都給噴出來了。這名長者臉上掠過一絲氣惱，但隨即被一種彷彿揉雜著驚慌、哀傷與恐懼的神情所取代。歐斯崔羅不發一語，一屁股重重坐到火爐邊滿布灰塵的地上，雙手抱頭。S.與其他人靠攏到桌旁，只見頭版上半頁一連串斗大的標題怵目驚心。

瞧瞧這個

根據紀錄，1624年在斯德哥爾摩監獄有一個「蘇布雷洛建築師」。

妳的意思是他和葡萄牙船上那個蘇布雷洛是同一個人(＝寫書的那個)，而且被吊死、拋入大海後存活下來(或是以某種方式死而復生)，結果幾年後又再次在瑞典被捕？

聽你的口氣好像覺得不可能。

改寫乾草市場事件後的報紙標題

改寫加來事件後的標題

海濱喋血

撒旦惡行：警方遭炸彈襲擊

五十八人死於暴動餘波

殺人主謀在我們當中

無政府主義者煽動群眾；受外國特務策動？

「五十八人，」蔻波深吸一口氣。「五十八人哪。」

「韋沃達去死吧。」菲佛說。

司坦法嘟噥一聲，啪地翻開報紙露出下半頁的報導。沒有人出聲，但S.感覺到當他們各自讀著報上對前一晚事件的描述，沉默的氣氛逐漸擴散。報導將所有責任都怪到示威者頭上，怪到他們頭上——也就是躲在這積滿灰塵的屋裡，喝著一個死人的茶的這五人，其中一個甚至還穿著死者的靴子。4

這是一種沉重、頹喪的沉默，周遭的空氣彷彿也和他們的面容、胸膛、四肢一樣瘀青腫脹。文字中插入了三張臉孔素描，其中兩張刻畫入微、細節精準而致命，絕對是司坦法與蔻波的畫像。第三張肖像的五官則沒有那麼清晰明確，似是承認有其他變動的可能性，但是那張臉的下巴線條透露的邪惡感卻是無庸置疑。臉部素描底下的說明文字指名他們是這場流血事件的罪魁禍首：**嗜血的無政府主義者：司坦法、蔻波與特務「X」**。報導內文中推測

4 石察卡很喜歡從早期的作品中擷取中央核心意象，重新運用於當下正在寫的書裡。細心的讀者會記得在《飛天鞋》中，當子爵的軍隊俘虜了伊米迪歐，也奪走了他原本擁有的鞋子，並強迫他穿上「一個死人的靴子」下田工作。

擷取？話說這一章的註解內容似乎比較合理。

還是有一些愚蠢的謬誤…但沒錯，我看得出翡樂愈來愈努力傳達正確訊息。但為何有此改變？

或許是這一章的暗語容易藏，讓她能自由寫出更有用的註解。

或者這當中還有其他暗語……

我喜歡看我們以前寫的東西，把以前的想法記錄下來真酷。

只要沒說出太丟臉的話就好。

這樣說吧：如果你真的認為過去的自己全都是現在的自己的一部分，又怎會覺得自己說的話丟臉呢？

因為有些事是那麼地讓人難為情啊。

你到底住哪裡？

鐵道南邊一個小地方。
房租便宜。妳呢？

傑佛遜公寓大樓。就在校園邊邊，
上課或進市區都可以走路就到。

還有其他幾名勞工也是這致命三人組的同謀，相關單位正在全力追緝以便立刻進行偵訊，這些人當中包括歐斯崔羅與菲佛先生。若能提供嫌犯下落的可靠消息，將可獲得獎金。

很長一段時間，屋裡唯一的聲響就是歐斯崔羅的驚慌呼吸聲轉為啜泣。

稍後，司坦法又嘟噥一聲，把身子往後仰靠，讓椅子以兩隻腳傾斜平衡。「你這張畫像實在不怎麼好看，特務X。」司坦法對S.說：「之前你也許不是我們的夥伴，但現在是了，不管你樂不樂意。」

說也奇怪，儘管恐懼感在腹中糾結咬囓，S.卻有一種類似如釋重負，甚至於欣喜若狂的感覺：**至少現在他知道自己不是偵察員，不是韋沃達手下的人。**他啜飲一口茶，讓自己無須立刻做出反應，只可惜茶已經冷了。這時他忽然想到如果他是韋沃達的眼線，這倒是個有利的情勢：他成了養在敵人巢裡的牛鸝鳥。不過比較簡單、也最可能接近事實的狀況是：如今他成了通緝犯，將受到追捕，尋找索拉的事轉眼間變得更艱難而危險許多，也許甚至是不可能了。

昨晚有人闖進大樓。
聽說信箱區丟了一些包裹。

~~有妳的嗎？~~
我猜妳應該不會
知道。

沒錯。但我沒在等
什麼信。

好吧……艾瑞克，我修
過變態心理學，我知
道這有點猜疑妄想的
味道，但我發誓有人
翻過我的信件。你若
要寄東西給我，就寄到
叉角羚咖啡。店長是
我朋友。

能信得過嗎？
妳要謹慎考慮。

絕對可以。

巴黎那頓晚餐席間，那些穿著體面
的人好像有一個對我們說了這句話
（但不能確定，因為他當然是說法語）。
在座的人肯定一聽就知道出自書中。

這還是不一定代表你能信任他們
——僅憑他們能引述石察卡的作品。

伊莎為了圖書館檔案室的進出紀錄寫了email來。

她寫email給妳？她怎麼知道妳的名字？

她寄給我老闆（特殊收藏品管理主任），他再轉寄給我。恐怕不能再拖多久了。紀錄上會滿滿都是我的名字……即使她不記得我的長相，也會認出我的名字。

「他們展開行動了，」歐斯崔羅呆呆地盯著爐火，口氣平板得令人不安。「他們正在挨家挨戶地搜。」

歐斯崔羅恢復鎮定後解釋道，眼下的形勢是：出城的所有道路都被封鎖，火車站充斥著與警方攜手合作的偵察員，港口也已無限期關閉，沒有船隻進出——不過就在下令前不久，才有一艘沒有掛旗、看似外國設計的大船在破曉前靠岸，在一組偵察員的嚴密監視下，很快地從韋沃達新廠裝上一船貨，然後駛入沁寒的晨霧中。而就在返回安全處所前，歐斯崔羅看見警察集合在中央車站，準備開始地毯式搜查謀害人命的無政府主義者。此外，警方還發送出印有他們五人面孔的傳單，有些貼在商店櫥窗，有些在路燈桿上，民眾的手裡和口袋裡也都有，而且就歐斯崔羅看來，沒有人對這場大屠殺的官方說法表現出懷疑。從來不特別喜歡韋沃達的寬厚市民們在示威活動期間支持了勞方，但那份同情心起了變化；他們的城市頓時變成充滿敵意又不安全的領域。就連其他示威者也接受這個說法，不管是出於受騙、自身利益的

艾瑞克，現在我知道一件事了：那個工作是我最不想要的東西。

所以：如釋重負，欣喜若狂？

是啊。不過現在又有新的＋不同的煩惱。

考量或純粹是害怕，總之全都順從地統一了立場。單憑警方與報紙的說詞，司坦法諸人被貼上了「敵人」「炸彈客」「顛覆生活與生產力的威脅者」等無法消除的標籤。5

「眞是瘋了，」菲佛說：「一顆炸彈爆炸，結果所有人都失去理智。」

「恐懼的力量很強大，」司坦法說：「就連強悍的人也會屈服。」

「怎麼有人寫得出那種報導？明知道炸彈是密探放的。」歐斯崔羅說。

「那是我們這麼以爲，」菲佛說出他的想法：「那是S.跟我們說的。」

司坦法哼了一聲。「絕對不是我們的人，不然我會知道。」

「看下一頁。」歐斯崔羅說：「他們也指控我們秘密破壞港口，爲的是妨礙韋沃達的生意。」

「荒謬。再說一遍：要是這樣我會知道。」

5 讓工運的核心人物流亡在外，向來是家大業大的有權人士慣用的策略之鑰。在《萬卜勒的礦坑》一書中，流動工人傳道士的冗長演說就包含了石察卡對此手法毫不留情的控訴。

策略的略肯定是一個「X」字。

你說的對。再看一次註1那句話：「那些承續而來的」。所以可能是接在X字後面的字或詞組？

天啊。接在註解的「X字」後面的字詞，會拼湊出：

P.114 避免
P.117 本人 大肆
P.119 中央
P.122 之鑰
P.125 遭竊
P.131 可能
P.135 包
P.158 消失
P.160 我
P.166 令人失望

可憐的翡樂美拉。可憐的他們倆。

當時石已經死了。

她相信他還活著。真的、真的相信。所以對她而言是真的。

石察卡的包包/提袋=S.的？

昨晚好像聽到屋裡有人，不是室友。我要搬走了。不會打電話～不然會讓他們發現你。

珍，我不在乎。打給我。

和S組織做比較？他們是在何時，又是為什麼產生懷疑的？

也許是他們發現石的經紀人會想脫離組織的時候？

在這裡寫得誇張了點。

正是這段讓我覺得他在寫S組織 → 對他而言這是最重要的。

「不管怎麼說，」S.說道：「港口確實遭到破壞。總之，是有個水雷沒錯，我游過來的時候撞見了。」

第10章

司坦法直瞪著他看，這個消息顯然讓他感到麻煩。「一定是本來就有了，」他語氣堅定地說：「不是我們放的。」但S.聽出他聲音中帶著懷疑，再仔細瞧瞧蔻波，發現她也聽出來了。他們究竟知道些什麼？這場活動會不會根本還沒有被他們真正掌握，就已經變了調？疑慮瀰漫在札帕迪的破屋裡，壓得四周的空氣沉甸甸的。疑慮造成地基傾斜，梁柱發出不堪負荷的哀嚎，窗戶也被擠壓變形。

他們商量著接下來有哪些選擇，雖然又少又貧乏，卻反而使得計畫過程簡單許多。他們要從南邊的森林偷溜出城，徒步越過海岸山脈，前往一個偏僻小港G城。司坦法判斷他們應該可以在那裡搭上船，之後再隨機應變。這趟路會走很久，光是到達山頂的小路就要五、六天，下山走到G城恐怕又要三天。這條路徑來往的人不多，數百年前曾經熱鬧過，但已風光不再，公路真可惜華麗耶里被拆了。在這裡完全感覺不到過去。

那麼妳能感覺到未來嗎？

想像這是瓦茨拉夫在看著埃斯壯＋狄虹。說得通。

剛剛在戴加冊給我的那堆文件裡發現一樣東西：飯店登記簿中某一頁的照片（布拉格的華麗耶里飯店，1910/10/30。）

瓦茨拉夫跳橋那天。

想不想猜猜上面有誰的名字？

埃斯壯＋狄虹？

很接近。再猜一次。

就告訴我吧!!!

司坦法＋蔻波。

哈。有意思。

我是說真的。那一天他們在布拉格。兩人名字旁邊潦草寫了捷克文的「與訪客」。

而你覺得是瓦茨拉夫。所以你認定他跳橋後沒死。

我知道很不可思議。但是沒錯。

我相信。

猜猜誰在隔天加入了他們…

菲佛＋歐斯崔羅？

對了。

菲佛＝費爾巴哈？

…他正和「秘書」在旅行。是的。

＊＊

與鐵路已將人群帶往其他方向。不過，蔻波小時候曾和父親在這些丘陵地帶探險。她父親是個箍桶匠，內在卻有考古學家的靈魂。傳說有一個早已絕跡的高山族群K族，挖了一片廣大而複雜的洞穴，裡面滿是石壁畫與其他歷史遺跡，令他深感興趣。「我們從來沒發現過什麼，」她告訴他們：「可是我好喜歡我們在山上探險那段時光。不知道那些路徑我還記得多少。」

「知道一點總比一無所知的好。」司坦法說道。不太看得出來他是以親密友人的身分替她把話說完，或只是單純就自己的意見插話（這也是以親密友人的身分）。蔻波很快地點了個頭並與他對望一眼，從這個平靜無聲的反應，S.推斷他們倆確實是戀人，而且已互相承諾要共同面對這些危險。

歐斯崔羅夫婦便不可同日而語。當這群逃亡者收拾行李時，歐斯崔羅的妻子出現在門口，帶來一袋起司、糕餅與果乾，還有幾只空罐讓他們能在路上裝山澗水喝。她無言地遞過這些東西，臉上明顯流露出鄙視。也許看到丈夫要離開自己和孩子們出外逃亡，她也很傷心，但這份傷心遠遠不及她的不認同與憤怒。對其他每個人她都輕蔑地斜覷一眼——唯獨在蔻波身上停留稍

狄虹的父親是考古學家。她的少女時期是在挖掘現場度過的。

考古學家帶女兒去上班，比「品牌宣傳副總」酷多了。

最後父女倆成了競爭對手。他氣她自立門戶，又在多爾多涅省發現了洞穴。

後來有言歸於好嗎？

恐怕沒有時間——他不到一年就死了，在埃及挖掘時被蜘蛛咬死。是那種「木乃伊詛咒」之死。

**續上頁：這麼說……歐斯崔羅是西班牙名，所以：賈西亞·費拉拉？

這是我的猜測。

我很驚訝翡樂對這段描述沒有話要說。

久，顯然是懷疑她利用美色讓自己的丈夫失去理智。當她悄悄走回街上，還故意用大家都聽得到的聲音對歐斯崔羅說：「不用急著回來。」歐斯崔羅深受打擊，而其他人見他沮喪落寞，也一樣不好受。有大半晌的時間，他們都陷入一種安靜、哀傷的倦怠狀態，直到司坦法拍著手說沒時間能再浪費在懊悔或傷感或諸如此類的奢侈情緒上了。現在最重要的是保命、逃走，然後在安全的距離之外，讓全世界明白這場大屠殺、[6]札帕迪三人的失蹤、新廠的地下作業，以及天曉得還有哪些事情，全是韋沃達在幕後一手操控。

S.認同地點點頭。他的失憶倒成了幸事一樁：他不知道自己與他人有任何關係，也因此沒有讓他害怕會斷絕的關係，沒有斷絕後需要修補的關係，沒有失去後會令他傷心的關係。多幸運啊，能夠不受這類事情影響，能夠完全不知道任何人可能因為失去他所感受的痛。

6 加來事件之后，有關單位宣稱製造炸彈的炸藥是在布沙工廠遭竊的。此話倒是有幾分真實。有個間諜滲入了勞工陣營慫恿一些工人去偷炸藥，再從他們手中偷回來。因為循線會追蹤到勞工身上，布沙的手下就能肆無忌憚地作惡，也不怕布沙的計畫曝光。

廠 ×字？

結果你在巴黎有和伊莎聯絡嗎？

拜託，沒有。我們幾乎對彼此視而不見。

是誰先對誰視而不見？

我們彼此都視而不見。

*離群索居會讓你變得有點奇怪。

我？

「你」是指每個人（你超級敏感……？）

對，我是很敏感。今天冬天，有時滿腦子在想：我感覺好不對勁、好不像自己，是不是在某個時刻忽然變成了自己一直害怕變成的人？

一直？或是從你和叔叔搭船出海的事情之後？

不知道。記憶也會自己改寫。

你是說我們改寫記憶。

都是吧：就我記憶所及，我總是自豪於能夠冷靜自持。但忽然間卻不行了。

能夠當一個根據遺失的草稿而改寫的自我。

當他的注意力重新回到當下，其他每個人都有所期待地望著他。或許因爲他一直在喃喃自語。*在船上獨處很容易養成這種習慣。

「怎麼樣？」司坦法問道：「你要加入我們嗎？」

「死了五十八人。」蔻波說：「你一定很憤慨。」

他是，他是很憤慨。但他無法放棄尋找索拉，不想再冒險拖延任何一點時間。

「這麼想吧。」司坦法用充滿威嚴的口吻說：「就算你不憤慨，就算你不在乎我們或我們的工作或我們失蹤的朋友或韋沃達這個愈來愈壯大的弊害，就算對你來說最重要的事，唯一重要的事，就是找出你是誰，我只想跟你說：要是被送上絞刑台，是不可能調查出什麼結果來的。而絞刑，絕對是此刻在這屋裡的所有人都要面對的風險，這點你應該要知道。」

一片悄然。屋裡似乎有什麼陷得更深了些，壓得木板吱嘎響。

「我加入。」S.說。司坦法說得對，目前最重要的是完好地離開這座

《忒修斯》故事設定的基本問題：改寫會讓我們變得不同嗎？或是成為修正中的產物？

得看筆握在誰手上。

艾瑞克，我想我撐不下去了。

妳可以的。或許只是用妳不熟悉的方式。

呼吸。

城。要脫離他們，以後隨時可以脫離。

「你確定？」蔻波問。

「我什麼都不確定，」S.說：「但我會跟你們走。」

於是，他們用所有能找到的袋子（司坦法的手提包、札帕迪衣櫥裡兩只發霉的軟背包、歐斯崔羅的妻子拿來的粗麻布袋）裝滿食物、毛毯與其他旅途用品後，便展開了逃亡計畫。他們不可能再浪費時間等待夜幕的掩護。這條荒涼街道上的建築物內，會有眼睛在留意他們嗎？幾乎是肯定有的。不過只要分批出去，不疾不徐、謹慎低調，或許能避免招惹疑心。

歐斯崔羅坐到窗邊，透過窗板縫隙觀察街上。看著他，S.覺得這個畫面有點奇怪，好像忽略了某個應該注意的細節，但歐斯崔羅隨即打出沒有危險的手勢，其他人便率先將菲佛送入外面的危險世界並祝他好運。菲佛踏出門檻後迅速隨手關上門。他不是直接朝山區走去，而是更深入城裡前往西區一處空地，那裡實際上已經成了鄰近社區的垃圾場，堆滿廢棄的建材與垃圾與各式各樣的可燃物，當他把口袋裡那罐煤油潑灑上去再點燃火柴，這些東西

我一直在想：如果所有的石察卡可能人選都在一起，為何瓦茨拉夫也和他們同在一處？

而且就算他和他們在一起，他們又為何讓他待著？他只是個沮喪的工廠小夥子啊。

如果李拔利快可信，據他所說，瓦跳橋時手裡拿著他的書稿。

所以如果埃斯壯或狄虹看見他跳落，可能也看到了紙張紛飛。

或甚至在他手中／口袋裡發現一些溼透的紙頁……

如果他們救他上來呢？或是其他人救他時他們就在旁邊？為他感到難過、帶他回飯店弄乾身子、休息、進食……

飯店登記簿寫「與訪客」。但妳這樣推論實在很牽強。

這是直覺（蔻波說過：「少了直覺，這個世界會變得枯燥乏味、成長遲緩……」）。

唉，伏可士教授&伊莎再次讓我擁抱口合。

妳這堂課要是當掉會怎樣？還能畢業嗎？

不太清楚。

怎麼可能不清楚？

因為我不清楚其他任何一堂課會不會過。

就會燃燒起來。等到冒煙起火、警笛大作，水槽車轆轆趕到現場，其他人就會離開屋子，經由不同路線爬上城鎮外圍的蜿蜒街道。他們約好了在城南邊界第一座青綠山丘後側山谷裡，一片特定的白橡樹林會合。

珍：放火會不會是為了消遣？

這位先生，你說得簡單。可沒有人在你附近放火。

≠下墜

時間一分一秒過去。警笛沒有響。沒有人出聲。背包的背帶深深嵌入S.的肩膀。這屋裡好像有種似曾相識的感覺，他先前就注意到了，但是什麼？又爲什麼？

埃斯壯有一本童書作品《白橡樹》

「不應該這麼久的。」歐斯崔羅說：「說不定他被抓了。你們覺不覺得他被抓了？」

「我們知道的又不比你多。」司坦法頂回一句，語氣反常地尖銳。

沉默再度籠罩。歐斯崔羅似乎平靜下來了，S.看著他勉力保持鎮定，想把自己變成一個無所畏懼的人，一個爲了活命勇敢地做自己該做的事的人，一個能夠接受失去家人與直到昨夜之前人生中所擁有的一切的人，一個昂首闊步爲同伴們貢獻而不是成爲負累的人。S.看出他還在辛苦地努力辦到。

這時候，遠處傳來叫喊聲。

還有煙味。

接著是警笛聲。

然後歐斯崔羅打了信號，司坦法則是抓住蔻波不甚熱情地擁抱一下，便獨自步入街頭，此時雖是正午，但因雲層很厚，仍和破曉時同樣陰霾。歐斯崔羅從窗板狹縫間看著司坦法，S.也俯身越過坐著的歐斯崔羅往外看。只見那個年長男人一舉一動絲毫沒有失去原來的冷靜，也盡可能表現出手中行李並不是特別重的樣子（儘管不具有百分之百的說服力），（也許只是裝了一些法律文件和一雙換洗的襪子，而不是如實際上幾乎就要被上山後的保命食糧給塞爆）。他們一路目送他直到身影愈來愈小，看不見爲止。

那個感覺又來了：好像把什麼給忽略了。是什麼呢？似乎是隱約與一段積存在大腦某個封閉區塊的回憶有關。這裡有個重要的東西，有個他應該認得的東西，但沒有時間坐下來細想了，蔻波已經抓著他的手推他走向門邊（他們會一起走，因爲他對城裡不熟），踏入灰沉沉的晝光中，外頭微風吹捲，使得樹葉、紙張與其他碎屑飛旋飄蕩於巷內林立的建築立面上空。此

在石察卡檔案室看過/讀過的一切都開始讓我有這種感覺。而且不只是這間圖書館的檔案室，是所有的。

歡迎來到我的世界。

這也讓我想到在我住處附近發生的一切。（如果那裡還不是你的世界，不久後應該就是了。）

作者始終沒說裡面有（或沒有）什麼。

這引人揣測司坦法（=埃斯壯？）究竟在圖謀什麼。故事中/故事之外都有同樣的問題…

艾瑞克，咖啡館佈告欄上那個S是你畫的嗎？

是。我想跟妳打招呼。

真貼心。但我一開始嚇死了，還以為是伊莎或誰在惡搞我。

刻，在任何注視的眼中，他們就是一對男女伴侶，或許正要出門去買一些日用品，或是匆匆穿越煙霧瀰漫的街道，到車站趕搭火車前往遠方的首都度一個浪漫週末。S.轉頭回望札帕迪的房子（他也不知道爲什麼，也許只是無心之舉，想看看透過百葉窗板能否見到歐斯崔羅的身影或甚至他眨動的眼睛），毫不費力便看見了一直在牽引他注意力的細節。就是百葉窗板。說得精確一點，應該是刻在每片窗板上的渦漩圖飾。左邊，是那熟悉的圖形；右邊，則是它的鏡像圖案。

石&狄虹曾經是一對嗎？（查一下）

翡樂不認為。或至少她是不想這麼認為。（看她在註7寫的）

但或許他們假裝是一對？

又或許他們是柏拉圖式的——但幾乎就像是一對？

我不覺得有此可能。

艾瑞克，你說呢？

我現在不覺得了。

蔻波將他的手握得更緊。「正視前方，」她輕聲說：「放輕鬆，假裝我們是一對。」7

他照著她的話做，或至少試著去做了。他不太確定一對情侶該表現出什麼樣子。

「妳有注意到房子的窗板嗎？」他問她。

「沒有，沒特別留意。」

「上面有個圖案，一個*S*的華麗字體。」

「我眞不敢相信，」她說：「我們連命都快保不住了，你還會注意到建築細節。」

「我以前看見過，在好幾個地方。不知怎地總覺得眼熟。」

「當然了，可能只是某種傳統吧，又或是城裡某個窗板師傅喜歡用的圖

7 讀者們，且推定這對朋友可能是因為共同面對一個巨大困境，而造就出同志情誼與互助關係。對於那些一見到異性角色互瞟一眼（牽手自是不在話下）就以為會開展出偉大愛情的人，石察卡向來很不耐煩。他完全不打算讓S.和司坦法爭風吃醋。

友

菲樂這註釋會不會意見太多了點？

不管狄虹和石察卡之間有何關連，她鐵定都很忌妒。

而且他們之間一定有關連。（從《彩繪窗》的題材得知）

還有兩人在布拉格……

所以：他們就在埃斯壯的眼皮底下（此處語帶雙關）搞外遇？

僅供參考：雙關語不是你的強項。

妳真的準備好要嘗試這個了嗎？

還沒。但我會的。

S.好像真的被她迷住了(儘管他還沒真正意識到)。

他們之間肯定有什麼，從洞穴的場景看得出來。

但他不想暗箭傷害司坦法。儘管他對自己一無所知，顯然還保有一點榮譽感。

所以雅各劈腿嗎？

不知道細節＋不想知道，但我的「朋友們」一直想告訴我。

某種程度上吧。我覺得他從頭到尾都是可敬的，只是愈來愈暴烈、愈絕望。

案。你四下看看，很可能到處都有。」

可是他發現不是到處都有。他和蔻波走過十來條街，驚慌與滅火的聲音逐漸遠離，煙味也變淡了，也可以說變得較不眞實，如今只是一個氛圍細節。雖然不是每棟建築都有窗板，但大多數都有，卻沒有一間有*S*符號。

「我覺得它有某種特殊意義。」S.對她說。

「你希望它有什麼意義，它就有什麼意義。」她忿忿地說。

當他們愈接近馬路與人行道與屋舍的盡頭，走起路來也不一樣了。她拉著他的手前後晃動，十分快活；現在的他們是一對情侶，正要前往一片青蔥翠綠、秋天野花還守著最後一點綽約丰姿的山邊，享受傍晚的野餐。

「請恕我冒昧，」讓鄉間的寧靜滌蕩心靈之後，S.說道：「妳和司坦法……」他頓了一下，斟酌用詞。「是情侶嗎？」

「你怎會這麼問？」

「好奇。」

「這個嘛，」她回答：「沒有正式公開。不過沒錯，我們是，這讓我們

說真的，去看看那個丹麥人的網站。發現S記號的地方太不可思議了。

我的直覺：所有看似老舊的記號都是現代仿造的。

連洞穴裡也是？你認為有人會為了玩什麼石穿卡遊戲，就塗鴉毀損考古遺址？

妳比我更高估多數人對藝術的尊重。

在某個剛剛挖出的洞穴裡有一個S。看看照片吧。有些模糊，但別跟我說你沒看見……(對了，查到這裡離翡樂美拉長大的地方很近。我很厲害吧？)

妳確實是。

珍，不敢相信我會給妳(或是沒有與我為敵的任何人)這個建議，但：妳有沒有想過念研究所？妳是個好讀者，而且天生擅長查資料。

爸媽會氣到火冒三丈。

不表示妳不能去做。只是他們恐怕要忙著滅火了。

周邊一些心胸比較狹窄的人十分震驚。」

「歐斯崔羅的妻子嗎？」

「你注意到了？我確信她把一切都怪在我頭上。好像是說用某種恣意妄為的情慾魔法讓我身邊所有男人都中邪，還會在擁擠的地方引爆炸藥。」

「無稽之談。」

「可不是嘛，」她說：「我的忠誠，我的心，沒錯，還有我的身體都與司坦法同在。與他同在，也與我們此刻正在奮鬥的目標同在。」

此時警笛聲已十分微弱，近乎抽象的存在，他們兩人不約而同下意識地回頭去看西區。最前面的建築上方火焰高漲，一道濃密黑煙盤旋直入雲霄。

「你想火勢有蔓延開來嗎？」她問道。

「難說。」

「那會很可怕，」她一時忘了保持不驚不擾的態度。「火勢要是蔓延，會有人受傷。」

S.點點頭。可是，火會燃燒，他暗想。那是自然之道，它不會受我們控制。

妳爸媽喜歡雅各嗎？

喜歡。他和我們一起過感恩節＋聖誕節。

只要他願意，他這個人是真的很討喜。

我們需要來點這個。

這時你真的不回應？打算就這樣放過機會？

我不擅長打情罵俏。

可不是嘛……

講到最後都會變得很肉麻，至少我是這樣啦。

就假裝你很擅長吧。這樣比較好玩。

太肉麻我會告訴你（還會寫很大，免得你沒看到）。

我曾經漏看妳寫的東西嗎？

沒有……但空間漸漸填滿了……寫到某個程度就會變得很難找。

那妳能不能別把書塗成這樣？

那場火離旅館真的很近。我們全都出去停車場看。我想遠離大家，於是獨自待著。那裡還有誰能讓我信任？

珍，幸好妳安全脫險。有報警嗎？既然妳回來了，有沒有請他們多留意妳們那棟樓？

他們說「因事故頻傳」，已經在注意了。沒有用，他們阻止不了這些人。

我們不知道「這些人」是誰。

我們不知道這些人真的存在。

你這麼說只是不希望我擔心。

你其實也不相信吧。

可能是莫迪花錢找幾個龐克族去鬧事嚇唬妳。

還不是一樣可怕？這裡我待不下去了，但又沒地方可去。

☆巴黎那頓晚餐，氣氛一度很怪：有人說戴加丹是鰥夫（法文「veuf」對吧？我確定有聽到）。接著有1、2人狠狠瞪了他一眼，他立刻閉嘴，一臉羞愧地狂冒汗。

真奇怪。反正他們倆（夫妻）都死了，說這個又何妨？

「就因為這樣，韋沃達這種人總會占上風，你知道吧。」蔻波搓搓鼻子說：「會贏過我們這種人。因為我們相信人很重要，也受制於這個信念。如果對你來說改變世界才是最重要的，那就很容易按你的意志去改變世界，容易太多了。」她的聲量與聲調雙雙往上揚，她也意識到了，連忙穩定自己的情緒：轉眼間，她又只是個普通女人，正與一名年紀輕輕的男子結伴同行，男伴約莫二十六歲，那身樣式不搭又不合身的衣服或許會引人側目，但長相卻不容易讓人留下印象。

暗示狄虹的年紀比石察卡大？

可能只是故事的一個細節，不見得來自石的「真實人生」。

但26是相當明確的數字，我覺得是在說他自己。也可以就此排除埃斯壯、費爾巴哈，甚至沙默思＝石察卡的可能性～他們年紀都比狄虹大。

但這只是妳的大膽猜測吧。

改寫《萬卜勒》書中大陪審團團員的台詞（P.299）。為激進的石察卡發聲。

「韋沃達到底是誰？」S.問道：「妳對他了解多少？好像沒有人預料到他竟會……」

「噓，」她說：「☆暫時別再說他了。最好等我們走遠了以後。」接下來的幾分鐘，他們倆都默不作聲。倒不是沉默本身讓S.感到不自在，他孤單一人待在船上的時間也夠久了，只是覺得如此接近一個人，尤其是能信得過的人，不應該浪費掉互動的機會。

S.很孤單。他信任的人不多。

你竟然開始和他起了共鳴，我好震驚。

「妳和司坦法在一起很久了嗎？」S.問道。問題很笨拙，也問得結結巴

沒有回應？

喔～這是挖苦。我聽懂了。

艾瑞克，有時我覺得你真是個機器人。

巴，但至少是句話，他也對她說出口了。

她正要回答卻猛然打住，因為前面有扇門開了，一個醫生，或者至少是個高大瘦削、戴著帽子、穿著西裝與背心，頸間掛著聽診器，手裡提著一只黑色醫包的男人走上街來，摀著手帕在咳嗽。S.能理解蔻波的謹慎：（不管說什麼都最好不要被偷聽到。他或許看起來像醫生，但誰知道他的袋子裡裝了什麼？誰又知道他效忠於誰？醫生經過他們身旁時微微舉帽致意。）[8] 從他剛剛出來的那棟屋子樓上的一扇窗戶，傳出幼兒極度不舒服的大聲啼哭。S.看到蔻波先是迅速掃視四周，才決定再次開口。而這回她的口氣變得比較輕鬆，措辭也不那麼簡短了。

「我們已經認識好久了，」她說道：「我之前在工廠待了十年——我竟然會說『之前』，感覺好怪——我進去的時候他已經在那裡了。當然，我很

8 在一九二〇、三〇年代的許多廉價小說中（也包括石察卡「可能人選」美國小說家維多．馬丁．沙默思所寫的幾本），大夫出診提的醫包大概都裝有某些邪惡物件，像是武器、炸彈、分解的屍體、遭竊的國家資料等等。我懷疑石察卡是刻意模仿那種作品的筆法。

「醫」是X字？

又一個神秘提袋

我完全能想像這樣的電影畫面。
逐漸接近的男子似乎帶有威脅，他們開始焦躁不安，男子經過，看了一下，沒事發生。
但你還是對他有點好奇：他會回來嗎？

仰慕他，尤其是他和札帕迪開始準備組工會以後。他能言善道，想像力也很豐富，又為了榮譽與公平做出非常大的貢獻。我們是在那些人失蹤後才成為戀人的。或許覺得一切都變得緊急了，因此更有必要建立關係。同樣也需要慰藉。」

他們的腳步聲安靜了些，因為已經離開最南邊街道的夯土與碎石路面，穿入一片綠油油的長草地。風依然強勁，草葉尖端被吹得前後搖擺，看起來與其說寧靜平和，倒不如說帶有威脅意味。也可能只是恐懼感襲上S.心頭。他暗自納悶：在他遺忘的那段生活裡，他曾經被追捕嗎？被綁架？被監禁？如今在這麼短的時間內三者都體驗到，感覺好奇怪，又奇怪又令人不安，肯定是這樣才讓他神經緊張。

「一定很難受吧，在這種時候身邊完全沒有關係緊密的人。」蔻波說。

「也可以說比較簡單，」S.說：「因為你只需要擔心自己。」

「可是你在找那個女孩，在找莎樂美。你看不出任何關連嗎？我是說你在尋找她，也對她有熟悉的感覺，這兩者之間有任何關連嗎？你沒有感覺到

** 我猜你這句是在冬天寫的。

不是～更早以前了。但住院時又讀到這句話，非常自豪：我年輕時就這麼聰明啊！

現在呢？

老實說嗎？要是沒有（和妳的）「紙上關係」，不知道我會怎麼樣。

（我想也是。）

所以我們見面吧。

這次交換書，妳變換四種方式寫了「我們見面吧」。

嗯，因為我想見面。

** 人和人之間的關係會回過頭反咬你一口

我想知道那個記號是哪來的。

我也是。

我真希望S.快點清醒。

什麼嗎？」她露出苦笑。對她而言，這些純粹是答案已經明擺著的問題。

S.抗拒著，不想相信答案這麼簡單、這麼普通。「我感覺到有種關連。至於有可能是什麼關連，或者是否真有關連存在，對我來說是個謎。」

這時候草地已經落在身後，他們進入了森林。等到完全隱蔽於城裡的目光，蔻波旋即放開他的手，邊走邊讓自己的手臂自由擺盪。說實話，S.覺得很失望；之前純粹只是假裝，他也沒有過其他念頭，但就是很喜歡握著她手的感覺，喜歡身邊有個人的安心，儘管兩人之間沒有絲毫浪漫情愫。他往長褲上擦擦汗溼的手心，帶著（他希望是）泰然的表情，和她繼續往前爬上第一座山丘，而接下來還有許多座要翻越。林子裡沒有什麼小徑，不過林木也沒有濃密到會妨礙前進速度。他們的腳踩過從半光禿的椴樹、橡樹與千金榆上掉落的褐色與橙色枯葉，發出沙沙聲，不時還有多疑又敏感的松鼠與花栗鼠從面前橫竄過去。他們經過一棵銀樺樹，驚動了一排棲息樹上的寒鴉疾飛升空；當鳥群在他們頭頂上繞著平滑弧線飛轉，又有另一群加入，接著又一群、再一群，眾鳥齊聲聒噪嘎叫的同時，淡淡的午後天空彷彿一張羊皮紙，

如果S.真的是石察卡，那石察卡就是笨蛋。翡樂美拉應該早點抽身的。

或許她也覺得應該這麼做，卻還是決定留下，決定相信他。

最後才會得到這麼好的結果。

珍，也許事情不像我們想的那麼糟…翡樂找到了屬於自己的位子，總之是某個位子，怎樣都好。

原來…「賽林」是法語的「金絲雀」。

我知道。我一開始就查過了。但那只是一個名稱，他們想叫什麼名字都行。

比方說：麥金內&他的版本的「S組織」（麥也很會到處撈錢……）

珍，我是聽從自己的直覺……妳不是一直要我這麼做嗎？

如果會讓你受到傷害就不行。

被鳥兒畫上、抹去再重新畫上牠們的飛行曲線。S.與蔻波停下腳步，不由得看呆了。

這時候，司坦法就在前方不遠，盤腿坐在一棵白橡樹下，行李放在腿上。

其他人都來到橡樹林約定處會合後，司坦法詢問了關於他們走的路線、路上看到聽到什麼、有沒有可能被識破、監視、跟蹤。所幸眾人吐露的經過並無波折。歐斯崔羅承認，原本選擇的路線能順便看一眼放學後離開校舍的孩子，但後來仍決定放棄，因為這麼做的風險他承擔不起。聽他的口氣似乎希望這個決定能獲得讚賞，S.便隨口誇了他一句，但其他人毫無表示。菲佛有一度也遇上麻煩，因為受傷的耳朵又開始大量滲血，但還好他躲進一條巷子，用乾淨的手帕清理了一下。唯一看見他的是一個意識不太清醒的醉漢，正忙著擺弄一架從垃圾堆撿來、風箱破裂的六角手風琴，想彈出點聲音來。

司坦法點點頭，說這已經是他們所能期望最成功而俐落的逃亡了。菲佛

妳說得對，可是沙默思活到1951年。因此倘若「石察卡」是埃&沙的合體，還是能行得通。

但想想沙的自白錄音帶：他說他是石察卡，但第一本書有埃幫忙。如果一直都是他們兩人合作，何不直說？而如果沙想獨攬功勞，又何以提起埃斯壯？

所以那段自白若非100%真實，就是100%不真實？

我只是不知道沙為何要撒一半的謊。他知道自己就要死了，埃斯壯也死去多時，那又何必多此一舉？

而且，如果你還是對沙的文風有所懷疑，就應該把這兩人都排除。也就是說，莫迪拿這個論點出書只會讓自己丟臉。

他是小說版的埃斯壯：若非羿樂是想從字裡行間暗傳訊息給石察卡，那她肯定是不認為埃斯壯就是石。她明知埃已死去多年。

參見《山系》書中的手風琴師「札拉特」

身體的疾病＝精神的疾病。我以前倒是沒想過這點。

希區考克的電影常用。

今晚大學電影廳要放映他的《奪魂索》～不過你當然不在。

在埃斯杜那本《白橡樹》中，
狐狸是嚮導&造徑者。

語帶苦澀地主動表示，他只遺憾沒能把那場調虎離山的大火搞到十倍大，燒光一、兩條街，甚或整個西區。S.看著他們每一個人爲了接受這個難堪的事實而天人交戰：他們的故鄉城鎮背棄了他們，而且是一受挑撥就背棄，未免太輕而易舉。也許只有菲佛，憤怒似乎向來最溢於言表的菲佛，已經放棄回家與和解的希望，而其他人仍然認爲能夠撥亂反正、安全回家，讓韋沃達爲自己的所作所爲付出代價。S.覺得這份樂觀恐怕是誤判，他們誰也無法再把這座城鎮稱爲家了。

家不再是安全的地方。

他們希望趁著染有秋意的天空變黑之前再推進幾哩路，但愈往前走林木愈濃密，前進速度十分緩慢；蔻波記憶中的小徑有時會自動出現，但多年來從未有體型大過狐狸的動物走過，他們若不是費力穿過荊棘叢和倒落的樹木，便是繞一大圈尋找較容易走的路徑，浪費了不少時間。

天黑了，升起的是一彎新月，月光太微弱無法照路。疲憊倦意再度襲來，原本往上爬時便已鮮少交談的幾人，更早在太陽下山前便悄然無聲了。因此當司坦法提議休息，大夥兒都一致欣然同意。菲佛負責撿柴生火，「小

很難面對逝者
已矣的事實。

我一直在研究室小睡。
(除了圖書館，哪兒都
覺得不安全)。

小的就好。」蔻波建議道。眾人便坐下來伸伸痠痛的腿，分食麵包與乾酪。

這期間花了幾分鐘謀畫對策，但其實沒什麼好計畫的：走就對了。攀越山嶺後下行至G城，然後再到水邊。

「剛才你問到韋沃達，」蔻波對S.說：「你想知道什麼？」

「我想知道爲何沒有人料想到他這麼危險。」S.回答。

「誰都不太了解他，」蔻波說：「就連我們這些在當地長大的人也一樣。他沒有和我們一起上學，不曾和任何人一起玩耍，也幾乎很少離開他家族位於北區一座山上的產業範圍。後來又被送出國讀大學，沒有人知道去哪裡，一直到他父親生病才回來。他確實很積極經營事業（畢竟我們都曉得工廠主管從來不會親自做任何重要決定），但又很少現身。就算難得來一趟工廠，也是坐在車裡拉上車窗窗罩。」

「爲什麼讓三個人失蹤？」S.問道：「爲什麼要炸一群工廠員工？」

「是前員工。」菲佛提醒道：「我們所有人都被他炒魷魚了。」

S.點點頭。「更重要的是，新廠裡面在製造什麼？」

我們知道布沙有一個兒子嗎？

或許指的是布沙的兒子？

不知道。但當蘇聯解體＋克里姆林宮的許多文件公開時，有一份1957年的文件是關於「企業家族B」的移轉管理（見戴加丹1986的文章）。聽說當時美國總統艾森豪的檔案室也有一份類似文件。兩方都在關心布沙的後續情況，很有意思啊。

「同樣重要的是，」司坦法說：「他把產品賣給誰？還有會在什麼時候、在哪裡派上用場？」

然而討論並不如S.預期的熱烈。很奇怪，好像對話是在夢中或回憶裡進行，問題一提出後便悠然飄走。也許只是因爲過去二十四小時所發生的事，因爲衝突、死亡、絕望奔逃，以及突然間再也無法逆轉的流亡，讓他們全都驚魂未定。司坦法一手攬住蔻波的肩膀將她拉近，菲佛拿著一根樹枝緊張地猛戳地面，歐斯崔羅盤著腿、手肘撐在膝蓋上，頭埋入掌心裡，靜坐不動。

S.提醒自己要保持警覺，要盡可能觀察一切，尋找任何與過去事件、過去情緒、過去的自己有關的事物，只是思緒不斷飄向索拉，想著她會在哪裡，他是否還有機會再找到她。隨著夜漸深，他們五人盯著火看的時間也更長了，目光隨著灰燼飛舞旋轉融入上方的黑暗中，一面細聽木柴劈劈啪啪的爆裂聲。

他們睡了。蔻波與司坦法蜷縮擁抱在同一條毯子下，S.與另外兩個大男

歐斯崔羅＝小說版的賈西亞·費拉拉：出了名的情緒化／憂鬱。畢卡索在藍色時期為他畫了一幅肖像，後來看了覺得太悲傷就銷毀了。（見：J.羅蘭斯的著作《賈西亞－費拉拉的諸多面向》。）

最後那幾年，費拉拉肯定是一團糟，他有太多灰心喪志的理由。

珍，我認為不是我們所想的那些理由。

但不管怎麼說，理由都非常充分。

還嫌一旁的S.不夠孤單嗎……

人則各自攤成大字形。他們輪流守夜，傾聽著生命力強盛、到了秋天仍活蹦亂跳的蟋蟀唧唧，遠方的夜鴞啼鳴，同行夥伴們的鼾聲與夢囈，還有森林裡無數獸類窸窣走在看不見的樹葉上，自顧自地忙著。S.接替歐斯崔羅，當兩人默默交班時，S.拍拍他的背。S.失去的只是索拉的下落，這或許令他痛苦，但相較於歐斯崔羅放棄的（家人、家庭，以及曾一度爲他定義自我、如今卻已不再的謀生方式），卻是不值一提。歐斯崔羅點了個頭，迅速轉身走開，沒入黑暗之中。

第二天山林裡陽光普照。早上，蔻波在火上煮咖啡，他們分吃了歐斯崔羅那滿懷怨懟的妻子做的鹿肉蔓越莓派，十分美味。（大家都顯得輕鬆了些，尤其是司坦法，雖然還是嚴肅又講求效率，他卻拿最後幾塊派餅屑引誘一隻松貂靠近他們紮營處，安靜但顯然興味盎然地看著好奇的小動物一站接一站快速地蹦跳前進。當小貂憤怒地對S.齜牙咧嘴吱吱大叫，全部的人甚至還同

S.知道這些動物是怎麼回事？牠們好像能在他身上感受到一般人不能（或不會）感受到的東西。

珍：在我出發前，我們……見個面吧。

為什麼是現在？

不知道，想必是和我要離開有關。

那為何不是在去巴黎之前？

不知道。也許我太執著，認定這是我自己的工作，得由我來做。到了某個時間點（我也是剛剛才發現），我才覺得這其實是我們的計畫。

感覺上，兩個人在一起（真正在一起）變得比較重要了。

本來就很重要。當你一走了之實在很傷人。

我從沒說過我很會處理這種事。我唯一擅長的就是待在自己的小世界（有時甚至連這個也做不好）。直接告訴我時間地點吧。

大學電影廳。週六晚。9:30放映《美人計》。後排中間。我會早點去占位子。

我會去的。

松貂是《白樺樹》的主角之一。
我小時候好喜歡這系列故事，你也是嗎？

總覺得那些故事自以為是又八股。

你很少受邀參加派對吧？

聲一笑。菲佛點出，現在他們知道S.所說的關於自己的事，至少有一件是真的。

十點左右，他們在一條潺潺溪水旁的空地將水壺重新裝滿，順便坐下來看著老鷹在頭頂上盤旋，享受片刻的悠哉。不過時間不長；他們知道不能逗留。他們越過一連串林木稀疏的小山，走得比前一天快多了。依S.估計，中午以前應該走了有十多哩路，雖然中間還休息了幾次讓司坦法喘口氣，把痰給咳乾淨。來到一片野生蘋果林後，他們停下來用午餐。覆滿地衣的果樹枝枒仍纍纍結滿季節末的蘋果，S.笨手笨腳地爬上其中一棵果樹，並冒險爬到幾根較結實的細枝上，很快便找到二十來顆已經成熟，又沒有被鳥或松鼠或昆蟲咬過的蘋果。他把蘋果丟下來，再由菲佛分裝到各人的袋子裡。

下一座山比較陡，表面岩石磊磊十分險峻，一路爬升途中的景象也起了微妙變化。銀樅開始擠入落葉林當中，突出的岩石周圍的灌木叢長得更密了，S.可以感覺到空氣變得稀薄，肺的運作也比較吃力。瞥了司坦法一眼之

關於巴黎那間多馬特飯店，埃斯壯墜樓的地方……原以為「馬特」=法文「殉道者」，但其實是「貂」。（還要再去查，畢竟高中法語課不會特別教到貂。）

也許…這就是埃斯壯選擇那裡的原因。

比較報紙對於加來大屠殺以及布沙獎、猴子事件的報導／掩蓋。

供參考：珍，我不是將兩者等同視之…畢竟一個是悲劇，另一個不是…只是抒發我的觀察心得…

喔……你在擔心我對你的看法。

應該是吧。

後，他發現這個年長者也很辛苦，卻還是不屈不撓地維持速度。與城鎮的距離好像突然變得很遙遠，這讓人既鬆了口氣也感到憂鬱：的確是遠離了麻煩，但也同樣遠離了原本的生活。S.每走一步就離索拉更遠了。

當天晚上圍繞在營火旁，雖然全身疲憊痠痛，也夢想著還要幾星期才能吃到的熱餐，大夥兒還是坐著聊天。「我一直在想，」菲佛深思道：「報社的人知不知道自己登的都是謊話？而且，更糟的是，刊登起來好像全然沒有疑問，不需要考慮其他任何可能性。好像事情只可能是這樣。」不過其他人雖然點著頭喃喃稱是，卻不再像前一晚那麼興致勃勃地討論這類話題，反而開始輪流說起故事來，連菲佛也加入了這悠閒的節奏。

他告訴他們有關他奶奶的故事，她曾經在一戶有錢人家裡幫傭，聽說她的鬼魂會在那個屋子出沒。「她怎麼也不離開，」他說：「每當以為她走了，杯盤又會開始往牆上砸。」司坦法講了一個他北方故鄉的傳說：沙爾恩是一種會偷吃家禽的嗜血怪獸，但幾乎沒有人見過牠的廬山眞面目。等到牲

《三聯鏡》第二部中企業家的姓氏

這是我讀過石察卡寫得最糟的書。大家都罵《飛天鞋》，但那本還比《三聯鏡》好10倍。至少裡面還有愛情故事。

我同意。書中三個部分根本聯不出一個鏡面（沒打算用雙關語）。

口都吃光了，牠就把目標轉向農家女兒，還把她們的骨頭堆得整整齊齊，讓父母親可以找到。農民們氣憤又害怕，便成群結隊出發到一座積雪的松林裡獵殺怪獸。他們辛辛苦苦找了好幾個星期都徒勞無功。有一天晚上，森林裡忽然寒流來襲，這群又飢又渴又怕凍死的男人，擠成一團縮在一個結冰的洞穴裡。他們聽到後方的黑暗中傳來一陣窸窣聲，突然間……

……司坦法掩住嘴發出一聲尖叫……

……S.嚇得跳起來，血液中的腎上腺素急速飆升，原本坐在一截圓木上的蔻波差點跌下來，而菲佛和歐斯崔羅也尖聲驚叫，但菲佛隨即咳了一聲想掩飾。

受眾人斥罵的司坦法格格發笑一面拍手。「這個呀，」他說：「正是營火的用處。分享故事。火焰與述說的故事之間有一種靈性的關連。」

S.點點頭。他憑直覺就明白了司坦法的論點；創造故事是爲了幫助我們將一個混亂的世界具體化，爲了操縱權力的不均，爲了接受我們無法控制自

但是對照：後續劇情中藍黑色那個東西對熱的反應方式。前後矛盾？石在暗示「創造&毀滅」之間的聯係比我們想像的更密切嗎？

也許他只是想說：每個地方的人都喜歡圍在火邊說故事～而且很可能自古以來就是這樣。想想狄虹在洞穴裡發現的那幅畫……

啊，「聯」……連：啊，我懂了，你是指劇情無法連貫？天啊。勸你還是別不務正業。

《三聯鏡》也有一堆偽哲學的狗屁，尤其是第一部。如果那是石想嘗試的風格，幸好他早早放棄了。←這部分麥金內肯定有插一手。

菲樂美拉為何要提起他來信的內容？這不是背叛了他的信任？
我想這也是個暗語，可是和前幾個註釋的「x」字模式不符。

也許她只是忍不住想證明他們有多親密。

或許是她試著去相信自己想得沒錯，
好讓自己心安。

然、控制其他人、控制自己的事實。[9] 可是當你沒有自己的故事時又該怎麼辦？S.最想說的——對這些人，沒錯，但更想對自己說的——是索拉的故事，而他對這個故事可以說一無所知。只有兩個場景：一個在舊城區的酒吧，另一個在B城，而且無從得知這兩個場景是在故事開端、中間或結尾。

菲佛遞出一小瓶顏色深暗、帶有香草味的酒讓大夥兒傳著喝，這是他從札帕迪家的廚房偷出來的。S.覺得酒喝到胃裡暖暖的很舒服，而坐在火邊聽同伴說故事也很舒服。四個靈魂，這世上最了解他的四個人，如果不算索拉的話——反正索拉不在，也不能算。

他知道她可能永遠不會在這裡，但他希望（懷疑？相信？有信心？）她將來會。

話說……檔案室的出入登記簿……伊莎催得很緊。昨天2封email，今天又2封，最後一封還cc給主任。明天恐怕就得交出去。最遲星期一。

妳真的不能把妳的名字拉掉？刪除進出紀錄？

沒辦法。只能跟伊莎說我為了工作非得進入檔案室，希望她不會告訴我老闆。雖不是最佳方案，但只要再隱瞞一個月左右就好，對吧？

然後呢？

然後我就走人了。

那我呢？

我們之間沒有書面紀錄（當然，除了這裡！）。就算他們認為你牽涉在內，也無法證明。

我指的不是這個。

9 這點絕對是石察卡的寫作理論與實作上的核心。他早期寄給我的其中一封信就出現過這段話，而且近乎一字不差。

接下來很快地又陸續說了幾個故事。歐斯崔羅講述他小時候聽來的，有關於不聽話的小孩會有何下場的告誡故事：到了夜裡，他們會被無情的流動販子直接從床上抓走，塞進籃子裡，運過海峽到阿拉伯市集去，賣給專門誘拐小孩的吹笛人。然後這些孩子一輩子聽到音樂就得從籃子裡冒出來，再聽令鑽回去，以此取悅某個帕夏。歐斯崔羅本身對於用這種方式恐嚇小孩深感憤怒，不管他的孩子有多不乖，他都不會跟他們說這個故事。但S.看得出來歐斯崔羅講故事時整個人都活了過來，很高興看到其他人聽得聚精會神，而當他沉迷其中，也暫時忘卻了悲傷。

歐斯崔羅的故事讓司坦法想起在他長大的村子裡，也有一個導正孩子的告誡故事。沒有那麼可怕，但還是令人心驚：你要是不乖，某天早上醒來就會發現自己身在「冬之城」，那是一個冰天雪地的嚴寒之地，而且永遠只有你孤單一人。當然，其他的壞小孩也在那裡，你可以看到他們，很模糊，好像眼珠子前結了一層冰，可是誰也無法和其他人互動。不能說話、不能玩

艾瑞克，這讓我想到……
之前為了我爸媽而大發牢騷，真不好意思。
比起你的父母……天啊。

他們不是可怕的人，他們只是無法成為我需要的人。我們恐怕誰也無法對彼此展現必要的寬容。
（沒錯，這是心理治療的普遍觀點，但起碼是種說法…）

麻煩的是，「寬容」理應是他們全部的信仰。

信仰什麼並不會改變人的本質。放棄你原本的信仰也不會。

跟妳說一聲：這是我匆忙寫下的…
沒有好好思考這究竟是不是真的。

你通常會思考嗎？

會，我對這種事很挑剔。

別再想了，寫就是了。

有如地獄 但S.好像沒有因此感到困擾。我想他是太累了。

參見賈西亞·費拉拉的詩〈星期四〉（1924）31-32行

你這真是大膽的推測。

喂，我當時才16歲。發現這些關連很刺激耶，畢竟以前都沒想到去注意。

與《彩繪窟》有多項關連

＊上一頁的描述讓我想到…我對自己說出口的話也很挑剔，所以很難加入對話。畢竟大家交談時不會喜歡過長的沉默。

要，只能孤伶伶地挨凍活著，沒有爸媽、兄弟姊妹、朋友、寵物，沒有任何人。

接下來輪到蔻波，她告訴他們更多關於高山K族人消失的文化，這個與世隔絕的族群在地底下的活動和地面上一樣多。「大家都說我父親傻，花那麼多時間找他們。幾乎再也沒有人相信K族確實存在過。我想他有時候可能也會疑惑，但即使如此，他也掩飾得很成功。我很喜歡和他一起上山來，一想到我們倆將能證明這族人的確存在，也很開心。他們住在這一帶——傳聞中對於這一點說得很清楚，你們知道吧——他們就住在如今的G城四周的馬蹄形山區，只是很可能一直都待在海拔較高處。他們會獵食，水則來自山澗與地下泉水。他們有一大片錯綜複雜的洞穴，用來舉行宗教儀式，此外也能躲避寒冬。」

蔻波繼續說著，S.感到很不可思議，她最早留給他的那種簡潔明快的印象，此刻竟然杳然無蹤。

你曾經豁出去，想講什麼就說出來嗎？

像是那次在英文系的慶祝活動上？那個嘛，結果並不理想。

沒有人會在精神耗弱＋憤怒的時候說出對的話。

故事講述轉換了作者／講述者以及讀者／聽者的關係

你現在還會跟爸媽見面嗎？

幾年沒見了。

你們有交談嗎？

有親戚去世時。偶爾一起過聖誕節的時候也會。就這樣。

很悲慘。可以理解，但很悲慘。

其實還好。人生就是這樣。

評論家古里甲說那只是因為懶惰&自我。

有人說《希修斯》根本不是石寫的書，而是一部模仿/致敬之作。「同人小說」。

從沒想過這個可能性，但沒錯，大多數人認為是翡樂寫的。當然，這些人都相信她真的存在。

**他似乎知道這將是他的最後一本書。

但是為什麼？他覺得老了、累了嗎？寫完這本就沒什麼好說的了？他認為布沙的人發覺到他了嗎？

他終於準備讓翡樂美拉見到他的真面目～準備坦承他愛她了嗎？否則為何邀請她去哈瓦那？

為了把最後一章的稿子交給她。

這實在太不像他的作風。我敢說他是拿書當藉口。或許如果不這麼做，他無法確定她會來。

也或許他需要給自己一個這麼做的藉口。

「不過關於那些洞穴最有趣的是，」她說道：「K族人對於事件的紀錄非常執著，洞穴的牆面布滿了圖畫，可能甚至還有文字，來描述他們所知道或相信的一切。曾經發生在他們身上或他們當中的一切重要事情，說不定也包括他們滅族的原因。」

「如果那些洞穴那麼隱密，」菲佛問道：「怎會有人知道裡面有什麼？」

「這是故事，」蔻波對他說：「每個故事都至少有一點眞實性。每個故事都其來有自。」

這個故事也一樣：

** 書中很多元素來自他過往的作品……**

《希修斯之船》是不是石的隱藏版自傳？

「你們知道嗎，」司坦法說：「在我成長過程中聽說過K族，也可能是類似他們的族群。是我父親唸給我聽的一本書裡提到的。」

蔻波面露訝異。「書裡寫到的？」

「一本很厚、很舊、積滿灰塵的書，在我家族裡傳了好幾代。打開書的時候，從房間另一頭都聞得到書頁的霉味，不過裡面的故事都非常精采。書

我一直深愛這氣味。

我也是。好愛南區書架那無比濃烈的氣味。

圖書館老是因為這樣被抱怨。

名叫什麼來著？太久沒想到它了。」他伸手向菲佛拿過酒瓶，啜了一口，讓酒在嘴裡漱繞一圈後吞下去。「《弓箭手故事集》，」他微笑著說，很滿意自己的記性。「好像是一個水手寫的，是希臘人？波斯人？記不得了。」

S.驀地感到背脊發涼，但與此時，在這十月底夜裡掃過的冷風無關。

「蘇布雷洛，」他喃喃說道：「葡萄牙人。」

「你知道這本書？」司坦法問道：「我從來沒遇見任何一個聽過這本書的人。」

「我見過某個人在看，」S.說：「就在我清醒過來的那座城裡，是索拉，也是莎樂美。是她。」

「荒謬，」菲佛說：「胡說八道。」

「你在開玩笑吧？」蔻波問道：「因為那……」

「……很奇怪，」司坦法說：「非常、非常奇怪。」

「的確，」S.承認：「但事實如此。」他停頓下來略加思索。「那本書還在你們家族的手上嗎？」

珍，我發現一件事：戴加丹每年都會列出他的藏書清單，他寄給我的包裹裡有前3年的清單。有一本書《L'ESSE.》列入前2年的清單，去年的清單卻只有這本被扣除。

L'ESSE 法文讀音就像「S」……和蘇布雷洛有關？

也許？也許戴是想告訴我書被偷了。我們在紐約時，他經常提到失竊的事。也許他在試探別人的反應。

如果他有蘇布雷洛那本書，是從哪裡得到的？

也許他寄來的文件裡有線索。正在重看一遍。

書來自西妮。無法證明，但一定是。

「沒有，」司坦法說：「被偷了。美好的事物多半會有此下場。」

那天晚上的夢：高腳杯中深色酒形成的一道細柱；從天空直衝而下的一道藍黑色水龍捲；一條漩渦狀的黑莓糖霜滾在剛出爐的糕點邊上；一隻修長的女性食指按著嘴唇；那根手指抵擋不住滔滔不絕的竊竊私語。

到了第二天早上他們才察覺被跟蹤。一大早，太陽還飽含水氣，草葉上也還覆著一層薄霜，他們便已出發。正爬上一片陡峭的高山森林草坡時，司坦法忽然轉往來時的方向。「那邊。」他指著一縷在微藍塵霧中幾乎看不清的輕煙說。起煙處在一座較矮的小丘背後，離他們第一晚的紮營地點不遠。

他只說了「那邊」兩個字，S.立刻感覺五臟六腑揪緊起來。相信有人在追蹤你是一回事，知道是另一回事，而知道這些人已逐漸逼近又是另一回事。

發現第一縷煙後，他們也隨即看到更遠處還有兩個起煙點：一個在左邊，比較靠內陸，另一個在右邊，沿著崎嶇的海岸。「這或許是好現象，」

我還在想註12……那個訊息似乎比其他的更明白。我猜她是不希望他漏看……但我很驚訝她當時一回到巴西就搬家了。（難道她想出辦法留言給他？或者她放棄了？）

奇怪，毫無跡象顯示她曾在1959–1964期間住過倫索伊斯。

別忘了《希修斯》是在她離開紐約前10年出版的。我們知道她以為麥金內的「新S」追蹤她離開。或許她會刻意避開倫索伊斯，以防他們發現訊息（或是找上她家人）。我是說，就像我雖和爸媽不親，但也不會把殺手引到他們身邊。

我就是這麼做了。

大白痴。

珍，如果他們想傷害妳的家人，早就動手了。

珍，今晚到處找不到書。緊張死了。以為妳換地方放沒告訴我。

還是老地方。同一時間。

第一眼就是沒看到。八成是睡眠不足，思緒不太清晰。我也是……做惡夢。

藝術品也是如此，但還有：青春、人生、地位、隱私、心愛的人、機會、自由表達、信念、尊重／名譽

翡樂回巴西時很小心。直到新費拉鎮發出她的死亡通知之前，都沒有她的下落。

我猜你寫這句的那天過得很不順。

就在我住院之前寫的。時間非常近，大概一小時前吧。

司坦法說：「他們也許不是在跟蹤我們，只是在搜山而已。」隨後只要可能，他們便避開草地，尋找樹木掩護。不再生火，不再亂丟蘋果核，避開泥濘地面，與任何會留下腳印的地方。

菲佛說出心裡的疑問：到山頂小路還要多久？一天半？兩天？與其這麼戰戰兢兢地移動，乾脆以最快的速度前進不是比較好嗎？說不定可以一路到G城都讓敵人追不到呢？

大家全都有疑問：那些人究竟是誰？*警察？偵察員？受到義憤填膺的報紙報導所刺激而出馬的保安隊？傭兵殺手？從首都派來的親王部隊？

「我們得加快腳步。」司坦法說。

過了一會兒，S.回頭看見一座山脊上有動靜，距離比那幾處煙柱又近了幾哩。是一個騎著暗色馬匹的人，先來探路的。「他們有馬。」他手指了過去。

「我們的動作還得再加快。」司坦法說。

菲佛逕自設定新步調，衝到蔻波前面帶領眾人來到草地邊緣，然後直接

如果不知道要對付的人是誰，我們也無法保護自己。
真的會是新S組織嗎？布沙/麥金內的某種分支？

我們還不能確知是否真的在對付任何人，除了莫迪+伊莎。

那你告訴我：那個穿西裝的人是誰/放火的人是誰/闖入我住處的人是誰。我不知道。我只知道我們絕對不能驚慌。

珍，幸好我們當時沒有在書上寫出一切。

你有沒有想過到了某個時候，我們可能需要把書解決掉？

我不會這麼做。絕對不會。

* 艾瑞克，你聽好了：我正在~~處理~~下載登記簿資料要傳給她，發現不是只有我+她+莫迪曾進入檔案室。還有另外四張通行卡被使用過，都無法識別身分，是VIP訪客卡。

和莫迪/伊莎同時進入的嗎？

有2個是，2個不是。所以沒錯，莫&伊都帶了人進來，但其他人是自行進入。

爬上一段滿是岩屑碎石的陡坡；原本可能沿著小山表面切過盤山路之處，如今也會盡可能直線移動。到達山頂後，蔻波指出他們正處於一條地質分界線上：一路往上爬都是花崗岩，接下來要經過的則是石灰岩。也就是說在他們即將進入的地區，會有許多地下河流蜿蜒穿過多孔岩層。亦即傳聞中K族的活動領域。

「忘了你的高山族群吧，」菲佛說：「他們是個傳說，是個故事。」

「就算他們的確是真的，」歐斯崔羅說：「我們再不快點，可能就會跟他們一樣死得徹底了。」

但如此費力步行對司坦法的體能耗損極大，此刻他呼吸淺促、汗流浹背，臉也漲成了深紅色。他們暫停下來讓他休息，他便靠在S.身上，雙眼緊閉一面點頭，好像在自言自語，接著拍拍S.的肩膀表達謝意後，重新跋涉下坡前往下一條溪流，到時也該再裝水了。

S.和蔻波彼此心照不宣地交換一個眼神：司坦法還沒有準備好繼續上路，他雖然努力地讓呼吸聽起來順暢輕鬆，卻仍是費力得令人不忍。但又能

奇怪，新費拉鎮竟然沒有翡樂的死亡證明。
可是有墳墓——記者看到了，還拍了照。

也許她以為他們會追蹤到她。也許她這次（再度？）搬離&假造自己的死亡。
這實在太～～牽強了。

指涉埃斯壯因病而前往巴黎一事？

司坦法是怎麼回事？我們始終沒查出他為何那麼虛弱／病懨懨的。

他就是埃斯壯，1931年左右。

怎麼辦呢？司坦法或許正在與自己的肺、與海拔高度打一場沒有勝算的仗，但S.猜想直到倒地不起、再也無法憑自己的力量行動之前，他是不會放棄的。到了那個地步，他也會揮手趕其他人繼續走，堅持獨自去面對偵察員與任何受雇於韋沃達的人。

他們在一小時後來到溪邊，司坦法已是氣喘吁吁，上氣不接下氣，只見他重重跌坐在岸邊一塊平坦的大石頭上，握著行李把手的指節都發白了。接著他忽然連聲咳了起來，蔻波在他背上撫摩畫圈，其他三人則趕緊裝水。S.登時才發覺自己口有多渴，立刻拿起自己的水壺猛灌一大口。

他馬上吐了出來。那水有股怪味，一種金屬臭味，讓他的舌頭先是刺刺麻麻的，隨即轉爲刺痛。他嗅了嗅，空氣中似乎也有類似臭味。他轉頭想問問其他人有沒有發現，卻看見歐斯崔羅和菲佛正蹙眉盯著水罐看，好像容器出了什麼問題，而蔻波則對空不停地皺鼻子，試圖推斷氣味從哪個方向來。不是令人難以忍受，不是沖天臭氣，但就是有味道，一股紛亂嗆鼻的氣味，似乎混雜著電線短路、肉類腐爛、退潮與電擊的味道，而且一旦察覺便再也

關於加來工廠發生大屠殺前
散發臭味的一些記述
（參見衛第耶的敘述經過）

今天頭痛欲裂。
很暈。
珍，放慢步調。
休息一下。
睡一覺。
你就沒休息。
嗯，顯然我比
妳強。

大中央車站的包包裡有什麼？
有什麼東西這麼重要，她竟然說自己讓他失望了？

倘若這麼重要，當初他爲什麼會
交到她手上？

無法忽視。

然而追蹤者肯定愈來愈接近了，他們別無選擇只能拚命往前、涉水過溪、爬過下一個山頭，這也是到達山頂前的十來個山頭之一。爬得愈高，那股味道愈濃，S.開始感覺鼻腔灼熱，鼻水流個不停。他抹了把臉，擦擦淚汪汪的眼睛。他與司坦法並肩而行，一手攬著這位長者的肩膀，當他步伐放慢便輕輕推他一下，來到一個坡度特別陡又難以踩穩腳步的路段時，甚至抓住他的手將他往上拉。頭頂上有數十隻禿鷹在藍天裡繞著不規則的橢圓曲線飛翔。

S.與司坦法爬到小山頂後，看見其他人正在另一片廣大草地邊緣等他們，這片草地比較偏黃褐色，也長了比較多而雜的灌木，地面上可能覆蓋著由周圍松樹所分解形成的半腐植質。離他們目前站立處至少還要走十分鐘的草原中央，有一潭顏色深暗的山中小湖，很像地上的一滴墨漬。

其他人也都一副悽慘樣。蔻波用手帕掩住口鼻，菲佛彎著腰大口大口地喘氣，歐斯崔羅則是一臉驚慌不安。S.順著他們的視線回望他們來時的方向。

書中第一次出現暗色東西與墨水的連結

艾瑞克～今天伊莎和一個年紀稍大的男人坐在一起聽伏可士的課。我敢說她跟他聊到我的事。她只是輕輕點頭示意，但我看見她隨即望向我。

故輕鬆。很可能只是另一個教授來旁聽。他們可能只是大致往妳的方向看。妳想想：真正危險的人不會跑去聽伏可士的課，還坐在所有人的面前。

我知道你說的也許沒錯。但我現在是草木皆兵。

主徑上的民兵團共有數十人穿著褐色風衣，正騎在馬上快速前進，已經又追上一大段驚人的距離。他們的行動整齊劃一，從上方俯看，有如一隻可怕的褐背獵食動物正在追捕牠的下一餐。S.看不見側翼分隊，卻知道肯定也離得不遠了。他先後與蔻波、司坦法互望一眼，後者緊閉起雙眼點了點頭。他知道，沒有時間休息了。現在不行。走。要快。

這片草原讓S.感到不安。原以為鋪滿松林半腐植質的地面，不料竟是一層枯死的草和細細長長、彷彿患了黃疸似的矮灌木。而小湖呢？一陣強風從上而下颳掃過草原，水面應該會泛起漣漪，然而看起來還是平坦無波，倒像是上了一層無光黑漆。他們又走了半小時才到達，半小時裡都是瞇著眼、不停咳嗽、頻頻拭淚，到了以後才發現根本就不是湖，而是地面下一個凹凹凸凸的洞，或者應該說是十個重疊的洞；在這荒山野嶺的地底下炸出的這些洞，大略以雙重梅花形組成一個惡臭、漆黑的大裂口，深約八、九公尺。此地的味道濃烈難忍，司坦法和歐斯崔羅兩人不斷地乾嘔。他們不能在此逗留，卻也還不能離開。

奇怪的細節，有何含意？

或許是指布沙/愛普的某種特殊武器？

「這到底是什麼東西造成的？」菲佛隨口問道，沒有特定針對誰，也沒有得到回應。

S.走到坑洞旁。洞壁十分光滑，布滿細細的裂縫紋理，彷彿土石經過可怕的高溫燒烤。洞口邊緣有某種黑黑、油油的液狀物質，還溢出來覆蓋在周圍短硬的枯草上。在某些地方，可能因爲陽光照射的角度特殊，這物質散發出釉面般的靛藍光彩。S.用靴尖劃過這樣東西，在枯草上留下一道深色黏稠狀的汙痕，但惡臭並未因此加劇；不管空氣中的臭味是什麼，總之是來自坑洞內部。他抬頭一瞥，看見蔻波把手帕折成倒三角形綁在臉上蒙住口鼻，用食指劃過那黏滑物，舉起來仔細研究，接著蹲下來在地上將手指抹乾淨，又凝神端詳坑洞深處。她向S.招招手，指了過去。他只能看到她的眼睛，充滿血絲，卻透露出一種更犀利的智慧。他心想，他二人若能合力領導，定有方法將這夥人帶到安全的地方——哪怕現在看起來機會微乎其微。

「我們得繼續走。」S.說。

她的聲音被布蒙住，不太清楚。「你要來看看這個。」

質地如墨水

我完全可以想像石察卡&狄虹在埃斯壯病倒後有這種感覺。

裡面有個「X」字線索，因此註解可能只是為了安插暗號而硬湊的一堆字。

你認為我們應該100%相信這個嗎？

但其他部分（至少其中一部分）有可能是真的吧？
我們知道她離開時很害怕。
或許她確實試著想在這裡說出事實真相。

她是這麼相信的。
她確信無疑。

S.往坑裡瞧，第一眼留意到的是一塊焦黑的骨頭，而接下來上百眼看到的則是無數塊焦黑的骨頭。坑底散落著許許多多燒焦殘骸，多數是哺乳動物與鳥類。他仰望天空，禿鷹還在不停、不停地繞圈，但並未縮小圓圈範圍，只是飛在較外圍，避開了中央的藏骸所。簡直就像有一道屏障從坑洞高聳入天，將鷹群隔離在外。

又是意味不明的鳥類細節描述

但他顯然忽略了她要他看的東西，因爲她拉拉他的手臂說：「不是，你看，」手又指了一下，這回他才注意到平滑的壁面有幾處破裂，嵌在其中的是：有蜂窩紋路的方形金屬

「那是我們工廠用的一種外殼。」她說。

爆破地點。他們在這裡測試武器。是韋沃達做的。10

但注意：這些鳥令人不舒服，卻沒有使情況惡化。牠們受到吸引，卻仍保持距離。（大概是判斷力很強吧）感覺靈敏的禿鷹。

下一篇報告和這段一樣難解，要寫我痛恨的英國詩人艾略特作品《荒原》。

妳恨《荒原》？我想我們得分手了。

那你也得先約我出去才行。

10 石察卡深信他的死對頭布沙因為某次實驗出錯，無意中得到一種可怕的強力武器。對布沙和他的企業合夥人而言是難得一遇的佳運，對其他人卻是霉運。直至今日，這項武器似乎尚未派上用場，但石察卡經常擔心可能就快了。等著瞧自然會知道。（但也可能不會。）讀者們，萬一有一天我忽然無故消失，多半與這則註解脫不了關係。

故

「這是哪一種武器造成的？」他問道，但她搖搖頭說毫無概念。

其他人在喊他們了：司坦法與歐斯崔羅已經提振起精神準備出發，而他們也都必須繼續往上爬，爬向更清新的空氣以及僅存的一絲逃跑機會。他們匆匆穿越曠野後，開始攀登下一座山。這次S.依然殿後，替司坦法打氣，也在必要時助他一臂之力。誰也沒有多說話，直到歐斯崔羅問道：一、兩個星期前的某個暴風雨夜，有沒有人看見山上閃過幾道帶紫色的亮光？他當時覺得很像閃電，因此並未多想，可是到碼頭上示威時，曾向菲佛提到過那個顏色很特別。

「我記得，」菲佛說：「還有打雷。距離那麼遠，實在不可能那麼低沉又那麼大聲。可是眞的很像雷聲，所以我想：是打雷。」

《「這麼說這就是他在新廠製造的東西。」歐斯崔羅說。

「只知道這是他在裡面製造的東西之一，」蔻波說：「可是卻連這個是什麼都不知道。」

「我們知道它會爆炸。」菲佛說：「知道它可以在荒郊野外弄出大洞》

艾瑞克，叔叔那艘船的事，你為何沒告訴任何人？

因為…如果去談論某件事，你就會忍不住一直想起。

所以如果有人能游出去搶救跳橋的瓦莎拉夫……

妳一下跳得太遠了。不過這樣的故事倒是精采…

如果不稍微跳躍思考，
我想我們很難接近石察卡身分的真相核心。

來。也知道它聞起來像魔鬼的屁眼。」[11]

「我們還知道札帕迪是為了這個死的。」司坦法說道，聲音有些沙啞，本想再說下去，卻又被一陣咳嗽壓了下去。不過他們明白他想表達什麼：他的心痛、憤怒、哀傷——總之是屬於個人，而非政治的一切感覺。司坦法挺過去了，揮手示意同伴們繼續走，但每個人的內心一如此處的空氣般沉悶，誰都不想離開。S.蹲下來，讓這個精疲力竭的人撐靠在背上，並一再催促歐斯崔羅與菲佛先到前面去探勘接下來要經過的地區，選一條路，好好想個對策。他們照做了，但卻是在蔻波點頭默許之後。

即使當司坦法能重新上路，還是走二十步就得停下來彎腰休息；他揮揮手要S.和蔻波繼續前進，而且這回的手勢更為激烈，充滿了沮喪與對自己的

我一直以為這裡會出現某種關於莫迪的評語。

我難得一見的自制。

萬一有必要取個代表他的暗號，應該就叫「鬼眼」。

11 在某一封信中，石察卡為菲佛在此的用語向我道歉。「我知道你的感覺比我細膩，」他寫道：「但這個角色非得說出這句台詞不可。」我再三向他強調無須請求寬恕。「我可能比你想像的還強固。」我這麼回答。

恕

埃斯壯在烏普沙拉大學加入了游泳社，以體力、耐力著稱。（見阿姆斯泰的《埃斯壯的一生》，1962）

*看看阿姆斯泰的《埃斯壯之死》(p. 381)：
「他的自殺令人十分困惑，因為據聞他雖然生病卻依然精神奕奕，
而且可望在春天返回工作崗位……訃聞寫道：從床頭桌的一張紙看來，
他仍『神智清醒』：紙面最頂端寫了莫利拿醫師的全名，
底下則根據姓名字母寫了數百個重組字。
看過那張紙的警探說，埃斯壯似乎至少用了七種不同的語言。

不齒。他是個有傲氣的人。他們不會丟下他不管。

等他們三人走到草原最盡頭，歐斯崔羅與菲佛已經爬上下一個山頭又返回此處，並至少等了十分鐘。他們誰都不願提起司坦法拖累大家的事，但S.看得出他們始終密切注意著後頭的追兵。現在不只看到S.稍早前留意到的景象：一隊民兵從正後方快速進逼；還有側翼的分隊也逐漸向中央靠攏。追捕行動如虎添翼。照這個速度下去，S.猜想還不到山頂小路就會被追上；恐怕就是明天下午的事了。除非可以找到地方藏身，否則只有兩個選擇：一是投降，二是正面迎戰。而他們五人當中只有一把火器，就是司坦法始終塞在腰間的一把老舊手槍，戰鬥結果實在不難想見。

兩小時後，到了一面陡峭石灰岩壁底下的一片平坦草地，行進再次中止，因爲司坦法咳血了，而且這次的血深得接近紫色，看起來怵目驚心。同樣地：在這片長滿枯萎野花的荒地上每等一秒鐘，民兵團便又接近了約十公尺。至少他們的行蹤不是一覽無遺；他們走的是一條羊腸小徑，蜿蜒在兩面

珍，妳寫這麼多的重點是??

埃斯壯只懂瑞典文、英文和基礎法文。(見《埃斯壯之死》p.26)

妳是說那張紙上的字是石寫的？

他懂很多語言。

很多人都懂多國語言。像翡樂就是。

但石察卡才會執著到寫下這些東西～他在《科里奧利》接近尾聲的地方就狂用重組字。

我想我的感覺和他一樣糟。
抱歉在你的書上抱怨連連。
可是……噢……嘔。

懸崖峭壁下方，但有一邊是個突出的岩棚，陡直下探深不見底的峽谷。除非打算原路折回，浪費更多時間，否則就得爬上去。

司坦法仰望攀爬處，閉上雙眼，咻咻喘息，接著又咳了一陣，啐出一口痰。他知道其他人在想什麼。「去吧，」他說：「爬到崖頂去找個可以藏身的地方。要小心避開他們的視線。」

「我留在這裡陪你。」蔻波說。

司坦法搖搖頭。「應該留下夠強壯的人，萬一我爬不動，還可以扛我上去。光是有心是不夠的。」

她凝視著他，目不轉睛，持續凝視著，過了大半晌才終於點頭。S.知道她不肯相信這是事實，但它就是。

司坦法轉向S.問道：「你會留下嗎？」

「當然。」S.說。

「那好。你們其他人就走吧。」

剛才室友泡茶給我喝。
她願意幫忙，表示我看起來真的病了。

XX

*這段和我們對狄虹所知的任何細節有關連嗎？

據我所知沒有。也許只是隱喻。

蔻波舉起手來像要說什麼，卻沒有出聲。S.注意到她的指尖起了水泡，表皮裂開、肉色殷紅殷紅的。不管那油油黑黑的東西是什麼，用手去碰觸顯然不是好主意。他忽然聞到一股臭味，和那個黑潭有點像，便低頭看自己的靴子。只見拖劃過黏滑物的靴尖皮革好像燒壞了，也像是融解了。

他和司坦法默默看著其他三人一面尋找攀抓與立足點，一面費力地爬上岩壁，最後翻身上到岩棚頂端。兩個男的消失不見，蔻波則回頭探身俯視他們，直到司坦法叫她別再浪費時間，搞什麼東西！趕快去做點有用的事。

「上去的時候，我來拿行李。」S.說。

S.扛起責任

司坦法邊咳嗽邊將手提包交給他。

「好重。」S.說著把行李擱到地上。

司坦法還是沒有主動透露提包裡裝了什麼。「你還真是倒楣，」他說道：「被海浪沖上B城，然後又碰上我們。」

事實確是如此沒錯。S.原本有可能在一個平靜的城市上岸，有可能被某

狄虹的小說裡有個女人替寶寶熱奶瓶的時候燙傷手指。石黎卡的《華盛頓&格林》也有女人在工廠內切斷了所有手指。

我不知道從這些能推論出什麼。

我也不知道，只是想指出這一點。

如果埃斯杜救了跳橋的瓦茨拉夫……

試想：假如瓦認為是自己把布沙的人引到埃墜樓的多馬特飯店，他會作何感想？

他永遠不會原諒自己。

我超喜歡這個字。你曾經這樣嗎？因為讀起來的感覺而愛上某個字？

以前會吧，在我還把閱讀當消遣的時候，現在的話…這是太奢侈的享受了（其實自從我來到波州大就無暇享受了）。

除了住院期間。正是。

一家人救回他們寬敞、溫暖的家中，而且女主人做派餅的手藝無人能比，而男主人還可以高薪雇用S.，讓他在戶外工作，呼吸新鮮空氣，靠勞力賺取公道的酬勞。他也可能游到某個度假城市的海灘，無心插柳地在燦爛陽光下，在來自世界各地、川流不息的遊客群中，展開一段悠哉生活，以水彩風景畫家的身分謀生。他也可能被一艘經過的漁船從水裡釣上來，然後平靜、勤奮地過日子；捕撈大海的豐富漁產之餘，也會和同伴在甲板上與港都裡一起暢飲威士忌狂歡作樂。他還可能被滔天巨浪沖到一個氣候溫和、貝殼遍地的岸上，索拉正敞開雙臂在那兒等著帶他前往一棟位於海岸峭壁上、占地廣闊的別墅；別墅外有大片葡萄園，一路延伸到視野盡頭，甚至更遠處，葡萄也已成熟，準備釀酒歡慶秋宴。但結果卻是：這樣。混亂、血腥、千鈞一髮的逃亡，以及等在正前方的清算。「沒錯，」S.說：「但實際發生的情況就是這樣，這才是眞實的。」索拉的出現也在他這個版本的人生之中，而他終於相信她身繫的謎比他想像的還要多。如今問題不再是她是否認識他，而是怎麼

希望你很快能再回到那時候。當然，住院那一段除外。

指第1、8章的童年感官記憶？

這段，嗯……

是啊，很酷的寫作手法，我認為用意在於：讓S.在不知不覺中產生預感。

為第9章的情節埋伏筆。

完全沒錯。

認識又認識多深，問題也不再是他們對彼此是否重要，而是爲什麼重要。當然了，除非這一切都不是眞的，除非他夢中的那些影像並非記憶片斷，而是因爲內心亟欲創造出一個自我而出現散亂、半成形的墨像，不可盡信。

他們倆陷入靜默，S.感到慶幸。司坦法最好還是保存氣力，不要浪費在閒話上頭。他們同時看著一隻旋木雀順著螺旋線盤桓飛繞上一棵白楊樹。

「從鳥的身上，可以找到許多慰藉與力量。」司坦法沉思道。當他突如其來的一陣劇烈咳嗽聲把旋木雀嚇得飛走之後，他二人只能看著微顫的枝葉在月色般的岩石上投下黑影。

「準備好了嗎？」S.問道。

「我們走吧。」司坦法說。

S.雙手交握推了司坦法一把，讓他攀上第一個抓握點，那是一道沿著石壁縱向裂開的長長縫隙。

司坦法使勁把身子往上拉，兩隻手肘抖個不停；他腳尖不斷探索著踩踏

布拉格那間華麗耶里飯店，原名 Voliéry，直譯為：〃鳥舍〃

我一直覺得奇怪：如果需要使用暗號代稱，選一些不具有共同主題或組織原則的名稱，不是比較安全嗎？

艾瑞克，他們是作家，不是間諜。

那是就我們目前所知。

$$$ 前幾天收到賽林一張好大的支票。$$$

可以去了。去巴西？你是說真的吧？要是這樣就太棒了。要是我能一起去，那又更棒。

珍，妳不能去。妳有報告、考試，妳要畢業。

除非我說管它去死。

我不會替妳買機票。不想縱容妳。

我知道你說得對，只是不想承認。你要是去了，一定要隨時告訴我最新消息。能不能拜託你克服對email的反感？你不能讓我空等。

點，最後還是S.抓著他的右腳踝，拉向岩壁一個小小隆起處，剛好能讓他站穩。

就在這時候，蔻波再次將頭探出岩棚俯視他們。她上氣不接下氣，幾乎難掩滿臉的興奮，S.立刻感覺到爬在上面的長者又重新有了活力。「找到了，」她說：「找到一個洞穴了。」12

這個可以討論——總會想出辦法的。我們在電影廳見，1:30放映《影子軍隊》

我真是丟臉丟大了，我坐下來開始和後排一個女生說話，結果不是妳。怎麼回事，妳人呢？

妳在哪裡？

珍，妳沒事吧？

真的非常非常～～對不起，我生病了，發燒、嘔吐，什麼症狀都來～很慘。睡了36小時。

（而我當然沒有你的電話/email可以通知你。）

12 許多知名作家與編輯都笑稱石察卡「一定住在某個洞穴中」，調侃他對於獨居與隱私的需求。這些個性外向的人士最令人氣憤又失望的是，未能明白這世上與石察卡同感的人其實多得多。（我還察覺到在人類出現以來，洞穴（包括我的出生地倫索伊斯上方群山間的洞穴）一直為有需求者提供可靠的避難所。）

最 又

這個註解有兩個「又」字，內容也有幾分真實性：她確實來自巴西的倫索伊斯。那裡有一堆人叫×××·柯岱拉……奇怪的是這裡提到的洞穴直到幾年前才被發現。

也許當地人知道，但除此之外就無人知曉了。（有趣的類似例子：在狄虹的洞穴被「發現」以前，石就知道了。這是巧合？）

看她這樣公然提到倫索伊斯，其實也有點吃驚。任誰都不難猜出來，但畢竟還是……

如今我已錯過了你。你飛上天去了。

我的筆記寫著：《希修斯》的原稿中沒有P.184的數字方陣（&我在波州大或其他石察卡檔案室都沒發現書後有附錄）。妳能再查證一下嗎？

你說得對，原文中沒有。所以想必是翡樂美拉自己加的，對吧？方陣裡肯定有暗號。問題是這一章的章名到底重不重要。

23日回來

整本書的章名用途不能稍微統一一下？這要求太過份嗎？

所以這個章名就只是名稱，沒別的意思。

謝啦，柯代拉。

好個章名。

第五章

往下，脫身

洞穴的戰略位置再完美不過了。[1]從他們爬上來的石灰岩壁再沿著一道石坡往上近一百公尺、往東近兩百公尺處，緊鄰著一條小溪，正下方則是一道灌木叢生的草坡，可眺望他們來時經過的北側山群，視野遼闊。好運氣還不只如此：有一顆卵形大圓石剛好擋在洞口前，可作爲放哨的掩護，也讓洞

1 讀者應該能明顯看出本章到處都有《彩繪窟》的影子；此書不僅是石察卡最成功也最受好評的作品之一，而且展現了他文風的演變。最主要的是，他變得更有條不紊、一絲不苟。他在連同書稿一起寄來給我的信中寫道，新的寫作手法帶給他「無數啓發——每一頁、每一行、每一字——讓我覺得好像有一隻無形的手在牽引我，在告訴我和我的故事該往哪兒去。」

謊話，這裡提到的信根本不存在，柯直到數年後才開始與石合作。

你不在的時候，我要來玩玩我們還沒搞懂的暗語。

我何必寫呢？你又不可能很快答覆。

我猜我已經到了要透過寫字來尋求慰藉的地步……即使只是在自言自語。我該為自己擔心嗎？

可不是嘛，珍。妳恐怕應該要擔心了。

為何寫這種謊言？

沒頭緒。這是她最受質疑的一個註解。

你要不要修正一下這個想法？

總之她說的話都一樣不真實。

你懂我的意思。妳八成已經發現這裡藏了什麼暗語，只是在耍我吧。

口從溪邊小徑上看起來，就好像一道寬闊而彎曲的岩縫——蛇類的棲息處，或許也能容納小鼠類，但絕不可能讓一個成人消失其中。

他們五人當中，就算有誰擔心因此受困於一個沒有出口的密閉空間，也不會說出口。

S.立刻認定洞穴是蔻波發現的，想必是她對K族人的認識引導著她，讓她對這一帶具有較細膩的直覺。結果不是，是菲佛，而他只是信步遠離小徑想找個隱蔽的地方解決內急。當他擺好不雅的姿勢停頓不動後，便暗中留意一隻靜靜在附近吃草的雄臆羚；臆羚忽然停止吃草，抬起頭來看他（**我發誓牠真的在看我**，菲佛堅稱），然後蹦跳了幾步到岩石丘那邊去，並開始用角去牴。菲佛光是看到那個開口便覺得值得一探究竟。

裡面的空氣潮溼，蝙蝠糞便的腐敗水果味濃烈撲鼻。天光已轉淡，洞內空間隨之變暗，只有從外面射入的一彎微弱紫光。他們都同意完全不點燈，就坐在洞穴的幽暗中，盡可能少說話並壓低聲音。

司坦法仰臥在冰涼的岩石上，頭枕著蔻波的大腿，兩人分食她背囊裡的

我小時候很喜歡海妲。有一年萬聖節我還想扮成她。我媽想不出怎麼做帽子，就說服我改當床單鬼。:\

*再次指涉埃斯壯的作品：在《海妲與熊王》中，臆羚發現了蜜徑。

除了限制他們自己的選擇之外別無選擇。

哈，暗喻長大成人？

珍，妳是何時在這裡畫線的？

我沒有。

會不會只是妳忘了？手邊的事情太多。

我很確定我沒有。

✶必須換個地點放書✶

伊莎在那篇關於鳥類暗喻的文章初稿中寫到了蝙蝠。我只好告訴她蝙蝠是哺乳動物，不是鳥類。

而她偷走你的錄音帶作為報答。還真是個大好人。

所以在場的有埃斯壯、費爾巴哈&賈西亞-費拉拉。第5人是誰？
S.又代表了誰？

沙默思（Summersby）？
又或許S暗喻著整體：
一個包含他們所有人的集合體。

這段可能是石在述寫S組織的一場聚會——一群作家思考著如何能改變世界。

食物。她只使用未受傷的那隻手。歐斯崔羅也躺下來，一隻前臂遮蓋住眼睛和額頭。菲佛和S.吃著一塊發臭的乾酪，一面小聲地說一旦成功逃脫後要發起革命，要組織一支游擊隊去突襲B城，占領工廠、街道與市長官邸，要徹底掃除那不道德、物質主義至上的腐敗現象，還要讓那些背叛他們的人知道自己犯了多大的錯。S.聽得心有戚戚，他確實感受到一股想要報復、想要撥亂反正的拉扯力道，但說真的：他們也不過就是五個被困在山洞裡的人。倘若被發現，到了明天的這個時候，他們可能已經被關進牢裡或是掛在繩端晃蕩了。此時此刻計畫革命，頂多就像幻想一樣。

S.想談論的是《弓箭手故事集》——儘管這也沒有任何實質作用。可是當司坦法喝了點水、小睡片刻，恢復順暢呼吸後，他試著挑起話題，蔻波卻搖搖頭：**現在不要**。於是，他們盡量省著吃剩下的食糧、喝剩下的乾淨的水，然後等著睡覺、等著世界打出下一張牌：偵察員會毫無察覺地經過嗎？或者他們五人醒來時，將會面對一群穿褐色風衣的人握持上膛的槍枝瞄準他們？他們再度輪班站崗，S.排第一個。司坦法堅持輪第五個；他承認自己需

聽起來有理，但與書中其他部分不符。
- 集合體沒有情緒。
- 集合體不會孤單。
- 集合體不會試圖找出自己在世界上的位子。

石察卡是作家。
他會虛構情節。
不一定每個細節都取自真實生活。

昨晚夢見有人進到我家，看了我的石察卡筆記。
還能聽見翻紙的沙沙聲。感覺超級真實～
早上走進客廳，有點以為會看到東西被翻箱倒櫃。

這些年來我一直在做類似的夢。
睡得一點都不安穩。
我真的很想知道你的消息。
艾瑞克，你在那裡有什麼發現？

有件事我想不通：費爾巴哈＆埃斯壯年齡相仿，也比其他人年長許多……但此處菲佛（＝費爾巴哈）似乎比司坦法年輕多了。既然其他那麼多細節都維持不變，為何要改變這層關係？

今晚請繼續收聽珍妮佛·海華的沉思獨白™。

第8章!! 真希望你在……

要睡眠，但若不能盡一份力就太該死了。

山洞的陰暗凹處傳來看不見的水滴滴答答掉入細流與水坑中的回音，沒想到這規律的節奏倒成了好事，很快便將五人催眠入睡。漆黑長夜中，S.一度猛然驚醒，因爲清楚想起自己把司坦法的手提包留在岩壁底下，然而在他還沒能決定該如何彌補過失之前，那如同時間本身規律而不間斷的水滴聲，又哄著（心跳怦然、羞愧感凍結的）他昏昏睡去。

我超愛這個狀聲詞。

好真是不可思議啊，珍。

（巴啦 巴啦 巴啦……）

S.失敗了。

呵，慈悲的水呀！

參見：「在水邊開始／結束」

蔻波動作粗魯地將他搖醒，那雙深色眼眸流露出狂亂、驚慌，肌膚經過晨曦微光的滌濯則更顯蒼白。「司坦法不見了，」她對他說：「他不見了。他爲什麼要離開？」

「是我的錯。」他太睏了，無法阻止自己開口。他昨夜想起的時候本來可以叫醒司坦法，要他別擔心，說只要等到能安全出去，他會馬上衝下去拿回手提包。他的大拇趾開始抽痛，但他決定不予理會。感覺上以此當作贖罪的起點倒也恰當。

*見哈布爾1977的文章：佛洛伊德理論的詮釋
這是S.為了除去與他競爭蔻波的對手，所採取的消極反抗方式

羞愧／悔恨 ↓ 需要贖罪

我不認為這是石察卡的用意。

我也是。哈布爾是心理治療師；每件事都會從那個角度去看，大家頂多把他視為業餘藝文愛好者。

終於完成詩人艾略特的報告。寫了有關〈水邊之死〉那段（雖然還是不太確定我讀懂了沒）。但願沒寫得太爛。打算在伊莎的辦公時間去交作業。

☆ 石察卡會不會是意外把特務引到埃斯杜身邊？如果埃桌上那張紙的字母重組是石寫的，那麼他一定是在飯店（或者不久之前）給了埃斯杜。也許他不夠小心。

若是如此，那些特務必然不知道石察卡的真實身分，否則也會殺了他。

蔻波滿臉困惑地看著他。

菲佛也站在旁邊，揉著眼睛，一面漫不經心地搔抓胯下。「他大概只是出去……」

「不是，」S.說道：「他去拿他的手提包了。」他接著解釋自己如何讓司坦法失望、如何讓他們大家失望、手提包如何被遺留在石灰岩壁底下，而韋沃達的人不可能沒看到。不管有多危險，他都應該想辦法趁夜去取回提包才對。

蔻波的臉因鄙夷而扭曲。她咒罵了一句，沒有針對誰卻也針對了所有人，沒有針對什麼卻也針對了一切。然後踩著重重的步伐走向洞口。

在我想像中，這就是狄虹得知石察卡害埃斯杜被殺時的反應。

而且這必定破壞了她&石之間產生任何浪漫情愫的機會，也可能使得S組織完全瓦解。她怎能原諒他？

如果她和你的父母一樣，那就不會原諒。但也許她不一樣。

「別出去，」菲佛提醒道：「得等到……」

「別命令我。」她厲聲回答，但仍是小心翼翼；她躲到小丘後面，凝神觀察外面的險惡山林。幾乎就在同一時間，她倒吸一口氣，低呼一聲不要，S.與菲佛連忙湊到她身邊。

他們看到的是：不到一哩外，就在石灰岩壁下方長著草的岩棚上，冒出這段總讓我想到戴加冊。
或許他也在做類似的事——試著幫助我搶先做好準備。
但為什麼是你？他有他自己的學生啊。
也許他擔心自己被某個學生出賣了，
但又不曉得是哪一個……至少他知道我不會和莫迪聯手。

我要是他，光是只有這個理由還不夠。
也許他覺得在紐約那時候已經把我摸透了。
我也許是個會胡思亂想又神經質的人，但卻十分真誠。就像我跟妳說過的：我不會言不由衷。
不過艾瑞克，你的確有避重就輕的天分。
妳也不遑多讓。

了司坦法花白的頭。他四周環繞著至少三十個身穿偵察員褐色風衣的男人，其中大多都已下馬。馬匹噴著鼻息吃草，十分悠然自得。眼前景象並無激烈之舉，讓S.頗感訝異：司坦法沒有被綁起來，沒有戴上手銬，也沒有遭到辱罵；他正與三、四個看似帶頭的人說話，手提包似乎不在他手上，但也不在偵察員手上。司坦法站得筆直，無論姿態或舉動都沒有一絲畏懼或沮喪。有一刻，S.不禁懷疑司坦法是否倒戈了，但隨即摒除這個想法，倘若他們當中真有出賣耶穌的猶大，也不會是司坦法。他在談判嗎？若是的話，用什麼籌碼去談？他除了自身之外，一無所有。

智慧的話語……對一個愁眉苦臉、內心充滿小劇場的男孩來說，這確實很有智慧……
妳好殘酷。我當時才16歲。
我真的很殘酷……抱歉，不知道你當時的心境。

「他在拖延時間，」蔻波說：「好讓我們逃走。」

檔案室登記本今天送到伊莎那兒去了。主管逼我的。
準備迎接衝擊吧，她一定會察覺我是誰。

接下來一陣靜默，大夥都在反芻這句話。

S.走回原本司坦法和蔻波睡覺的地方，手槍仍端放在她的背囊上。司坦法或許打算犧牲自己，否則就是知道不得不這麼做。

S.環顧了洞穴一周。「歐斯崔羅呢？」他問道。

在另外兩人回答之前，司坦法正在演出的畫面有了改變：其中一名偵察

我真的好希望你在。

員往上一指，其他人的頭也順勢往上旋轉。片刻過後，S.才發覺那偵察員指的不是洞口，而是靠西邊一點，他們前一天傍晚爬上來的岩壁。S.聽見一陣倒抽氣的聲音，可能是他自己發出的。那兒有個人朝偵察員揮動手臂大聲喊叫，正是歐斯崔羅。「我想回去，」他高喊道：「我就回來了。」他背轉向那團民兵，跪在岩壁頂端，一隻腳晃來晃去尋找下去的第一個踩踏點。

「白痴，」菲佛說：「那個沒骨氣的白痴。」

「我的家人，」歐斯崔羅的腳前後晃動，一面喊著：「我的家人。」

一記槍聲響起。歐斯崔羅彷彿傀儡般扭曲抽動，臉上現出古怪的驚訝之色，同時摔落岩棚。他消失在S.的視線外時，兩隻手臂張得開開的，沒有試著去抓岩石表面或在空中亂轉，因爲他已經死了。他身體撞擊地面的聲音細微而無足輕重，被這片遼闊的景象，被山巒、土地、天空給吞沒了。

這是理所當然。偵察員是獵人，他們五人是獵物。他們都只是在人類最古老、最簡單、最眞實的故事裡扮演自己的角色。

下方草原上，司坦法對一名騎馬的偵察員大聲吼叫，憤怒地比手畫腳。

往下，脫身

見◎：類似賈西亞・費拉拉
在西班牙內戰時的經歷：
1936年底之前與共和軍並肩作戰，
後來因為妻子兒女受威脅而倒戈。
出賣狄虹來換取他／他們的
安全，從此每個人都恨他。

而他從此不曾再提筆。

至少再也沒有出過
書。大家也都不讀
他以前的書了。
他既失寵又絕版。

然後他就上吊了。

天啊。

有個想法：
「合作者」有正反兩面
的含意——
政治上(不好)／藝術上(好)

合作者＝傀儡 →

這段與《弓箭手故事集》
相符：永恆的故事不斷循
環、重新杜撰。

何不寫信給戴的某些學生，
問問他是否提過這本書？

很冒險。等於是亮出我們的底牌。

假如歐斯崔羅＝賈西亞・費拉拉，
那麼石察卡本人似乎也沒比
這裡的菲佛更有同情心。

他恐怕真的沒有。
從第4、5章看起來，
石＋狄虹關係匪淺。

*珍寫給自己的筆記：
瓦茨拉夫跳橋時，手裡拿的會不會是《布拉森荷姆》？
他們救起了稿子，掛上瓦的名字出版。（瓦茨拉夫．石察卡）
（他可能還活著，也可能死了。）（紙張泡水不會毀了嗎？）
《也許很多頁都毀了，而他們[crossed out] 填入/重建了內容
——就像翡樂美拉處理本書第10章的方式？又或許只毀了一些，
他們便利用這些作為開頭，另外寫一本全新的書？》
《也許稿子都毀了，但瓦茨拉夫沒死，他們幫他重新架構他的故事？》
《什麼都有可能。》
唉，艾瑞克，你要是在就好了，我就能把這些想法丟給你，而不是一個人在這裡碎碎唸……
看來我不在比較好。

「救不了他。」蔻波輕聲說。她也許是悄聲勸著司坦法別激動，接受歐斯崔羅死去的事實並試圖自救，但S.聽來卻像是在說他們自己此時置身於洞穴的處境：如今他們根本無法爲司坦法做什麼。他只能靠他自己，這想必也是他希望的。

也許埃斯壯是故意暴露自己，因為不想讓其他的S成員陷入險境。*

S.感覺到自己心思變慢、震驚過度，也感覺到自己反應變得遲鈍。他不是在臨機應變，試著想出解救司坦法的妙方，也不是在冷靜地策畫離開山洞的完美逃脫辦法。他發現自己在做的是：呆呆地、消極地、毫無英雄氣概地注視著高原上的人——他彷彿置身事外地看到了自己這麼做，像是靈魂出了竅。他領悟到了，不管出現在舊城區之前的他是誰，總之不會是士兵或間諜或革命分子或殺人犯之類的人。他從前是，現在也還是個軟弱的人，完全無力應付這種情況。

S.只是一個人：從水裡爬出來，最後捲入一場巨大而危險的事件。

他看著一個穿暗褐色風衣的人將司坦法兩手反折到背後銬上手銬；看著那個偵察員和他另一名同伴各拉住司坦法一邊手臂，泰然地帶他走過空地，

珍寫給自己之2：
（大膽）假設瓦茨拉夫自殺未遂，再（同樣大膽地）假設埃斯壯救了他/之後照顧他，那麼瓦茨拉夫必定是S組織的一員。否則他怎會讓他們用他的名字？

同樣可能：他們救他出水、帶他回飯店（「與訪客」），而他還是死了，最後他們決定用一個死人的名字（或是稍加變化）作為集體的掩護。

珍再度寫給自己：
不要認定瓦茨拉夫就是石察卡，
或甚至是他跳橋未死。
需要證據。

但很奇怪，不是走向馬匹而是反方向；看著司坦法（終於！）雙腳、身體變得僵硬，開始抗拒；看著那兩名偵察員平靜地將他帶到深谷邊緣一把往下推；看著他身旁的蔻波握拳摀住嘴巴以免尖叫出聲；看著那兩名偵察員轉身往回走向其他隊員，他們臉上面無表情，就好像剛才只是把一條不能吃的魚丟回水裡罷了。

這回連撞擊聲都沒有了。司坦法的死安靜得那麼絕對，簡直就要把人逼瘋了。

就像我爸常說的：「這只是公事公辦。」

菲佛的尖銳嗓音把他從恍惚中驚醒。「放聲大叫吧，」菲佛對蔻波說：「他們知道我們在這裡。」他指向外面，手指順著他們從岩壁頂端來到山洞的路線畫過來，可以看見一條點狀黑線。當然沒道理，地景上怎麼可能自行出現一條黑線？S.正要出言反駁，便感覺到腳趾像火燒一般，逼得他不得不正視。他檢視自己的靴子，發現大拇趾處的鞋底已經不見了，周圍也變得黑黑黏黏，正如被這雙靴子踏過的每根草葉。

蔻波看著他，又仔細端詳自己化膿的手指，未發一語。

我痛恨這句話。
好像這樣就能寬恕
你可能做出的任何有
問題的事。

菲佛已經把歐斯崔羅的提燈拿在手裡。「但願這山洞能通往其他地方。」

「我留下了足跡。」S.可以聽到自己聲音裡有種快哭出來的聲調，讓他感到很厭惡。

如果石寮卡知道了關於賈西亞．費拉拉／麥金內的真相，不知道這一章的情節會有何不同。

「無所謂，」菲佛說：「歐斯崔羅也替他們引了一半的路。他們馬上就會找到山洞了，我們走吧。」

但蔻波似乎毫無準備動身的意思，甚至像是根本沒有意識到這兩個男人之間的對話。她愣愣地望著峽谷遠方一隻正扶搖而上的孤鷹。

S.碰碰她的肩膀，本以為她會拍開他的手，但她沒有，只是很用力地呼吸。「我們得走了，」S.輕輕說：「我們三個人。」

起初她沒有看他，只顧看著孤鷹鼓動翅膀搖搖晃晃。聽到山間傳來更多槍聲轟鳴子彈咻咻，她也沒有驚跳或甚至眨眼：草坡上那群人也不為什麼就對著空中的禿鷹胡亂射擊。直到S.拉起她完好的那隻手，喊她的名字，她才轉身。

讓她想起她是誰＆她還擁有什麼。

我喜歡妳這個說法。

艾瑞克，謝謝你這麼告訴我。

她沒有說：你想他可不可能……

S.沒有回答：不，但我希望我能這麼想。

她望著他的眼神空洞得毫無防備，彷彿想請他見證她眼中的虛無，讓他明白她內在丟失了些什麼，而且恐怕永遠找不回來了。

菲佛激動地揮轉手腕，以手勢召喚快點快點快點，然後帶領他們踉蹌走入山的核心處那片闃黑的未知。

外頭，禿鷹仍盤旋著，儘管受到槍彈掃射，還有一顆把牠尾羽邊緣燒焦了，牠卻也不驚不擾，一圈又一圈地飛繞，一忽兒往這邊、一忽兒往那邊傾斜，遇到冷涼的下沉氣流便拍動翅膀，傾斜、拍翅、盤旋，一再地、不斷地反覆。至於牠是勇敢或無知或純粹只是別無選擇，我們也只能臆測了。

山洞裡的那些岩壁啊！若是能有系統地慢慢加以研究，能小心地走過這片黑暗，將高山族人的敘述完整拼湊起來，該會是個多麼豐富的故事。那些炭灰色的淺淡汙跡就從距離洞口近百公尺處開始：人、獸與武器的簡單意

或許當菲樂美拉察覺石察卡不會來找她，也是同樣的心情。

但或許她永遠沒有察覺。

或許你此刻也發覺到這一點了。

正如狄虹在艾斯特死後也一定變了。

話說藝術史教授剛剛為了上課出席率痛罵我一頓。我心想，不會吧？出席率？我們都幾歲了啊？！？我真是受夠這間學校了。

天啊，珍，就去吧。妳已經有3堂課快當掉了。

……可能是4堂。我還修了網球課補學分。早上9點的課。真不知道我在想什麼？

那算1學分嗎？妳要是那麼認真讀了4年，不可能需要這個學分。

那還得看看其他課的狀況……

（一隻鳥，守護著司坦法）

象，單一的視覺符號捕捉了這些古老生活中的片段時刻。沿著通道再往裡去，左彎右拐幾次之後，出現了關於打獵、儀式、生與死的連續記述，其中人的面孔五官清晰可辨，色彩也擴增到涵蓋白色、藍色與鏽紅色。這是祖先起步邁入現代的詳實範例，透過故事與圖像來呈現，值得後人無比崇仰、仔細研究、敬畏讚嘆。但是我們這三名逃犯沒有時間做這類的奢侈之舉。他們涉過一條淙淙溪流（S.穿著鞋底破了一處的靴子在水裡拖行，希望沁涼溪水能緩解痛楚），擠過一條狹窄通道，匆匆穿越一大群排列如管風琴音管、左右對稱得詭異的鐘乳石。緊接著，通道開向一個巨大的半月形露天劇場，有一塊高起的石板作為祭壇，周遭環繞三百六十度的牆上布滿五花八門的圖像，宛如萬花筒（即使只是藉由一個奔跑者手中提燈的晃動光線倉促一瞥，也能輕易看出圖像中包含了造物的神話：空中鳥形神大戰地上狼形神的史詩敘述。所有圖像都互相糾結纏繞，最後俯衝、摔落、爆裂開來，在祭壇正上方形成一幅和諧雍容的畫面：一個類似人的形象頭頂羽冠、長著狐尾，金雞獨立於針尖似的山巔，四下只有垂直陡降的峭壁與天空，當然是十分危險的

個人身分浮現

我不懂的是：成長過程中，師長都會說我們美國最注重個人，凡事都基於個人主義，你想成為什麼樣的人都可以，諸如此類。但也只能到此為止。出了校門，妳就得回去當個乖女孩，找到合適的工作，融入大家，遵守規矩，這一切真讓我想要……

珍，我能體會妳的感覺，但這樣講太過簡化了。並不是妳不能做自己……只是讓妳的個人志願在不知不覺中變得普通一點，事情會比較簡單。我們面對現實吧：沒有品牌的普通商品幾乎都比較有利潤。

《彩繪窟》也出現過同樣的生成物。

「如果我要死，絕對會死在沙灘上。」
（《飛天鞋》英文版 p. 377）

姿勢，但那人物的臉上不見恐懼、憂慮，只有一派祥和）。2

然而來到這個廳室時，S.和蔻波和菲佛全都停了下來。有那麼一刻，儘管可以聽見身後通道已響起第一聲的沙啞叫喊，但細細觀賞這壯觀景象竟似乎比保命的急迫性更重要。父親告訴蔻波有關於這些秘密洞穴的一切都是真的；她從小便渴望看見的一切就在這裡，環繞著她，環繞著他們，環繞著這三個已騰不出時間，也知道自己永遠不會再來到此地的人。

可以看、可以見證、可以得知古老故事的這一刻，短暫得折磨人，S.也只能在這一剎那聽見急促地竊竊私語的古老聲音在空中、在岩石裡，又或許只是在他雙耳之間迴響。接下來，他們（S.、蔻波和菲佛）每一個人若不是嘴裡嘟噥或是點頭、吐氣，就是從喉嚨底發出認命的嘆息，然後才離開這個

②已故的法國考古學家雅瑪杭特．狄虹是個頗享盛名的「專家」，因為石察卡的《彩繪窟》有不少靈感擷取自她的經驗。然而只要細讀該作品便會發現，書中「彩繪窟」裡的細節沒有一個是專屬於「她那些」多爾多涅省的洞穴。曾在兒時見過倫索伊斯諸多洞穴的我，也可以不費吹灰之力就為作者提供同樣豐富而多樣化的細節。

從這個註解看來，翡樂美拉愈來愈尖酸刻薄。她必定把狄虹視為情敵。

可是S.和代表狄虹的蔻波始終沒有在一起……所以，如果《希修斯》是石的隱藏版自傳，沒理由認為石&狄虹曾經在一起呀。

就算有過：狄虹死於1937，石有9年時間可以放下她。如果他愛翡樂，這段時間他都在想些什麼???

他一輩子都在確保自己的存在不為人知。他不會輕易放棄的。

所以對他而言，過秘密人生比她重要。很好。

想想他(很可能)涉入的事：勞工暴動、揭發醜聞、間諜活動、殺人事件……要做出這個決定並不容易。把她拉進那樣的生活，他覺得不公平。

他應該讓她自己做選擇。

這樣描述「藝術」帶給人的影響，倒還不錯。

從沒這樣想過。很酷。

(錯失的機會)

正是《希修斯》整本書的重點所在，不是嗎？

對：這是全力投身於藝術&激烈變革的代價。

或是：錯失了找出他和翡樂美拉可能有什麼結果的機會。

讓我好奇她在隱藏什麼？

莊嚴之地，奔向通往地底更深處的甬道。

假如S.有時間端詳這些壁畫，細看每個人物、每個細節、每個陰刻的曲線，會發現那個像蛇一樣的奇怪圖案嗎？[3]他不太相信有此可能，只是他永遠無法知道。

我也不太相信。

他們唯一的策略：繼續移動，盡可能讓民兵團的聲音離得愈遠愈好，也繼續懷抱希望，但願洞穴能讓他們重新誕生於世界另一個角落，而不是回到原來的起點。

他們聽得見獵人們的重踏聲與叫喊聲，在後面、在上面，透過多孔岩

這似乎是個相當直接了當+合理的註解。

3 至今數十年來，亦即自從S符號出現在《布拉森荷姆的奇蹟》的初版書名頁之後，據報也有其他地點發現過相同符號（其中有許多相隔遙遠，而且／或者說法矛盾）。這些符號可能是為了向石察卡致意（這個可能性最高），或者是惡作劇，或者純屬巧合，也或者是超乎我理解力的奇幻事件。對此議題我無法提出任何意見，只能證明一點：石察卡從未顯露出他知道有此現象。

*「我們 vs. 他們」→ S. vs. 韋沃達/特務

石，四面八方無所不在。S.試著記下他們經過的岩石結構：有一塊外露的岩石很像一張留著法老長鬚的臉；有十根石筍像保齡球瓶一樣排列，彷彿人工製成、經過修正的大地傑作；還有地面上一窪水坑，從中冒出一塊又長又尖的石頭，宛如一把湖中劍。他試著記下他們先後轉過的彎和走過的岔路，左、左、中間、右、中間、最左等等。他也會留意菲佛的燈光照亮的牆面，找尋一些有助於確認方向的圖像。即使在接受了自己腦中的地圖已混亂得一塌糊塗的事實後，他還是會注視壁畫。

!

圖畫布滿了整片洞穴，S.覺得把它們拼湊起來便是K族的完整故事，他們似乎十分執著於記錄自己的經驗。過了圓形劇場以後，壁畫依然繼續著，密集、生動且風格迥異，出自許多人之手，一幕幕呈現出他們的家庭生活、統治管理、與其他部族間的小衝突，而其他部族的人臉上都沒有畫上五官。在每一串畫面中，K族人都受到鳥/狼形神守護，有時在主要情節的上方，有時在邊緣，有時就在人群之中。S.愈深入山中，壁畫就顯得愈現代，色調更鮮明、圖案構思更細膩、人物的表現手法也更寫實。這不禁讓S.陷入

顯示歷史由時間/行動所構成。「自我」也一樣嗎？

你 vs. 莫迪/伊莎

S組織 vs. 布沙/特務

我 vs. 雅各
你 vs. 你的父母；
我 vs. 我的

S組織 vs. 新S組織

我們 vs. 莫迪 vs. 伊莎
(我們+他們+他們？)
+新S……也就是我們 vs. 3個他們。情勢非常不利。

⇓

我們 vs. 我們自己

往下，脫身

「創作藝術必須淪落入黑暗中。」
——葛瑟瑞・麥金內

這他當然懂了。

他也不時提到藝術需要單一視點。(與他自己的哲學理論完全矛盾，他認為單一視點就定義而言是不可能的…)

全都因為《三聯鏡》是個大敗筆(主要得歸咎於他寫的那部分)。

那些評論肯定讓他火冒三丈。

史上 頭號 自大狂

史上・最會・記恨・的人

不，布沙才是。

深思：在日照表面每發生一樁重大事件，K族畫師就得更深入黑暗中去記錄它。這算是驚人的諷刺，或是恰恰相反，其實是關於記錄歷史一種顛撲不破的眞理？

現在可能入夜了，只是S.與另外兩人無法得知；他們已離開了生物周期的世界。S.吹了一聲口哨，召喚同伴停下來喝口水，並利用僅剩的些許食糧的四分之一補充體力。S.查看一下自己的腳：大拇趾已發黑並發出焦肉味，趾甲底下滲出了膿，第二與第三趾的表皮也開始變黑，還感覺到一股奇怪而劇烈的灼熱刺痛。痛得讓人咬牙切齒、無法喘息。蔻波站得遠遠的，獨自躲在燈光最邊緣處。她用完好的手吃東西，另一手的大拇指則深深按壓其他幾隻表皮開始腐蝕的手指指尖，食指、中指、無名指、食指、中指、無名指……有如某種私密的痛苦儀式。菲佛搖著頭低聲對S.說：「她不在了，她人在這裡，可是已經不在了。」

「她還堅持著，」S.也小聲回答：「我們能盡的努力，她也都做了。」

痛苦必然是一種個人體驗。

如果身邊有對的人就不是。

「你別裝沒看見。她不在了。事實就是如此。你愛一個人，然後失去，然後死掉。就算你命還在，心也死了。想想歐斯崔羅：失去老婆孩子就承受不住了。他失去了勇氣，現在換她了。她已經不是今天早上的她，以後再也不是了。」

「我們都一樣。」S.嘴上這麼說，內心卻承認這一點。他踽踽獨行於這個人世豈不更好？完全不用擔心有人會想他、會期盼他歸來、會因他的死悲傷。不虧欠任何人，無須對任何人負責，不受任何人依賴。說真的，他活著的任務很簡單：只要活得夠久，能夠查出你是誰就好了。但他一轉念想到索拉，不由得納悶：他找她真的只是因為她可能知道一些關於他的事嗎？難道不也因為受到她或是她的神秘氣質所吸引？他這是身分的追尋，或是某種失傳已久的追求行為？追求什麼呢？愛？就是「愛」這麼平凡的東西？

倘若真的找到她了，會怎麼樣？

在對面牆上，S.注意到有個不同之處，那是一組看起來像數字系統的符號。這大概是某一類帳目，安插在兩個人物當中的空間，那兩人看著符號的

這不是不言自明的真理？好比「人不可能兩次涉入同一條河流」？

疑問：我們是出於私利而追求關係嗎？

是啊。醒醒吧，石察卡。

我在想埃斯壯之死可能對狄虹造成了什麼改變……事後不久她去了西班牙，整個人變得冷酷無情（＋發了瘋似的創作），直到死去。她什麼事都插上一腳：選舉權、勞工權利、醞釀中的戰爭（她還加入一支共和派的民兵組織當間諜＋參與戰鬥）／在法國南部管理幾處考古挖掘現場／在上述活動期間，還同時寫論文＋文章＋一本令人讚嘆的大部頭小說。（如果妳還沒看過《這一切我獻給你》，值得一讀。

艾瑞克，我現在在看了～雖然不應該。上課進度已經遠遠落後。

目光都彷彿在看著什麼實物。

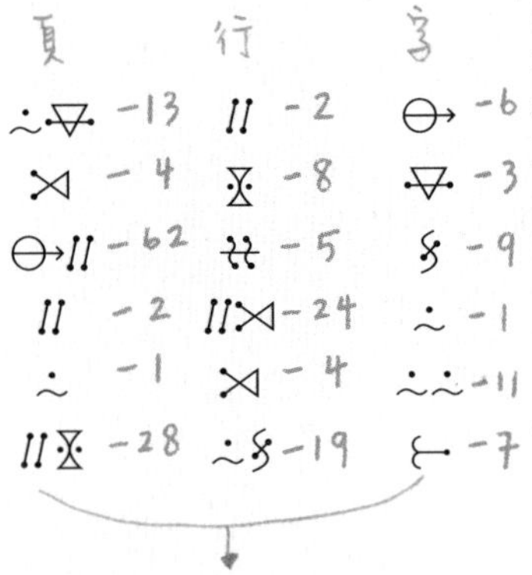

S.驚覺到菲佛還在低聲跟他說話。「最重要的是，」菲佛說：「槍在她手裡。」

「我不會試圖拿走她的槍。你要是想這麼做，我也會阻止你。」S.說。

菲佛站起身來，拿起手提燈說：「我們得走了，這不會永遠亮著。」

（現在的壁面看起來又不一樣了；線條與色彩和S.之前看到的同樣精確，

懂了。應該早一點想明白的。

・看本章註1：「無數路發……頁……行……字。」

・看你手上那本《彩繪廊》

會等十年回家

她等了超過十年。她安排了計畫，也做到了。不可思議。

而她自始至終一直認為自己身陷極大的危險。

記得嗎？艾瑞克，你曾經認為這與愛無關。

但圖像已不再那麼密集。也許參與的人少了，願意進山洞走這麼遠作畫的人變少了）。不過敘事也有所改變，部落似乎分裂成兩個分支。其中一群人物畫得細心，線條柔和優美；另一群則顯得急就章，色彩濃淡不均、筆法粗糙，也少了許多細節。如今這兩群人各自狩獵，在某種部落聚會上一次又一次衝突對抗。片刻過後，S.察覺到另一個更細微的差別：如今鳥/狼神已極少出現，即便出現了，也是高高置身於人類活動上方，畫得很小，示意距離遙遠。

另外兩人也注意到這些了嗎？他很懷疑。菲佛急著前進，每到岔路也由他選擇路徑。蔻波則是面如冰霜、全神貫注，帶著倖存者的堅定決心一步跨過一步。

他們繼續往下方深處走。聽起來獵人們好像更接近了，但無法確定。壁上的圖像愈來愈稀疏，所有的人物都少了細節，只是匆匆幾筆畫成，全出於一人之手。現在只剩單一故事情節了：部落分裂，奪權互鬥。S.想像著一個

我今天到了教室才知道是藝術史期中考。被當了。

又是我們vs.他們

孤單的畫家，族裡最後一個有興趣繼續在洞穴裡記事的人，獨自爬入地底深處，畫出一個他想必知道在數百年間，或甚至永遠也不會有人看到的故事。

他們正疾走過一條又低又長的通道時，菲佛忽然大叫一聲，手裡的提燈隨之旋飛開來，只見一個發亮的球體在凹凸不平的石面上蹦跳並發出哐啷聲。S.趕緊上前，發現他邊罵邊抓住自己的右腳踝。S.輕輕將菲佛的手撥開，拉起褲管、解開襪子，檢視傷勢。蔻波默默拾回提燈，為他們掌燈照明。S.輕輕地戳戳、捏捏，但哪怕只是微微一碰，菲佛也會皺臉、用力吸氣或是大喊出聲。沒有流血，沒有見骨，這樣至少還算幸運。如今關鍵應該只在於菲佛的忍痛能耐了。

「休息一會兒吧。」S.對他說。

菲佛翻了個白眼，呻吟一聲，長長吐出一口氣。「你知不知道你在……？」他猛然閉嘴，因為聽到幾個獵人的聲音隆隆響徹山洞，聽起來很清晰很接近。他伸出食指往上指。他們就在正上方。

身體的傷害↓精神的傷害。

孺子可教也。[…]

→參照S組織中所有的死亡&綁架事件。

注意，是「原始的」S組織。（難以追蹤掌握！）

所以石察卡幾乎是孤單奮鬥。（何時？1937？在費拉拉叛變/狄虹被殺後？）

你會覺得這讓他更有動機去向翡樂美拉表白～找個盟友、夥伴。

也許他找她去哈瓦那就是為了這個。

9年後才找她。我說這根本是狗屁。

他不是孤單奮鬥。還有沙默思在（或許…也還有其他我們目前不知道的人）。

S.攙著菲佛的一隻手臂扶他起身。蔻波也鑽過他另一側腋下，讓他的手臂攬住她的肩膀。她似乎清醒些了，或許是這個新危機喚醒她的注意力，否則也至少是再次讓她的注意力轉向外界。

菲佛單腳站立著，像鶴一樣，然後試探著將另一隻腳慢慢伸向地面。這時頭頂上一記槍響，三人都嚇了一大跳。菲佛一個不穩，重心落在傷腳上，痛得忍不住哀嚎一聲。

他們立刻安靜下來。透過岩石傳來大笑的聲音，較遠處，領隊者大聲質問哪個混蛋沒看到目標就在密閉空間亂開槍。儘管隔著層層石灰岩，他口氣裡的不屑仍清晰可聞。接著：更多說話聲、更多腳步聲。獵捕行動重新展開。

菲佛在S.和蔻波撐扶下，可憐兮兮地走了幾小步，便停下來搖搖頭，同時握緊拳頭，抬起頭盯著上面低低的石頭，用盡全身力氣克制自己不要發出沮喪的怒吼。

「我來背你。」S.說。他不想，但他會。

你有沒有看過一張合照：她和海明威、美國小說家帕索斯、賈西亞·費拉拉、狄虹 & 一個很明顯轉頭避開鏡頭的人？

佛羅里達飯店的照片。有。1937年10月。

對。所以轉頭那個人是誰？會是石察卡嗎？

看看坐在窗邊被切掉一半的那個人。維克斯勒？

許多石察卡的可能人選出現在同一處～而且當時那裡還是戰區。

這個妳一定喜歡：有傳聞說（大多認為出自帕索斯）某天晚上在馬德里（也許就是拍照那一晚？）海明威對狄虹襲臀，結果挨了她一拳。★

狄虹的日記裡完全沒提到。

這個嘛，也許只是個虛構的精彩故事。

★ 珍，再看這裡：我翻閱費拉拉的書信收藏，發現一封來自「V.芬奇」，1937/10/30：「驚聞佛羅里達事件。C不該帶我們的友人去那裡，你也不該讓我們的友人留下。保密必須徹底，否則功虧一簣。」

← 我回覆在下一頁右下角

她開始找到自己。並堅持下去。

就像狄虹在西班牙那樣。

菲佛受傷：費爾巴哈有類似情況嗎？

1930年代初痛風嚴重，行走困難。所以也許有。

費的秘書維克斯勒呢？

菲佛不可能是維克斯勒的替身。維克斯勒不是原始S組織的一分子。

如果他是呢？也許就因為和費爾巴哈的關係。

「你不能。」菲佛說。

「我們可以。」語畢S.領悟到：他是那種不太想冒自己生命危險提供類似幫助的人，但他願意。這番領悟的力道（也許還有其重要性）令他震驚。

蔻波說：「沒錯，這樣會拖慢我們的速度。不過我們並不知道要去哪裡，不知道還有多遠，也不知道該怎麼去。」

菲佛舉起擱在她肩頭的手臂，她試圖把手抓回來，但他掙脫開來，舉得高高的讓她抓不到。「也就是說，」他說：「你們會從幾乎沒有逃脫的機會變成什麼呢，一點點機會也沒有了。」他搖搖頭。「別管我了，走吧。」

「不行，」蔻波說：「我們不需要再多一個殉難者。」

「司坦法就這麼做了。」

「不能因為這樣你也跟著做。」

一時無語。

S.心想：菲佛想要和司坦法一樣犧牲自己。為了她。他一直是愛著她的。他擔心會被他們剝奪掉大好機會，讓他無法以自己想要的方式、以他自

也許石察卡所謂的「愛」有不同意涵：如同S.+蔻波（以及石察卡+狄虹?）之間的關係～在合適的時機，友誼可能更進一步，只是這種時機從未出現。

妳認為石+翡樂就是這樣？

我認為這種情況本來就很常發生。

說不通。費爾巴哈幾乎確定是同性戀。（又或許他的性向更為善變？）

我喜歡這句：他赫然發現自己不像自己想像的那麼糟。

所以轉頭避開鏡頭的很可能就是石察卡。

如此一來：沙默思就不是石察卡。而狄虹或賈西亞・賈拉拉也都不是。

我很訝異賈拉拉沒有燒毀那封信。

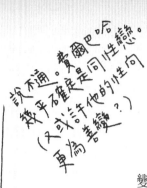

許的身分死去。

「你聽著，」S.對他說：「我很想逃跑，想得要命，可是我們是一體的。」

菲佛露出苦笑。「你比她誠實。」他說：「那麼我也老實說吧：我從一開始就沒相信過你。」

「但你現在相信了。」蔻波提示地說。

菲佛上上下下打量著S.。「我只希望你能想辦法讓自己發揮功用。」

S.是在此刻開始走上較黑暗的路嗎？
或者是在島上的時候？

S.點點頭，頗有同感。他懷抱著好意，但有任何幫助嗎？先是沒能及時追到放炸彈的人，其次又把司坦法的手提包遺留在後，接著還在前往洞穴時留下足跡。對這些人而言，他若非詛咒，還會是什麼？韋沃達對於他自己想像出來的這個特務X，何懼之有？

「沒時間了，」菲佛說道：「什麼他媽的同舟共濟，別再管這種無聊廢話。」

「這不是無聊廢話。」蔻波說。

今晚有人從圖書館跟著我回家。我覺得我甩掉他了，但他可能還在外面徘徊。

石察卡：奇幻／科幻小說之祖？

其實妳不是第一個這麼說的（想想《花斑貓》《夜柵欄》，甚至是《科里奧利》）。如果妳認為沙默思就是石，那麼他和這些類型的作品就有相當直接的關連。

「比無聊廢話還糟。」菲佛說：「就是一堆馬糞，過時了，沒用了。所以：我留在這裡，不然我也可以在黑暗中隨便到處爬，說不定會碰上一輛礦車，或是地下的一扇神奇大門，或是這類的奇蹟。」

蔻波把槍交給他。「讓他們吃點苦頭。」她說。

「我會的，」菲佛說：「而且我會樂在其中。」

「試著再走走看。」S.說：「再試一試吧。」

小心謹慎的一步，引來可憐又憤怒的一聲慘叫。「走吧。」菲佛說：「拿著那該死的提燈就走吧。」

但S.沒有走，還沒有。他在看菲佛倚靠處旁邊的牆面。是一幅畫，黑色的畫。數十個雙足狼人，視覺上十分簡化，只有耳朵、牙齒和長著尾巴的線條身軀。狼人正撲向……什麼？S.說不準。一個汙點、一條往下拖的痕跡。畫若能完成，畫家若能在遭受攻擊前把自己畫進去，那應該會是一個人像。

而這個，這最後的血腥場面，很可能將是他們在牆上所看到的最後一幅畫。對此S.有十分的把握。

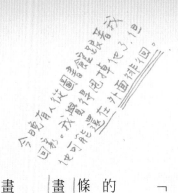

這也將是菲佛最後看到的東西，就這麼簡單，因爲S.和蔻波留下他在黑暗之中。至少在偵察員將燈光照射在他身上，讓他不得不在類似場面中扮演自己的角色之前，這將是他最後所見。

數字遞減：和船上一樣。

原本五人，如今只剩兩個了。兩人提著一盞燈，爬行過彎彎曲曲、愈來愈陡降的通道。有一度，路徑突然終止，他們必須做出抉擇：往回走，或是低身鑽過地上一個潮溼的沖蝕洞，希望能在下方的穴室裡安全落地。有一道水流從洞的一側往下滴入幽暗中。S.發現自己對於水竟能如此輕而易舉地找到安身之所，有些惱怒。

他用燈照亮較低處的甬道，然後起身退離洞口。洞確實很窄，但不會將他卡住。「妳會擔心我們太深入地下了嗎？」S.問道。他心裡狐疑：他們會不會已不再是爲了躲避民兵，而是打算把自己埋得愈深愈好，不想讓韋沃達的人稱心如意地找到他們的屍體？

「我當然擔心。」蔻波說。

這位先生，學校地道的事你根本就在騙我。

當時不確定能不能信任妳。

你還說了什麼別的謊言？

說過的妳都知道了。

既然如此，那我現在感覺好多～～了。無論如何：你應該給我一份你的地圖。以防萬一。這樣對我們倆都好。

別讓其他任何人看見

S.將背囊丟下洞口，然後爬下去，幸好落地時不算太狼狽。蔻波抓住潮溼石塊的手打滑了，整個人以怪異的姿勢往下墜，但被他給接住，緊緊抱在懷裡。她比他想像中輕得多。[4]剎那間，他不禁懷疑她是否真實存在。

他正要放下她時，忽然發現旁邊牆上有個記號，掩在濛濛流水與黑影下略顯模糊：

只有約十公分高，而且畫得簡單潦草，一點也不精細、對稱或具有美感，但它就在那兒，是黑色的。

「你可以把我放下了。」蔻波對他說。

他喃喃說了聲抱歉，指著牆上的記號問道：「妳看到那個了嗎？」他需

好啦……我們知道了啦。

4 儘管蔻波多才多藝、性格堅毅，卻似乎缺乏一定程度的莊重。

艾瑞克，你最好是真真實實。
我已經開始心驚膽跳了，
如果你不是我以為的你，
我真的會瘋掉。

要印證。不可能是他想像出來的吧？

「看到了，」她說：「那又怎樣？」

「我無論到哪裡都會看到這個。」他說：「眞是……」他思索著適當的字眼，第一個想到的是令人驚慌。「妳以前看過嗎？」

「也許看過。」她說：「我也不知道。」

「想一想。」

「看起來很眼熟，我也只能這麼說。」

「這很重要，我覺得它跟我多少有點關係。」

「邊走邊想吧。」她拍拍提燈說：「快沒時間了。」

靴子重重踩在岩石上。發現獵物的喊聲，錯不了。一陣亂糟糟的男人聲音，十分興奮，有歡呼、有嘲弄，甚至還有類似狗吠的聲音。

這時幽幽地「砰」一聲，一把老舊手槍的哀鳴。緊接著一連串「嗒嗒嗒」惡狠狠的回擊——六顆子彈？十顆？二十顆？——同聲齊發。

這些聲音，如海浪滾滾而來，無法阻擋。而他們兩人，勢單力孤的兩人，則準備好迎接大浪的捲起、崩落與之後的黑暗。

接著還是黑暗。

空隆。

低語聲。這裡清楚了些，沒有被那許多岩石所覆蓋，但還是模糊。痛苦的聲調，憤怒的節奏，反覆無常的恐懼律動。

他二人盲目摸索著溼滑的岩壁前進。

「我就在這裡。」他說。

「我也是。」她說。

「把妳沒受傷的那隻手給我。」他說。

她照做了。

我就在這裡。

我也是。

還在。

還在。

現在可以更清楚地聽到說話聲。他們聽到偵察員發現提燈後丟到一旁的空隆撞擊聲。他們聽到一個中低音的喊聲和衆人齊聲回應的轟鳴聲。喧嚷聲愈來愈大。S.正想說點什麼，蔻波突然鬆開他的手。

「怎麼了？」他問道。

「空氣。」她嗅了嗅。「不一樣了。」

他深吸一口氣，卻只聞到潮溼、岩石與時間的味道。

「有鹽味。」她說出來之後，他心想沒錯，他也聞到了，但也立刻聯想到他在船上那個發臭的小艙房。

我知道。剛畫上的。

這句之前沒有畫線。

「我看見你了。」她說。

他以爲她是在作比喻，但當他回看她時，也能在黑暗中看見她的輪廓。光線很微弱，但不是完全沒有。

他們順著岩壁繞過一個S形彎道，喧嚷聲更響了，那些聲音在他們身後愈來愈尖、愈響，也愈加清晰。而他每次一回頭，也能更清楚看到她。

「別再看我了。」她說：「沒時間了。」

翡樂美拉&石察卡沒有足夠的時間。

時間啊……

這就是愛
↓
全心注視眼前的美好，忘卻了急迫的保命需求。

你還沒回來……
要是能傳訊給你就好了……

我大學最開心的時光，就是和室友葛瑞夫在考試週前一天開車到舊金山。他想去看一場棒球賽，於是我們發了瘋地開了一夜，早上抵達，看完球賽，馬上掉頭又狂開了一整夜的車，剛好趕在週一早上回來考試。那種感覺真好，可以大聲說不，我們不要讀書，我們要來一趟荒謬沒意義的旅行。最後考試依然拿高分，就像證明了自己在課業上是狠角色。

總之，我想告訴妳的是：我把旅行的事告訴老爸，以為他會讚賞，因為他是個超級棒球迷。我太過期待他的反應（一開始會跟葛瑞夫去，恐怕也是為了這個原因），結果我告訴他之後，氣氛頓時一陣死寂，然後他說：「老實說，艾瑞克，這次你又做了一件不負責任的事，莫名把別人給拖下水。」

我記得我就站在他面前，心想：「是嗎？他就非得每件事都提醒我想到叔叔嗎？」

天啊。好替你難過。

遇到這種事，你會告訴自己一切都會過去、沒關係什麼的，但是從來辦不到。

就在這時：正前方有光。灰灰暗暗的光，宛如暴風雨中的暮色，但那是光，而且就在前面，他們以腳下的凹凸地面所允許的最快速度往前直奔。

「轟隆隆、嘩啦啦。是浪潮。是海洋。從水邊開始也將在此結束，而在此結束後也將重新開始。」

還有開始與結束之間的許許多多。

他們站在邊緣，俯望底下很深、很深處的海浪。斜斜的雨打溼了他們的臉、衣服和腳。風像一支冰冷的釘耙耙過他們的皮膚。從山洞口到海平面的崖面上，有一條鋸齒狀的斜線一路往下，每一階都滑溜得充滿致命危險。或許曾經是階梯，但經過數百年的風與鹽分與雨水的侵蝕，幾乎已蕩然無存。

沒有辦法安全地走下去。想試的話無異於跳崖，就這麼簡單。★

「那個符號，」她說：「司坦法的手提包上也有。」

這沒道理。如果他和司坦法有關連，這位長者怎會不認識他？其他人又怎會一個也不認識他？

他們背後的陰暗通道裡充斥著激動狂熱的聲音。真真實實的人聲淹沒了呢喃低語——是眞眞實實，帶著槍的人。一聲低沉的號令讓嘈雜聲安靜下來；同一個聲音喊道站在原地別動！另一個聲音告訴他們說前進無路了，又有一個聲音說該死的共產黨之類的。S.和蔻波看不見這些人，對方只是在漆黑無光的山洞裡交織的黑影，卻聽見了十來個擊錘發出喀嗒聲，因此知道有十來支槍管瞄準著自己。

可是石察卡不是共產主義者吧？

不是。他也不是社會主義者、無政府主義或任何主義者。但如果有足夠多的人認為你是某種人，那你就真的成了那種人。即使事實不是如此。

蔻波用完好無傷的那隻手與S.十指交扣，讓他回想起他們一起走過市區的情景——沒錯，當時他們只是佯裝成情侶，沒錯，當時他們已經開始逃亡，但他喜歡那種感覺。幾乎還不到一星期以前的事，卻已恍如隔世：較單純、較安全、心智較正常的另一世。5

人家本來就很甜蜜。

好甜蜜啊，其中一個聲音說。

去你媽的，穿褐色風衣的傢伙。

奇怪。過去這幾星期以來，就算是下意識，他也一直以爲倘若不久就要往下，脫身

5 我整理譯文時也經常身兼編輯。當初我強烈建議石察卡刪除這一段，因為讀起來太感性，我相信這並非他的本意。但他堅持保留，我雖然略有不甘，還是尊重他的意願。

和某人一起面對死亡，那個人將會是索拉。這個念頭，對這個念頭的篤定，讓他熱血翻湧。應該是要這樣才對。如今他是怎麼和蔻波走到這一步的？事實明擺在眼前，無可否認，卻又像是令人無比困惑的一個謎。

「用力蹬出去，」蔻波對他說：「能跳多遠就跳多遠。」

你或許以爲他們會低聲倒數、協調動作，以便確認兩人同時行動，可是沒有，不需要。他一感覺到她的手在他手中扭動，轉瞬間他們已轉身躍出。S.用傷腳使力往外蹬，頓時全身都發出痛苦哀嚎，但這或許不是壞事，多虧有這番劇痛加上勁風和凍僵了他臉龐的寒雨，才讓他一時忘了腳下的空空蕩蕩與來自黑暗中的槍擊。

有那麼一瞬間，一切都靜止下來，一段記憶——抑或只是他所認爲的記憶——在他腦海浮現。除夕夜裡酒瓶塞到處噴飛。房間充滿了人，充滿了面孔與身體，氣氛熱烈。壁爐裡生了火。感覺到自己是……嗯，是某個人。

他們在下墜。子彈就從他們頭頂上呼嘯而過。他感覺到她往外歪斜，便

這段在石察卡的原稿裡自成一頁～很可能是插入的內容。我不是專家，但看起來是用不同打字機打的。

也許石是在哈瓦那的最後一刻加進去的。

他帶了自己的打字機去。

也許他不只一台。

艾瑞克，你想想：這段就緊接在他不讓翡樂美拉刪除、有關於蔻波／狄虹的那一段後面。（看註5）這絕對是翡樂給他的回應。她應該要和他在一起。

而重點就在這裡：即使石＆翡樂從未謀面（無論如何，至少不曾特意碰面），卻很親密。她愛他。而假如她是唯一能得到他信任為他翻譯書的人，又合作了那麼長時間，那麼他對她肯定也有某種深刻感覺。

他們相愛嗎？

光是言語足夠嗎？

如果他至少願意表白，光是言語會足夠嗎？或者他們需要的更多？

想想：愛＋適當的時機。

將她拉正並緊緊抓住；他們在下墜。他們是同志，是盟友，他們是S.僅知的唯一一個團體的最後兩名成員，他們在下墜，下墜，下墜。

他已聽不見那些聲音。耳裡灌滿了風。

他有飛翔的感覺嗎？哪怕只是一眨眼工夫？沒有。這是下墜，不可能弄錯。他們兩人正在一起往下墜，碰觸到水面時，那雙重衝擊的連續砰砰兩聲，在他聽來就跟碼頭上的炸彈聲一樣響。

他們都以鳥名命名，但終究只是人。

脫身之道就是往下。往下。

石槃卡也是。

在洞穴中往下鑽，在空中往下墜，*在水中往下沉，沉落幾個斜溫層到達誰也看不見的海底深處，在那兒有一群黑等鰭叉尾帶魚受到S.的驚嚇後四散開來，迅速游入暗處，而他的下降也逐漸變慢、變慢、變慢。

他吐出一口氣，是他壓縮的肺葉內最後一口氣，然後跟著氣泡往上升。

出了水面以後，他吸氣、咳嗽、再吸氣。覺得有些暈眩，頭內的壓力大得可怕。他在水裡打轉，尋找蔻波，但不見她的蹤影。

珍??

*這個詞的組合真棒。同時也代表一種醜得要命的魚。（我查過了。）

剛剛注意到這個：又一個更改石槃卡手稿之處。原文：「他們在下墜，下墜，一起下墜。」

在他右手邊：山巒斜邊延伸入海，突出一條長長窄窄的山尾，圍在另一側的小海灣似乎很安全。很遠、很遠上方的洞口處——**他們竟然從那麼高的地方墜落嗎？**——一群褐衣人擺出射擊姿勢，子彈咻咻，如雨點般落在他四周。S.深吸了口氣後潛入水中，划了十來下到另一邊去。他浮上來，環顧水面。沒有她，他不會游向岬角。他不會。

潛水、划水、浮升。水面上依然只有他。

潛水、划水、浮升。

這時候他開始擔憂。她也該浮上來換氣了。

潛水、划水、浮升，他還能像這樣撐多久？根據大數法則，遲早會有一顆熾燙的子彈射穿他的頭骨，在此之前他還能在這兒待多久？

想受人敬佩可不像他想得那麼簡單。

潛水、划水、浮升。

她在哪裡？

再來一次，這回在他破水而出之前通過了一片紅雲，然後便感覺到她隨著波浪湧動撞到他身上。她彎著身，臉朝下，黑髮成扇形散開，背上有三個你覺得狄虹遇害時，石察卡在場嗎？

難說。不過如果賈西亞・費拉拉是石，這一段倒是非常合理。

小黑洞。他們跳下時她被射中了，射中三槍，而他卻僥倖地毫髮無傷進出半空中。

她死的時候也許還握著他的手。

他沒有將她翻身，因爲不想看到她皮開肉綻，不想看到她死去的臉。就在更多子彈天女散花似地落下時，他大大吸入一口氣潛入水裡，潛水、划水、踢水，因爲已經決定要繞過那個岬角、脫離射擊範圍，爬上一塊岩石或一片卵石灘，總之就是找個安全的地方讓他可以撤退、休息，又或許痛哭一場，然後好好想想再來到底該怎麼辦。

最近他已經兩度游水逃命了（也可能更多次，他當然不會知道）。他開始自覺像個海中生物。很想問問舊城區那些聲音：什麼開始？什麼結束？但那些聲音只會說，不會聽。

大部分時間他都在水底下游著，直到繞過岬角進入風平浪靜的小海灣。

當他停下來目測距離，不禁斷定自己肯定也死了，因爲眼前的景物太過不可

往下，脫身

有時候…我很忌妒那些研究石的書，卻沒有捲入這一切的人。也許沒有解開什麼大謎團，卻找到一些小真相。那也不是壞事，對吧？犧牲較少，有較多時間單純地看書、和自己、和另一個人相處…我一開始真的是打算這麼做的。

珍，希望這是妳回來以後第一個看到的留言。

我希望妳回來。

艾瑞克，你最後冒了1個險。

我沒意識到自己做了什麼。自然而然就發生了。

思議。

海灣裡停了一艘船，就是載他來此的那艘，就是在他落海時已被一道水龍捲打得四分五裂的那艘三桅船。它就在那裡，已修補好漂浮在水上，在這麼短的時間裡，不知是怎麼辦到的。當然了，修補得有些怪異：船身用大小不一的木板碎片拼湊組裝，看起來更加破爛，三支桅杆的高度比例似乎變得不一樣，船首斜桅也變得較粗短堅固。但即使有絲毫懷疑這可能不是同一艘船，疑慮也迅速破除了；當大魚竿的鐵鉤勾住他的衣服將他拉近，他立刻聽到那個魁梧的大鬍子水手充滿氣音的聲音說道**看喔，我們釣到一條嘸用底醜八怪魚嗎？倒了八輩子楣啦，金係。**甲板上排列著二十多張沒有笑容的臉孔俯看著他（在S.被鹹水刺得疼痛模糊的眼中，他們的嘴巴就像一條水平黑線），旁邊還有隻猴子在升帆索上搖晃擺盪，一面吱吱尖叫。

歡迎啊，大日頭，大漩渦說。**趕快喪來吧。**

我看了你夾在書中的信……艾瑞克，~~我真的~~ ~~我希望~~ ~~實在是~~

好吧～我不知道該怎麼回應。很遺憾，真的很遺憾。

艾瑞克？

第六章

沉睡的狗

為何用這個章名？狗只是枝微末節，而且也沒有真的熟睡。

得把章名想成是這一章的解密根據，不過我還沒想出該怎麼解。

我也還沒。

毫無頭緒。

我要是菲樂，就會想打破原有的模式。暗語必須夠明白，好讓石能發現。但是，當然啦，最好也難以讓任何人猜出來（或甚至注意到）。

艙房差不多還是S.離開時的老樣子。吊床、臭味、發霉的密閉空間。還有那個S形符號，刻在艙壁上像懇求也像詛咒。不過，其他有幾塊艙壁板已經換新，連同幾塊地板木片和通往艙口的幾級階梯也都是。新的（或者應該說新近被拿來廢物利用的）木板並未配合舊木板的髒汙程度，從金黃到酒紅到栗褐到咖啡色都有，那五顏六色教人看了頭暈。或許正因為如此，才覺得艙房大小略有改變，也覺得這空間有個什麼東西讓人心慌不已。

船不停地改變，而改變會讓人迷失。

對，的確如此。

S.縮在吊床裡，雖已穿上乾的粗布衣和他不知為何仍在的舊大衣，還蓋了一條厚毛毯，卻仍渾身發抖。毯子聞起來好像最近蓋過死掉的東西。

你說你23號回來。你人呢？

現在24了……你還是沒來拿書。

飛機誤點，當時必須在邁阿密過夜，再轉兩班飛機回來，還沒回家，需要補個眠。（但是就往前看吧）

顫抖的情形想必從水裡就已開始；他被拉上船時就感覺到了，那時偵察員的槍還在砰砰響，只是因爲風強距離又遠而威力大減。待船起錨、風滿帆時，他在甲板上受冷風一吹感覺更強烈。由於顫抖得太厲害，只好叫兩名啞水手（臉色蒼白、瀏海油膩那個，以及髮色淡黃、在削哨子那個）抬著他穿過甲板，費力地爬上艏艛階梯，再幫忙他從艙口鑽下艙房。

從那時起，他就忍不住一再回想前一週在陸地上的所有恐怖經歷。蔻波背上的彈孔，水中那片紅雲。那乾淨俐落的一推讓司坦法跌入深谷。歐斯崔羅在岩壁上被神準地射落。漆黑中的槍聲奪走菲佛的性命。他們也只不過想知道三名失蹤者的下落，但情勢卻從此急轉直下。他的四個朋友死了，和其他六十一個勞工夥伴一樣。如今，工廠裡剩下的工人將會明白如何才能在B城存活下去，而他們也會盡力而爲：不多言、不多看、不多問。服從上意。

S.知道：韋沃達這個強敵已經擁有迅速倍增的力量，S.這輩子都無法企及。他有一群膽小聽話的工人，有一家對他言聽計從的報社，有一支冷酷的偵察隊，而且沒有太強烈的良知、道德感或拿捏處罰輕重的認知。可是他想

這不正是翡樂美拉的寫照？石察卡&他的著作就是她的全部人生。

同理可推，石也一樣。

只有對他的書＋他的政治觀點。他對待她若有任何原則可言，那就是「絕不回饋給愛你的人」。

不是這麼簡單。從《希修斯》可以看出他很矛盾。

但還不夠矛盾。

這點也同樣令我困擾，尤其現在又見到了她本人。

她太～～努力投入了。

我不想由我來告訴她這點。她還是相當兇悍。

*再次指涉流動工人傳教士的布道。（流工教士＝一個理想憧憬，代表全心努力去追求有原則的人生）

船如今已成避難所，比起其他地方，這裡威脅比較小。

答＊：雖然大學部的諮商輔導老師勸我找指導教授不要看名氣，說這種人可能教得很爛，不然就是太忙，或甚至更糟。我聽進去了嗎？當然沒有。

你不是頭一個。我隨時都會向老妹提供建議，她老當成耳邊風。她明年要進波州大～儘管她已經申請到3間長春藤盟校(!)，只因為男友申請到這裡的棒球獎學金。她放棄大好機會真是個笨蛋。

要什麼呢？不可能只為了求得區域性武器貿易的投資機會吧？是為了某種難解的憤恨，某種私怨？是純粹為了權力本身？什麼樣的人會做出這些事來？他夜裡又怎能安寢？

造成這許多痛苦的目的何在？這一切所為何來？

沒有理由，S.如此斷定。[1]還沒有。（除非他能告訴世人（即使不是全世界，至少也得是一小部分人）韋沃達做了什麼以及他能做出什麼，否則這一切犧牲都是一文不值。他對此人或許認識不深，但他見識過那些挑釁者、殺戮和爆破測試現場，以及韋沃達為了保護自己重視的一切會做到何等程度。）

有一個問題：他無人可說。大漩渦與那群遭毀容的水手絕不可能列入考

你來波州大就是為了讓莫迪當指導教授？＊

① 要想排除蘇格蘭哲學家葛瑟瑞．麥金內是石察卡的可能性，只需要一個論點，那就是石察卡或許和我們所有人一樣，經歷過無數絕望時刻，卻絕不可能被誤認為虛無主義者；在他等身著作中的每一頁，都表達出他熱切而甚至是苦悶地追求（與支持）生命中的價值。反觀麥金內的多重人格論，其實只是以看似華麗的表象掩飾最黯淡的虛無主義。讀者們，請細想：如果在人格認同上毫不堅定，那麼誰又會重視任何事物的價值呢——無論是人或原則或任何事情的價值。然而，一年又一年又一年又一年都過去了，卻沒有一個人指出麥金內這番哲理的空洞本質。

重複出現：虛無主義者／虛無主義。還有年+年+年+年（4倍？數字4，代表什麼嗎？）

說不定她很高興聽到這種話。

我只是不希望她和我犯同樣的錯。

她和妳看起來很像。

她比較高。比較瘦。髮質比較好。她讓我很嘔。

也許吧。不過妳比較漂亮。

你不必這麼說。我不需要比較漂亮。（這弦外之音讓人有點生氣，老實說……）

珍，我沒有弦外之音。只是說出心裡話而已。

她對麥金內完全不留情面。

妳這麼想嗎？

所以說，你一直在寫論文？

還沒開始寫。光是找資料就投注了好長好長的時間，然後…妳也知道，就發生了其他事情。

本來想寫什麼？你打算解開整個石察卡之謎嗎？

是啊。事後想想，野心太大了。最好寫個範圍小一點、明確一點的題目，然後拿到博士，繼續人生下一步，找到教職，然後做研究/發表更多論文。不過呢，現在說這個已無意義。

處。儘管他們在海灣裡救了他，他還是不信任他們，還是暗暗擔心他們對他的企圖。假如S.再也無法踏上陸地，再也無法活著離開這條船，又有誰能當他的聽眾呢？他的話還能激勵誰去採取正義行動呢？那群一閃即逝的銀白飛魚嗎？風嗎？月亮嗎？已與他形同陌路的星星嗎？

他將毯子裹得更緊些，盡可能忽略它的惡臭。他在晃動不穩的網床上扭來扭去，從仰臥翻成半趴臥，眨了眨可能噙著淚水的眼睛，然後呆呆凝視著艙壁與甲板的接縫。這時，陰暗的褶縫中有一道小裂痕吸引了他的目光：是一支彎曲的釘子，鏽跡斑斑躺在凹槽裡，可能是被掃進去的，也可能是在海浪的劇烈顛簸中掉進去的。

S.將穿著襪子的兩隻腳垂放到地板上，彎身撿起釘子放在手中把玩。他在艙壁頂端邊緣的一塊新木板上畫了一條直線（可以說是數字*1*，也像是英文字母*I*），測試釘子的鋒利度。然後慢慢地，費勁地，開始在船身上刻寫自己的故事。

我游離開了船，他寫道。我以為船毀了。我發現自己來到一道防波堤底下，不

停咳出海水。我聽見上面有示威的喧鬧聲。寫到這兒手忽然抽筋，扭曲成爪。他輕輕甩了甩，並以另一手按摩一下，才感覺到筋開始鬆開。他一邊按摩一邊往後退，重新檢視自己寫的東西。出現在牆板上的字卻和他想的不一樣。

我游離開了船，

牆上的字如此寫道。

我很渴望毀了這艘船。我發現自己來到一座拱門下，不停苛斥參議員。我可以傷害上面那些喧鬧的魔鬼嗎？[2]

牆上的字說不定藏了暗語～你不覺得嗎？？是第6章暗語的一部分，或者完全不相干？？

同意。石寫出這個段落絕非偶然。有些人把書中的一切都視為與他身分有關的線索，而他確實很喜歡玩弄那些人。有點像披頭四的約翰藍儂寫些亂七八糟的東西，嘲弄那些相信「保羅已死」的群眾。

？？保羅已死？？

《不敢置信》

妳想殺時間的話可以找找相關資料。沒什麼意義，但挺好玩的。

2 此處或許是在影射一八六六年一部作者不詳的小說 *Les Démons en Haut*（高處的魔鬼），該書毫不留情地批判當代的巴黎中產階級。雖然此書並不廣為人知（其實，書幾乎是一出版便遭禁），但可想而知石察卡感覺自己與這位作者志同道合。

這本書不存在（不意外）

珍：
會不會……
牆上的字並不是什麼暗語或玩笑，而是在認真探討「嘗試」這件事？
嘗試說個故事或表達一種感覺，卻始終詞不達意？

奇怪了。他想必還有些驚魂未定吧。

他將不合意的字畫線刪除，並在上方的窄小空間用歪七扭八的字體加以訂正，接著繼續寫下去，依順時鐘方向繞著船首的彎曲弧度寫。然後停下來，後退一步，重讀。

更奇怪了。這回要訂正的字更多，他的手也再度彎曲僵硬。他又往後退一步，差點因爲踩到地板上一塊硬餅乾而滑倒。想必是他忙著刻字的時候有人丟下來的。他坐下啃起餅乾，順便讓手休息，也爲自己的心智、這艘船、這個世界的奇異現象暗自驚嘆。

稍後，他想起放在大衣的那張紙，不知道上頭有沒有一丁點線索。他伸手去掏口袋，卻只掏出黏在內側接縫處一些脆弱的小紙團。他挑出其中一團，試圖攤開，卻是一碰即碎。他又摳出一些來，試了一次又一次，結果都一樣。最後他閉上眼睛，嘆了口氣。即便裡面有答案，如今也沒了。[3]

他上甲板時，暴風雨已經過去，但強風仍持續不斷，天空也仍覆著厚厚

收到學務長的email，我被指控抄襲。明天下午得去見他&一群委員。

我真的很抱歉。早知道根本不該把那個給妳。妳用了多少？

妳可以跟我說。快點。

珍，拜託妳，一結束就來找我。我會在電影廳最後一排，假裝在看電影，不管放的是什麼片。

這麼說來～維克斯勒是費的親信，兩人之間是那種「不能公開的戀人關係」。但只有這樣嗎？他寫東西嗎？

1930年代為無政府主義小刊物寫過來自西班牙的報導。費的日記提到：維在都柏林時正在寫一本小說，但始終沒出版。也許一直沒有完成？

維克斯勒從一開始就參與了S組織～他是裡頭唯一不具有作家身分的，不知道會不會很辛苦。

很想看看都柏林那份稿子，不管寫了多少。

的烏雲，看不出是什麼時間。空氣帶著強烈的清新氣息，呼吸起來很舒服，只不過他還是得裹著臭毯子禦寒。有這臭味也不錯，他心裡暗想；可以提醒他死亡是多麼無情地緊跟在每個人身後。

他發現大漩渦在船尾甲板上掌舵，一面搔抓已明顯長得更濃密也更花白的鬍子。S.走向船尾時，其他水手的態度與先前大同小異：漠然之中略帶一絲憤恨。他是個絆腳石，他不屬於他們，他們是很勉強地容忍他的存在。對此他有些驚訝；從水裡被拉上來的時候，他覺得他們不少人臉上都流露出些許興味。也許是他自己在他們鬱鬱寡歡的臉上想像出歡迎的表情。

S.仍是局外人。

水手們不慌不忙地幹活，哨聲的起落也不甚急迫。同樣令S.訝異的是許多船員看起來似乎比他記憶中更雙眼無神、倦怠乏力、頭髮斑白且彎腰駝背。甲板上的人好像也變少了，他數了數：只有十五名船員。沒看到那個臉

你有史以來做過最棒的工作是什麼？預備～～請回答！

③ 注意：德國無政府主義者萊恩荷．費爾巴哈逃離納粹後住在都柏林的希吉路六十四號，他在此住處的浴室裡滑倒過世後，親信何斯特．維克斯勒被問到是否認為費爾巴哈就是石察卡。「即便他內心裡有答案，那些答案也沒了。」維克斯勒對《週日獨立報》如是說。

在波州大的第一學期在天文館工作。（被莫迪陷害，我本來要當助教，卻沒了下文。他知道我需要$$）一點也不有趣，文書工作繁瑣，但我很喜歡。想看表演就去看，還學會使用那些設備，只是得開始累積教學資歷。妳呢？

就是現在的工作～我好愛圖書館，好愛喜歡圖書館的人，而且這是我擅長的。第二名的工作同樣很棒：女子夏令營隊輔～工藝組。（還代班當射箭組隊輔。所以我是個弓箭手，而且我有很多故事！）

珍，我想那本書在莫迪手上。

在他家裡。肯定是。

我真的真的很希望寇瓦路比亞是確有其人。

石和翡樂好像也都這麼希望。這個傳說讓他們玩得不亦樂乎。(妳查過那艘船嗎？)

當然查過。船當然不存在。《龜島日記》也當然完全沒有提到這個。真有趣～～翡樂嚴肅看待石察卡/他的作品，也認真為他傳遞訊息/保護他的安全，但捏造起故事倒是玩得很痛快嘛。

色陰沉的人，此外雖然記不清還有哪些人，總之是有些熟悉的面孔不見了。眞沒想到在短短的時間內耗損這麼多人力，而大漩渦竟然沒有補充新成員。

他爬上船尾甲板時，船剛好跌入浪底，陡然自行轉向下風處，他好不容易才緊抓住梯子。大漩渦起初不置一詞，只是看了他一眼，後來有一坨鳥糞從空中落下，潑濺在他一邊的寬厚肩膀上，這才打破沉默。他拿起一條看起來油膩膩的破布隨便擦了擦。

他沙啞的聲音如今更加空洞。**你有問題，對吧？**

「你們是怎麼找到我的？」

係你記己游過來的。

「可是你們怎麼會在那裡？你們怎麼會剛好知道該去那裡？說到這個，這艘船怎麼可能還存在？」4

4 此處，石察卡可能再次取材於海盜寇瓦路比亞那本虛構的《龜島日記》。據日記所載（我必須再次指出，這些日記顯然是偽造的），法國的多桅帆船「鼬鼠號」於一六四七年在加勒比海的馬丁尼克島附近撞到礁石後沉沒，卻又在一六八三年被人發現，像耶穌的門徒拉撒路一樣死而復生，在秘魯外海輕快地航行。

數字漸減…一開始19名水手(=石察卡寫的19本書)。為什麼要倒數？他在暗指某種藝術的死亡宿命嗎？例如，他一生只寫得出這麼多本書？

會不會船員代表的是S組織的成員，而非石察卡的書？而且人數愈來愈少？

會不會涉及的作家遠比我們知道的還多？會不會以前的(現在的？)S組織規模更大得多，而這艘船只是象徵石的派系？

珍，我開始懷疑那個丹麥人研究S記號的網站也許還是有點幫助。

一直在想第3章的暗語，還有維克斯勒離開都柏林之後失蹤。發現1940年6月有個「H.維克斯勒」進入荷蘭(鹿特丹)。

那是在德軍占領期間。

正是。那麼多人想出來，他卻自投羅網。沒有紀錄顯示他離開或死在那裡。

係你想太多了，陽光。

S.閉嘴尋思，卻很難有條理地思考。他此時置身的整片海上場景（不單是艙房，還有甲板、桅杆、海面、天空、他的視線、他的心思）都有幾分失眞。「如果你們是特地去那裡救我，」他說：「那麼我可以斷定你們無意傷害我。如果不是，如果純粹只是我運氣好——那我就不敢這麼說了。」

大水手用髒兮兮的指甲剔牙，一面說道，我嘸特地做啥，我幾係開船。

「我猜你在等我表達感激之意吧。」

留噴你的感激吧，嘸蘇要。

「告訴我，」S.說：「我上船幾天了？我是說這次。」

你記己嘰道。

「這不是實話。」也不可能是實話。因爲S.認爲自己上船還不到二十四小時，可是還在艙房時，他感覺到大拇趾的灼痛難耐已舒緩成微微刺痛，便脫下襪子檢視。他想著蔻波的手，想著這幾日來經由他的神經突觸傳輸的尖銳疼痛，本以爲會看到腐爛的皮肉和趾甲（至少是大拇趾的）或甚至骨頭外露，不料，他看到的竟是一隻健康完好的腳，前三隻腳趾頭已長出粉紅粉紅的新皮，從第三趾到大拇趾根附近還有一條斜線清楚分隔出癒合的部位。同一隻腳的其他部分，皮比較粗也顯得稍微黑一點，但並無損傷。

「我的腳……」S.正要解釋。

隨便你咋想，大漩渦說，臉上似乎閃過一抹類似打趣的神情。

S.聽到背後有一波哨音從船員群中推移而過，聲音很細微，只是澎湃激昂的船帆與海水交響曲中一段不明顯的複調旋律，但S.依然轉過頭去看。他看到後艙門咿呀一聲打開，從船肚裡（那是底層甲板的秘密空間，這點S.很確定）冒出來一個水手。S.不曉得這爲何吸引了其他船員的注意。另一名水手從帆索間爬下來，準備進入船艙做自己分內的工作，與從前的換班場面並無不同。但接著當船底上來的水手吃力地走向船尾、爬上船尾甲板的階梯，再爬升進入後桅索具間時，S.仔細看了他的臉。

他是從幽靈船上被救過來的年輕人。看起來狀況還是不太好，但有些不同——當初剛上船時的慘白臉色與衰弱抽搐的身子已不復見，如今似乎被太

隨便你怎麼想，你選擇自己想要相信的……就像每個人對於石察卡可能人選的想法……

還有翡樂對於石還活著的想法。

還有我對你的想法。

我對妳也是。

我在想，這是不是無法避免的？

是的，如果人們對自己的事情有所保留的話。

陽鍛鍊得強健精瘦，可是卻又和其他船員一樣膚色泛青且傷痕累累。他留著稀疏的鬍子，遮不住臉頰上半癒合的傷口斑斑，頭上的毛髮筆直豎起，硬得像掃帚枝似的。他那副精疲力竭的模樣宛如失敗的極地探險家，靠著人力拖行跋涉向死亡或更慘的境地。

很特別的形容……其實我的意思是很可怕。聽起來頗悲慘。

英國探險家很迷這個：受苦的高貴情操。

你好像也是。

高貴不在於受苦，而在於探索。

那些死去的英國人恐怕也對自己說過差不多一樣的話。

「看來，」S.說道：「他的確還能擠出力氣。」

係啊，他在底下可快活啦。

「他在那下面做什麼？」

大漩渦伸出髒兮兮的手把S.的嘴唇捏起來。力道也不算輕。**你小管閒係。**

當天晚上，他感覺整條船在規律的重擊下晃動，還聽到許多中低男音齊聲哼吟。他放下釘子，爬上甲板察看。高高的天空上，薄雲輕掩著半弦月，鬼氣森森。空氣溫暖了些，風也已平息，此時的強度只足以鼓脹風帆，讓這艘畸形古怪的船隻繼續航向那不管位在何處的目的地。但儘管天候狀況良好，甲板上除了掌舵的那個黑影外，卻空無一人。其他船員必定都在下面。

你覺不覺得伊莉之所以要更認真、更拼，就是因為你們的領域太男性至上？如果她表現得冷酷無情，也許是因為她不得不這麼做。

從沒這麼想過。她也不曾對我說過類似的話。但有可能。

女性船員：故此「傳統」不專屬於男性。

S.悄悄穿過黑暗來到主艙門，往下爬至第二層甲板，這裡有些許黃光閃爍不定，從船尾某間艙房流洩而出。S.一度覺得像在看電影。重擊聲與哼吟聲現在變得更響亮、更熱烈，也是從那間艙房傳出來。S.經過油膩而不流通的空氣，朝燈光與聲音走去。

他看到了船員們的背，那麼多人擠在狹窄的艙房裡，各自只留一點能用拳頭捶打地板的空間。哼吟聲衝著他的方向傳入走道迴盪不已，愈來愈稠密，幾乎像是能夠觸摸。房裡的氣味也飄入走道，是一種混合著腋窩與胯下與燈油、時日久遠且根深蒂固的臭味。他繼續往前走，非看個究竟不可。

他走到打開的房門所投下的黑影中站定，凝視著水手們。他們的背與肩膀同步律動著。看到這所有的身體聚在一起，他才發覺其中有不少看起來很女性化，不是氣質像小男孩，而是女性化。當他一知曉該傾聽的重點後，便聽見低沉迴盪的哼吟中夾雜著尖細的高音。

接著有一張臉緩緩轉向他：是來自幽靈船的年輕水手。他坐在艙房另一端的椅子上，眼皮沉重，眼神茫然。他手裡摸弄著一樣小東西，試著做某種

艾瑞克，你錯過了電影廳的奧森威爾斯導演主題週。幾天前的晚上去看了《大國民》（讓我想到布沙），昨晚看了《歷劫佳人》。

（你可能會問）我為何去看電影，而不讀書/寫報告？因為我累壞了。不敢相信還有那麼多事要做。

還有：因為電影廳讓我比較有安全感。

精細動作，而哼吟聲愈來愈響、愈來愈響，高低音也逐漸清晰，那是橫跨超過十二度音的瘋狂之聲。[5]當一波海浪湧來，船身擺盪、提燈搖晃之際，燈火照亮了年輕人手中一件銀色物品。是一根短短的針，後面穿了一截粗黑線。不久，哼吟聲變成有如一個團體的閉嘴長嚎，因為年輕人把頭往後一仰，用力將針穿過自己的上唇，縫上了線，然後再穿過下唇，而S.就這樣陷於其中，被那聲音與儀式與怪誕氛圍所惑，看著年輕人在其他人的鼓譟聲中，一針接著一針縫起自己的嘴，一針接著一針，鮮血順著下巴流下，弄髒他的臉和脖子，留下一滴一滴的紅點，一針又一針、一針又一針。S.不會記得看到那最後一針，或是年輕人用門牙咬斷剩下的線之後，砰一聲靠向椅

5 此處，石察卡似乎是在轉述一篇倍受貶抑的評論，評論內容則是關於愛沙尼亞作曲家拉納．魯若（生於一八六四年）與他一九三三年的作品〈弦樂與哨子幻想曲〉。雖然石察卡的文章相當明白易懂（只有《科里奧利》一書堪稱做了最激進的語言實驗），他卻非常欽佩那些作品太具挑戰性，使得當代正統派人士無法接受的藝術家。魯若的音樂生涯十分短暫，他原本在家鄉塔林擔任基層公務員，直到六十出頭因為連續幾次中風無法再行公職，才開始作曲。據我所知，〈幻想曲〉是他唯一曾公開演奏的作品。

拉納．魯若：真有其人？

把這名字用十倍快的速度唸唸看。(喔，對了：沒有這個人。)

我知道。那是我以前寫的眉批。我後來查過他了。

但我喜歡這個故事。應該說如果有圓滿結局會更好。想到他若有那麼一刻聽見管弦樂團演奏自己的作品，還是很替他高興。

珍，妳好貼心。

你在取笑我？

不——絕對不是。

☆艾瑞克：快看我發現什麼：
斯德哥爾摩的埃斯壯檔案庫有他旅遊日記的掃描&翻譯……
1921/10/31當天，他人在埃及的亞歷山卓（是狄虹考古的地方，我知道）～
他們倆的戀情不是秘密了。但日記那一頁說他們和葛一·麥一共進晚餐。
是指麥金內對吧？？在埃及？他會不會是為了S組織去接近他們？？？

首先麥金內怎會知道S組織？再說他怎會知道要去接近他們？
看來比較可能是埃&狄刻意去接近他。

背，下巴鮮血淋漓、眼皮快速而不規律地眨動，破爛的衣領也被染紅。他不會記得這些，可是他不得不認定自己還一直站在門口看著，因爲夢裡的景象是那麼鮮明。而且在那無數夢中，也總能聽到大漩渦沙啞的聲音和著逐漸轉弱的哼吟，說道：「孩子，你現在係傳統底一部分了。傳統底一部分。」

S.從吊床醒來時，昏沉得彷彿剛從吸完鴉片的混沌中清醒。他發現釘子在手裡，夾在中指與無名指之間，尖頭朝外像在防禦什麼。他感謝自己在無意識中找到了一件武器，也許功用不大，但總好過什麼都沒有，而且他必須想盡辦法離開這艘船。他絕不能容許自己張大了嘴、眼神渙散地坐在那裡縫自己的嘴，取悅滿房想要他加入他們行列的怪物。

一道彷彿被利刃切斷的陽光框住了上方的艙口，將艄艛甲板木板間的微小縫隙照得亮晃晃。S.整天都待在自己的艙房裡策畫逃亡，每當需要保持冷靜、整理頭緒，就用釘子刻寫艙壁。他希望在離開前盡可能將自己的故事都

好極了，石察卡，多謝你製造這些惡夢。

第一次讀完《希修斯》，有好幾個月不敢走進暗室——就連摸索電燈開關都不敢。很怕會撞見類似的場景。

艾瑞克，我真的希望你有找醫生看看你的腿。

我想不會有事的。

答：見本頁下方**

**不管怎樣～總要有人加入，對吧？？
麥金內、沙默思、德洛茲多夫、辛格……

當然。我好奇的是石：他會是網羅新成員的人嗎？
或是由埃&狄主導？石在組織中扮演什麼角色？

寫出來，萬一死了也能留下一點紀錄，即使是只有船員可能看到的紀錄也好。他已經繞著房間轉了幾圈，環刻在木板上的字如今已布滿艙壁高度的一半。他刻得很專心，可以說全神貫注但又不盡然；要是有人打開艙門打算下來抓他，他也隨時準備好拿釘子執行另一個更血腥的用途。

接著暮色降臨，艙口四周慢慢轉暗，從金黃變成橘紅變成深紅變成靛藍。S.忽然聽到甲板上傳來激動震顫的哨音，那模式與音色他上一次在船上時聽過。陸地在望。行動的時機到了。

速度，一切都取決於他的速度，他必須抓住那寶貴的利器，攻其不備。爬上階梯，釘子緊緊夾在指間，穿出艙口。迅速掃視天際：沒錯，陸地，一座城市，就在左側船首遠處。大漩渦站在甲板中央，正拿著小型望遠鏡在看，S.跳下主甲板奔躍而過（將那個老是噘著嘴，此時正拿拖把胡亂畫圈拖地的小夥子打倒在地），魁梧的大鬍子水手都還來不及喊他陽光，S.的拳頭已經斜刺出去，釘子尖端則瞄準水手那叢雜亂毛髮後的咽喉根部，S.判定是柔軟肌肉的部位。「帶我靠岸，」S.說：「帶我到那裡去，讓我走。」

還不明顯嗎？他變了。

而莫迪對此毫無所悉。他不可能得知全盤真相。

* 一個作家最根本的衝動？（假定不是名或$）但：政治作家可能會將主張看得比表達重要。但話說回來：如何解釋《科里奧利》（全書都在試圖組構一個凝聚的自我），或甚至像《飛天鞋》這種異想天開的類愛情故事？

我剛剛把麥金內死前寫的小說《牛鸝島的騙局》很快翻了一遍。

我從來就懶得去看。感想如何？

糟透了。他簡直毫不掩飾地惡毒抨擊他認識的作家，尤其是他稱為空想家&理想主義者那些人～可能包括石察卡在內。我想他把狄虹、埃斯壯&費拉拉都寫進去了。還算有趣，但大部分讀起來就像個老人家在發牢騷。

珍，我知道妳要等明天才會看到，但我還是想說：想到今晚要和妳見面，我感到前所未有的興奮。

大漩渦笑了起來。他笑了，這讓S.更加惱火。他實在經歷了太多，太多痛苦、太多不確定、太多損失、太多傷害，他無法忍受不被當一回事。

「可以的話，我不想傷害你。」S.說：「你要送我上岸，現在馬上。」

咚然要讓你上岸。往那邊行洗就係爲了這個。

此話大出S.意料之外。他原本只準備要面對更多威脅。「那麼，」他說：「很好。」

你有兩個沙鐘的習間，要做啥趕快做。然後再搭小船回來。

S.驚呆了。「我爲什麼還要回來？」

因爲要係不回來，你吔嘸命。韋沃達嘰道你來了。

不可能。大漩渦怎麼會知道韋沃達的事？他們爲什麼要先在一個地方從偵察員手中救出他，之後又在另一個地方把他交給他們？再說連S.都不知道自己要去哪裡，韋沃達又怎麼會知道？

這時S.從困惑中猛然驚醒，甚至聽到自己輕呼一聲，因爲大漩渦的手往外一閃，牢牢抓住他的手腕。這個大塊頭輕鬆自如地將S.的手指一根一根掰

這位先生，請問你對此次會面有何感覺？

好緊張。她……很可能不會相信我。

她答應見你了。表示你至少有一點可信度。

她也許只會覺得我是個危險人物。

你確實是啊。

開，然後將釘子丟出船外。你最好別毀損我們底船，陽光。

S.搖頭否認，不，不是，那絕非他的本意。

你要尊重她，要把她咚作記己的一部分。我們係靠她搵載的。[6]

高高的帆索間，有猴子的笑聲。

船員用艇架粗魯地將小船卸入海中時，S.就坐在小船尾。他雙臂緊抱在胸前，以示反抗。冰冷的髒水在小小船身內前後波動翻攪，旋繞在他腳邊。划槳的是那個削哨人，他已是船員中較年輕、較強壯、看起來較健康的一個，但比起S.上次看到的他，也似乎蒼老得太快了。

水手在出奇平靜的海面上划了幾下，大漩渦就這樣看著他們遠離。「我不會回來了。」S.高喊。

6 讀者們或許有興趣知道，石察卡使用了一些政治與經濟改革理論作為他寫作、從事反抗運動與革命精神的基礎，而他也會用女性的「她」來指稱這些理論，和水手們稱呼船隻的代名詞一樣。其實這個代名詞的奇特用法有時會造成他與他人溝通上的混淆不清，讀者們對這點或許並不意外。

這個註解沒提到年份。

對——但寫的內容其實是真的。石察卡寫給出版社老闆卡石特的一封信中，提到：「就像在一場盛會中，藝術的完整性並不是一個你可以選擇不邀請參與的來賓。她必須是你第一個邀請的，第一個安排入座的，第一個端上食物與酒的，必須由她決定樂隊演奏曲目，也必須任她整晚自由挑選舞伴。」

你吔，大漩渦回答時，空洞的聲音已消失在輕拍的槳聲後頭。你係一定要回來。驀然間，S.想到了本該一開始就問的問題，便大聲喊道：「這是不是和索拉有關？我會見到她嗎？」

回答聲很微弱，幾乎細不可聞，有如一道刮痕劃過鹹鹹的黑夜。可能吔，要係你想要底話。但也可能是要係你蘇要底話。這點差異似乎至關重要。

S.看著削哨人，希望他能澄清點什麼，但年輕人始終低頭專注於手邊的工作，也可能只是無視於S.的驚慌失措。船槳看起來老舊、彎翹又龜裂，他卻毫無怨言且極有效率地划著。他們在海面上迅速滑行。

「你們到底在底層甲板做什麼？」S.開口問道，但沒有得到回應，縫合的嘴唇間沒有發出喃喃低語，沒有吹哨，沒有手勢，什麼都沒有。

他們在黑暗中划著，船上沒有一點燈光。前方的城市似乎比S.到目前為止造訪過的兩個城鎮都來得大，腹地不規則地往後方平地延伸，整片天空布滿聳立的尖塔。就規模而言，這座城沒有S.想像的那麼明亮，反而充滿惺忪睡意，像是已裹好被褥準備就寢。

☆好～重點整理：誰脫離了S組織，又在何時？已知魯柏在1926。

費拉拉在1937或38。

而且費拉拉與其說是脫離，不如說是被逐出。

維克斯勒在1940？還有死去的人：埃斯壯(1931)、狄虹(1937)、沙默思(1951)。

關於麥金內脫離的時間眾說紛紜：戴加冊的文件只證實1964或更晚；沙默思則認為他脫離的時間早多了。(我推測最晚在1951)

不，是1937(最晚)……麥會不會早在1931就脫離了？會不會他連埃斯壯也出賣了？會不會甚至還更早？

那麼，在哈瓦那的可能會是誰？麥金內、沙默思、辛格……維也還活著，但絕不可能是他。還有誰？

可是妳別忘了：關於哈瓦那發生的事，翡樂美拉的說法並不完全屬實，還有待商榷。

所以她之前說的是真話嗎？

她是這麼說的。

她現在沒有理由說謊了，對吧？

真希望我們有那張照片…

我想再見妳一面。

我知道。你說過了。

我想在這裡再說一遍。

我很確定我也是這樣。

看看本章註，重複出現的詞：虛無。
找到一個網站在談論「虛無加密法」(Nihilist Cipher)。
又是一個以數字加密訊息的方法。
所以：也許是年份？這一章的註解出現不少年份。
但需要兩個關鍵英文字當解碼金鑰。
我猜是章名「sleeping(沉睡的)+dog(狗)」，但行不通。

小船被一波中浪頂上浪尖，隨即加快速度平穩地向前滑行。這些短暫時刻感覺愉快而美好，讓他想起了自己是人類，渺小到可以如此自由自在，而此刻大自然之手更是優雅地、充滿了愛地牽引著他。這麼一想，哪怕只是一轉眼的工夫，也已讓他拋開所有的煩惱與恐懼與憤怒與哀傷。「我喜歡這種感覺。」他大聲說，既說給星星聽也說給划船的人聽。划船手停頓了一剎那，卻無其他反應，便又重新開始前傾、後拉、打平，前傾、後拉、打平。海燕在他們頭上交叉飛翔，但天色昏暗，幾乎看不見——只有鳥群啁啾嗚咽著飛行覓食的晦暗身影。[7]

我也是。♡

船頭往右漂移，並非朝著城市的港口，而是朝沿岸更遠處的一叢幽暗樹林而去。S.向划船手點明此事，對方卻仍依照原來的路線，S.也發覺循此路線能避開港口的燈光照射。不一會兒，船底便刮過淺灘底下的小石子。划船

*確實有這本書，但1858年的版本是初版，也是唯一版本。所以：58。

7 《希修斯之船》中有大量的鳥類意象，由此可知石察卡非常熱中於觀察鳥禽。他寫給我的一封信中提到，他最寶貴的財產包括了一本羅素著作的《鳥類概論》初版（一八四六年）*。他也有後來的版本（一八八六年），但比較不那麼熱愛，而羅素在其中訂正了許多原來的錯誤。

這一章的註解出現很多確切年份，肯定比其他章多。
虛無加密法中，有很多二位數字。所以如果是在註解的年份裡，也許就是去掉世紀(19,18,17...)只用後兩個數字？

《蹦！》
快看237頁，註15。

真不敢相信，伊莎竟然當了我那篇艾略特的報告。她本來說遲交扣分的部分不會全算進去，結果還是算進去。我恨死她了！

珍，去找伏可士幫妳打分數吧，很多教授會讓學生申訴助教打的成績。

他只看了報告遲交多久，就說他支持她。我跟他說，他的課當掉我就不能畢業。他說我應該早點想到的。真是不敢相信。我知道遲交了，可是我真的真的寫得很認真，實在不敢相信報告竟然一文都不值。

放輕鬆。呼吸。我們總會想出辦法的。
你能做什麼？英文系的每個人都討厭你，而且你根本禁入校園!!
我可以提醒妳要好好呼吸。

瞧我找到了什麼照片：1948年武器商發普集團的董事會。左起第三人是「蓋諾特．柯萊恩」。猜他長得像誰？

維克斯勒
（但比較老＋比較胖）

那麼第8章的人物桑梅茨會不會代表維？天啊，S組織究竟有誰是沒變節的？

手把槳收入船內，轉過頭凝神細看，直到有個人影從一排排隨風搖曳的棗椰樹間竄出來，點燃香菸。划船手於是對S.點點頭，豎起兩根指頭。

「知道，兩個小時。」S.對他說：「就聽你的。」有一刻他不禁納悶，如果他沒回來，划船手會在這裡等多久。

樹林裡那個駝背的人自稱為歐錫佛。香菸繚繞在他消瘦憔悴的臉龐與戴得低低的黑色土耳其帽四周。他穿著款式相搭的土耳其長袍與寬鬆的灰色亞麻長褲，腳底下則是一雙薄薄的平底涼鞋。他從肩上背包裡拿出一套折疊整齊的類似服裝，丟給S.。「快點，換上。」他喝道：「沒有太多時間了。」

寓意？

「我們要去哪裡？」S.問道。

歐錫佛伸出食指壓在唇上說：「安靜。邊換衣服邊聽我說。」他停頓一下，等著S.開始扣鈕子。

S.在整本書中都必須做這件事……

「我們會進入市區，」歐錫佛接著說：「我們會穿過夜市。不要引人注意。」他遞給S.一雙涼鞋，然後踮起腳尖給S.戴上一頂黑色土耳其帽，而且壓得跟他頭上那頂一樣低。

我會寫我們的回憶會和圖表一起。你絕不可能找不到。

「因為有人在監看嗎？韋沃達的人？那些偵察員？」

歐錫佛哼了一聲，從鼻孔噴出煙來。「韋沃達已經好多年不用褐衣人了。現在他有一整個特務組織可以混進任何地方。[8]你不會知道他們在或不在。你鄰居的孩子和你的孩子玩在一起，他們也可能……」

S.打斷他的話，心下不解。「好多年？」

歐錫佛聳聳肩，擺擺手，挫折感明顯可見。「大家都知道。」

「我一直在海上，」S.說：「就當作我什麼都不知道。」

歐錫佛的黑眼珠往上一翻，但還是答應了，只不過他們得立刻進城去。

S.可以感覺到薄薄鞋底下的每一顆石頭，有一回剛好踩中右腳大拇趾根，他發現已經沒有不適感，便停下來抬起膝蓋，用手摸了摸大拇趾根部和一度幾乎支解的幾根腳趾，都完全恢復正常了。他隨即脫下涼鞋，藉著窸窣作響的

[8] 石察卡堅持以不同的字眼區隔韋沃達早期的殺手「偵察員」，以及後來才組成的「特務」（較為精良、但同樣心狠手辣）。我們在討論翻譯時曾針對這點爭辯過，我覺得這麼做只是徒增困擾，只是他這個人一旦決定了就很難動搖。

妳還沒脫離通往畢業的軌道吧？

當然。

只是想確定妳還跟得上進度。

別一副助教的口吻了。

我就是個助教。

那是以前。

這裡也沒有年份。

好啦，對不起。我太刻薄了。心情不好，大概是血糖太低吧。

沒事，妳說得對，妳說得一點都沒錯。那已經不再是我的生活了。

我很希望那也不再是伊莎的生活了。

☆在課堂上跟伊莎說話那個人，妳後來還見過他嗎？

2次。1次在叉角羚咖啡（他在看外文報紙）。1次在貝丹迪佛大樓外面的長椅上。我知道他很可能只是個訪問學者，但我就是不寒而慄。

他長什麼樣子？

希臘人？或許是義大利？最引人注意的就是鼻子。尖到嚇死人。可以當武器。

埃斯壯日記裡還有其他可能關於S組織的內容嗎？

在我看來應該沒有（但我是根據翻譯）。但你知道南法的佩皮尼昂有間小小的狄虹博物館嗎？

不知道，妳法文不錯對吧？要不要打個電話，看他們能否告訴我們任何有用的資料，或甚至寄過來？

供參考：「他們」＝「她」。只有一個女人負責，而且她很老了。現在甚至已經不對外開放。她不會寄東西來，但她有意幫忙～我列了一張清單請她留意。

珍，我們對任何人說的任何話都要小心——不只是莫迪，不只是伊莎。

我是很小心啊。

羽狀複葉間灑落的月光檢視自己的腳。那道斜線仍然看得見，但腳上的兩種膚色如今已幾乎完全一致。

好多年？

他想到酒吧裡的索拉與碼頭上的索拉／莎樂美的長相差異。剛開始出現的皺紋，略帶風霜的面容，還有臉部、脖子甚至手指都比之前見到她的時候變胖了些。好多年？但他甚至在這些畫面中仍注意到某些新元素：一絡凌亂而稀疏的黑髮旋繞在橄欖色臉頰上，有如一道深色水流。讓他想起烘烤的香氣、許多女人的聲音、一隻手指按著嘴唇的模樣。

超前了好幾步的歐錫佛透過門牙發出噓聲，揮手催促他。

S.緩緩往前走。「誰都不肯爲我解答，」S.說：「卻又好像每個人都知道我是誰。」

「我們的確知道。」歐錫佛輕蔑地說。

「但我不知道。」

「你是從韋沃達手裡逃出來的人。你是他在追捕的人。」

你對麥金內了解多少？

沒比其他人多：哲學神童，牛津最年輕的教授之一，早期寫了些關於經濟學領域身分認同的書，後來成了某種哲學名人，常上電視，1969去世，享年80多歲（心臟病發）。是那種從沒碰過什麼倒楣事的人。笨蛋一個。

他好像並不是特別激進。

剛開始也許吧，後來絕非如此。

「這個我知道，」S.說：「可是我是誰？」[9]

「我要修正一下。我們知道現在的你是誰，但並不知道以前的你是誰。」

「我非得知道不可。」S.說道。這對他而言似乎愈來愈急迫，也許是因為在不知不覺中又經過一段時間的洗禮，更奇怪的是這次速度好像更快，彷彿是被一道波浪給推了過去。

「這跟我無關，」歐錫佛說：「這是你的問題，我這裡沒有答案，請不要期望我。」[10]

9 此一差異具有波蘭哲學家馬琉許．米提赫（生於一八五三或五四年）作品的特色，根據T. I.亞特（1752-1843）的定義，米提赫提到了「情境自我」與「基本自我」，並主張這兩者雖是個人身分的不同概念，卻與其間另外十七個「較次要的自我變異體」同樣真實。葛瑟瑞．麥金內（號稱為哲學家，亦號稱是石察卡）卻很藐視米提赫的作品，不過話說回來，麥金內只對有利用價值的人展現敬意。

10 日本作家福澤諭吉一八七二年在慶應義塾大學發表的演說中，討論到作家的藝術與私人生活之間所存在的這種張力，並強力主張兩者必須完美切割。我不知道石察卡是否認同他的說法，但我們可以說這種矛盾正是你現在所讀的這本書的核心重點。

米提赫並不存在（不意外）。重點顯然是53＋54。

麥金內的多重人格論聽起來狗屁不通。

同意。如果沒有真實的自我，就沒有道德責任…那麼你根本可以為所欲為。

確實有福澤諭吉這個人。但我始終找不到他說過這些話／曾在那所學校演講過的證明。

翡樂美拉愛編故事的怪癖又來了。我想我應該會喜歡她。

如果能見到面，妳會喜歡她的，她也會喜歡妳。

你跟她提起過我？

我說了很多妳的事，還說了我們在做什麼調查／如何用這本書交換留言，她好喜歡呢，逢人便說她有多高興。

你有沒有跟她說我們其實還沒見過面？這種情況她應該有經驗。

「所以你對我毫無用處。」

「大錯特錯。我現在要帶你去見反抗軍。他們會給你你需要的東西，而我會保你活命。所以說眞的，我對你非常有用。」

S.再次刺探：「告訴我，你認爲我需要知道什麼。把一切都告訴我。」

「我會的，」歐錫佛說：「只要你腳別停下，嘴巴閉上。」

歐錫佛認爲S.需要知道的是：

碼頭爆炸的消息僅限B城鄰近地區知情，並未遠播，雖然有些耳語，卻絲毫無損韋沃達的名聲，他依然是精明的商賈典範。地處偏狹的B城已滿足不了他的野心，他在大洋對岸（確切地點不明）重新安頓，只爭取勢力最強大的客戶，擴大生產的同時也建立了由控股公司與法律擬制所架構的防禦堡壘，躲避輿論。他那些戒護嚴密的工廠（根據歐錫佛的消息來源，目前共有十二間）餵養了一群飢渴的將軍、總理、卑劣的獨裁者、自命不凡的民族主

我有個想法：照顧翡樂美拉的人其實是某種反抗組織，但無關意識形態，只是出於好心。

義分子與苟延殘喘的皇室成員，甚至還有地圖上多半找不到的地區之領袖。如果他的工廠沒有製造買家需要的東西，韋沃達也會安排對方與另一個賣家秘密接洽，為每一份暴力需求與有能力達成的一方進行媒合，並從中牟利。

「他指揮著戰爭的交響樂團，聚光燈卻始終沒有落在他身上。」歐錫佛說：「戰鼓已經敲響了，朋友。在五大洲上，數十起的戰事衝突，有數百萬人正在屏息等待最糟的結果。」

「包括你自己？」S.問道。

「當然，」歐錫佛說：「對H城的侵略展開了。我們說話的這時候，大軍正穿越沙漠而來。」

當S.問及侵略者是誰，歐錫佛啐了一口，然後說出一個對S.毫無意義的名字。「他本是個無名小卒，」歐錫佛解釋：「直到韋沃達決定讓他成為重要人物。」[11]

「但為什麼是韋沃達？」S.問。兵器是兵器，為什麼一個人竟能成為當中最關鍵的樞紐？

你看了今天的《叉角羚日報》嗎？

妳是說整版都在報導莫迪，還附了一張照片，拍他在辦公室假裝埋頭研究某份稀有又超重要的文件，還用小指指著文中格外發人深省的一點，照片中「博士候選人兼首席研究助理伊莎．鐸克斯」就站在他身後，努力露出集驚嘆、仰慕與深刻了解於一身的表情，完全像在演一齣做學問的啞劇，不但荒謬，甚至令人作嘔（至於知識分子情操？當然沒提到）？不，我沒看。

但你不覺得他那頂帥氣時髦的小帽子好可愛嗎？

賽林會不會也贊助了莫迪？亂槍打鳥？我上波州大網站查了他的履歷。過去10年來，他一直獲得喀里多尼亞文學協會提供的「傑出學者補助金」。花了2分鐘查到他們的錢來自麥金內基金會。

我懷疑莫迪根本不知道，也可能不在乎。他很可能不需要贊助。（妳見過他家嗎？）我也不知道。只是他有薪水，八成還有其他書的一些版稅。我想他還有客座講堂的酬勞。（但有一陣子我們會一起去喝酒，幾杯黃湯下肚，他就開始抱怨說要付好幾筆贍養費。）

家產？

歐錫佛面露困惑。「那個武器啊，」他說：「黑藤。你知道的。你是唯一看過的人。」

S.想起山裡的屍坑，想起那焦黑的雙重梅花形。他想像著一枚砲彈咻一聲劃過夜空，往地面投下十條卷鬚狀的藍黑色砲火。

「聽說它會影響血液，」歐錫佛說：「是眞的嗎？」

S.記起了司坦法咳出那又黑又黏的奇怪液體。「有可能，」他說：「韋沃達現在在賣這個？軍隊有這種武器了？」

「我們知道的是他的客戶**很想要**，甚至願意跪下來求售，而這些可都是不肯向任何人低頭的人。他愈是避不見面，這些人就愈急著要和他碰面、討他歡心、按他開的條件進行交易。」

「偵察員還在替他工作嗎？」

---

11 石察卡不只一次寫道，他相信艾馬斯．布沙不僅有能力讓無名小卒變成重要人物，也有能力讓重要人物變成無名小卒。他是否在這段描述中直接或隱喻地提及布沙，我一直都不清楚，但總能有自己的猜想。

歐錫佛搖搖頭。「不是偵察員，是特務。手段更高明、冷酷。為他提供這些特務的，包括與他有交易往來的政府的軍隊和秘密警察、亟欲復仇的皇室成員、政治黨派聯盟，還有些組成分子不明但毀滅力無庸置疑的團體。[12]因為你見過『黑藤』和它的威力，那些特務認為你可能危害到韋沃達。你因此而出了名——如果你真的算出名的話。你的存在範圍其實很狹窄。」

「那索拉呢？」S.問道：「你對她知道多少？」

「我不認識什麼索拉。」歐錫佛說。

「那麼莎樂美呢？她可能用不同的名字。」

---

12 石察卡相信有這種團體存在，其中至少有一個專門在處決被統治階層視為麻煩的藝文人士。他自稱握有相關文件，能證明此團體（他並不曉得該團體的名稱，如果有的話）以倫敦為根據地，早在一八五九年便開始運作。在給我的最後幾封信的其中一封裡，他聲稱在無意間得到一封信，據說是亞斯頓．柯凱恩爵士寫於一六八五年十二月。柯凱恩在信中暗示就是這樣一個團體謀殺了英國劇作家克里斯多福．馬洛，並以粗暴的恐嚇手段迫使莎士比亞退出倫敦戲劇界，回到史特拉福故居度過沒沒無聞（卻安全）的晚年。石察卡承認這封信可能是偽造的，但他打算徹查其來源。他可能尚未得到定論，生命便結束了。我一直找不到那封信，甚至找不到任何曾提及此信的文獻。

＊艾瑞克，你覺得翡樂美拉會不會自覺被困在一個「狹窄的存在範圍」？

妳在開玩笑吧？看看她是什麼處境！

我是說就個人而言。她一定體會到墜入情網的感覺，但又始終沒結果。她很孤單。

她因為期待落空而感傷，對於石察卡的表現很失望，但她似乎可以理解。

一大差別：S.很努力想找到索拉。他一直受到外務干擾，但他知道自己想找到她。這點與石察卡截然不同——他知道上哪去找翡樂美，卻始終沒有選擇去做。

柯凱恩確有其人（但死於1684）。不過我始終沒找到證據證明他是這麼想的。

我也毫無所獲。

我隨便說說：這個馬洛被殺的推論版本有點像S組織成員之死（死因類似？某種異端邪說？）刀傷而非墜亡，但畢竟還是……

也有點像蘇布雷洛之死。

但或許這正是整個重點所在。或許S.就是石察卡希望自己成為的人。

艾瑞克，提出這個論點的人竟然是你。我被打擊到了。

你去過324街那家摩洛哥餐館嗎？很棒。

我已經不太上餐館了，沒時間又沒錢。

你從來沒和伊莎上過館子？

有幾次。我們倆都認為那只是浪費時間&錢。她也算是個工作狂。

「這個我幫不了你。」

「我不信。你既然知道我的事，就會知道她的事。」

「你想太多了，朋友。想太多是個危險的習慣。」

他們經過最後一棵棗椰後，費力地穿越一片長在沙地中、高及膝蓋的草叢。前方是進城的一個入口：傾圮的石牆在數百年前想必圍著一道城門，但如今誰都可以通過。蟬聲唧唧咂咂，草葉掃過他們的衣服時發出低低的沙沙聲。**S.**對嚮導指出城裡好像太過安靜黑暗了。「城裡有大半數的人覺得隨時會受到入侵。」歐錫佛說：「街上到處都是特務和通敵者。對許多人來說，待在屋裡是最好的，除非**必要**才會冒險外出。」

他眼前是另一座城市，另一個街道彎曲密布的迷宮。處處是充滿裂縫與修補痕跡的石頭建築，零星點綴著小窗口，可能裝了玻璃也可能沒有。多數住家若不是燈光暗淡就是漆黑一片。凡是聽得見的說話聲都壓得很低。各處有炊煙升起，夾帶烤羊肉與小茴香的香味。深入市中心後，街上開始會遇到

哇。你們竟然會分手，我太震驚了。你們一定有過很愉快的時光。

好吧，暗示：我真的很喜歡那家摩洛哥餐館。

越過一個門檻？但第7章中也越過了一個門檻。差異何在？

這個比較容易跨越。

其他行人，這些人的表情要不是太小心戒慎，就是太堅決地什麼都不看。

「把頭低下，」歐錫佛提醒他。「跟我說話。兩個男人走在一起一定要交談，沉默會招惹懷疑。」

我發誓圖書館裡有人在注意我。假裝在閱讀／用功／瀏覽／影印等等，卻偷偷在瞄我。我敢打賭他們和那個穿西裝的傢伙有關連。沒錯，我知道這聽來疑心病有多重……

「我應該跟你說什麼？」S.問道。

「說一些沒意義的話，」歐錫佛說：「或者盡可能沒意義。」

但他怎麼能夠？S.所知道關於自己與自己的世界的一切，都是在他跋涉穿越那個舊城區以來所遭遇的。自從那時起發生的一切都有某些意義，不是嗎？他的記憶裡並沒有生活上的瑣碎事務。

「我聽說了一個故事，是關於一艘很奇怪的船，那船上……」S.說。

「別說了，」歐錫佛說：「我完全不想聽那個。」

*需要區隔資訊：不知道的話比較不危險。

歐錫佛的沉默寡言令人喪氣，態度也很粗魯，但S.仍慶幸身邊有這個嚮導。市區的格局眼花撩亂，街道多半相似得難以分辨，拐了幾個彎S.便分不清東西南北了。歐錫佛喋喋不休說著無聊的八卦，天南地北扯著乏味的話

*會不會這些合作者並未親自參與？會不會一切都透過翡樂美拉，如此一來就不會有人知道S究竟是誰？

那麼她的責任就更大了。很可能意味著她知道所有S成員——即便不知道哪個是S。

她猜過嗎？

沒有。她在序文裡說的是實話，她不在乎他可能是誰——因為她藉由他的書&他們的通信認識了他。

珍，狄虹博物館有消息嗎？

還沒。我打過一次電話。她好像覺得我在給她壓力。

看來她的確有第一手消息。這招他曾試著用在狄虹身上。也用在她身上。

艾瑞克，又角羚咖啡館後面有間密室，供聚會等等用途。我可以叫凡妮莎讓我們進去。

凡妮莎是店經理嗎？妳就那麼相信她？

她給我的明信片就是寄到店裡啊，她很幫忙。關於我們在裡面做什麼，可能要說多一點聊聊，但我不在乎。

題，一會兒說些S.不認識的人，一會兒抱怨自己的消化問題，一會兒又評論某一種茶的浮動價格與某一種酒的催情效果。[13] S.聽著聽著也感到親切了。

他們來到一個寬闊的左彎道，再過去是一條較明亮的大街。「夜市到了，」歐錫佛說：「仔細看看那些商品，要表現出你是爲了買東西而來，不過不要逗留，除了我不要和其他人說話，不要打算買任何東西。你可以放慢速度，但不能停下來。不要和任何人四目交接。」轉彎時，歐錫佛吸了一口氣問道：「準備好了嗎？」

「我看不出這有什麼重要……」

「不重要。」

她會不會已經猜到我們在做什麼？

嘿嘿嘿，或許有一天這些留言會被誰看到。

啊——永恆的紀錄……

13 此處石察卡可能在暗示他在麥金內身上看到的怪癖與造作。這位蘇格蘭人有某些習性眾所周知（不過我當然不曾親眼見證），例如他極愛與人分享他本身大大小小的腸胃道問題，喝茶時對於準備程序極其吹毛求疵，往往讓同伴十分尷尬；還自詡為情聖卡薩諾瓦再世，深信只要有一瓶一八六六年家燕城堡酒莊的酒，定能贏得任何人歡心。有個或許不太可信的傳聞說，某晚在西班牙的托雷莫利諾斯，他便企圖以這瓶名酒向雅瑪杭特·狄虹展開攻勢，卻得到無比冷淡的回應。

S.放眼望去，攤位擺設在狹小的街道兩旁，行人僅剩不到兩個男人肩膀寬的空間能通行。雖然大部分攤位都空著，而且人潮稀疏、充滿小心謹慎的氣氛，卻仍有許多攤商在營業。用來照明的燈泡光線昏黃、明滅不定，胡亂用金屬線固定連接。這些鐵絲線就在S.頭上三、五十公分高處縱橫交錯，有如蜘蛛網似的黏在攤位後方的建築表面，然後消失在多半裝了鐵欄杆的小窗口內。擺在鋪著破舊毯子的搖晃桌面上出售的有：一籃籃的香料，有粉末、豆莢、香草葉和香料醬；鼓、烏德琴和搖弦琴；關在金屬籠中躁動不安的雀鳥，彷彿預感到將有一場可怕的暴風雨；編織花紋複雜卻不協調的地毯，讓太靠近細看的S.微微覺得噁心欲嘔；上頭沾了許多小汙點的粉紅肉塊，看不出是什麼肉；類似他和歐錫佛穿在腳上的那種涼鞋；一大堆把霉臭味滲透到周遭空氣中的舊書。這買賣場景確實蕭條，但比起S.截至目前所見的荒涼市容已是熱鬧非凡。他旁觀著一筆買賣成交：有一個身材矮小、膚色粉紅、理了個大光頭、身穿西方服飾並戴著眼鏡的男子把錢遞給書商，那是印著紫色藍色圖案的紙鈔。（S.試著認出幣別，但沒能如願。）那人抱起一本褐色皮

給伊莎/伏可士的最後一篇報告：美國詩人威廉·卡洛斯·威廉斯的〈雨〉。最後機會了。

珍，妳可以的。

應該吧。對這一切真的厭倦透頂。沒辦法繼續假裝自己在乎。

妳不需要假裝，甚至不需要在乎。這是工作，只是一篇需要寫的東西，如此而已。一句一句來。

妳知道嗎？那首詩我當助教時教過3、4次。

暗語。⇒顯然是。

不過註釋的這句話本身…… 這麼說很牽強，
但石是不是以此作為警告？他會不會是要翡樂小心一點？

換言之：會不會是他們在書裡互相傳遞訊息？— 那就真的很酷了。

雙向的…

也許又太酷了……
就好像我們希望這是真的，所以就從這個角度看事情。再說了：如果他要傳遞訊息，何不打電話/寫信/打電報，或甚至寫在手稿紙頁上？為什麼藏在故事中，藏在藝術之中？

或許這才是最安全的地方。也或許他想採用一種結合藝術+政治+感覺的方法～呈現他完整的真實面。

革裝訂的厚重書本，封面有不少裂痕，還布滿深色油漬。他將書打開，似乎打算立刻就在攤位上讀起來。

就在這時候，那些低語聲又回來了，互相交疊、逐漸拔尖，然後慢慢消退，彼此扭纏成哀慟的合聲。他猛地定住腳步（從歐錫佛的驚愕反應看來，這動作太過突然），往左、右、前、後與上方看去，看不到聲音來源。不過那些聲音似乎也不是透過耳朵聽到，而是來自頭骨底部。有個聲音從喧鬧中慢慢地清楚浮現。它說道，**話語是給死者的禮物，給生者的警告**。[14]那聲音一再重複這句話，接著有其他聲音加入，隨後又有其他聲音加入，直到S.的腦子裡充滿一個可怕而不成調的輪唱聲。**話語是給死者的禮物，給生者的警告。話語是給死者的禮物，給生者的警告**。

歐錫佛抓住他的手肘，拽著他往前走。「要是在去年，我們可能得走好

？我也不懂。

14 此處石察卡可能是草率地轉述一般認為出自波斯神秘主義者拜厄濟德·巴斯塔米（生於西元八四六年）的一句諺語。

可能是「草率地轉述」？好嚴厲的指控。為什麼？

這並沒有和第1章關於水的那句話相呼應。

幾個小時。」他的口氣平靜得有些誇張。「現在生意不好做，有人說是天氣的關係，也有人說……」

不過S.沒聽他說，而是轉身走回書攤，因爲忽然覺得應該在這兒找一本《弓箭手故事集》。機率微乎其微，但他還是應該找找……

……**話語是給死者的禮物，給生者的警告**……

……這時他看到那個光頭男人從剛買來的書上撕下一頁，小心地對折兩次後妥善塞進外套口袋。接著又撕一頁，折好塞入。當他撕下第三頁，抬起頭，發現S.正盯著他看。他注視S.時表情冷漠淡然，以一種冷靜而獨特的專注凝視標的物。S.掉過頭去，卻感覺到那人仍一面看著他，一面對齊書頁邊緣，對折再對折塞入口袋，然後看也不看就選好下一頁撕下來。

話語是給死者的禮物死者的禮物死者的禮物

歐錫佛拉著S.繼續往前，這回S.順從了，儘管歐錫佛的拉扯讓他不快。

珍，我好緊張。收到亞圖羅（翡樂在巴西馬勞的主要連絡人）來信，他說很抱歉，不得不拒絕我同事。因為他讓翡樂感到不安。

什麼同事？

↓

這正是我的問題。該不會我幫他們牽線找到了她？

也許是你翻譯有誤？

信是用英文寫的，而且我確定寄信之前她會看過一遍。

這一段明顯指涉聖托里尼男。

他一邊走一邊得聳動肩膀，以驅走體內從頭皮一直到腰椎的刺骨寒意。「別再做出那種事了。」歐錫佛小聲地說：「我還不想死。」

在某個攤位閃爍不定的燈泡下，有個眼珠白濁、彎腰駝背的老傢伙，面前擺了各式編織毯，有些小小的，有些又高又寬足夠藏納一個人。S.和歐錫佛走近時，頭上的燈泡滋一聲滅了。當老人迅速將手伸進口袋，S.忽然覺得體內腎上腺素瞬間飆高，然而那人掏出的不是手槍，而是一根短短的木豎笛，並隨即塞進沒有牙齒的牙齦之間。他吹了笛子，發出有如貓科動物哀鳴的單音，接著忽然一頭栽入音符群中，一個跳過一個毫不逗留，演變成哀傷不祥的嗚咽旋律。S.聽得全身起雞皮疙瘩，後來甚至聽到其中一個簍子裡窸窣作響，看到它在無人碰觸之下微微晃動，並且聽到——有可能嗎？——裡面傳出孩子似的嚶嚶哭聲。還有那簍蓋是不是開始往上掀……？[15]

歐錫佛再次拉他向前，腳下一步也沒停。「別停下來，」他說：「尤其不能在這裡。」他們背後的笛聲仍繼續吹奏。

S.感到眼球後方隱隱抽痛，視力似乎不如他記憶中那麼好。會是在作夢艾瑞克！我查到「虛無加密法」的解碼方式了……
所以關鍵字「sleeping」和「dog」＋密文（含註解中每個年份的後兩位數字）
66, 64, 47, 83, 64, 33, 46, 86, 53, 54,
52, 43, 72, 85, 66, 46, 64, 44, 72
解出來是：MAC WAS JUDAS NOT TIAGO：
猶大是麥，不是狄亞哥（・賈西亞・費拉拉）。

嗎？他眨眨眼、搖搖頭、揉揉眼睛，都沒有用。前方遠處的夜市淡成一團模糊，有如近視所見。就連近處的攤販與他們的商品邊緣也看起來軟軟的，好像被某種多孔薄膜給包覆起來，整個城市正慢慢滲入薄膜，又或是他們慢慢地透過薄膜滲入城市。

他們經過一個烤堅果的攤販，推車底下白中帶橘的煤炭發出嗶嗶剝剝和嗤嗤聲，堅果焦黑刺鼻，還散發出暗灰色濃煙。S.的眼睛開始刺痛流淚。他繼續往前走，烤架上的熱氣似乎也一直黏著他。也許他發燒了，也許此地的冷酷怪異是某種赤道地區的譫妄症狀所導致。他聽到遠遠有個昆蟲似的低聲哀鳴，聲音逐漸接近，隨之在他耳中形成令人痛苦的泛音。他連忙摀住雙耳，並告訴歐錫佛自己不太舒服。

這件事我忘了問翡樂。我列了問題清單，卻很難逐一對照。我太認真聽她說話了。

15 凡是認為狄亞哥・賈西亞・費拉拉是「正牌」石察卡的人，看完這一段理應起疑。他是個格外敏感的人，只要是孩子受到一丁點苦的情景（或故事）都令他難以忍受。因此我無法想像他會構思、更遑論寫出這樣的句子。他有一個兒子死於戰爭即將結束前的一場法西斯空襲，我想那對他而言是個極其殘酷的打擊，他破碎的心終其一生無法平復。

!!!
如果這和我想的一樣（而且真的屬實），那麼75年來的文學史整個被推翻了。猶大出賣了耶穌……這麼說麥金內才是將狄虹出賣給法西斯的人？而不是費拉拉？

而且翡樂還藏在暗語中告訴石察卡～表示石並不知情。她怎麼會握有他不知道的情報？說不定她和麥金內三杯黃湯下肚，開始一起痛罵狄虹？（一想到他可能大肆張揚，把此事透露給不該知道的人，我就覺得好有趣）。

費拉拉是在狄虹被抓前幾天失蹤的…
所以才讓人以為洩密的一定是他。
他的失蹤也是麥安排的嗎？
我好生氣……據目前所知，費沒做錯什麼，
他的一生卻都毀了。

可是歐錫佛仰頭望著從屋頂間隙可以得見的狹長夜空，即便聽見S.的話也表現得像是沒聽見，反而只是加快腳步，招手示意S.跟上來。S.看不到聲音從何而來，只聽得它尖銳地劃過他們頭上的夜空，隨後隆隆奔向城市外圍的闃黑沙漠。

「是飛機。」歐錫佛說。

「我從來沒看見過。」

「你應該祈禱別看見。至少今晚別看見。」

從外圍沙漠隱隱傳來臼砲轟隆隆的砲火聲，地面跟著微微震動。

「入侵了，」歐錫佛嚴肅地低聲說：「快點。」

商販紛紛收拾商品，丟進箱子、籃子，或是丟到毯子上包起來。他們立刻開始撤退進入建築物內、巷弄裡、暗影中。歐錫佛加快了速度。前面有個賣吃的小販打翻了推車，熾熱的煤炭和插在焦黑鐵扦上、飄著小荳蔻和胡椒味的暗褐色麵包捲散落在黃土上。那些麵包的形狀像*S*記號嗎？有那麼一刻他覺得像，但這時歐錫佛叫他準備好，同時抓住他的長袍，倒數三、二、一，跑，兩人便衝進一條窄到必須側身而行的巷子裡。

第4、5章之後已過數年。

指德軍入侵北非？

算算時間，在莫迪針對20世紀最令人困惑的文學之謎：石察卡是誰？發表言論，引起整個文學界振奮矚目之前，我們只剩下一個月？真他媽太好了。

就讓他去發表、去公開他的書好了。你又不認為他的論述是對的。

重申：我不能斷言我知道他的主張是什麼、又是拿什麼作為證據。也許他根本沒用沙默思的自白錄音帶。

你我們一定有足夠能力破壞他的構想。為何不這麼做？然後花一點時間發表你的理論。

珍，那也會是妳的理論。

好啊，打算把我一起拖下水……

[・・]

小巷中途有一道木門，除了暗淡斑駁的漆之外毫無特色。歐錫佛迅速連敲幾下門，（安裝在門上的小窗咿呀打開，他低聲對門後的人說了幾句話，接著便聽到裡面的門閂被拔除，門緩慢小心地打開一人的寬度），歐錫佛跨步入內。或許S.略遲疑了一下，想必如此，歐錫佛才忽然又抓住他的長袍，用力拉他跨越門檻。他進去以後，有人重重將門關上，重新插上門閂。

裡面是個洞穴般的空間，S.從外面想像不到有這麼大。圓拱天花板高近十公尺，刻滿密密麻麻的形狀與圖案，但因光線昏暗又卡了層層油煙汙垢，難以看清。他右手邊有一道摩爾式拱門，底下傾斜的階梯通往一個占了偌大房間四分之一面積的陽台。一樓的空間從這一端到另一端被架子隔成許多通道，牆邊排放著櫥櫃、箱盒與皮箱，此地的用具全都打包在裡頭。

整個地方一片忙碌景象；裡頭想必有五、六十人，全都穿著長袍，男人戴黑色土耳其帽，女人圍頭巾，幾乎都一言不發，迅速審慎地分工合作。一個男人從架上取下書本、對開本與散頁用麻繩綑綁後，交給一個女人放進小板條箱內，等箱子裝滿了，再由另一個男人重新蓋緊蓋子，將板條箱推到房

我剛收到狄虹博物館寄來的一堆文件：不是掃描或影印，是她手抄後寄出的。很怪。總之：全部看完得花些時間。

→狄虹讓她把東西寄到你住處？

沒有～請她寄給凡妮莎。拜託啦。

他們遲早會發現妳在幫我們。

但若不是正本，就不能100%相信。我在想…到了某個時間點，我們當中需要有個人親自去瞧瞧。

告訴你吧～我問過她的信和日記等等有沒有提到任何鳥類。在埃及亞歷山卓的一篇日記（1922元旦）說她去賞鳥慶祝，並列出看到的鳥：1910年布拉格那幾位朋友都在內，另外還多了幾個。

・薩拉斯（印地語「鶴」）
・斐亞禮（蘇格蘭蓋爾語「鷲鷹」）
・史汪＋芬奇（英語「天鵝＆雀鳥」）

也許

薩拉斯→辛格
斐亞禮→麥金內
史汪＋芬奇→魯柏＋沙默思

妳覺得布拉格飯店登記簿上的「訪客」是這4人之一嗎？

艾瑞克，你有記得問翡樂這件事嗎？

→她在不同時間和他們每人都通過信，但她依然說從不知道哪個是石。我再次懷疑石察卡會不會只是虛構人物：S組織所有人的集合體，一個他們能用在激進作品上的名字，會吸引更多讀者的響亮名號。我知道翡樂真心相信他只有一個人，但話說回來：也許她必須這樣相信。

間更深處，那兒的地上已有幾塊木板被撬起，露出通往建築物底下的一截活動木梯。但這些人搬運的不只有書，不只，還有卷軸，還有畫作，還有一塊塊石板，還有雕塑與陶器與掛氈，所有物品都被送到地下安放。這裡散發著一種古老且安靜決絕的氣息。

「這是哪裡？」S.跟著歐錫佛走向拱門時問道。

「可以讓你見到你該見的人的地方。」歐錫佛回答。

S.看著兩個女人小心捲起一張掛氈，上面繡著養鷹人出獵的景象。她們將捲筒分幾處結繩後，合力抬往地板洞口，那兒有個粗壯的男人接過手之後便消失在地底下。

「入侵？」S.問道。

歐錫佛點點頭。「我們會盡可能地保護。有些東西守不住。底下空間沒有我們希望的那麼大。」

「為什麼全部在這裡？這裡是圖書館？博物館？」

「一個收藏美麗事物的安全場所，如此而已。」

我最喜歡大學的一點，就是身邊頭一次圍繞著許多愛書的人（而且大家不會因此感到難為情或抱歉）一點都不像高中。

所以你上了大學很快樂？

大概是這輩子最快樂的時候了。離開了家，比較不覺得自己像怪胎，有個很好的朋友/室友。全心投入學習，什麼都學。研究所是個生涯抉擇：好像整個人生就押注在你能不能成功完成這一件事上面。大學呢？只須盡情發現新事物，完全（或幾乎）沒有責任。

就像人與人的關係。剛開始的時候都比較簡單。

火辣手推車？今晚9:15？後排左側角落（面向銀幕）

我會到。還有，我會緊張。

珍，我也是

所以說你相信翡樂。

100%。在我告別時，她拉起我的手捏了捏……她是那麼瘦小，幾乎只剩一具空殼，但她捏得很用力……所以我確實知道（事實也擺在眼前）：她說的一切都是真的，或者應該說她已盡力說了實話，而且她是真心希望我們好。

我們？不是你？

我們，絕對是我們。

240 <!!!> 我們不能用叉角羚那個房間了。凡妮莎說老闆要出售，會約見有意願的買家，希望房間隨時替他留著（至少接下來3週都是）。

這樣也好。反正莫迪&伊莎也常去那家咖啡館。+還有其他人。

飛機在頭頂上發出一種低低的、彷彿拉拉鍊的聲音，同時飛越市區返回水邊。S.感覺到建築物在搖晃，不禁想到它可能倒塌，天花板與牆壁可能壓垮下來，他可能被活埋在這些重物之下，突然間他好像又回到那個狹窄陰暗的洞穴中，和蔻波在一起，和那可憐的蔻波在一起！正當驚恐之情襲上心頭，一轉眼就被憤怒取代了，對那些毀滅人、生命與美的人所產生的憤怒。這個就是反抗運動？在他看來自不量力得可憐。「我沒有看到任何人在準備作戰。」他說。

「這不是那種反抗運動。」歐錫佛告訴他。

「那麼，」S.說：「也許應該讓它變成那種。」

「也許你可以辦到。」

「我不會在這裡。」

「說得也是。」歐錫佛的回答肯定得讓S.心慌。「你不會。」

他們爬上階梯來到陽台，看見十多個人正用剃刀割下裱了框的畫，然後平放在看起來很堅固的金屬箱內。其中有一幅肖像畫，是一個男人坐在桌

我們從沒談論過石察卡的名字。他們在布拉格那一天，那個死去的少年瓦茨拉夫·石察卡和他同姓，純屬巧合嗎？

重申：那是報紙上的名字。這樣一個世人認定已經死了的無名小卒，對他們而言是絕佳掩護。

那為何又把瓦茨拉夫原本的名字縮寫V.石察卡改為V.M.石察卡？

這樣就會像是他的名字，卻又不完全一樣？不確定這有何重要性…

前，手持鵝毛筆，指上沾染了墨水，仰著頭出神，隱隱流露出幸福神情。但奇怪的是蜷縮在他腳邊的狗，乍看之下像是睡著了，而其實牠的眼睛瞇成一條縫，齜牙咧嘴地面對男人身後某樣不在畫中的東西。S.幾乎可以聽到狗的喉嚨深處開始發出低吠。[16]另外還有幾幅尚未拆框的畫靠在牆邊：一名充滿幹勁的船長在航行時觀測六分儀；三名精疲力竭的婦女正要離開工廠，傍晚的天空漂浮著灰燼；一個衣著不合身的年輕人在一群富人面前拉小提琴，眼神中混雜著對創作的喜悅與恐懼。

這排畫的最後一幅比較小，約莫三十公分見方，而且面向牆壁。有個女子走過去取畫，行走時一頭黑色及腰長髮也隨之搖擺。當她轉過身面向S.，他才發現她只是個小女孩，頂多十三歲。他看著女孩安坐到地板上，將頭髮攏到肩後，開始割下畫布。又是一幅肖像，這回是個頭髮烏黑、顴骨高聳突

(16) 有些小細節不一樣，但石察卡指的似乎是一七六四年荷蘭畫家海利特・范・史衛赫（1844-1872）的畫作〈作者毫無所察〉。我想他是察覺到我相當喜歡這幅重要作品。

艾瑞克：翡樂會不會是……把她自己視為這條狗？我是說，往好的方面想。不管他受到什麼威脅，她都已準備好要撕裂對方的喉嚨。（你說過她很兇悍，對吧？）

這應該是她選擇狗作為章名/關鍵字的另一個原因。也是她在註解丟進一句「我相當喜歡這幅重要作品」的原因…

完全沒注意到這個。

看來她對於S組織事務的參與，比我想像中還要積極。

她好像不只是編輯&翻譯，還有協調或保護或共謀…

這讓我很好奇：她藏在大中央車站的袋子裡裝了什麼。

索拉／莎樂美／撒瑪

出的少女，穿著樣式簡單、像布袋似的連身裙，坐在簡樸的木椅上。少女的手指上沒有任何飾物，頸間卻戴著項鍊，墜子是一顆暗色寶石。她身旁的桌上有一本厚厚的書，還有一條綠絲帶在書頁間作了標記。

肖像中那張臉是索拉的臉。也許是年輕時的索拉，十六或十七歲，但無論如何，儘管這幅畫可能已有百年歷史，那的確是索拉透過如蜘蛛網般的油畫清漆裂痕在看著他。

「那是誰？」當女孩把畫放進箱子後，S.脫口問道。

歐錫佛一臉氣惱地轉頭看他：現在炸彈、臼砲彈和一支軍隊眼看就要到了，這個問題有什麼要緊！不過女孩清了清喉嚨，愉快地回答：「她是撒瑪。」似乎很詫異他竟然不知道。

她看出了S.對這個名字毫無反應，便解釋道：「有人說她只是個來自沙漠的女孩，愛上一個歐洲水手就跟著他的船走了。也有人說她是搭著他的船來到這裡，待了下來。有人說她有一副甜美的嗓子，也有人說她一輩子都只是輕聲細語。有人說她懂很多國語言，也有人說她只是個美麗的傻瓜。我家

她長什麼樣子？

我把照片夾在書裡了。

我看到了，原以為她會更像書中描述的索拉。

如果頭髮長一點的話，也許吧？

我確實~~看得出~~感覺得到相似之處。

要是分毫不差就好了。為她著想。

正如翡樂美拉。

正如《飛天鞋》裡主角中意的對象。

今天下課後伊莎問我認不認識S。我當然說不認識了。

後來呢？

她想裝作不甚在意，隨意說什麼這學期我在課堂上說過的一些話讓她想到了。然後她盯著我看了1、2秒～像是在等我承認。

那就表示她知道，或至少是起了疑心。

人說她是個遠親，但也可能只是我們說來唬人的。」

「沒時間說這些廢話了。」歐錫佛厲聲打斷。「阿布迪呢？」

「他去替我們的客人拿行李。」女孩說話時仍盯著S.看。他仔細打量她的長相：深色眼珠配上橄欖膚色，鼻子修長，下巴突出。這些五官集合在一個小孩臉上，看起來很不搭調，但將來得到歲月的恩賜便能找到平衡與優雅。他不知道即將降臨的暴力會不會使她無法享受這份恩賜，頓時興起一股衝動想帶她走，帶她離開即將展開的槍林彈雨。可是跟他在一起，跟一個遭到懸賞追緝、前途未卜的人在一起，她眞的會比較安全嗎？

「這是在這裡畫的。」女孩接著說，直率地無視於S.的心不在焉與歐錫佛的怒髮衝冠。「畫家很可能是偉大的歐瑪．提薩塔沙。」

「在這個城裡？」

「在這間屋子，在這個陽台。」她指出畫中幽暗背景裡的柱子與拱門。那部分正好是S.此時站立處所見的景致。

「有人說她是畫家的情婦。」女孩說：「也有人說是水手的。還有人說

她到底有沒有查出西妮是誰？

沒有。這只是猜測，但我想在她內心深處從來就不想知道。

又一個石黎卡捏造的藝術家。

似乎是阿拉伯文「19」的發音

我們眼中只看見自己想看到的。例：狄虹論者想要相信石是女性／費爾巴哈論者：石＝會丟炸彈的無政府主義者／埃斯壯論者：石＝他們一生熱愛的作家／瓦茨拉夫論者：石＝有生命的鬼故事／麥金內論者：石＝才華洋溢的知識分子……

她兩個都愛。更有人覺得她只是個模特兒，一個拿酬勞讓畫家作畫，畫完就被遺忘的可憐女孩。又或者她根本不存在，完全是提薩塔沙想像出來的。」

遠處再度響起沉重的沙沙聲。塵土從天花板掉落，宛如初雪輕飄。

「妳叫什麼名字？」S.問女孩。

「咯泰芙澤。」

名字有何寓意？

不知道。

他謝謝她，並告訴她自己的名字。

「擁有很多個名字會比較好。」她說。

石（化名？佛圖努斯、猴子之舞等等？）

或者（若石是S組織的名義領袖）：沉睡的狗

那麼還有所有不同成員的名字。

以一個孩子而言，這是非常成熟／聰明的表達方式。

「時間，」歐錫佛近乎咆哮。「時間。」語畢他低聲咒罵阿布迪。

這時他們聽到劈啪劈啪的拖鞋聲急速上樓，一個高得不得了的人（至少高出S.一個半頭）來到陽台加入他們，正是屋主。他皮膚黝黑，鬍子刮得乾乾淨淨，身材瘦得嚇人。雖然也穿著寬鬆的灰色亞麻布衣，但長袍的領口與袖口都有一圈藍色繡花。他提著一只褐色手提皮包，見到S.立刻往他懷裡塞，力道大得出人意表。「很感激你的貢獻。」那人對他說。

他被迫接受的負擔（禮物？）

關於她長相的描述有點像薇波。

所以說這又是世代交替的例子？S.悲傷之餘看到了薇波的影子？或者這是某種鬼故事？

S.細看了手提包，只見表皮破舊磨損，並有許多刮傷與斑駁剝落的痕

你比我想像中高。

我小時候很矮。16歲才忽然竄高。

你當時會那麼難過，這也許是原因之一～一下子改變太大。

哈，也許吧。當時我倒覺得這是唯一發生在我身上的好事。

跡。手把已用得很舊，還留有其他手指握過的凹痕。這讓他想起司坦法的提包，被他留在山裡那個，只不過這個看起來比較小，皮比較薄，木質手把的顏色也比較淡。兩者的相似度足以令人猶豫，但當然不可能是同一只。對吧？不會的，這太荒謬了。

遠方傳來爆炸聲。一架飛機再度劃破這棟建築上方的天空，接著又一架，然後再一架，三架都朝沙漠方向飛去。S.聽到飛機繞了一圈，可能是在市郊邊緣，隨後又飛回來。歐錫佛和阿布迪向彼此靠近，交頭接耳，S.察覺他們起了爭執。

「蘇布雷洛，」他提高聲量以壓過噪音，對喀泰芙澤說：「那個水手叫蘇布雷洛嗎？」

「對。至少在某些書裡面，他是。」

S.往箱子旁蹲下，仔細檢視畫像中那本書的書脊與封面。上頭有些標記，但很模糊，無法辨讀。「我在找一本書。」S.告訴喀泰芙澤。「蘇布雷洛寫的書，叫《弓箭手故事集》。這裡有嗎？」

世代交替：
袋子不一樣（也許是因為這兩個人不會一樣？）卻相似（人不同，但角色相似？）

像是艾華5世傳承給艾華6世。

珍，我覺得……或者（可能是）埃斯壯傳給任何接替領導S組織的人？

例如：石察卡。

大中央車站的袋子裡會不會有一本《弓箭手故事集》？

菲樂替石察卡保管時，知道那是什麼嗎？

不知道——她只曉得是很重要的東西。

「我從來沒聽過。但是可能有。我們搬了好幾千本書到地下去了。」

「東西給你了，」阿布迪對S.說：「現在走吧。你不能待在這裡，一分鐘也不行。」

S.輕輕搖晃一下手提包，掂掂它的重量。相當重，但輕重不平均。裡面有一些紙張。

「有必要的話就打開吧。」歐錫佛說：「不過要快。」

S.彈開搭扣，小心打開提包。沒錯，裡頭有一疊紙，寫滿了蠅頭小字，也有一疊照片用夾子夾在一起。但此外還有：裝著各種液體（有些清澈、有些混濁、有些色彩鮮豔、有些淺淡）並塞上瓶塞的小玻璃瓶，用縫在提包內襯裡的皮環妥善固定；玻璃紙包裝的粉末與乾葉；精密切割用的小刀片和幾支細尖頭筆刷；六支飛鏢與一根十五公分長、口徑窄小的木管。還有一支鑲有貝母的黑色自來水筆，從袋子裡的其他物品看來，S.猜想這筆的墨水管不是用來裝墨水的，說不定筆尖還特別削尖了。他拿起筆在指掌間轉了轉，欣賞著環繞筆管的珍珠螺紋。若在明亮的光線下，應該會很漂亮。

✩✩ 這句話讓我想到，如果石不是一個人，那麼……他那些書是誰寫的？有很多不同風格，但其實也沒有那麼不同。

這個嘛《彩繪窗》與狄虹的《這一切我獻給你》有那麼一點關連…

《夜柵欄》讀起來有點像沙默思。

但我還是認為石的書有某些一致性。最簡單的解釋是：我們的確看到了一些他人的影響。另一個可能是「經驗媒介理論」：石從他人身上收集了許多故事，經過翻譯、部分改寫、加入細節…然後以自己的名義出版。

他如果這麼做，應該會有人表達不滿。

所以這是我不相信的原因之一。另一個原因則是，儘管他的書觸及許多政治論點，但在我看來，幾乎每一本都有屬於個人的感覺，彷彿是單一個人對世界的憤怒，以及他對文字的愛。

珍，如果說下次見面不要談那麼多石、菲樂、莫迪等人的事，妳覺得呢？如果只聊我們的事，怎麼樣？

你真覺得你做得到？

我知道我想試試看。

「為了組裝這裡頭的東西，犧牲了很多人命。」阿布迪說：「你必須把它帶走。走吧，回到海上去，完成你的任務。」

「你們到底當我是誰？」S.問道。問題是針對阿布迪、歐錫佛、喀泰芙澤三人。

我和你想像中的樣子像嗎？

我盡量不去想像妳的模樣。也算是保持神秘吧，我想。

你從來不好奇我長什麼樣？你真是說謊不打草稿。

好吧。也許我想過妳應該是紅頭髮。沒想到會有那樣的眼睛。誰想得到呢？

[噢…]

不過妳的名窪很會翻白眼。這點我料想到了。

「這和你是誰無關。」阿布迪說。

「我不是殺人兇手。」S.說。

「那麼，」歐錫佛說：「也許應該讓你變成是。」

「時間和境遇會改變我們，」阿布迪說：「問為什麼是沒有意義的。你是……」[17]但他的話被打斷了，因為此時已離得更近，聽起來更深沉可怕的轟炸聲撼動了土地，撼動了建築物，也再次震落一陣塵土與灰泥石磚碎片。

我們是經驗的總和？或者有某些經驗會讓我們起重大變化？

歐錫佛抓過手提包，啪地關上搭扣，再塞回給S.。「夠了，」他說：「我們現在就走。」他推著S.往樓梯口走，S.順從了（他已經經歷了太多，

17 在阿布迪還沒來得及告訴S.他是誰（或可能是誰）就中斷對話，果然是石察卡的作風！

如今不能讓自己死得輕如鴻毛），但仍轉頭對喀泰芙澤說：「蘇布雷洛的書，妳找一找。找到的話好好保藏，那很重要。」他當然不曉得是否真的重要，但心裡覺得應該是。無論如何，女孩可能聽到也可能沒聽到，因為飛機群再度從頭上飛掠，發出撼動建築物的魔鬼般轟隆巨響。

如果喀泰芙澤是西妮的化身：是否暗示書在她手上？

他們從小巷的另一頭離開。街上幾乎空蕩蕩；除了幾個男人發瘋似地狂奔，踢踏得塵土飛揚，其餘居民都躲在屋裡，門窗緊閉。殘留的燈火大多熄滅了，但此時雲散月出，整座城籠罩在冷冷的紫光中。

他們奔跑著。歐錫佛動作快速而敏捷，不停地掃視屋頂、窗戶以及門口、巷弄與壁凹內，確認有無危險，而S.只是努力跟上他的腳步。可能的話，他們都藏身暗處，不得已之下才全速衝過有月光照亮的空曠處。S.一手將提包抱在胸前，並透過一種奇特的出竅狀態留意到自己手中仍緊抓著那支筆管。這段時間裡，沙漠傳來一次次轟然迴響的爆炸聲，夜空閃著黃色與橘色光。許多狗狂吠不止。飛機來來回回成弧線飛行，繞著城市畫圈，範圍愈

我猜我們不能被人看到一起出現在校園裡。

的確不是個好主意。

那麼市區其他地方呢？我不想老是去學校的影廳。

那裡很暗，是個優點。

不一定，如果我們想看到彼此的話。

那麼翡樂認為他真的是殺人兇手嗎？

她說：她很希望自己能相信他不是。

這番回答並不算直接。

有可能，但我不懂：若真是如此，他為什麼要寫出來？他難道不想徹底保密？

而且他為何要寫這整本書？為何冒著自曝身分的風險？除非這整本書是要寫給翡樂的～不管其他讀者會怎麼想。

縮愈小，那種無情的威脅感讓S.驚覺自己其實暗暗希望能完成他們來此的目的，把該毀滅的都毀滅了，將寧靜平和留給天空。徬徨迷失之際，S.不禁懷疑歐錫佛根本不是帶領他前往椰林、前往水邊。

他們繞過一個轉角後，歐錫佛戛然止步，將S.拉進一個陰暗的門口蹲下來。他指向一處屋頂，只見淡藍微光閃爍。是月光照在眼鏡鏡片上。有個人端著來福槍蹲跪在那裡。

歐錫佛試著推推身後的門，沒有上鎖。

他們進入的室內幽暗雜亂，看來屋主走得匆忙。空氣瀰漫著食物的腐敗氣味。有兩隻皮包骨的貓（一橘一黑）交纏蜷縮在一塊髒床墊上，活像一對陰陽魚，雖然外頭如此紛亂擾嚷，牠們仍逕自睡著，更令S.驚訝的是連他的出現也沒吵醒牠們。「還會有更多狙擊手。」歐錫佛輕聲說：「大部分的特務應該都到屋頂上去了。這都是安排好的。」

「因爲我的關係？」

「他們無論如何都會入侵。只不過是因爲你才會選在這時候。」

如果有人要進莫迪辦公室瞧一瞧，這方法似乎管用……

請別做任何傻事。

既然我不能畢業，倒不如做件轟轟烈烈的事。

就算妳現在不能畢業，還是能上暑期或秋季班的課，到時候就能畢業。除非妳幹了什麼天大的蠢事，害自己被逮捕/退學（不管是出於多麼善良的動機而做的，蠢事就是蠢事）。

艾瑞克，你不明白。當我跟爸媽說這學期可能畢不了業，我爸說我得「好好規畫，全力動起來」。套句他的話，不能準時畢業等於「毀約」。

不管他是什麼意思，那都不是他的真心話。

是啊，你還真是相信父母親的同理心+諒解能力……

想到一件事：你在埃斯拉的旅行日記裡見過他的筆跡，對吧？還見過其他任何人的嗎？

1910年那個小組的所有成員。

• 狄虹：《這一切我獻給你》作者簽名初版書上（圖像來自拍賣行的目錄）

• 費拉拉：自殺遺書字條（圖像出自他的自傳）

• 費爾巴哈：他寫的小冊子底下全都有簽名。

靠裡邊的一處壁凹有扇窗，大小正好能讓一個大男人鑽過去，他們就這樣來到另一條小巷。建築之間拉起晾衣繩，懸掛其上的衣物為他們遮擋了視線。狙擊手要不是沒看見，就是選擇暫時不開火。

S.發現自己雙眼泛淚、呼吸緊迫。有火。不知什麼東西在什麼地方燃燒，讓空氣中充滿帶著嗆人甜味的煙。直到那座傾圮的城門映入眼簾，S.才看見煙的源頭：棗椰林中大火肆虐，火焰在林梢狂舞，陣陣黑煙繚繞升空。歐錫佛見狀高聲痛斥，他們也隨即鑽進另一個出入口。「我們到海岸邊去碰碰運氣。」歐錫佛說。

「划船的人會在嗎？」

「但願會吧。」

兩人正準備再度衝刺，卻忽然不知從哪兒射出一連串槍火。歐錫佛被一塊彈飛的碎石塊劃破臉頰，大叫一聲，立刻用手摀住臉。血幽幽地從他指縫間流下來。

他在流血，S.心想，他是真實的。「你沒事吧？」他問道。

你說過你有《布拉森荷姆》原稿的掃描……在校訂／眉批等地方有發現任何相符的筆跡嗎？

這我得找找。現在沒有辦公室可用，東西一團亂。

昨晚在地道裡有人喊我的名字。我拔腿就跑，結果跌了一跤，腿被一截管子割傷。傷口很深，血流了滿地。

艾瑞克，答應我要去看醫生，好嗎？我可不希望你出現壞疽或什麼的。

「當然，」歐錫佛說著用衣袖往臉上一抹，在布面上留下長長一道血漬。傷口立即又湧出鮮血流下臉頰，但歐錫佛毫不在意。「準備好了嗎？」他問。S.準備好了，兩人便離開藏身處，經由歪斜的街道、走下狹小巷弄、穿過一道道拱門，前往海岸邊。他們身後砲聲隆隆，飛機呼嘯盤旋，遠處則有子彈的砰砰響聲和民眾的吶喊聲，煙霧漫空，一支機械化部隊正由南部沙漠出擊，準備進攻這座城市。群鳥紛紛逃離，急速飛往海上，振翅鼓動時引發一股可怕的亂流。

這條街通往一個廣場，再過去就能看見海岸和那有如節拍器般搖晃的船桅尖端。歐錫佛放慢速度變成快走，他們沿著周邊而行。在九十度角方位有一座拱門，椰林的熊熊火光透射過來，廣場上的石塊因而躍動著一抹憤怒的橙紅。就在他們穿越這個空間時（只有短短近十公尺），屋頂的某支槍響起，空氣中咻的一聲，歐錫佛往前一顛、倒落在地，頭在暗處腳在亮處。

槍口閃出火花了嗎？月光照到槍手了嗎？S.沒看到。

在巴西的馬勞只有少數人知道她是誰。自從名字縮寫為F.X.C.的翡樂美拉・柯岱拉在新費拉鎮「死亡」後，她就一直以「愛梅琳達・貝嘉」的身分度日。

貝嘉＝葡萄牙語「鵲」。她說她就是忍不住要取這種名字，說的時候還面帶微笑。

很抱歉我哭了，只是我真的鬆了好大一口氣。
+很抱歉我這麼亢奮……我對一切都太興奮了（和石黎卡有關的一切都是，但尤其是妳）。

下次會更好，對吧？不是說有多糟～只不過……
我也不知道，一下子太千頭萬緒了吧。

很高興看到妳說還有下一次。

S.將他的嚮導拖到成排的建築旁邊，蹲跪下來，看見血從他右眼一個黑洞流出來，在人行道的平滑石板上積成血泊，他割傷的臉頰也仍在流血。

歐錫佛是眞實的。

S.必須移動，必須往前跑，離開廣場到碼頭上去，但他壓抑住因爲驚慌而想抄捷徑直接奔過開放空間的衝動，始終沒有脫離暗處，並豎耳傾聽所有聲響，像是彈殼叮叮咚咚彈跳過屋頂磚瓦、槍機閉鎖聲、狙擊手調整姿勢時外套的摩擦聲。他俐落地轉過街角，小心翼翼不暴露自己任何一部分。

嘩啦。他身後一扇窗的玻璃四散紛飛。

驚嚇再度使他抽離了當下，暫時神遊太虛。**槍手不只是拿槍的人**，他邊跑邊想，**也是選擇何時扣扳機的人**。當他經過一處陰暗壁凹聽到窸窣響聲，一轉眼已經被擒抱住，那力道之猛把他肺裡的空氣全擠了出來。他自覺被拉直起身子往後拖，一隻粗壯臂膀死命扣住他的咽喉，他連呼吸的機會都沒有。他的胳臂被壓制在身側，手提包從手中脫落。襲擊者一腳將提包踢開，傳來皮革刮擦過石板的聲音，接著那隻手臂迅速上移，遮住S.的雙眼、將他的頭向

*不同型態的身分問題：作為角色的自我
VS. 作為選擇的自我

她說儘管石的書在那兒賣得很好，卻少有人發覺她就是石的編輯／翻譯（就算她用了真名），還說葡萄牙文版向來是她翻譯得最好的版本。

現在有你在身邊，我覺得平靜許多。
凡事依然江河日下（我爸的用語），
卻沒那麼可怕了。

後拉扯。一柄尖尖涼涼的刀刃碰觸到他的喉嚨，眼看就要橫切而過。S.絕望之餘生出一股蠻力，扭著掙脫開來，踉蹌地往前顛仆。

此時，時間變得緩慢，幾近停滯不動。

從拱門灌入的海風吹在皮膚上很冰涼。他眼看著手提包打開來，裡頭的散頁紙張猶如鼓翅的海鳥翩翩飛起，照片則如光線般散射而出。玻璃瓶在鋪石地上彈跳打轉，碰到接縫處還跳飛起來，他看著這些碰撞彈跳，原以為有些瓶子會破裂，不料一個都沒破。這些玻璃瓶拚盡最後力氣彎彎曲曲滾過人行道，那聲音讓他想起孩子們射彈珠。多有趣啊，他暗想，此時此刻，在這條步道上，時間竟然走得這麼慢，比城裡其他地方都慢，也比在一星期有如一年般漫長的船上慢了千倍。能夠發現並記起時間有如此的彈性、可塑性與奇異特質，這是何等的啟發！

當然了，S.這些想法並非以完整語句呈現；這整個意識，無論是內容、暗示，或是混合著敬畏、企盼與疏離的感覺，全都包含在一個剎那間閃現的突觸信號中。它閃了一下，就這麼一下，然後沒了，而緊接著閃現的則是純粹而強烈的求生欲望。筆出現在手中，他順勢出擊，又砍又刺，直到感覺到尖銳的筆尖插入皮肉組織，聽到溼溼的嚓嚓聲。他一刺再刺，直到那個體型巨大的男人砰然倒地，抽搐了一下，死了，變成一具和S.穿著相同長袍的屍體。從現在到以後，此人蒼白浮腫的臉都是一樣陌生。

S.瞪著男人脖子上像蜂窩一樣、鮮血淋漓的傷口，呆若木雞。他感覺到自己的血在體內沸騰湧動，有種兇殘、無人可擋的感覺。筆桿滑溜，他的前臂深暗潮溼；他粗粗的呼吸中則帶著脫韁失控的瘋狂暴力。他看見又有一個穿長袍的人蹲在廣場上，倉促地撿拾散落的紙頁、玻璃瓶、小紙包；他往前踏出一步，準備再次出擊，因為他非得拿到那個手提包，他不會再讓它被奪走。不料那個人啪一聲扣上搭扣後將提包遞給他，並以粗啞的聲音說：「走吧，走吧，你得快點，後面還有更多人。船停在最左邊的碼頭盡頭。快點。」他頭上歪斜戴了頂黑色土耳其帽，深色長髮從帽沿跑出來。他的臉背光，看不清楚。

這回，時間沒有慢下來讓S.思考。他立刻反應，掃視廣場周圍的屋頂一

「溼溼的嚓嚓聲」：好噁心。

用筆當武器正是石會相信的事（但此處並非比喻）

石要是知道有人偷走大中央車站的袋子，應該會崩潰。或是憤怒。

艾瑞克，你要是能錄下她的道別就好了。那是我最想聽到的。

圈，納悶著怎麼沒再飛來子彈。

「他被我們解決了，」這人說道，同時把提包塞進他手裡。「好了，走吧。」

瘦瘦的手指，他留意到了，他確實留意到這點以後才跑開來，穿越拱門往水邊跑。跑過一大片平坦空地，上面堆放著魚網和防水布和浮標，宛如爲賦予生命的大海所設立的紀念碑，只是臭氣沖天。接著跑下一座長長的碼頭，木板在他的重壓下咿咿呀呀呻吟。沒錯，小船就在那裡，上頭還坐著那個髮色淡黃的水手，雙槳平放就像海鷗的雙翼。S.踏上船時，船身劇烈傾斜，但在他推離碼頭後便恢復平穩。

水手的船槳在碎浪中翻攪。S.低伏著身子坐在船尾，盡量不要成爲有可能（也確實會）飛越海面朝他們射來的子彈的目標。他們逆著洶湧海浪，划向籠罩著那艘碇泊船隻的黑暗。在他們背後（S.往回偷瞄了一眼，所以知道），紅光愈發熾烈了，因爲那場火燒黑了草地之後延燒整個市區，棗椰樹的焦黑枝幹仍有餘燼明明滅滅，碼頭上也有槍口不斷閃出火光。這原本偷偷她在新費拉鎮的死亡是那個連絡人亞圖羅的表兄弟偽造的。她覺得很諷刺……不靠其他人幫忙的話，要想失蹤竟是如此困難。

真的很希望當初跟著你去。

珍，也許我們暑假可以再回去。在妳去紐約之前。

的一瞥延長成凝眸注視，看的不是那片慘狀，而是他發現有個人影躲藏在港口唯一的燈塔腳下，避開射擊手的視線，遙望S.漸漸沒入黑暗中，甚至可能在S.的身影消失前揮過一次手。

廣場上那個聲音。確實又粗又沙啞，但卻是女人的聲音。黑色土耳其帽只是掩飾深色長髮的變裝手法。廣場上那名女子，廢棄燈塔陰影中那名女子，會是喀泰芙澤嗎？但她怎可能那麼快就來到這裡？難道只是歐錫佛和阿布迪組織裡的另一個女人？

不，他的心告訴他，**那是索拉。**

索拉？那個聲音比他記憶中的她要粗得多，但話說回來，時間的確不停地往前走，無論快慢。

S.又再一次離她愈來愈遠了。[18] 耳邊的每一個槳聲都令他心痛，這些槳

18 我對石察卡也有類似感覺。我與這位傑出作家的合作關係為我數十年的人生下了註腳，如今他已逝世三十年，我覺得時間帶著我離他愈來愈遠。眼看新的十年即將展開，世界又出現許多新的紛爭，我也擔心時間同樣會帶領讀者們離他愈來愈遠。我會盡最大的努力讓他活下去，哪怕只是透過文字。

看樣子她似乎在某個時間點放下了石察卡。

我不這麼認為。她應該只是在一小群關心她的人當中，找到了自己歸屬的位子。

她有過其他對象嗎？結過婚？

早在80年代結過5年的婚（是另一個男人，他死了）。她說是一段「非常愉快」的日子，他是個「好人」，但這顯然不是年輕時的她所期望的。

——這也不是我期望的。人生苦短。

聲正要將他送回船上去，而瘋狂的是那裡竟似乎是個安全之地。但S.對這份安全忽然失去了興趣。現在回頭無疑是自殺，他會在碰到陸地之前就被射死，可是……

這時候閃出一道明亮的橙紅光芒，他所見過最明亮的一次，即使相隔遙遠，那轟天巨響仍震撼了他的耳膜，他也差點被一陣衝擊波震趴在船底。當他回頭望向城市，構成天際線的建築大多已夷為平地，整個市區都被一個藍黑色霧氣圓頂所覆蓋，底下火光爍爍。他知道：那些街路到處都著了火，石頭、金屬、紙張與血肉在空中橫飛，到處是高溫與煙霧與瀕死的哭喊。

他想到自己去過的那棟屋子，想到阿布迪，想到喀泰芙澤，想到其他七手八腳忙著保存藝術與美與文字與智慧的所有人，心裡不禁懷疑人或物品得藏到多深的地下才能逃過此劫。他也好奇索拉，或是他們任何一人，能否到得了那麼深的地方。

「它燒毀了，艾瑞克。」

有人把它燒毀了，而且是因為我。

沒有誰真的身陷危險。裡面是空的，對吧？

這是你真心的回應嗎？你說的根本不是重點啊。有危險的是我的家人，不是你的。不能只因為你不關心自己的家人，就代表我也不該關心我的家人。

我的意思是：若這場火是S組織所為，想藉此恐嚇我們，我們就不該稱了他們的意；但若不是他們，只是哪個王八蛋在胡搞，那就更沒有理由害怕了。

你不能就這樣決定不害怕。

消防隊長說很可能是縱火。你還是想叫我別害怕嗎？

她對我說的最後一句話（而且是握著我的手說）：「別和我們犯同樣的錯誤」。

第七章

黑曜石島[1]

我搭小船靠岸，
一名身穿長袍的男子
正在等候我。

我對太陽慨歎，
一輪明月與閃閃星子
吹哨呼喚我。

1 本章對於死亡的強調值得注意，從章名便能看出。石察卡選擇黑曜石作為島嶼的組構成分並非偶然，因為黑曜石（obsidian）與訃聞（obituary）有相同的語源字根。或許也可以說它和「任性」（obstreperous）、「遲鈍」（obtuse），以及另外至少五個帶貶意的英文字有類似關係，而這些字眼我全都會用來形容那位在巴爾的摩某份地方報上連續刊登了幾天石察卡訃聞的匿名作者。這篇訃告到後來演變成針對石察卡較後期也較私人的作品的一連串羞辱，為了什麼原因我至今仍猜不透。（其中最遭人詬病的《伊米迪歐．艾弗茲的飛天鞋》，不僅慘遭評論家與購書大眾抨擊，就連激進左派人士也視之為一部自大自滿的變節者之作。儘管如此，我相信這的的確確是石察卡想要寫的書。）

什麼語源啊，根本是胡扯

不過整段註解重複提及「訃聞」，值得注意……

264頁註5那串毫無意義的字母更引人注意吧（這裡也特別提到「5」…所以註5可能藏了暗語。）也許其中一個線索是要誤導人的…

又或者這一章的暗語不只一個。
完全試不出個所以然，運氣不佳……

我們走著，一面揶揄朝聖客；
最後來到一座紀念碑。[2]
穿天雷一概鐵面無私；
天使甘願應聲受罰，
與我們道別。
豎起的石塚
鎮嚇了四方的風，
將它們牢牢固定。
呵，還懂得自我磨鍊的文人，
奮起對抗那盤散沙吧！
休養生息亦如死亡！

我們走過一片棗椰林，
最後來到一座城市，
穿越了一個夜市。
特務公然隱身
在我們當中。
籠中的雀鳥
振動著翅膀
拍打牠們的牢籠。
孩童自簍內聽到笛聲
發出喃喃呻吟。
儲藏之地已不復見。[3]

2 聽說有一位石察卡的法國書迷為了緬懷作家，正試圖在巴黎的拉榭茲神父墓園為他設一座紀念碑。我無力資助此舉（已故的出版社發行人卡石特也沒有什麼可貢獻），但若能成功我會很高興。

↘翻譯外語
名詞對譯者想必是個
挑戰，要考量的不是字義，而是發音。
所以或許翡樂的翻譯功力沒那麼差勁。

珍，我一直在想，石用那麼多種語言寫作…那些全是
翡樂懂的語言…也許就因為她懂，他才試著學？
但是為什麼？（這樣對他們之間的溝通沒有幫助啊……）
因為人陷入…迷戀（?）時做的事不一定有什麼道理。
他倒是能藉此不讓自己曝光
（如果她知道他的母語，會更容易猜出他的身分）。

不用釘子，進度慢了許多。魚鉤是彎的，S.費了不少工夫才讓倒鉤以適當角度刺入木板且不會從手上滑脫。沒多久他就放棄了，又回頭去為手提包裡的紙張與照片傷腦筋，他已經把這些全攤在艙房裡彎翹起來的木板地上。

照片共有五十七張。每張拍的人似乎都不同，但S.不太確定，因為都是在公共場所（例如建築物的階梯上、咖啡館裡、火車站內、船上）拉長鏡頭拍的，影像十分模糊。極少數幾張聚焦清晰的近照，則像是從某種政府文件中挑選出來的。其中有四十二人可明顯判定為男性，九人為女性，至於另外六人，S.始終不能肯定。

其中特別有一張，當S.從照片堆中抽出一看，不由得倒吸一口冷氣：一名男子穿著深色風衣坐在火車上，手裡拿著報紙（S.直覺是德文，但字體太模糊無法確認）。那人低頭像在看報，目光卻掠過**報紙上緣，仔細觀察坐在

3 此處不妨也考慮一下，S.刻寫在艙壁上那些我稱之為「中介的」或「改寫的」文字中也有死亡存在。「已不復見」變成「亦如死亡」，「城市」變成「紀念碑」。這個角色顯然很擔心自己終將一死，也許連他自己都沒有意識到這份憂心。

有關石的KGB舊檔案裡有4張不同男人的照片，都是他們視為石察卡的可能人選。其中沒有一個是隸屬S組織的那些作家。

……是我們認為他們屬於S組織的。

而且組織裡~~可能~~也還有其他人。

說好了……下一次碰面我們不要再談石察卡，這次我是說真的。

抱歉，我又再度沉迷了。

其實我也是。

這是在說石遇到寫作瓶頸嗎？

有可能。又或許是指原本的計畫與最後結果之間的差距。

** 艾瑞克！今早那個人就坐在我家旁邊的公車站，輕輕敲著他的手機。好像想讓我看到他離我住的地方愈來愈近。他快把我嚇死了。

要我去住妳那裡嗎？

你要是在校園裡被發現，會被逮的。

這樣好了。我們一起去，當作下次約會。
不談工作，只有我們。

等等……妳確定？

我非常確定。當時不只沒發生什麼壞事……
我還遇上了好事。我很高興能獨自一人，
能看到我所看到的一切。

珍，妳回去過妳
失蹤的那個公園嗎？

沒有。我爸媽都假
裝那地方不存在，到
現在仍不肯提起。

對面的人。S.認得這個人的臉，他永遠忘不了。他在B城電力公司附近的小巷內見過，不是變裝後攜帶炸彈去放置的那人，而是留在原處、神情更爲邪惡，並露出令人毛骨悚然、不懷好意的微笑的那個。那掛在深陷雙眼上方的濃眉，那大大的鼻子，那方方正正、和連在底下的粗脖子一樣寬的下巴。拍這張照片的人就坐在隔著走道的對面座位，而且（應該）沒有讓他起疑。

S.把照片翻過來，發現背面有字。在左上角寫著#4，旁邊還有一排工整的字：

但澤—柏林，一九〇八年十月

底下則以不同的筆跡與墨水寫著：

丹吉爾，一九〇五年六月
B城，一九〇六年十月
洛杉磯，一九一〇年十二月
的黎波里，一九一一年九月

參見第10章的
酒桶標示

打從一開始我就應
該懷疑伊莎。

我已經走火入魔到覺得
每一個人都可疑。

連我也是？

或許應該要懷疑你，
但我沒有。

薩羅尼加，一九一二年三月

每張照片背面都有類似的註記：左上角是一到五十七之間的數字編號，加上地點與日期，而且下面多半還有其他日期與地點。他斷定這就是大名鼎鼎的韋沃達特務群，以及他們被目擊到的年份。

另外有些人也看似隸屬於韋沃達原來的偵察員，那幫相貌粗獷到近乎原始的彪形大漢。他們的照片都以個位數字標記。然而這五十七人當中剩下的人，最大的特色就是沒有特色，只能以最普通的詞彙來形容。**綁著頭巾穿著深色大衣的深色頭髮女子。留著鬍子、搭乘街車的男子。戴著眼鏡、撐著傘的人。**

至於那疊紙，大部分都寫著混合或提煉毒藥的說明。其中成分則以拉丁語句標註（*Fulva mundi; Argentum implet faucibus;*[4] *Sanguinem ulcera; Avis*

4 意為「銀填滿喉嚨」。凡是找遍了所有布沙獎／猴子事件相關記述的石察卡忠實讀者也許會記得，石察卡曾在聲明中表示，雖然大家經常說艾馬斯·布沙有三寸不爛的銀舌，「但他如今已侵吞了世上這麼多的財富，很可能連銀喉嚨、銀迴腸、銀結腸，甚至於銀屁股都有了。」

在汽車旅館，當我們所有人都來到停車場觀看火勢，有一個人一直盯著我瞧。普普通通的一個人。棕色頭髮、中等身高、不胖不瘦。若要我去指認，我恐怕也記不得他的臉。

但妳覺得他和火災有關？和妳有關？

我不知道自己究竟怎麼想……但我是因為他才離開那裡，到我爸媽家去。我只想往其他方向走得遠遠的。

他會不會跟蹤我？

聽我說～她用的可能是「連續金鑰加密法（running key cipher）」，用一本書或文章的內容作為解密金鑰（所以是……註1提到的巴爾的摩那篇訃聞？）但必須先知道是從文章的哪一句話開始。

註1出現了「猜不透」，訃聞也出現了：
「令人猜不透的《科里奧利》與太甜得發膩的《飛天鞋》」。
the impenetrable CORIOLIS and the saccharine WINGED SHOES
就從這裡開始？

veritatis; Sagittarius servum），其中許多和寫在玻璃瓶標籤上那一絲不苟的微小字體一樣。此外還有二十五張蔥皮紙，上面打滿了字，當中既無空格，也無標點符號、分段、可辨識的字或明顯的組織原則。這些會是他的加密指令嗎？倘若是的話，怎麼解？[5]

他將照片重新收拾整齊，用拇指快速地掀翻邊緣，接著注視手提包裡的其他物件：飛鏢、玻璃瓶、樹葉與種子與根、筆刷、下毒者的筆。看樣子他的任務就是找出這些人，並加以毒害。[6]

這當然是荒謬的想法。他不知道這些人在哪裡。他不知道他自己此刻在

用這句原文當解碼金鑰，註釋的字母串可解為：Sam losing hope. Please get in touch.（沙漸絕望，請連繫。）

沙？

沙默思？這就表示他不是石察卡。

也可以說：起碼她不認為他是。

你還是希望沙是石察卡，對吧？因為你拿到了那捲帶子？

妳說得也許沒錯。但有一部分原因是：在石察卡的可能人選中，我最喜歡他寫的其他書。那些書超級低俗，但我就是喜歡。

---

5 我覺得這段情節會讓讀者既好奇又茫然（將他們設想成S.的話），便建議石察卡列出其中一、兩行為例。他馬上駁回這項提議，儘管他確實寫了滿滿二十五頁的謎樣文字。（他就是具有這種強迫性格的藝術家。）或許他認為任何文字實例都會轉移讀者過多的注意力，而忽略了主角與他的處境。但他仍寫了幾行樣本，以幫助我了解他認為主角S.注視紙頁時有何感受。為了和我一樣好奇的讀者著想，在此列出範例：

LBQTAHMAK
AFPFAPGOJM
UPBANGRNJL

何處，甚或是在何時。該如何追蹤一個不想被發現的人，他毫無概念。就算能夠一步一步按照說明調配出毒藥，他也懷疑自己會有本事或膽量將毒藥注入另一人的體內。但說也奇怪，最基本的問題（爲何要這麼做？）感覺上倒很容易回答：特務殺死了他的朋友；雖然還沒殺死他，卻已試著出手；而且他們心甘情願當一個遍布全球的暴力集團的走狗。爲何不這麼做？因爲這個奇怪世界的運作方式依然煩擾著他。他不確定能不能在這世上行使自由意志，也不知道自己在這世上是否扮演著其他任何角色。而且：以任何合理的標準研判，他都是徹底地孤立無援。

他重新整理好提包，把它推到艙房的一個角落，再蓋上毯子。沒有太大的隱藏作用，但直覺告訴他這東西最好眼不見爲淨。

好吧，珍，我要難為情地坦白：我一再拖延碰面的原因之一，是怕自己讓妳失望。

→我知道。我本來就知道。

那樣的我……難道沒有讓妳失望嗎？？

當然有。但沒有失望到要放棄。

我有一個大哉問：翡樂相信石察卡是殺人兇手嗎？她對此作何感想？因為讓她失去他的就是這個，而不是他的寫作。何況，想到自己心愛的人是個嗜血的殺人魔……不會很奇怪嗎？

珍，這樣是三個問題。

[..]

我問過她。她說當時她告訴自己，那只是他為了賣書、為博得名聲/惡名等等，才編造出來的傳言。她說他很可能至少做了其中幾件事，但她寧可略去不管。她只想和他在一起，並遠離他們周遭所有的秘密+威脅。

6 我已有心理準備，那群研究石察卡的「理論暴民」讀到這一行可能會驟下斷論，說石察卡的確如某些傳言所述，是個殺人兇手。令人好奇的是，大學（尤其是美國大學）還會不會多此一舉教導所謂「隱喻」的概念。

好辣啊～

換作是我，絕對不想被當成原型創作她這個角色。

什麼語法啊？「不想被當成這個角色的創作原型」才對。

閉嘴。

是個和煦的晴天，藍天上的卷雲成群結隊飄移而過。風勢穩定，船卻似乎停滯不前，只是在短短的距離內震顫搖晃。S.往甲板上掃視尋找大漩渦，但沒見到人。說實話，各級船員的人數都明顯變少了。以常理判斷，不見了的水手肯定就在下層甲板——船在H城外海只碇泊短短數小時，他們不可能就這麼憑空消失。他仍堅信時間在海上流轉的速度無異於陸上。

＊死亡的提醒？

而且／或者是影射S組織成員的減少？

那個噘嘴水手站在主甲板的中間部分——他現在認出了船上有一些女船員，而她便是其中之一。她身材像條鞭子，還搭配了天鵝頸與窄額頭的怪異組合，但若不是她老瞇著眼睛一副不好惹的樣子，加上那青中帶紫的膚色和（想當然爾）用線交叉縫合的嘴巴，他或許也會覺得她迷人。[7]她拿著一支手把被鋸掉一半的拖把，似乎正試圖教猴子擦洗甲板。猴子根本不予理會，

7 且猜猜石察卡以誰作為這個噘嘴水手的原型。請容我先提出幾個聯想以拋磚引玉：布魯日的佛莉絲！某個英國小女孩！蘇格蘭女王瑪麗一世！作家費茲傑羅之妻賽爾妲！整個北非巴巴利海岸上最受西班牙海盜寇瓦路比亞喜愛的風騷侍女！塔季揚娜女大公！第一任布沙夫人！

我們得把和死去修女通靈的小女孩芙倫絲・東寧－史密斯加入墜亡人選名單。

不，不需要。她不是人選，她的故事太荒謬。

那當然……但要是能相信有個「轉世修女石察卡」，不是很好玩嗎？世界會因此變得更有趣。啊，等等：你是學者，不准享受人間樂趣。

只是不停在她身旁兜圈子、吱吱喳喳叫，彷彿利用牠能發聲的自由在嘲笑她。S.暗忖，這猴子聰明的話最好別得寸進尺。

她看見他步下階梯了，這點他有把握，但卻非得等到他站在跟前大半晌，她才肯正視他。「大漩渦呢？」他問道：「能說話的那個？」他比出長鬍子的樣子，嘴巴一張一闔，以防她聽不見或是沒聽懂。

雖然她身子動都沒動，臉卻沉下來，表情從略略氣惱變成大大鄙視。和她站得這麼近更令人不知所措。她連眼周也微微泛青。「妳看起來不太好。船上有萊姆嗎？萊姆？」他說著舉起手比出萊姆的形狀，但自覺可笑，又迅速放下。「妳知道嗎？妳願意的話，可以和我溝通。」S.口氣難掩急躁。「用手勢，用筆寫，或用那該死的哨子也行，只要妳教我聽懂它。」

聽到這兒，她嘴裡咕噥一聲轉身走開。猴子跟在她後面，只是臨走前還在甲板上撒了泡尿。

S.在船上到處打轉尋找大漩渦，一一跨過甲板上因木板腐朽而裂開的

我們看完電影走出來的時候，我幾乎無法保持冷靜，難以相信竟然真的和妳本人在一起。我只能不斷提醒自己別摔跤，或是做出什麼誇張的蠢事。

我還覺得奇怪妳怎麼那麼安靜。

妳實在沒有理由不能見我。我們就簡單喝個咖啡什麼的，不一定要很正式。

縫，這些都是等著無辜腳踝一踩入便立刻彈起的陰險陷阱。與他擦身而過的水手即使察覺到他的存在，頂多也只是冷淡敷衍地瞅他一眼。就連從幽靈船來的少年，那個不久以前還是個人，而不是畸形且全身覆滿鹽巴的啞巴少年，也對他視若無睹。他聽到的哨音是日漸稀少又病態的一群人的音樂。

他走到右舷欄杆旁停下，眼前只見大波大波起伏的海浪與雲彩斑駁的天空。他閉上雙眼，感受著臉上微風輕拂。他聞到鹽味、漆味和潮溼的帆布味，還有似乎已留在鼻竇內揮之不去的一絲煙味。他一直待著沒動，傾聽船身在海上的顛簸撞擊聲、船員們高高低低的哨子聲、木板的咿呀聲、船帆邊緣的啪啪聲。過了片刻，他留意到更遠處的聲音：持續的隆隆低音，包覆在一種像是無線電沒調好頻率的雜訊聲中。他心想這或許是時間加速的聲音。

他轉身看著一雙瘦巴巴、有點泛藍的手伸出船尾艙口，接著是一雙瘦巴巴、有點泛藍的手臂，接著是瘦巴巴、有點泛藍的水手，就是那個光頭招風耳的老水手。他手用力一撐，兩眼空洞無神地跳上甲板，彷如氣喘般吹了一聲哨，然後吃力地拖著腳步走向主桅，拚盡全力往高處爬。隨後削哨子那人

當少年在第2章首度出現，看似會成為S的「他我」。但他們立刻背道而馳，失去了所有共同點。

剛剛在學校方庭碰見大一的室友，聊了一會兒（我猜大家在畢業前夕都喜歡做這種事）。總之：學年一開始我們還挺要好的，但後來認識了雅各，就突然覺得她無聊+無趣，完全不值得深交。我不只是任由我們漸行漸遠，而是刻意和她漸行漸遠。這次聊完才發現我們倆遠比我所想的更相像。

但改變的不只有妳一人。每個人都會改變。只有到了現在妳才可能發現那種共同點。

也許吧。雖說要保持連絡，但我想我們都知道八成不會。實在漂離得太遠～或是太久了。

科技與時俱進：和船上時間一樣快。此時離第一章已經過了數十年。

從後桅索之間掉落在船尾甲板上，衝擊力道之大讓雙膝險些屈跪，然後便消失在船的內部世界。由此看來：儘管船員減少了，輪班工作依舊照常。

海圖室的門被S.打開時發出尖銳的吱嘎聲。那個大鬍子水手原本弓身看著斜攤在桌上的幾張紙，聞聲立刻直起身子正好面對他。S.從水手眼皮垂重的雙眼中看見憂慮神色。他看起來或許比其他船員健康，卻有什麼事讓他憂心忡忡。

嘸啥好擔心底，大日頭，大漩渦開口說，儘管S.未置一詞。

「船員人數好像變少了。」S.說。

船員係船員，人數係人數。[8]

「不過他們到哪兒去了？」S.伸長脖子想看看桌上的海圖，卻仍被大漩

看下一頁★

8 又一個關於身分本質的評語——我認為其真諦較接近波蘭哲學家米提赫（還有美國人韋恩）的觀點，而與麥金內的觀點較為不同。

S組織成員漸減。到了1940年還剩下誰？沙默思、麥金內、費拉拉、維克斯勒（如果他確實曾是其中一員）、魯柏（如果還活著）和辛格？還有誰仍忠心不二？埃斯壯、狄虹、費爾巴哈、德洛茲多夫都死了，或許是清水？馬蘇？華令佛？布哲．濟奇？恩札博？亞克曼？（他們當中有任何人真的是組織的一員嗎？還有誰都不曾考慮過的其他人嗎？

瓦茨拉夫．石察卡還活著。

若真有其人的話，也許吧。

★艾瑞克：新一期的現代歐洲文學雜誌刊了一篇D.M.道森寫的論文，主張清水是石察卡。追蹤了1910－50年間他所到之處←和石察卡書中背景作比較。他所有地方都去過～幾乎每個地方都是在出書前兩年的某個時間去的。討論石察卡的各網站都對此大肆宣揚。有張地圖可以完整看到所有地點～相當不可思議。

渦寬厚的肩膀擋住視線。

嘰道底愈小愈好。對我們大家都好。

「你為何從來不必輪流到艙底？」

我底工作在喪面，跟你一樣。

「你知道的，我會去看看下面到底怎麼回事。你擋不了我一輩子。」

大漩渦聳聳肩。**勸你最好還係別記找麻煩。唏過你要係寧願被扣起來，我們也可以安排。**他說這句話時，尖嘎刺耳的聲音中並未附帶威脅語氣，只是用煤灰色的眼睛直盯著S.的臉。S.不由自主倒退一步。

「我知道你不會殺我。」S.站在門口說。

有地方要企。要係把你弄死了可唏行。

「你能不能告訴我你對索拉了解多少？或是莎樂美？或是撒瑪？」

傳說罷了，大都。

「她們都是同一人。而且她在試圖幫我，不是嗎？」

你記己小心點，陽光。想幫忙唏一定就幫得喪忙。[9]

巧合吧。這只能證明清水很常旅行。再說要寫某個地方的風土民情，也不一定要去過。

你對這個道森有任何了解嗎？

他頗受敬重，但這不可能是真的。我也知道妳會說我只是不願意相信這是真的。

我大概想不出比偷偷闖入莫迪辦公室更糟的主意了。他是我的問題，不是妳的。妳這麼做不會有好結果的。

這我明白，我也明白你是不得不這麼說，好替自己找藉口，到時萬一出差錯你才不會內疚。

萬一出差錯，我還是會內疚。

參見《那裡的每個人都有三個重複的自我》。《科里奧利》第三部：桑德曼造訪三重島

→ 也可能是影射《三聯鎖》

「這麼說來你知道某些我不知道的事囉。」

咚然。

「那跟我說說時間是怎麼運作的。時間在船上過得比陸地上慢，除非我是瘋了。」10

唏能話。唏了改陸地，而且我也唏係你，對吧？大漩渦往回瞥了桌上的海圖一眼，然後凝望舷窗外。我對習間底了改唏比你多。

大漩渦想必是分了心，才會讓海圖清清楚楚展現在S.眼前。這些圖的發霉情況必定不像他先前看到的那麼嚴重，因為水陸的界線清晰可辨。大多數

9 石察卡曾將路易斯．魯柏寄給他的一封信轉寄給我；這個說話強勢且脾氣暴躁出了名的美國人，在石察卡最初十年的寫作生涯中始終以其經紀人自居，在石察卡聘請我擔任小說翻譯後不久，他便鮮少公開發表意見，最後在一九三〇年銷聲匿跡。在那封信中，魯柏力勸石察卡不要雇用我，說我只是個無名小卒，很可能還是個見錢眼開的人，不會盡力保全石察卡的隱私或是他作品的品質。我非常想聽聽魯柏現在對我的看法，但恐怕永遠無法如願。

10 這純屬我個人揣測，但石察卡可能在影射厄特沃什症候群（他自己發明的疾病），只是把它讓人喪失方向感的必然後果予以調整，加入了時間面。

厄特沃什症候群似乎涵蓋了石的每一分不安全感／不確定性／沮喪挫折／焦慮不安。

因此這幾乎是每一個人都可能罹患的疾病。

我給妳的厄特沃什之輪還在吧？

當然。

我和翡樂有相同的感受。

~~我想~~我們倆都是。

陸塊都塗上了紅墨水。

「紅墨水是什麼意思？」他問道。就在他注視之際，有一塊地區的紅色向外渲染，越過陸地的界線滲入海中。其他地方的紅色則似乎轉爲暗沉，甚至脈動起來。他感到頭暈目眩。這時船忽然猛衝入波浪谷底，瞬間S.只覺得反胃欲嘔，儘管胃裡空空如也。

大漩渦緩緩轉身。他看了看地圖，隨即看著S.好一會兒，然後往前一步粗魯地抓住S.的雙肩。他不僅有口臭，那一顆顆歪七扭八的黃板牙也比S.記憶中更令人憎惡。他驀地用力一推，讓S.轉身摔出門外，屁股先著地後整個人順著粗糙龜裂的甲板滑了出去。

大漩渦步出海圖室之後，偏著頭凝視天際，先往左，接著往前，最後往右看。S.先前注意到的那些隆隆低音與電氣嘶嘶聲依然遙遠，但已變得更響，大氣中偶爾還出現放電脈衝。煙味也更嗆鼻了。大漩渦搖搖頭，表情似乎是不敢置信，然後拿起哨子，吹出一連串緊急而形同哀嘆的低沉哨音，先是一個低音，接著一個高音，接著又變成低音。

關於這句話有個普遍（但錯誤）的詮釋：象徵共產主義的傳播。這完全不是韋沃達／布沙傳播的重點。在此紅色＝鮮血。

關於加來事件的註記讓我再次想到叔叔。船上發生的事幾乎可以說界定了我往後的人生（或至少是往後的部分人生），為此我至今仍恨透了他…但他其實沒那麼壞。我們個性簡直南轅北轍（我想他這輩子沒看過一本書），但他只是盡量做些讓自己快樂的事，並勇敢面對讓自己傷心的事。

差不多所有人都是這樣。

明天得交威廉斯的詩賞析報告。我一個字都沒寫。肯定完蛋了。天曉得我還在這裡寫什麼鬼……

纏到一半的繩索靜止下來，刷洗甲板的拖把、刷子和磨石停止了動作。有幾個人頭從桅頂探下來看著這個大塊頭，彷彿想確認自己沒聽錯音調。逆風的船帆不停抖動、啪啪作響。S.感覺到一股陰鬱不祥的情緒瀰漫全船，猶如在B城外海遭遇的那片暴雨雲；只是他分辨不出這股情緒是憤怒或恐懼。

猴子坐在甲板中央一個木桶上，將一塊硬餅乾撕碎丟入風中聊以自娛。S.看見幾道暴戾的目光射向牠，其中也包括牠在幽靈船上的同伴，不禁精神爲之一振。終於有這麼一次，S.覺得自己並非船上最不討喜的生物。[11]

大漩渦又吹了一遍哨子，音調相同，船員們的反應更靜定而沉默。直到他吹了第三次，才有人點頭與吹哨回應。有一聲哨音來自掌舵的女子，船也跟著緊急掉轉方向，最後以最高速穩定駛離。船首的三角帆全數揚起，一面大三角帆隨風飄動，全速前進的船上一片騷亂。計畫改變了，而且是重大改

11 我經常被問及是否知道在布沙獎頒獎典禮上搶盡風頭那隻猴子的下落。我不知道。我在信上問過石察卡一次，他回答：「這該死的傢伙當然就是巴著我不放，不然還會在哪裡？」

頒獎典禮上發生的事似乎算是界定了他的後半生，或者至少有所影響。

我也這麼想——但我認為重點應該不在於猴子（布沙當然因此成了笑柄），而是加來大屠殺。石在那段製作+發送的小冊揭露了布沙一直試圖掩蓋（且眼看就要得逞）的一切。我想這整件事就是這樣引爆的，這是一場敘事之戰：有勢力的一方所寫的 vs. 對此勢力造成最大威脅的那群人所寫的。

菲樂證實了：「一切都回歸到加來。」布沙有不少自私企圖。

→ 但我說石察卡根本在胡扯。界定他人生的不是加來的事件，而是他自己。

→ 你有沒有問她關於沙默思的事？

問了。她說~~她~~他是朋友（S的朋友當中她唯一熟識的）。她從未聽說過他的自白。聽我說了之後，她大笑，然後有點眼泛淚光。她覺得沙這麼做是想要終結這個謎，好讓他們（麥金內的S）別再來煩她。

變，而時間——不管在這片水域上看起來多麼有彈性——仍是至關重要。

轉變航線後持續了整整兩天——是船上時間兩天，S.自我提醒的同時也納悶自己這麼跑來跑去浪費了多少生命。這段時間裡氣候惡化，天空變成一塊濃密扎實的灰布，遮蔽了太陽、月亮和雜亂的星星。他們穿過陣陣颱風，海浪捲起洶湧白沫，幾分鐘內降下近百毫米的大雨，但去得快，世界旋即恢復那依舊灰濛濛一片、不動如山的姿態。

這段航程中，S.多半待在自己的艙房，只偶爾爬上甲板藉清新的空氣醒醒腦、伸展一下打結的四肢、遊說索求多一點水或多一塊小得可憐的餅乾、來回踱步尋求那片寂靜所無法提供的答案。仍可聽見那些令人驚慌失措的聲音，但是船繼續加速前進，拉開了它本身與來源不明的聲音之間的距離。

在底下，那狹窄擁擠又臭不可當的空間裡，艙壁板接受了魚鉤的刻寫，一字接著一字，一句接著一句。雖然S.心裡想寫的字句，和出現在新刮破後露出來的蒼白木質上的字句鮮少相同，他卻已不感到困擾；這樣的現象似乎已不那麼令人震驚或甚至奇怪。他幾乎不再費心檢視寫出來的結果了。

所以，如果莫迪倚賴這份自白，那就錯了。

很可能——但是會有人知道嗎？我們擁有的只是非樂的觀點。

如果沙是這麼親的朋友，為何不告訴她石察卡是誰？也告訴她有沒有希望能見到他？

我敢說這和他寄給費拉拉那封信有關：不能暴露他們「友人」的行蹤，否則整個計畫都會功虧一簣。

如果瓦茨拉夫·石察卡就是這個石察卡，最合情合理。假如絲毫沒證據能證明他還活著，他就不可能被懷疑、被追蹤＋被殺等等。

也許在影射他們何時察覺S組織遭受危害／背叛？

這可以當作硬蕊龐克樂團的團名？

糟透了。

對一個專門挑戰全世界最有勢力的人的團體而言，這是絕佳的名義領袖（幽靈作家？替身？）

要是你愛上其中某人，卻又不能去追求，可就沒那麼好了。←

他也在手提包裡的東西上頭花費不少時間。他會仔細端詳每張照片，憑記憶確認那些毫無特色的面容——儘管可能只是徒然。他嚴謹地依照紙上的說明，調配了少量 *Sanguinem ulcera*，結果產生出一種混合氨氣、杏仁與腐肉的味道，讓人五臟六腑都糾結起來。他這才發覺自己不知道如何處置它、不想知道如何處置它，更不想讓它留在近身處。於是他從船尾將它滴入波浪中，希望船後不會留下謀殺的軌跡——這同樣也可能只是徒然。

夜裡他夢見了索拉。夢境只是零碎、片斷的敘述，以不同的情緒色彩與紋理呈現：[12]

他在一座山中湖泊游泳，她在遠端的岸邊等他。他們位於高海拔處：植物只見盤根錯節的矮盤灌叢，肥大的金黃月亮占據了八分之一的夜空。他在墨黑色水中又划又踢，卻怎麼也靠近不了她。她揮手高喊，或許是在喊他的

12 相較於早期作品，石察卡在《科里奧利》與本書中確實更常使用夢境情節。不知道是不是有意識的美學抉擇，但我懷疑這是「真實」世界的困境讓他精疲力竭的結果，因為在這個世界裡他必須耗費大量時間、精力並專心致志，不只是在寫作方面，還包括維護他十分渴望、又甚或十分需要的隱私與匿名狀態。

珍，我一直想著妳……思念更勝平日，難以事心。

……

我也是。想好好溫習藝術史~期末前最後一個考試。沒太大進展，什麼都記不住。

但妳還是能引述《希修斯》+《飛天鞋》的大篇幅內容。而且還記得我們何時何地碰面。

……

人生中總有優先事項。

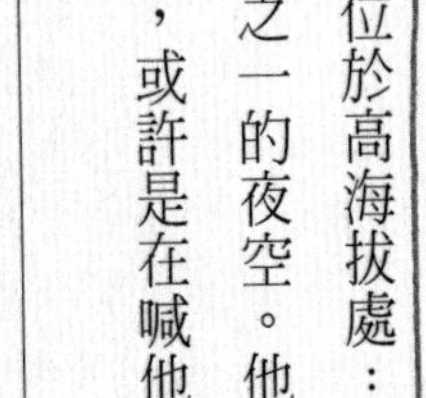

艾瑞克：我們別重蹈翡樂美拉&石察卡的覆轍。我們一定要隨時向對方說出必須說的話，不要有所保留，不要有空白頁。

還有：我們別依賴飛鴿傳書。

溝通中斷——
無法說出最需要說的話

你比以前風趣了點，雖然還是不怎麼高明。

名字，他便划得更快、踢得更用力，但仍無法靠近，甚至可能還往後漂。就在此時他感覺到肚子、大腿、腳上的皮膚有細微刺痛，原來是水蛭開始吸他的血，他頓時心生憂懼，倒不是因爲失血或發現自己成爲其他生物的獵物，而是擔心上岸後會讓她看見什麼模樣的他，心想也許還不如淹死得好……

還有這個：她在最底層甲板的通道上等他。看不出來她是擋住不讓他進去或是請他一同進入；她定定地站著，臉上背光，看不清表情。也不知道爲什麼，他張嘴尖叫。那喊聲是出於焦慮？挫折？恐懼？說也奇怪，他無法分辨。無論其緣由或目的爲何，夢中的這聲吶喊讓他嚇一大跳而驚跳起來，吊床因而劇烈搖晃……

……他醒後才剛意識到心怦怦跳、渾身冒汗，便又立刻被迷霧籠罩……

……他人站在屋頂上的一群舊鴿舍之間。一隻鳥飛來，腳上用黑線繫著一張紙條。S.直覺到那是她的傳書，而且飛越了很長距離，但當他打開薄薄的紙張，卻看不懂上面寫的符號形體。那是字句，他知道——而且是她的字句——但他完全無法辨讀。他需要回信給她，亟需在彼此之間傳遞一些字

珍，妳父母來的時候，妳希望我去見他們嗎？
妳的心思好難猜透。

我自己也猜不透自己。我不懂他們為什麼要來～離畢業典禮還有一個月。他們有所期望，我卻不知道是在期望什麼。你幹嘛這麼急著要見他們？

我沒有。只是不想缺席… 我是說為了妳。

句，於是在紙上下筆後捲起來，用線綁在骨頭中空的細瘦鳥腳上。將信鴿放飛上灰色天空後，他才發覺忘了在紙上畫一個記號。鳥兒消失在鐵砧般的烏雲間，S.等了又等，鳥兒卻始終沒有出現。

以及這個：他和索拉在一個有回音嗡鳴的巨大房間，牆壁和地板都是石砌，裝飾著酒紅與金黃色的地毯、掛氈和布幔，家具則是專為高大得不可思議的人所設計。他們緊緊地並肩坐在一張沙發中央，兩邊遙不可及的扶手升到眼睛高度。他們面前有一張鑲滿金色渦漩圖案的桌子讓人微感暈眩，桌上擺了數十副假牙，一副比一副更精巧複雜，有一些實在太可怕，他一想到要把它裝進嘴裡就毛骨悚然。索拉轉過頭張口欲言，露出一整排的粉紅肉色。S.用舌頭舔過牙齦，發現自己也沒有牙齒。夢裡的迫切性很清楚，他們倆都得試戴那些假牙，直到找到適合的為止；但他們卻靜坐不動，因為誰也不想冒著在對方眼中變成怪物的風險。這個夢好像就這樣持續了一輩子（呵，變幻莫測的時間！），膨脹到無法想像，而他們就坐在那裡、坐在那裡、坐在那裡，始終沉默而焦慮、無牙又靜定，等待著有些什麼改變……

我們在巴黎會嚐我一點。

你去過凡爾賽嗎？我很想去看看。唉，當初我就應該把握機會去巴黎的。

— 珍，巴黎又不會跑掉，妳有的是時間。

我們就去吧，拋下這一切。你可以去那裡做你的研究，我就坐在咖啡館看小說，用手機搜尋你要我查的資料，一派優雅地喝咖啡，有如海明威那群「失落的一代」來到現代。

妳說得好像我不會跟妳上咖啡館似的…

呼叫艾瑞克：請看下一頁

但願我們不會發生這種情形。

從現在起我應該多用牙線。

我是說真的。我們不能這麼被動，只是坐等我們之間會不會擦出火花。

妳不會覺得已經有了嗎？ ⟶ 可是有多少了？我是說除了我們的石察卡計畫之外。

參見《科里奧利》第二部29章
（伊拉斯謨船長發現了作為世界中心的黑山）

對照上頁＊
說真的～這算什麼？我臨走前最後一個月的恣情縱欲嗎？我們兩人都希望不只是如此嗎？
我們能夠讓這段關係不只是如此嗎？因為我早已學到：光靠希望是不夠的。

珍，我同意妳說的……所以我們去公園的時候：不談石察卡、不談新S組織、不談莫迪、不談雅各、不談伊莎、不談強勢的父母、不談溺斃的叔叔、不談課業。
純粹只有我們。
↑
（就這麼一次）

忽然悶悶地砰一聲，行進間的船一陣震盪後停了下來，S.隨之醒來，汗流浹背。上頭哨音齊鳴，果斷而沉重的腳步聲咚咚咚踩過甲板，可以聽見降下並捲收船帆的聲音。他打了個呵欠，搓搓僵硬疼痛的下巴，感覺餘悸猶存臟腑發冷。他明白，惡夢就如同大漩渦那些海圖上多變的血潮，才不管什麼界線。

他翻身跳下吊床急匆匆地爬上階梯，因為爬得太快，踏空了一階扭到腳踝，便坐在艙口邊緣雙腿懸空，像是等著疼痛流洩消退。空中滿是霧氣，頗令人神清氣爽，天空則灰暗得冷酷。他深吸一口氣，滿心感激。

船停靠在一個破舊不堪的碼頭上，碼頭所在的灰沉小島以窮鄉僻壤來形容再恰當不過。往內陸四分之一哩約莫是島嶼的中心位置，有一塊火山岩巨石從灰色平面上拔地而起，陡升三百公尺，隨後被一個深邃而不規則的火山口倏然終結，致使岩峰（與一度確實有過的高山假象）隱含入高處虛空中。外露的黑色熔岩從兩側延伸出來，活像乞求的雙臂——地球愛好劇變，只對自己本身不斷的重整感興趣，而這正是它遺留下來充滿諷刺的紀念物。

唯一有人居跡象的是一棟長而低矮、外牆木材飽受風吹日曬的倉庫，與碼頭之間連著一條搖搖欲墜的木板步道。步道架高約三十公分，底下是小島的荒蕪地面，黑黑亮亮、尖尖刺刺，看起來很危險（也許有一些邊緣尖銳的雙殼貝密密地葬身於此），赤腳踩上去可能會割傷。當S.眺望這片色調由黑到深灰到淺灰的景致，不禁想像自己也被濾掉了色彩，變成眼前這單色全景中一個不起眼的汙點。

船員們開始卸下船艙裡的板條箱——箱子上汙漬斑斑，還是那熟悉又教人心驚的色澤。板條箱從船尾艙口舉高托出後，由四名水手一人負責一個角落，拖過甲板，放上舷梯頂端幾輛彷彿快解體的推車。儘管船員們身體孱弱，工作起來仍毫不懈怠，用力時的嗯啊聲取代了哨聲。

為何在這裡卸貨？他想到H城那棟有秘密地下室的房子，看來將任何有價值的貨物存放在這座島必然比較安全，他無法想像有誰會選擇入侵此地。這有價值的貨物是什麼呢？有多少價值？對誰而言？還有那少數幾個水手搬著空桶，小心翼翼地越過岩石，離倉庫左側愈走愈遠，他們要上哪去呢？答不敢相信你竟然買了車，就只是為了去那個公園。
同樣不敢相信你竟然買那種老爺車。

我只是想辦法前往那裡，
不是為了討好妳。

我也不敢相信車子竟然沒拋錨。

案（包括底層船艙的謎底，甚或還有他在這瘋狂的失憶世界中的位置）就在倉庫和那些一旦裝滿後的桶子裡，因此S.決定既然來了就要徹底找出答案。他仔細觀察下方甲板上的活動模式，思索著自己從船上逃離的路線與時機。

這時候，他看見大漩渦站在舷梯頂端，屈起食指叫他上前，讓他十分惶恐。

步道被這個大塊頭壓得不停顫晃、咿咿呀呀響。S.低下頭，看看步道若是垮下，自己會摔落在什麼樣的地方：只見一大片貝殼狀黑色岩石宛如包覆著一層薄殼，經過千萬年的敲擊磨礪顯得平滑光亮。他蹲跪下來，伸手撫過其中一個光滑表面（那岩石觸手生溫，光澤的表面還映出他的倒影）。

他們背後傳來一輛滿載的推車轆轆作響，有三名水手在後面推，另外三人在前面拉。有個車輪滑出走道邊緣差點翻車，幸虧水手們使盡全力又把車扭正，讓它朝正前方繼續前進。大漩渦在倉庫的裝卸區，將兩指放入口中吹了聲哨，S.也跟著繼續往前走。當他來到入口，大漩渦（不粗魯，但也不溫

如果瓦茨拉夫就是石察卡，而不暴露他的行蹤又那麼重要，
他為何會出現在那個電影場景？

那很可能不是他。

我很好奇他是否有許多替身～正好足以在真實世界中
製造+延續謊言。給予石察卡好幾張面孔，卻又沒有
一張是真正的他～這是擺脫追蹤的絕佳方法。

柔地）抓住他的衣領拉他進去。

倉庫又大又深，空間比H城那棟建築大出許多倍，至少有四分之三已擺滿板條箱：有些箱子沿牆排放，有些堆疊起來，以長及倉庫縱深的通道相隔，有些還堆高到天花板，各種不同大小、形狀、顏色、年代都有，其中許多（大多）都有藍黑色的噴濺與沾染汙漬。雖然戶外潮溼，裡頭卻毫無發霉狀況。他暗想，可能是靠著黑色岩石儲存熱氣，保持空氣乾燥防止腐壞。S.看見某條通道上，有一群水手正將推車上的箱子搬移至堆放區。他才起步要往他們那邊走去，大漩渦便再次抓住他的衣領。**唏行，**他說，隨後指指後牆的一道門，推他走過去。**你底工作在那邊。**

「我不懂。」S.說。他確實不懂，不過這麼說主要是為了爭取時間，觀看水手堆貨，盡可能留意關於他們工作的一切。

計畫改變啦，大漩渦說，**現在你得企見見夫人。**

「是索拉？」S.問得或許太快了些。

大漩渦哼了一聲。**唏正合你意嗎？動作快點，習間有限。**

珍，以後我幾乎每一天都會瞥見！在人群看見某個人，覺得那就是妳。發現不是的時候也會無比失望。

最好是！

說真的：我從來不曾有過如此近似墜入情網的感覺。

這是我有史以來第一次聽到近似愛的告白。

只是想強迫自己保持頭腦清醒。一切都發生得太快了。

這我懂。我在原生家庭裡常常說愛。我想大多數時間，我們倆都不知道「愛」有何意義。或者應該這麼說：我想我們倆都不知道愛對我們個人有何意義。因為愛不只是一樣東西。

所以說，如果瓦茨拉夫就是石，這表示：
- 他跳橋後沒死；
- 他遇見了埃斯壯 & 其他人；
- 他們若不是幫他重新整理他的書，就是把他的名字放到他們自己寫的某本書上（不過《布拉森荷姆》像是相當年輕的人寫的）；
- 而他（但比較可能是他們）決定在頒獎典禮上發表他們的聲明；
- 他們決定乘勝追擊，讓「V.M. 石察卡」成為激進派的傳奇人物。

後門外有一條步道歪歪扭扭地通往山上，（結構似乎比連接碼頭和倉庫那條小路還不牢靠，木板隨著他的步伐壓低、回彈，偶爾還會刮擦到底下的岩石。）再度起風了，陣陣強風吹掠，S.發現要想保持平衡可真是不小的挑戰。

小路來到山腳下中斷。S.努力在風中站穩腳步，同時尋找另一條路徑，卻找不到。他抬頭搜尋岩石表面有無可以利用的手腳攀附點，卻發現即使有這樣的途徑通往山頂，那尖銳的岩石也會把他的手割得血肉模糊。他啐了一口又咒罵一聲。他得想辦法爬上這玩意（其迫切性就跟在夢中一樣清楚明白），而更令他氣惱的是：又是一個目的不明的艱鉅挑戰，又讓他想起了B城山上的悲劇。

他考慮著想要掉頭。如果拒絕扮演這個未經他同意就分派給他的角色，他會有什麼損失？他正琢磨著，卻注意到山腳下環繞了一條表面平滑但布滿刻痕的狹窄岩石小徑，黑碰黑，在昏暗西斜的光線下很難辨識。他隨即步下木板道，踏上小徑，循路繞過廣闊的山腳。小徑從這裡蜿蜒而上，形成一條斷斷續續、有一搭沒一搭的盤山路。

艾瑞克，還記得我們在河上小徑時你說了什麼嗎？

我說了很多。我們在那兒待了好久，我都差點長青苔了。

閉嘴。我指的是你說：關於叔叔發生的事，你終於原諒自己了。你覺得這會改變你和父母的關係嗎？

不知道。以後我對這整件事會少一點憤怒，但並不表示他們會有所改變。也許我們已經太過疏離了。

這讓我好奇：瓦茨拉夫這麼做有多少是出於自願，而不是因為他們希望他這麼做。

我完全明白他為何會加入：書大賣、能與一群知名作家來往、以一種龐克搖滾的姿態對抗世界＋置身一個重大秘密的核心。有哪個20歲青年會不喜歡？（況且若他在過程中迷戀上狄虹，就更不可能放棄留在她身邊的機會。）

可是就某種程度而言，他們是在利用他。

但妳又如何評量呢？怎麼判定是誰在利用誰？倒是看得出來他們之間的友誼非常堅定。

他們之間好像有很多複雜的關係，而且還不包括石察卡（瓦茨拉夫？）和翡樂美拉。

夫人？什麼樣的夫人會住在這種地方？

他再啐一口，再罵一聲，繼續循路而上。

從斷了頭的山頂上，可以看到整座小島：崎嶇的岩岸、要命地蔓延成一大片的黑色黑曜石礦田、兩條步道、倉庫、還拴著船的船塢，除此再無其他。甲板上見不到任何一個水手，這可能是同一處地域的另一番寫照：毫無生命跡象。

他走向火山口邊緣，千百年前這座山向內崩塌的位置。往裡一看，更多的黑碰黑：難以看出底有多深。風聲呼嘯，風勢反覆無常地迴旋，他的手指、臉頰、鼻子都凍僵了。若是失去平衡，或只要一個鬆懈，就會被風掃進火山口深處。他退開邊緣，忽然間（而且自己也感到不解地）謹慎起來。

他轉過身，低著頭頂著風走向小屋，其實一到山頂他就看見小徑通往屋門，卻始終視若無睹。而他已不打算再拖延碰面的時間了。

小屋外牆的木板和倉庫一樣因飽受風雨而泛白，不過看起來比較堅固，

憂鬱的本質

我還是很失望沒找到那條溪。不敢奢望經過了這麼久景物依舊，但由衷盼望能找到我看見那些鳥的地點。

這件不會知道。不能只因為沒人要出版，就說它不真實。

這只是代表你不會得到你想要的關注。如果我們是對的，我們就是對的，公佈真相的方法有很多。

重點是：假如瓦茨拉夫就是石，而且死的時候（可能真的死在哈瓦那）沒有在任何地方留下任何行蹤，那麼我們便無從證明起，到頭來又跟其他關於石的荒謬臆測沒兩樣了。艾絲梅那樣的名編輯不會出版這種論述，凡是有點規模的出版社都不會。

艾瑞克，你說得對。我是可以進研究所，拿個圖書館學的學位。

妳當然可以。

我知道很多人可以。只是從來沒想過我可以。

接縫密合、角度沒有偏差。S.腦中閃過的字眼是**頑強**：它端坐在一座了無生氣的島嶼上一座死氣沉沉的山巔之上，對抗著風雨與理智。**你愛推就推吧**，它彷彿在說，**反正我哪兒也不去**。

就像石察卡面對布沙的態度。

還有你，面對莫迪。

只不過……我很確定莫迪以為我從精神病院出院後就離開了鎮上。他以為我跑了。

這件事真有那麼重要？

讓你對抗的人知道你在對抗他，這樣不是更好嗎？

屋子有一扇小門，門上有一個大大的鐵環。S.停頓了一下。他的人生，他重塑的人生帶他來到這裡：這個握在手裡沉甸甸的門環；這棟位於死寂山邊的簡陋小屋前的這扇門；這座位於奇怪島上的山，還有這座隱藏在一片奇怪海域中的小島。一個個奇怪的連接點環環相扣，最後他到了這裡。他人在這裡，這裡卻哪兒也不是。

他敲敲門。

裡面傳來一個聲音，由於風聲轟鳴聽不清楚。也許是請他入內，但也可能只是逐客令。他用肩膀推開門，走了進去。

屋裡亮著柔和的橘光。在一張長形閱讀桌上，有三根蠟燭在失去光澤的樸素銀台上淌著蠟。桌上放了六、七本很厚的書，每一本都至少比索拉那本蘇布雷洛的著作厚上一倍。空氣很暖和，但S.看不到熱氣來自何處。有個書

很好奇布沙作何感想～他知道有人在出版那些書、在追蹤他的特務，卻不知道是誰。他唯一掌握的只是一個名字。

(珍)：妳別聽憑校方擺布。要是校警握有任何對我們不利的實質證據，我們早就知道了。

架遮蔽了最裡側的整面牆，架上全是厚度相仿的書，看起來都很老舊，也都以褐色皮革裝訂，書脊處還有突出的脊環。

另外三面牆上則掛滿船隻的繪畫與素描：有單桅帆船與縱帆船、中國帆船與小艇、快速帆船與多桅帆船、三層槳座戰船與東印度海盜戰船、維京長船與大帆船、平底船與馬來帆船、舢舨與前桅高後桅低的小帆船，還有一艘熟悉得令人心驚的地中海三桅帆船。繪畫技巧並不特別高明，但每張畫都以簡單精緻的木框仔細裱掛起來。這位夫人似乎是個做事一絲不苟的人。

她就在那兒：在一張書桌後面伏案坐著，S.只能看見一頭白髮。她正在一本厚厚的書上寫字，鼻子幾乎都要碰到書頁了。不知怎地，她下筆時的沙沙聲竟比連番捶打著小屋的強風更響亮。

「恕我冒昧，聽說我有必要見妳。是那個大水手遣我來的。」S.說。

女子的一舉一動緩慢到S.真希望能替她完成動作。她將筆擱到一旁，將紙上的墨水吸乾，將椅子往後推離書桌，撐著書桌站起來，起身之際全身關節還劈劈啪啪地合奏了一段華彩樂句。她拖著腳步走向他，卻仍未抬頭。難

許多船隻，
許多轉變

真有趣，這像極了我第一次見到的翡樂。結果發現她寫了好些小說（她說不記得有幾本；亞圖羅猜測約有30），卻從來也沒想到要出版，沒有興趣。她說光是寫就夠了。

你應該要求看一本。（假設有任何一本是用英語寫的。）

我覺得她不會答應。

此外：她會播放《布蘭詩歌》，開得很大聲。她寫作時喜歡聽，因為他深愛此作品。他曾幾度告訴她，他從未聽過表達得如此真實而強烈的熱情…遠勝於他曾經寫過／這輩子可能寫得出來的東西。

這好像是我們所找到有關於他最具體的訊息了。感覺很怪。

意思是妳認為這不是真的？

不，只是覺得怪。

她看起來如何？身體健康上？

答：見下一頁右下★

※根據不同記述，布魯日的修女佛莉絲經歷第一次迫害倖存下來後，正是此番樣貌。

那麼石黎卡為何把她寫進這兒？為了嘲弄「英國小女孩&死去修女通靈事件」？他似乎不像在打趣。

→也許他把她視為同志……之所以有那麼多人想要她死，是因為她寫的東西揭發他們濫用權力（多為教會裡的事，但還是和石的作為很相似。）

道是顛子維持同樣姿勢太久了，再也無法抬高？他沉思著自從在舊城區的那一夜之後，自己身體的老化、下背部的僵硬，以及不斷折騰著他的臂部與膝蓋痠痛。

「謝謝妳。」見她已爲他付出這麼大的努力，他脫口而出，但一說完就後悔了。她驚人的年紀與她的意圖絲毫無關。

她停下來，與他相距一臂之遙。接著抬起頭來。

他倒抽了一口氣，他克制不了自己。她左半邊臉上有一大片形狀不規則、一條條肌肉凹凸不平的燒焦組織，根本分不清五官。眼睛純粹只透著一絲消沉；耳朵已不存在，鼻翼上有疤痕，但鼻子多半仍完好。那一側的嘴巴已封死且沒有嘴唇，而他注意到另一側半繞著針刺的疤痕。

他轉移視線，端詳她的項鍊：那是一塊黑曜石，小小方方的，邊緣粗糙不平，用一條皮繩繫著。她舉起胳臂，用顫抖的食指抬起他的下巴。看著我，她說道但未出聲，他照做了。她戴著金絲邊眼鏡，左眼處沒有鏡片，右眼的玻璃鏡片則如寶石般切割成許多刻面，好像昆蟲的複眼。在那隻眼睛

所以石寫這段的意思是：她是「傳統」的一部分。但這是比喻？或實際如此？就像說她隸屬某個類似數百年前S組織的團體？絕對是比喻。不知後者能否獲得證實。就跟蘇布雷洛一樣。

★她走路不是很穩（亞圖羅通常會扶著她），但反應依然敏銳，讓我覺得她早年應該敏銳到嚇人的地步。

這點我們很早就知道了。至少我是知道的。你呢，學者先生，倒是有點遲鈍。

這段寫的是佛莉絲？

什麼意思？

答：見上方※

請問：小姐，妳老是提醒我這一點，會不會有厭煩的一天？

回答：別做夢了。

裡，S.看見自己的影像，紊亂且支離破碎。

你必須做出選擇。

這話我聽過了，他回答，但嘴巴依舊閉著，話語只存在於念頭之中。還沒有真正面臨那個關頭。

你有選擇。而且是關於將來你要如何活下去，或甚至能不能活下去。

在弄清楚自己是誰，弄清楚這些個糾葛以前，我不能就這樣做選擇。

他看著她繃緊下巴，瞇起鏡片下那許多隻眼睛。他令她失望了，也許甚至激怒了她。他感覺到臉紅，感覺到髮際線處汗水直冒。擦拭額頭時，才察覺髮線竟後退了那麼多。[13] 他覺得受到雙重詛咒：不僅在船上浪費了大半生，更糟的是在陸地上也同樣老化了。

那麼你將會死，而你曾經是什麼人也將不重要了。

13 有些讀者可能會好奇：這裡可不可能在暗示真實的石察卡當時的模樣？我要對他們說：讀者們，你們認為以石察卡如此才華洋溢的作家，無法想像一個角色的外貌嗎？你們非得認定一個作家在描述某個角色時，每個瑣碎細節都是自己的寫照嗎？

人永遠不可能未卜先知。重大決定需要信心。

今天上完課，伊莎要我留下。她說她知道我和你一起做研究，又說我是自找麻煩。她沒有直接威脅要把我當掉，但感覺真的很像抓到我的把柄，她肯定希望我知難而退。

結果妳怎麼說？

我說我不知道她在說什麼。

很好，因為她不能為了這種事把妳當掉。她只能因為妳的成績當掉妳。

石察卡寫這個的時候早已步入中年，或許更加意識到與她在一起的時間無多？

也很可能是真的、真的厭倦逃亡了：就像插曲中的S。

告訴我，板條箱裡裝了什麼。甲板底下是怎麼回事？

她嘴巴扁了一下，似笑非笑。工作。

我一定要找出那是什麼意思。那是什麼。

你不需要。但你可以選擇去嘗試，那也是一個選擇。

還有毒藥呢？我要去殺人？

那是另一個選擇。你要明白：獵人們接近了，而且步步進逼。他們已經在海上發現我們。

地圖。流血的地圖。

地圖上顯現出來了，沒錯。

那些是我唯一的選擇？

你可以兩個都選。也可以轉身離開。

然後要做什麼？做誰？

她將頭一偏，S.看著自己的影像在她鏡片中重新定位，一時對燒毀她半邊臉的那場火感到好奇。

看到上一頁我們聊過石察卡步入中年，我想到……也許我不該跟你說這個（我知道你對年齡差距有點敏感），但昨晚雅各打電話給我，說他聽說我正和「某個怪異的老傢伙」交往。他說他想「表達關心」，又說我若需要找人聊聊，他隨時奉陪。

不值得回應。

看得出來石察卡何以會決定繼續下去，繼續待在S組織（如果他不知道除此之外還能怎麼過活…）。隨著成員一一被殺，他必定覺得風險愈來愈高。

還有翡樂啊，她一再試圖說服他可以脫離。

或者（誠如這段的夫人所說），他可以兩個都選。

（你不打算問索拉的事嗎？）

她的問題嚇了他一跳。他不想承認自己把索拉忘了。她理應是他第一個要關心的，只是周遭實在太多怪事，還有太多其他的問題要找出答案。沒想到妳知道她的事。

索拉的問題始終都在，夫人說。它在空氣中，吸入了肺部，再從肺進入血液。

哪一個選擇可以讓我見到她？

也許一個也沒有，也許全部都可以。無法預料。

他們無言了。屋外的風在咆哮。在這個地方沒有呢喃的聲音。船上沒有，這裡沒有。

注意時間，她說，你不能被留在這裡，沒有人住這裡。

他應該在船員們回去之前回到船上，再也沒有更好的機會能下到底層甲板，但他就是還不想離開山上小屋。那些書。我想知道那些書的事情。

她抖著手指向一本放在閱讀桌上的大部頭皮裝書。坐下來，隨便你看，但要注意時間。

所以愛是不可或缺？無可避免？兩者皆然？

我覺得石察卡證明了愛是可以避免的。

我們對他們兩人故事的來龍去脈幾乎毫無所悉。

艾瑞克：：你親自見過翡樂，還替他說話：她可是百年難得一見、令人肅然起敬的女人！

我覺得她沒這麼嚴厲批判他。她傷心，卻不憤怒。

太嚴重了。失去對愛的專注。他的反應完全被動＋毫無戲劇性，但這種情形可能不斷在他身上上演。

不過石窩到這裡似乎明白了。他知道應該要有所不同。

終於啊。但這股信念仍不足以讓他決心改變。

他面對著書坐在一張搖晃不穩的椅子上。書的封面與書脊都裝飾著同樣的優美符號：

S

所有的書都有這個S記號嗎？他查看了桌上其他書：有一本印著類似字體的H字形；另一本有一個華麗的希臘字母Ψ；另一本則是希伯來字母א。還有烏爾都字母ع。有一本是象形文字，另一本的記號（或書名？）是他不認識的一個字母。他瞇眼凝視屋裡所有架上的書，雖然看不清楚，但似乎每本的書脊上都有一個字形符號。

他翻開S，俯身向前。

第一頁是他的船的炭筆畫（不，他提醒自己，是他被拘禁的船），或者應該說是船較早期的樣子，當時還是和諧完整的一體，是造船者為了實現飛馳海上、讓其他船上的水手愕然稱羨的夢想所完成的地中海三桅帆船。S.每翻

不在暗示S不只一個嗎？
或是不只一個版本？
在許多文學傳統中都
有一個「作家S組織」？
（與那些不同船隻的圖書相符。）

她的語言能力著實厲害……怎會猜不出石窮卡的母語？

她說，她猜最可能是捷克語，但沒有把握。她知道對她自己而言，如果瓦茨拉夫就是石，那會是最好的結果，因為無人知道他的存在，他也應該沒有任何瓜葛糾纏……所以他會是最能輕易放下一切與她遠走高飛的人。

你今天去過咖啡館嗎？布告欄貼了一張畫有S符號的傳單。上面只寫了：「艾—．赫—：call我，重要。」沒留電話號碼。

要找call他「重要」的人？那一定是莫迪。

……

上床以後的你變幽默了。

呃……別忘了當初擔心別人看到這些留言的人是妳。

過一頁，就會看見船的另一張畫像，空白處還列出它經過哪些改造。

他快速往前翻，每次翻個十到二十頁。一次又一次，船身總有一處會汰舊換新，重新詮釋重新打造。有些改變很顯著（後桅被一截高大椽木所取代，樹幹還有一處明顯扭曲；原本優雅的船首斜桅變成發育不良的翻版），有些則微不足道（十來個羊角纜栓換新後，角長了那麼一點點；有一塊甲板木板因為切割時窄了不到三公分，得用焦油補縫而被換掉）。有些改變十分巧妙得當，還有更多卻不然，每一次似乎都只是拉大了原本的計畫與最終結果之間的差距。

誰的計畫？誰來決定你應該如何？

有一頁描述船隻遭到砲火擊沉後的大規模重整；另一頁（已十分接近結尾）呈現的是它被水龍捲打得支離破碎後重新修復。到了最後幾頁，它已經變成一堆不相搭的桅杆和甲板和艙門和舷窗和排水孔和船舷和船首斜桅和舵輪和船舵和船帆的胡亂組合，也就是他所認識的這艘船。可怕的東西。

他使勁從一千多頁翻回到第一頁，兩手因興奮或疲憊而抖個不停。他眨了幾下眼睛。這些是同一艘船嗎？直覺告訴他是，但會不會是這些紙張用同

菲樂說麥金內在1946年初來到紐約，備了一套說詞解釋他有多麼亟需連絡上真正的石察夫。聽她說她不知道，便亮出一疊鈔票。

她確實不知道。

沒錯，她很慶幸自己不知道。她不希望他從她的反應中猜出什麼，但她始終懷疑自己是否犯了錯，給了他可以利用的什麼東西。

一個封面裝訂起來，影響了他的判斷？[14]

為什麼？為什麼這些素描（其實是圖解）會被收集、裝訂、註解、保存？一開始又為什麼要畫這些？還有為什麼在每一幅畫中，畫家為船身描影時巧妙隱藏了一些直線與曲線——若是放鬆眼睛不要用力看，就能發現這些線條組成了「SOBREIRO」（蘇布雷洛）？

他環視整潔的屋內一周，扭扭身子，搖得椅子吱嘎響。門仍舊關著。屋外的風仍舊狠狠吹打著。蠟燭幾乎融光了。老婦也走了。

她當然走了。沒有人住這裡。

風向轉變，倉庫的聲音隨風傳到山頂。S.仍然可以聽見船員們在工作，

14 這一幕提供了最佳佐證，讓我們可以斷定葛瑟瑞・麥金內不是石察卡。麥金內絕不可能放過這探討身分理論的大好機會，他一定會詳述歷史上曾有人極盡愚蠢、令人乏味、脫節與任性之能事，企圖提出類似的問題（其中可能至少有一個是麥金內自己提出的），到頭來自然又是他沾沾自喜、自鳴得意地大肆賣弄學問。

複合理論：「V.M.石察卡」只是一個可供其他所有作家使用的名字，一個運動的名義領袖。

（這說明了為何S組織的作家一個個死去之後，石仍持續存在）

即使真是如此，我們依舊不知道翡樂愛上的是誰。（總不可能是他們所有人！）

我真希望蘇布雷洛的書在莫迪手上，那麼等他被揭發，書就會被送到安全的地方供人研究。（甚至連我們都可以拿來看！）

妳比我有信心。

我知道書在他那兒。我也相信我們會逮到他。

每週一、三，莫迪會在11am進辦公室，1點吃午飯，3點上課，下課後就回家。每週二、四，則是1點進來，5點離開。週五完全不進辦公室。我可以去當頭號大間諜了。

珍：到此為止。這樣做太瘋狂了。

可以聽見哨聲和使力的低吼，可以聽見箱子疊高、卸下、推拉、重新疊高時與其他箱子的刮擦與碰撞聲。他往外望向碼頭，船的甲板上依然空無一人。

他不是一定要躲著人，奔回船上爬下船尾艙門到底層甲板去——這是諸多選項之一。但卻是他的選擇。假如沿著小徑走下火山，再沿著步道來到一個像是醉醺醺間猛然來個大轉彎之處，然後離開步道穿過黑色岩石朝船直奔而去，在抵達碼頭之前或許能避開倉庫那邊的耳目。

他在嚴峻無情的黑色海灘上跌倒了嗎？

是啊，是跌倒了。

下坡還不到四十步他就絆倒了，兩腳的膝蓋都被刀鋒般的石頭割傷，等他來到平地，褲子已破破爛爛，鞋裡也又溼又黏地積滿鮮血。他一離開步道就跌了一跤，而且摔得很重；爬起後，一邊將血抹去一邊漫不經心地想，不知道傷口是否深到可以看見白色頭骨。他帶著刺痛的雙眼和一個脫臼的膝關節，往船的方向最後衝刺。

船上悄然無聲。除了上空的海鳥鳴叫和海水輕拍船身的聲音之外，一點

等等～如果麥金內本身也是S的一員，怎會不知道石察卡是誰？

也許他們當中只有幾人知道…只有1910年在布拉格的原始成員知道？

可是沙默思不是原始成員。他不在那裡。

這個嘛，或許他們覺得他可以信任，或是有什麼小失誤而被他發現了。我不知道。無論如何事情就是如此。看來他保守了秘密，甚至到最後還試圖幫新的S組織甩開獵樂的追蹤。

聲響也沒有。他打開艙門，爬入下方的幽暗中，踏下一級階梯，再一級，接著又一級。他心裡閃過一絲憂慮，擔心猴子一旦發現他，便會發出尖叫並齜牙咧嘴地示警，但猴子就算在船上也並未現身。

到達底層甲板後，S.停下來冷靜地確認自己的傷勢。他體無完膚，裂傷處處，身上無一處不痛。一片鋒利的黑曜石嵌在手心，沒有流血，直到他拔出石頭血才開始流出。他將石頭丟進口袋，很高興能保留島上的一樣紀念品，也好記住這種他必須隨時樂於忍受的疼痛。

他往前走，來到一扇門前停下。門四周的木板上布滿藍黑色汙漬，有噴濺痕跡、有條痕、有斑斑點點、有幾灘乾涸的液體，顏色深得有如那個山中小潭。他剛剛走過的地上有一條條歪歪斜斜的細線。門是打不開的，但現在的他知道痛算不了什麼，便用肩膀對準門板撞了又撞，直到將門閂撞落，門晃了開來。

裡面地板的汙漬更爲密集。四面牆壁，簡單的木桌木椅。房間宛如屠宰場，在裡頭掙扎扭動的動物噴出了黑藤般的液體。[15]

跨越門檻。但這是錯誤的門檻。
正是這個門檻把他帶離了索拉。

所以這是在表達懊悔嗎？莫非他希望自己從來不曾提筆寫作？或是從未與S組織共同寫作？或是從未選擇脫離？

無人在場。代表這純粹是S.的選擇。

艾瑞克，你覺得我們的門檻在哪？當我們終於決定見面的時候？

也許我們還沒跨越呢。

寫作有如暴力行為？

我想他知道這是他自己做的選擇，只是並非每天都願意承認，即便是對自己。

妳覺得還有哪裡是安全的？
可以試試咖啡館，看行不行得通。
必須是我們確知，誰都不可能發現，
連意外發現都不可能的地方。
那兒的辦公室有個加鎖箱。

還留有十個箱子，外加散落一地的幾十張散紙。S.收齊紙張，讀了水手們寫在上面的字句（兩面都有），全是一些零碎的故事，S.永遠不會知道起頭或結尾或中間過程，只能從這些零星片斷一瞥某個水手傾吐了些什麼、放棄了些什麼、奉獻了些什麼。

自我有如某樣有限的／逐漸衰退的東西。

我的已經所剩無多……

桌上有一疊空白的紙、一個沙漏（據S.推測可以計時三個鐘頭）、一瓶墨水和一支筆。他一時感到好奇：這些紙從何而來？這是個謎，沒錯，但S.很快便將它拋到腦後。他坐下來，把一張紙方方正正地擺到面前，拿筆沾了墨水便開始寫起來，同時將流血的手擱在腿上以免弄髒紙。

這是一件美好的事，能夠拿筆在紙上寫字，而不是用釘子或魚鉤刻橡木；能夠感覺自己的話語如此流暢地由工具傳送到紙面上，不再受到摩擦或槓桿效能不佳的阻力，反倒是筆尖在紙上刮出細槽時，還能透過筆本身享受那種細膩的觸覺樂趣。這裡不同於他的艙房，在這裡他覺得心和手之間沒有

15 參見《山系》第一章的屠宰場一幕。

所以我還得請妳朋友幫我拿??
不可能。
我們是不是應該別再用這本書了？寫email會比較簡單～你能不能至少考慮一下？
現在更沒理由相信email了。我喜歡把我們已經做過／發現／注意到的一切保存在同一個地方，這樣比較容易看出其中的關連。這做法不太實際，我知道……但我還是很喜歡交換留言。很喜歡在書頁空白處聽妳說話。《希修斯》是我最愛的書，它曾是我論文的主要內容，如今也成了我們的剪貼簿。
……原來我們只是剪貼夥伴。這倒是最新消息。
好吧，妳說得對，比喻不當。
但妳不也還是喜歡寫留言嗎？
至少當我們不能在一起的時候……
當然，但我寧可多和你在一起。

隔閡，轉換沒有錯誤，傳輸也沒有雜訊：出現在紙上的正是他想寫的字句，影像與他腦海中的畫面一致，感受到的也正是那令他胸口發熱、頭皮發麻、眼球受壓迫的感覺。

是什麼讓他忘卻了周遭的一切？是能夠表達自我的那份原始的喜悅？是傷口的痛楚？是在紙上暢吐生平的同時腳邊還積了一灘殷紅血泊所產生的結果？[16] 或是當過去的種種感覺（假日時母親烤蛋糕飄出撫慰人心的香甜氣味，莓果在舌上留下的酸味，小荳蔻與肉桂的辛香刺激，奶油的濃醇；父親的臉，包括那半閉的眼睛、歪歪的鼻子和懶洋洋的微笑；兄弟姊妹在冷風強灌的公寓裡裹著厚衣輕聲說笑）衝破壓抑的堤壩，奔流過他的腦海、他的末梢神經、他的血脈、他的心時，伴隨而來的幸福感？也許都是吧。有些答案綜合起來也無多大意義。

對我來說：以前是工作。現在是妳。

狗屁。
有一部分還是工作。
但不是全部。
這可是有天壤之別。

16 參見《萬卜勒的礦坑》三二二頁（此處瀕死的卡斯偉決定用自己的血在礦車側面寫下遺言，而他所能想到的就是列出自己微薄的財物；最後他還來不及註明繼承人便死了）。

回到現實世界，回到底層甲板密室的眞實空間後，S.隱約意識到大漩渦的龐大身軀橫在門口，身後還有一群縫了唇的臉，都在往裡看。大鬍子水手的嘴形像在說話，也發出了聲音。唉，要命，他似乎在說，本來咘蘇要走到這一步底。

但石察卡不得不持續同意這麼做，每一步都不例外，即使他並不自覺。

但如今確實走到這一步了。

船員們一擁而入。削哨人、噘嘴女孩、長著招風耳和留著掃帚鬍的那兩人、幽靈船來的男孩，他們全部都在，就連那隻該死的猴子也騎在男孩肩上。其中三名水手將S.拖到甲板上緊緊壓制住。他呆呆地看著女孩（她噘起的嘴似乎微帶怒氣）遞給大漩渦一個魚鉤和一捲黑線。大漩渦搖搖頭，又喃喃說了幾個字，便將鉤子刺入S.嘴角的皮肉。

S.靈魂出了竅，看見縫線拉穿過去時，自己的眼睛瞪得老大。

那麼這真是他想要的嗎？

插曲

自由拍觸技曲與賦格曲

特務#4

有個男人搭乘夜車前往布達佩斯。他穿著襯衫坐在車內；白天裡的塞拉耶佛瀰漫著不合時令的熱氣，即便此時都要穿越第拿里阿爾卑斯山了，車內熱氣仍未稍減，好像已經附著在旅客身上似的。儘管時間已晚，他們依然繼續來來回回傳遞酒瓶，情緒高昂地喋喋不休，談論當天的駭人事件與未知的明天。**大公死了！**塞爾維亞人受到毫不留情的痛斥，還有無政府主義者和工會人士和土耳其人和各門各派的民族主義者都不例外，只是無人浪費唇舌為

模仿《黑色19》的劇情結構

這是我們的解密線索嗎？
完全找不出頭緒。

任何一個註解都找不出線索

毫無進展。呃……

她之所以稱之為「插曲」，
也許不只是因為它在書中
的作用…會不會是個轉
折點？要和其他藏有暗
語訊息的章節區隔
開來？

插曲

今早又有另一個人在
公車站觀察我的住
處。

珍——公車站
總會有人站在那
裡等車，他們也
總會看著某個地方。

你說得輕鬆。
沒有人在跟蹤你……
至少就你所知是沒有。

抄繕官理論純粹以《黑色19》為依據。《黑色19》自成一派，無論題材或風格都與石的其他作品沒有太多重疊之處。這一幕是唯一明顯參照該書的地方。

要不是有那許多謠言說石察卡是殺手，根本不會有這個理論。

死去的皇儲說幾句溫暖貼心的話。

男子並未加入談話；[1]事實上，他有訣竅能避免受邀加入無聊的社交活動（他也確實能夠不被人注意）。他坐在位子上，讀著剛才從席勒勳熟食店的桌上隨手拾起的報紙。他就這樣隔著報紙指示伊利法：讓他那群武裝的肺癆病鬼重新回到街上，如此說不定還有一線機會能完成半小時前查布林諾維奇的炸彈沒能達成的任務。想當然耳：車子出現在法蘭茲·約瑟夫街（有那個蠢笨的皇儲、他那個惡婆娘，還有他驚慌失措的司機），直接停在普林西普面前，就好像他是他們原本便預定要接上車的乘客，而不是一個身子虛弱、

就算忽略掉那一連串引發一次大戰的事，特務#4依然是個王八蛋。

1 石察卡描寫哈布斯堡王朝政治陰謀的血腥故事《黑色十九》出版後數年間，興起了一派理論，主張石察卡的作品乃出自「阿匹斯神的抄繕官」之手，也就是塞爾維亞秘密軍事組織「黑手會」的領導人德拉古廷·迪米崔耶維奇（別號「阿匹斯」）身邊，那位鮮少有人見過、從未被拍到照片（也可能並非真實存在）的神秘助手。（盛傳這名所謂的抄繕官聰明絕頂、心狠手辣，他其實才是促使該組織成立的幕後推手。）不管此人撰寫石察卡那些作品的可能性有多小，石察卡顯然在這段〈插曲〉中玩弄了這個想法。只不過引人注目的是作者在這第一段當中，便讓黑手會特務的局勢由優轉劣。但這是「抄繕官石察卡」在滅絕過去的自我嗎？是在否定原有的意識形態嗎？是另一個石察卡在消滅一個謠傳的身分嗎？或者以上皆非？

渾身汗臭，還帶著槍與任務的矮子。[2]

普林西普的食指扣了兩下，大功告成。晚安了，惡劣的皇儲；早安啊，大好時機。來自焦慮政客與急切將領的電報，想必已淹沒了人在城堡的韋沃達。即將爆發的戰爭必定範圍極大、耗時極長，將是絕佳的買賣機會。

男子坐不住，站起身來將厚重大衣重新摺放成整齊柔軟的環狀墊；打從火車尚未出站，他的痔瘡就突然劇痛起來。重新坐下後，無意間與三個一夥兒的男人目光交會，他們身子搖搖晃晃地站在走道上看著他。有趣，他暗想，有時候注意到他的不是清醒的人而是喝醉的人。這三人八成是想弄清楚他打哪兒來，因為他的相貌方正、黝黑、陰沉，與他們不同。其中一人的鬍子亂糟糟、髒兮兮到令人瞠目結舌的地步，裡頭恐怕住了一大群囓齒動物。

昨天的報紙？另外兩人之一對他說。**在今天這樣的日子怎能看昨天的報紙？**

男子聳聳肩。**我知道今天發生了什麼事。**

2 卡石特出版的《黑色十九》英文版二六二頁曾出現與現實世界殺害大公的兇手普林西普完全相符的描述。

妳能不能查一查道森的資金來源？
你認為他是收了錢才會提出「石＝清水」理論？
在此之前他一直屬於費爾巴哈派。

嗯……他難道不可能只是想法變了？檢視證據後，得出不同的結論？

在石察卡的世界裡，不可能有這麼簡單的事。

艾瑞克，你很久沒睡覺了對吧？

關於S組織、新S、新新S……關於所有的殺人行為、關於有個像布沙如此勢力強大的人……這整個想法實在太不可思議。太荒謬了。

那麼我們恐怕該喝個酩酊大醉。

啊，我猜你的意思是要我們各喝各的。

做不到就閉嘴，老兄。說個時間＋地點。

我喝過這個。有個克羅埃西亞教授帶來參加里斯本的研討會。和他+莫迪+其他幾人共飲。他說假如阿匹斯的抄繕官不是石察卡，至少也是他把石訓練成了殺人犯。莫迪不斷指出他有許多主張只是出於臆測。那傢伙根本聽不進去。

那你呢？

我只是閉嘴洗耳恭聽，大概就是盡好我的本分。

所以當我提到我父母如何期望我乖乖聽話、別問太多問題的時候……

三名醉漢聽了大笑不止。

喝一點吧，留大鬍子那人說，**和我們一起喝**。

男子就著車廂裡的微弱光線覷視他。**我認識你嗎？**

哈！大鬍子大嚷一聲。**哈！**他拍了一下膝蓋，幾乎歇斯底里地笑彎了腰。**不太可能吧**，他好不容易接著說，**我來自很遠很遠的……**他的手腕用力一揮，卻沒有特定朝哪個方向，後半句話則含糊成一陣嘟噥。

不知從何而來的人（石）

拿來吧，男子說。他要是喝一點，他們就會閉嘴，繼續無視於他的存在。**那麼就敬這個多變的世界吧**，他說，那群男人則像笨蛋一樣大聲傻笑。塞爾維亞特產的李子酒燒得他喉嚨發燙，那口味說不上喜歡或不喜歡。他始終相信培養這些微不足道的嗜好只是浪費時間。[3]他嚥下了酒，將酒瓶遞回去，謝過他們，又再次舉起報紙。他們若是再糾纏不清，他會用更強硬的方式讓他們不再關注他。

3 石察卡對於任何消遣娛樂的態度可以說是一樣的。

這也是個消極反抗高手？

他從窗口看出去，外頭早早降臨的夜幕已使田野、樹木與零星錯落的農舍蒙上藍色調。玻璃上的倒影夠清晰，讓他得以觀察列車上的群眾並確認自己不再受到注目。他覺得喉嚨癢癢的，輕咳幾聲，卻未見好。他又咳了幾聲，試圖以一連串愈來愈用力的「喀喀喀」清除喉嚨的異物。他暗自希望不是感冒了；他得在兩天後到達城堡，旅途中光是痔瘡就夠難受的了。他又咳了一陣，氣管好像受到感染。他閉上眼睛，專注地深呼吸。再次睜眼時，他面向窗戶，更清楚地看到自己的影像；鄉野景致已被墨黑夜色籠罩，看不見了。他雙眼顯得浮腫，肌膚似乎染上黑夜的色調。他看著自己大口喘氣、飛沫四濺，舉起手摸摸喉嚨但無濟於事，便又再度閉上眼睛。

最後報紙蓋住了他的臉，而且一直蓋到火車發出尖銳剎車聲，駛進布達佩斯東站，才有個腳伕前來戳戳這具已逐漸僵硬的屍體。當然了，哈布斯堡的秘密警察會留意到這齣悲劇，並記錄存檔等等，但說實話：火車上的一個死人也就是火車上的一個死人，只要證件齊備，沒有什麼貴重物品需要歸還，也沒有什麼重要人物會為他的死費神。這個人是小人物，無足輕重，說

我好像又快要生病了。

我實在沒這個時間啊。

艾瑞克，你真的有必要去查出賽林那個文學協會裡到底有誰。你難道不想知道他們是不是有點在耍你？

他們從未要求我讓他們看些什麼。我想不出我能怎麼向他們洩漏訊息。何必無緣無故拒絕這筆錢？這對我的研究工作有幫助。

麥金內一開始恐怕也是這麼說的。

麥金內會同意這點嗎？多重的自我在死後會繼續嗎？

穿了只不過是某份證件上的一個名字。（他們倒是在他口袋裡發現一張揉皺的紙，是從一本書上撕下的。什麼樣的人會隨身帶著撕下的書頁？瘋子罷了！）沒有什麼問題非問不可，沒有哪個同車旅客非偵訊不可。

可能也只有兩名乘客還記得死者，但他們幾乎喝得醉茫茫，還被列車長拖下火車，砰咚倒在月台上呻吟，來往行人經過時都別過頭去。在火車上短暫與他們共乘，還遞了一瓶酒給死者的那個大鬍子旅客呢？他們或許會推測他在距離布達佩斯數小時車程外的某個偏僻小站下車了。（總之唯一清楚記得的，就是他是個自私的混蛋，也不請他們喝那最後的第三瓶酒就消失不見。）

至於那瓶酒，如今躺在一條河底，而大鬍子也正搭著一艘藻痕斑駁的小漁船順這條河而下，準備回到大海去，並留心保持行李的乾燥，維護內容物的安全。

* * *

每一次S.從陸地回到船上，總是直接走到自己的艙房。他不再記錄自己

昨夜很晚了，凡妮莎看見莫迪走進咖啡館～醉醺醺、跌跌撞撞地進去，東張西望一番。離開時撞到報架，還整個打翻。好個精采場面。

他是怎麼了？他想要的東西都到手了啊（或至少是垂手可得）。

我猜還不夠吧。（又或者他擔心一切都會被奪走？）

李子酒味道如何？

我喜歡。他只帶一瓶，我好失望。

自私的混蛋。

不在時，船經過哪些整修、更換與改裝而改變了外觀，而是只從大致的氛圍上意識到這類改變。對他而言船並無不同，還是他睡在艏艛下方艙房的那艘船，還是他在甲板上、在索具間、在紙墨房裡工作的那艘船，也還是載送他到他需要去的地方那艘船。船就是載著他的船。船就是原來的船。[4]

他隱隱然意識到船員人數持續減少。每當再回到船上，似乎便又有一、兩人失蹤。他也不想費心去確認是哪些人。

還有一件事他也注意到了（或者比較恰當的說法是：他承受或忍耐著它的折磨），就是充斥在天空中令人痛苦的嗡鳴聲；聲音愈來愈響，壓迫感愈來愈大，隆隆低音與尖銳的金屬摩擦聲不分軒輊，那靜電干擾的嘶嘶聲和燃燒爆破的劈啪聲是如此立體，彷彿舉起手就觸摸得到，就好像沙漠風暴橫掃過來的沙粒，打在手心和指腹還有刺痛感。如今幾乎所有水手都拿撕碎的帆布、樹脂或任何能發揮類似用途的東西塞住耳朵。

平靜地接受不可能的事實

正如我們現在在做的，不是嗎？除了平靜之外。

4 見第七章註解八，二六九頁。

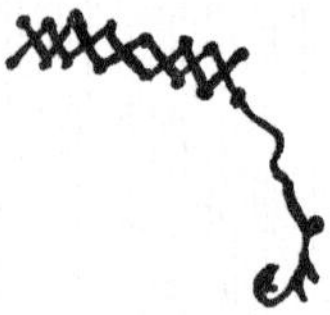

進入艙房後，他將行李放到滿是節瘤的地板上，脫下襯衫，彎身在一個備有剪刀、刀刃與肥皂的臉盆上剃鬍子，再用襯衫把臉擦乾。他掀開一個雪茄盒蓋（這是某次倉促登陸造訪期間得到的紀念品），取出一個魚鉤和一捲黑線，將線穿過鉤子，重新縫起嘴巴，然後用剃刀刀刃切斷線尾。（這是個簡單的工作，不比刮鬍子困難。他可以在黑暗中完成，可以在三十節風與七呎浪中完成，可以在睡夢中完成，他也很可能這麼做過。）他重新穿上襯衫，用一隻袖子擦去嘴唇滲出的血，重回甲板加入船員行列，做自己份內的工作，讓這艘修修補補的破船能繼續行駛於海上，一面等著輪到自己進入船艙底下，切開自己身上一條墨脈，盡情揮灑到那些紙頁上。

三小時後，他又會拖著沉重步伐、身上沾著墨水、缺氧、搖晃不穩地回到甲板上，吹響哨子。工作、下去、上來、偶爾睡覺（儘管其他人似乎都沒睡），工作、下去、上來。經過數日、數星期或更久，很難說，因爲S.已不再留意時間。到了一定時間，大漩渦會從船尾甲板吹哨，告訴他差不多該下船尋找下一個目標了。S.便下樓到自己的艙房，點亮油燈，細細研究照片上

根據布蘭德醫師：
做傷害自己的事很容易習以為常。
夠常做的話，這會變得平常／
習慣：就像平日的生活。

覺得這個註解一定隱藏著線索……
她還特地提到這所有音樂調式……

的臉，熟讀有關於這個特務爲韋沃達或他的客戶做了哪些事的詳細資料（諸如殺人、擄人、破壞、恐嚇、鎮壓、挑釁等等），然後著手策畫。當他聽到哨子吹響弗里吉安調式的一串音符，[5]表示看到陸地啦！就會收拾行李、割斷縫線，爬上小舟。這個時候，他的鬍子多半已經濃密到足以遮蓋嘴唇周圍的傷口與疤痕——但上陸以後倒也沒有人曾經如此近距離地看他。

這是他的工作、他的儀式、他的生活。誠如大漩渦經常提醒他的，要給那些該死底混蛋唏得安寧。

* * * *

我不明白你怎能在校園裡自由自在活動，又不被發現。你個子高、長得好看，還有個怪怪的歪鼻子……我覺得你相當令人印象深刻。

這是我不流於俗的魅力（大部分人看不出來）。

嗯……我知道不是這樣。說真的：你做了什麼嗎？

避免與人眼神交會。如果只是低頭看地上，誰也不會認為有必要記得你。還有：一有機會就使用學校的蒸氣地道。

5 這頁的原始手稿塗得亂七八糟，顯見石察卡為了定義這些音符的音樂調式煞費苦思，而在我看來，這似乎是小到不能再小的枝微末節。這「一串音符」一開始是弗里吉安調式，接著變成米索利地安調式，接著是洛克里安，接著是多里安，接著又是洛克里安，就在即將付梓前才又變回弗里吉安調式。他在一封信中解釋說，音調的差別意義重大，對於細節的「感覺」很重要。我承認我是個音痴，而且我認為就算他為此捏造一個音樂術語，或是完全略去不提，對故事細節也毫無影響。

愛丁堡驗屍官的報告中將死者姓名登記為他荷蘭護照的姓名。這本護照並未經過任何變造，是一份完完全全、不容置疑的官方證件，卻也是徹頭徹尾捏造出來的。#34受雇於韋沃達時，便拋棄了原來的姓名與國籍。他早先的個人資料已不存在。

驗屍官給的死因是**心跳停止**。但比較正確的描述是：他在乾草市場一家擁擠昏暗的酒吧將帽子掛在帽架上，帽帶被人塗上一種難以追查的毒藥（由一種罕見的安地斯山茄屬植物所提煉），經皮膚吸收後導致心跳停止。驗屍官在死者的口袋找到一張從一本芬蘭小說撕下的書頁：《*Archerin Tarinat*》第一五七與一五八頁，作者名叫楊卡．沙克西。[6] 無論是書名或作者都沒聽說過。他把紙交給偵查警員，後者向他保證這東西是完完全全、不容置疑地毫無意義。驗屍官走開時，注意到偵查警員將紙高舉向光，仔細審視。

特務#34

抹滅個人歷史？

像是石察卡？不～等等，即使以石察卡的身分寫作時，所有的可能人選都依然繼續做自己，對嗎？沒有人需要……怎麼說呢，抹除自己的過去嗎？

沒錯，主要幾個成員確實如此。也許魯柏＋抄繕官有過被清除的秘密過往。

或是瓦茨拉夫！

這個嘛，並不是他的過往經歷被清除，而是他的未來並不存在。

又一個《弓箭手故事集》(Archer's Tales)…

(虛構的作者)

我還查出了：沙克西＝芬蘭語「鵝」

* * *

當S.身在底層船艙，筆尖在紙上飛快動著，墨水噴濺在皮膚、衣服、木頭上時，出現在紙上的是閃現的影像、是閃電般的感官記憶、是對事件零碎片斷的印象。不管他怎麼有意識地想把這些串連成有條理的線性敘述，它們就是不肯就範，事實上他愈努力嘗試，它們就愈抗拒。有許多片段好像屬於他自己的過去，但也有一些幾乎肯定屬於他人的人生：他會聽到歐斯崔羅的父親威脅著要把他賣給阿拉伯市集裡拐帶孩童的人，也會聽到菲佛村裡的家長在描述「冬之城」的淒慘景況；他記錄著自己親眼見過和一些只是聽說的苦難；他為那些從未謀面也永遠不會知道已經辭世的人，塗寫著慷慨激昂的悲歌；他謄寫出一名船長的航海日誌，而他從未參與過那些旅程，也從未登

6 依我之見，傳聞中石察卡與「聖托里尼男」之死的關連已受到極度過多的重視。倘若讀者有興趣，相當輕易便能找到錯誤百出的相關訊息。

我真的查證過了
直到1970年代末好像
陸陸續續有些類似
聖托里尼男死亡事件的
紀錄、報導。

艾瑞克！我在《西班牙國家報》的網站發現這個：去年10月在巴塞隆納近海撈起一具屍體～沒有身分證件／口袋裡有一張書頁／死因不是溺斃，傷勢看來是墜落所致。

報導沒說是哪本書嗎？

沒有。我再看看能不能查到。很可能只是巧合，對吧？

也許吧。但話說回來，突然之間發生了很多事，看似都和S或新S組織有關，會不會那一切尚未完全結束？會不會只是暫時蟄伏，如今捲土重來？說不定戴加丹發現了什麼…

感覺很像《科里奧利》。到處都有這本書的影子。

這正是大多數評論家痛恨《希修斯》的原因。通常作家+文學教授會比較喜歡。

上過那艘船；他記錄（坦承？）了他在陸地上隱匿形跡的殺人過程，然而當他像個精神恍惚卻埋頭苦幹的火神赫菲斯托斯，流著汗坐在油膩橙黃的火光旁，看著這雙不像自己的手振筆疾書之際，這些敘述卻不斷偏離事實，愈來愈扭曲怪異。索拉從未出現在他的紙頁上，卻能感覺到邊緣空白處有她的存在。她督促他更深入地探查，更敏銳地透視，即使「因爲……」的答案顯而易見，也要繼續追問「爲什麼」。但她從未進入書寫的本文。**我不屬於那裡**，他想像她這麼說，**我的位置在文章之外**。

胡亂拼湊了這許多影像、文字、聲音、人生、無聊廢話、豪言壯語、狂熱夢想、獨白與卑鄙謊言，最後得到了什麼？他這一行接著一行、一頁翻過一頁，是在做些什麼？其他水手又在做什麼？堆放在那些板條箱裡的書冊究竟有何用途？他說不準。可是他有種感覺，覺得他和索拉和他們都在努力做同一件事，一件能普及四方的事。他的任務就是將話語化爲文字，讓小小的啓示與日俱增。**放輕鬆**，索拉低聲說道，**你不需要明白**。

S.從陸上返回時，經常發現許多箱子從房裡消失了。他懷疑箱子被搬進

有個評論家說《科里奧利》具有「潦草初稿的所有特色——而且，還是在喝了苦艾酒的微醺中寫就的初稿。」

此人還說《希修斯之船》「讓他沒有理由重新考慮他對石察卡作品的評價。」

難怪石察卡會痛恨評論家，我不意外。

即使是喜愛他作品的評論家，他也不喜歡。

我想我們可以大致做出結論：只要你不爲S組織奉獻或不是菲樂美拉，他都不喜歡。

妳講這個未免多餘。她也爲S組織奉獻過，只是不在組織裡面。

了貨艙；最近航行時已盡可能減少載貨量，船身吃水卻總是很深。

＊＊＊

特務#26（你[7]）

老闆（也就是城堡裡那個人）需要他的銅，所以你從蒙大拿州的標特奔波到亞利桑納州的比茲畢，到墨西哥的卡納內，到日本的足尾，到芬蘭的歐托昆普，到尚比亞的卡富埃國家公園，以確保供應無缺且價格低廉。如果這意味著你偶爾需要把某個世界產業工人組織的成員吊死在鐵道橋上，或是火燒一座帳篷鎮，或是以斧柄連續槌擊來傳遞訊息，或是當鬣狗在黑暗中獰笑

7 有趣的是，石察卡所有作品當中，只有這一段採用了真正的第二人稱敘述。（當然了，他偶爾的確會使用「你」這個直接稱呼。）我在寫給他的信箋中建議他改用平時慣用的第三人稱，但他很堅持，並信誓旦旦地說，要是我或其他任何人再提議改變這一段的敘事觀點，他會把稿子從出版商那裡抽回來，一把丟進最靠近他的火堆。

別相信這裡所寫的。在這個時候～當他開始明白她對他（可能）有何重要性的時候，他真的還會對她如此嚴苛嗎？

誰知道？也許正是因為他開始了解到這一點，才做了過度的補償。比較可能的是：若他感覺到這將是自己此生的最後一本書，就真的、真的不希望任何人干涉他藝術上的決定。

我之前沒怎麼注意這段話……但剛剛重讀才意識到，我還沒有過像這樣的故事。那種巨大的信心，那種讓我極度渴望成為其中一部分的東西。

對特務#26而言，這份信心倒是派不上什麼用場。

哈……沒錯，很好，有趣，隨便啦。說不定石察卡是在藐視相信那個特定故事的人……但你不認為每個人都需要一個故事嗎？或是好幾個？

越聽越像我父母的口氣了…

不是在說宗教，總之不必然是。石察卡對於自己身為作家的故事＋人們需要起身對抗權勢的故事，或許還有他與翡樂美拉建立起真正關係的故事有信心。而她相信的則是自己有責任保護他的身分＋他的世界，更鐵定對於他&她能在一起的故事保持信心。我想說的是：我完全沒有那樣的東西。我很希望現在已經找到了。你就有一個啊～你希望自己成為出色的學者。

那條路有些顛簸。

閉嘴。至少你還有一條路。別因為莫迪找你麻煩就先投降。你仍然相信自己的能力。

我年紀比妳大。我有更多時間去找路。

時割斷某個酋長的喉嚨，或是賞某個緊張兮兮的礦場守衛一記機關槍再眨個眼，或是鄭重地給某個短視近利、手指還沾有墨漬的告密小人上一課，你會去做，還會做得神不知鬼不覺，表現出職業水準，冷靜有效率，而且目標明確。老闆正在根據他的遠見改造世界，一如歷史上所有的偉人，而你則是他這番雄心壯志的工具。況且：他讓你自行選擇要用什麼貨幣領取酬勞。

你從未見過他，這是當然。你從未去過城堡，甚至不知道它地處哪個國境。但你從其他特務口中聽過一些傳說：有一次，在幾年前，老闆曾邀請極少數幾個寵信到城堡去。他們參觀了葡萄園，接著是地窖，並在裡面開了一桶他們每個人有生以來所嚐過最香醇醉人的葡萄酒：最深沉的紅色，口感無與倫比（醇厚到在味蕾上停留了數小時），是一個了不起的人的意志精粹，經過採摘、壓榨、浸漬、熟成與裝瓶而成。

據說只要特務表現傑出（像你就是，你十分以此自豪），或許有一天連絡人就會在他（或她）的外套口袋裡，偷偷塞一張參加類似活動的邀請函。

你對這樣的故事有信心，期待有一天能成為其中一部分。偶爾你會買一瓶自

把自己想成是工具……真恐怖。

但並不罕見啊。虔誠信眾不都是這麼想？問題只在於你遵行的是誰的意志／為了什麼目的。

（正如同布沙莊園）

你認為翡樂曝光了莊園所在地之後，布沙一家人還待在那裡嗎？

好像沒人認知到莊園被她曝光了。

珍，我在地道裡發現一個S符號，很接近史丹迪佛大樓旁的入口。又是莫迪：表示他知道我在附近+我會從地道進去。(符號旁的牆上寫著「請來電」。)

你會打嗎？不知道。如果走錯了這一步，後果會非常嚴重。

己能負擔得起最貴的紅酒，然後在喝下肚後告訴自己，不管老闆在城堡裡招待什麼樣的酒，都會比這個好喝千百倍。

正因如此，你才不希望被要求隨身帶著一張撕下的紙。每當伸手進口袋摸到紙張，都會以為可能是邀請函，而一旦發現只不過又是一張破紙寫著某個瘋子的故事，總會感到椎心的失望。但你接到了指令，也會依命行事：只要你的任務是「消滅S」，就得帶上一張撕下的紙，隨身帶著卻不能看，然後把紙留在屍體身上，最好是在口袋裡。假如是裸屍，放在嘴裡也行。

為什麼？有一次，在幾年前，你問了連絡人。**這不正是*S*組織對我們的人做的事嗎？**

這是我們發明的，連絡人說，**這可以說是我們的印記。*S*組織這麼做，是一種嘲弄，一種企圖擾亂並打擊我們的卑劣手段。**

沒錯，它是擾亂了我，你脫口而出，來不及阻止自己。你當下立刻懷疑自己的職業生涯是否到此為止，甚至懷疑自己能否活著離開。

你的任務很簡單，連絡人說，**聽命行事就對了。**

參見：我父母。

很高興妳也開始用「參見」。歡迎來到學術研究的

黑暗面

現在想想，我知道他們不是在命令我～只是想把我留在一個美好、安全的小盒子裡。出自善意，但還是難以消受。

珍，我可以理解…儘管在公園裡沒發生什麼事，他們還是自覺失敗。而他們不想再有那樣的感覺。誰都不想。

可是：我是我，而不只是一樣讓他們體驗感覺的東西。

妳覺得妳爸媽為什麼要來找妳？

不知道。但不可能是好事。

這話真是耳熟。你一輩子循規蹈矩，對長輩的要求無一不從，而且從不惹麻煩，結果得到什麼？一個無趣的前男友、一個沒多大意義的學位、一個讓你從此困在無趣平凡生活中的無趣工作，喔，順帶一提，就連這些也都是拜你爸在幕後操控所賜。

珍，還有一件事必須考量：沒那大的學位若沒有真正拿到，會更沒價值。

平凡有什麼不好？

做個特別的人比較好。別想要我相信你能完全滿足於平凡。因為我知道那是謊話。

沒說我可以。（我可能會希望自己可以。）不過，我懂妳的意思…就像我被莫迪挫了銳氣以後的感覺。布蘭德醫師曾跟我提到「相信&期望的差異」。例如：相信我們的努力可能帶來正面結果固然很好，但期望能有好結果卻是另外一回事。我們不能要求某個特定的結果；我們沒有這個權利。就因為懷抱期望，才會在事情出錯時感到那麼痛苦。

這我明白。但我感覺不到。

此時此刻，在這個下著雨的午後，你搭上市區電車前往一個陌生地址，一棟沒什麼特色的建築。你接到的任務是消滅S，而且連絡人如此緊急地傳喚，想必十分重要。車廂充斥著濃濃的溼羊毛味。你覺得外套口袋好像被拉扯了一下（其實與其說拉扯，倒更像是迅速一捏），你伸手想去抓扒手的手腕卻撲了空。

你往口袋裡摸了摸，感覺到那張紙還在，鬆了口氣。一切都照計畫進行。但你猛然驚覺：撕下的紙頁向來都放在左邊口袋，不是右邊。

是邀請函？

你覺得自己有這個資格，只是從來不敢大聲說出來。你是查出了H城倉庫所在的特務，經驗老到，從早期便加入了消滅S行動——儘管到頭來沒有一個是你在找的「S.」（你奉獻多年青春，效命的精神可靠而絕對。邀請函早就該送達了。）

你從口袋掏出紙張，擋住身旁的目光，偷瞄一眼。是連絡人給你的那張紙，上面寫滿你看不懂的東方文字。失望之餘你覺得心揪了一下。

另外，事情還有了超乎預期的發展，例如：我陷入絕望＋感到孤獨莫名，於是開始在書頁間和一個陌生人筆談。結果走到了這一步。

艾瑞克，你說得對。但請注意：我們同時也被困在一拖拉庫的麻煩之中。請不要說「至少我們有伴」。

好，我不會說

你心裡在想，我感覺得到。

你掃視周遭的面容，尋找任何一張可疑、引人注目的臉——又或者是太刻意不引人注目的臉，就像你和其他特務同志。所有的臉模糊成一團。電車戛然停止，幾名乘客匆匆跨出車門走入雨中。這時你才注意到大腿的刺痛感，鮮血從長褲被割開的一條細縫滲出來。你還沒來得及反應，還沒來得及衝出車門去追那個對你下手的人，視線已暈染成一片五顏六色。

大腦裡的一條血管爆裂。

當電車喀嗒喀嗒往前行駛，有個穿著溼羊毛衣的人肩膀無意中撞到你，你立即倒下，手裡仍緊抓著撕下的紙。你砰一聲跌入一群不耐的陌生人的肩膀、背部、手臂與膝蓋之間，倒在散發出灰燼與皮革味的溼地板上，眼前所見只有一片模糊的黑、灰與黃褐。你就死在那兒了，在一個你不為人知的城市，一個你不為人知的國家，一個你不為人知（也本該如此）的世界。在這之前，你還不夠不為人知，對吧？

我又是打電話、又是搜尋資料，留下了好多能追蹤的足跡～天啊，我甚至還寫email，想也沒想收件者是誰。從來沒想到應該更小心一點。

最後籠罩你全身的感覺是失望，因為你一定、一定會在口袋裡發現那封邀請函，不是明天，就是後天，再不就是大後天……

我應該提醒一句的。
我們倆都完蛋了。

＊＊＊＊

每次出任務，S.都會遇見盟友、協力者、援助者與煽動者，但他並不知道，也不想知道關於他們或他們生平的一切，甚至是他們的連繫管道。不管是無知得像一塊光滑玻璃，或是不讓有心人抓到把柄，又或是維持難以捉摸、危險而致命的特質，都比較安全不是嗎？

反觀那些幫助他的人也對他一無所知，只知道他在做什麼。

或許他本身也有點像韋沃達：雖然實體存在於無形，對世界的影響（包括疆域與資源與痛苦與渴望等各方面）卻恰恰相反。此外，他也同樣在一個位於謠言之邦[8]的地產上運用這份影響力——此地光線以不自然的角度折射，普通人得戴上特殊眼鏡才能看清事物。

8 我認為《謠言之邦》是石察卡最初為這本小說訂定的書名；他在一九四四年寫給我的一封信中曾提及他正在創作一首文學幻想組曲，不知道最後會變成什麼樣子。

＊＊＊＊

#47攫住喉嚨，往前趴倒在飯店豪華套房的早餐桌上，鼻子首當其衝壓進切開一半的葡萄柚裡——他剛剛才舀起一湯匙來吃，沒想到有那麼酸。這時有個人出現了（從哪裡來的？窗台上？隔壁房間的窗簾後方？衣櫥裡？），他可能來自S組織，至少肯定是S的成員之一。#47還趴伏在下了毒的水果上，這個S把他的頭拉起來。我想結束這一切，他說。

#47搖搖頭，透過滿腔濃稠的口水說：不會結束的，你不知道嗎？

男人停下動作，偏著頭像在傾聽#47聽不見的聲音。我的確知道，隔了好一會兒他才說。

#47端詳那人的臉。他們曾經奉命尋找過這張臉嗎？他認爲沒有，不過他

我本來沒打算到我爸媽家。只是上了車+飛快開走。我不想讓那個人再看見我，不想讓他(或任何人)知道我在哪裡。

包括我在內。

對不起。我太害怕了。而且那間該死的汽車旅館還失火…?! 汽車旅館，然後是我爸媽家的穀倉??千萬別想告訴我那是巧合。

參見第10章：這不足以成為放棄的理由。

你看了今天的《叉角羚日報》嗎??第5頁。

該死。珍，我早就告訴過妳，那是個要不得的想法。

我猜現在不是稱讚你那張照片很可愛的時候……

看來我猜得沒錯。

厭煩了。厭煩了學校+跟蹤狂+我的家人+校警+光看就像跟蹤狂的人。厭煩了S組織+新S+新新S+其他每個可能他媽的重複的S。我只想離開這裡，和你待在一起，遠離這一切危險/壓力/狗屎。

的記憶，又或者他整個大腦可能都靠不住。他眼看就要被自己淹死了。他想要問：你們總共有多少人？我們不停地消滅你們，你們卻又不停地再次出現。但他沒有足夠的時間或氣息。

對他下毒的人會大大嘆一口氣，同時揉皺一張紙。

＊＊＊＊

令S.心力交瘁的倒不是殺人，而是計畫、划船、信任、旅行、藏匿、殺人、逃亡、划船、縫嘴、航行、書寫、航行、書寫、航行、書寫、計畫、划船、信任，同時也知道韋沃達在追殺自己，知道自己遲早會遭到某個特務的刀或槍或絞繩或冰錐[9]暗算，再不然就是被韋沃達某客戶國的秘密警察循線追獲，直接從大街上將人綁走交出去，讓他接受清算。（當然了，無論他被哪種武器制伏，最後都會被人從窗口扔出，這是他們的做法，他們會在你身

還有寫了又寫、寫了再寫的〈雨〉詩作賞析報告，根本毫無用處，同時心知肚明伊莎不會讓我好過。

拿去：我替妳寫了一篇。還不錯。隨便妳怎麼用。

《[目瞪口呆]》就當作是非常時期之類的吧。

從英國秘密情報文件可看出布沙&史達林的關連；文中卻略去布沙&英國之間的關連。

9 看似指涉石察卡所景仰的蘇聯共產黨領袖托洛茨基遇害案。但並無證據證明兩人曾經見面或通信。

上我贓一張紙，然後從高處推你，讓你跌下來，讓你快速墜落。）

不，其實是那持續不斷的翻騰湧動，是那繼續前進繼續行動繼續冒險的需要，要給那些該死底混蛋唏得安寧，非要唏可。

你也許會說S.怪不得別人，要打這場仗，要過這種在提高警戒中昏昏欲睡或在昏昏欲睡中提高警戒的生活，要容許自己滿足於讓索拉活在手稿空白處而不是自己懷裡，這完全是他的選擇，而你說得也許沒錯。但你也應該要了解，他內心裡起了一種消磨作用，將選項、抉擇甚至於欲望都愈磨愈細，直到再也無法憑靠肉眼觀察或重量或轉移來證實它們的存在，而只能憑靠信心。一直到欲望幻化。

＊＊＊

特務#8

關於#8的死，少說為妙。即便S.也承認那不是任何一個人所應該承受的

怪異的觀點轉換：敘述者試圖直接說服讀者不能全怪S.。

還不如起頭就寫「親愛的翡樂，很抱歉讓妳虛度了一生，不過……」

他在書中其他段落確實自責得很徹底。

我們總有一天能好好睡覺。

我們總有一天能做好多事情。

像是睡到中午起床、出去喝杯咖啡吃個甜點、在咖啡館露天座享受好幾個小時的日光浴…

沒錯。

我要吃哥拉奇。好愛那種酥皮點心。

復仇的限制

有時候會想，我做這些有多少純粹只是為了報復莫迪？還有伊莎？

你現在做的完全是你原本就會做的事。只是變得更投入罷了。

我似乎在默許妳做出輕率的決定（無可否認，我也因此間接受惠）。

你並沒有「默許」我做任何事。

痛苦——即使那個人是，比方說，是蔻波從洞穴跳下時開槍射中她的人。那顆子彈被她殘餘的生命包覆住，速度驟減落入浪濤中，要破壞它的殺傷力已經太遲，但記憶永遠無法抹滅。

我從小就有類似經驗。不常發生，可一旦發生就很嚇人。你只能眼睜睜看著那些可怕的東西步步逼進，也知道它們只想傷害你。

妳家人知道嗎？

妹妹知道。爸媽重新裝潢房子的時候，我們有一陣子共用房間。她親眼看見了～當時她醒著，整個人嚇壞了。她說我發出的聲音嚇死人了。

((她說得對!))

妳覺得這是從什麼時候開始的？

如果說第一次發生在我失蹤的當晚，應該會是個精采的故事。可惜我不知道。

好吧，我知道。是從我待在舊工廠的第一夜開始的。

＊＊＊

S.的睡眠已經夠少了，還不時受到迷迷糊糊的恐懼感擾亂。他自覺半清醒著卻動彈不得，四周有一些無形而帶有惡意的東西從暗處看著他，同時慢慢靠近，慢慢縮小範圍包圍他。有時他覺得索拉入夢了，真真切切地進入夢中，不是像他書寫時在紙頁空白處低語，而是和他一同存在著，讓空氣中充滿快樂鼠尾草的香氣。[10] 她會從內心最深處發出鈴鐺般清脆又響亮的歌聲，將魅影驅回他們來自的地獄深淵，讓極度缺乏睡眠的他可以重新入睡。只是

妳的夢裡有這樣的人嗎？能夠保護妳的人？

沒有。孤單一人。後來我學會了如何在惡夢開始後喚醒自己，不一定能奏效，但曾經救過我的也只有我自己。

10 請容我重申稍早的一個觀點：我們不一定能單憑內文細節判斷書中角色的原型是哪個真實人物。在此，石察卡選擇快樂鼠尾草作為代表索拉的香味，但他同樣也可以選擇玫瑰天竺葵、泰國青檸或九重葛。

大部分時間她都不會出現，沒有鈴鐺般的清脆嗓音來驅散魅影，房裡包圍他的圈子愈縮愈小，最後所有黑影一齊撲過來，當他驚醒時，四肢僵硬痠痛，聲音沙啞，尖叫聲響徹船身與甲板與其間的所有空間。

要是能召喚她就好了。

不是說等妳父母離開後要見面嗎？

等等……

怎麼了？？

我有事必須離開一下。算算時間，我騰不出2小時。

可以嗎？如果不能召喚到最底層甲板，那麼到他的艙房呢？

可以試試。他有根針，而且艙壁上補了幾塊沒有刻寫的全新木板。至少試試無妨。

****

特務#9與#41

P城啊！人事物在此被拋出窗外！上萬起墜樓事件之城！重力再教育之城！在你這座城中，消滅S變成一件如詩的任務！

詩人威廉斯的報告拿了C⁺（我現在吉星高照：）期末可能需要拿個A⁻。

妳覺得伊莎會公正給分嗎？

以前不覺得，現在會了。

老闆想必很了解這種詩意，否則#9與#41怎會被召見？在被占領的城市裡，地方上資源豐沛。軍靴的節奏不分日夜踩響街道，對於殺兩個透過無線電散布謠言的顛覆分子滅口，這些士兵根本不當回事。殺人、砸毀設備，也許還會附帶燒毀整條街。士兵們會興高采烈地執行任務，就像占領軍的秘密警察，就像通敵者的秘密警察。但是當老闆想要以某種特定方式達成目的，那就是唯一的手段。

情報並不確定，向來如此，但他們知道的是：老闆的名字（韋沃達，他們低聲互道，帶著犯罪般令人暈眩的興奮悸動）在一個短波頻道上廣播著，並與種種不法及通敵行為有關。而凡是如此公然指控老闆之處，總有一個S存在（若非整個S組織的話）。（老闆不喜歡成為街談巷議的話題。老闆不喜歡出名。老實說，老闆不喜歡有人想到他，除非是那些想方設法要和他做買賣的人。他的客戶們很重視這個，也很依賴這個。）

散布言論攻擊的無線電訊號已經追蹤到了。就是來自這裡，P城中央廣場附近一條繁忙街道上的一棟建築頂樓，而城裡三家報社中最不配合的一家

這麼說來……如果這些段落全是根據真實的殺人事件而寫，有證據顯示石察卡（或任何與S組織有關的人）作了類似的廣播嗎？

據我所知，沒有。

要是能聽到他的聲音就太酷了。

很懷疑會由他本人發聲。

我知道，說說罷了。

美國戰略情報局的文件可看出布沙&納粹之間的關連。

的辦公室也就在這棟建築內。每次廣播都相隔十九日又十九小時，S.計算時間非常精準，接下來這次將會在今晚八點開始。每回由兩個人廣播，一男一女，這倒是出人意外，因爲S.（或說S的成員們）總是單獨行動。無論如何，一待#9與#41上到那棟建築頂樓，這兩個聲音便會安靜了。

三天前，#9與#41分別搭不同班列車抵達P城，相約在一間可以看見報社大樓的旅館碰面。他們在鄰近一帶勘查溜達，然後一面喝濃烈咖啡與少量白蘭地一面對照筆記資料，並一再反覆詳讀S檔案。他們大聲說出內心的想法，認爲只有瘋子才會全心全意地阻撓進步、政治現實、常識，以及現金與服務及產品的自然流通。他們進食、小睡、走動、觀察。他們擬定計畫，推敲琢磨後加以修改。他們倆都愧疚地坦承想讓這次的消滅S行動變成創作的表達，變成藝術。

他們商定好寫一篇**故事**。當然，到了故事結尾，廣播者會雙雙被拋出窗外。這是既定條件。但在他們的行動內容、他們的動機，以及潛藏在他們註定無法背叛老闆與一切現狀的命運底下的渴望中，或許能展現一點藝術。

我回到家時發現窗子開著，沒去關上，太害怕了，不敢靠那麼近。心裡想到戴加丹。

#9提議的情節是，情緒不穩定而危險的男S突然發狂，抓著情婦一起跳窗自盡。#41不贊成，她比較偏好殉情。**命運多舛的戀人**，她建議道。#9聽了十分感動。**很好**，他說，**像極了莎士比亞的風格**。

關於廣播人自殺遺書的口吻，他們倆意見分歧。#41想要以傷感而甜膩的口氣，陳述他們的愛是如何承受不住殘酷的戰火。忽然感覺到下體一陣溫熱刺痛的#9，則提議讓這兩個不適任者承認，他們之間的墮落性愛讓他們羞愧到無顏再活下去。最後#41讓步了。她知道且相當敬畏#9這多年來令人欽佩的工作成就。他是韋沃達最早期的偵察員之一，曾經將一個時常出沒於碼頭且與S同謀的賊人直接推下深谷（多麼詩意啊！），曾經火燒魯汶的圖書館，曾在奉天事變的計畫中出賣日軍，還在長達三十年期間執行了數十次消滅S的行動。

#9負責寫男子的遺言，#41寫女子的。他們坐在#9房間的沙發上，一起閱讀兩人的文學創作，上身不斷朝彼此靠近直到肩膀相碰，#41發現自己的手已擱在對方的大腿上。她暗忖：這就是人們所謂的愛嗎？[11]

我最愛的一門課：
表演莎士比亞。去年修的課。讀了他筆下的悲劇，所有學生都得在課堂上表演幾幕戲（這對我來說很可怕，因為從來沒表演過什麼，也從來不想）。我被分配到在《李爾王》的一幕飾演小女兒柯蒂莉亞。緊張得要命，還以為會當場昏倒。後來教授（是個瘦小的法國老女人）要我放開一點之類的，我甚至都不太記得她確切說了什麼，但是很有效，我真的放開了，最後變得好好玩。這也多少讓接下來的學期生活更有趣。現在我對他的悲劇都能倒背如流了。

妹妹用email寄了保險公司拍的火災後穀倉照片給我。牆上還能明顯看到一個S符號。你還要說這是巧合嗎？

不了，但恐慌並非上策。

艾瑞克！請告訴我該怎麼樣才能不恐慌！！

晚上八點整，#41還在撫平衣服的皺痕，#9已打開收音機，調到S成員的慣用頻道。聲音很小，幾乎被雜訊所掩蓋。他們談論著韋沃達在地中海某座小島上一間工廠所生產的致命毒氣。

目標就定位。行動開始。

#9與#41從控制街道的士兵身邊大步走過，士兵們已接獲命令無須注意此二人。他們經過一樓漆黑的報社辦公室（根本就是無政府主義的爛報），然後爬上後側樓梯，爬了五樓。他們很安靜，很有自信，行動協調得完美。（各自心裡都貪婪地想像著任務完成後，又得搭乘不同列車離開P城之前，在#9的房裡該如何慶祝。）在樓梯平台上可以聽見那兩個聲音，聽起來微弱得恰到好處。#41將門踢開，#9對自己所展現的力量與意志暗感激動。

裡面：一個長形的空房間，一件家具都沒有。地板上擺著一部正在轉動

11 石察卡筆下有許多人物到頭來都會發現自己對愛的觀念、感覺、責任與實踐感到困惑不解。即使令人憎惡如#41特務，這一刻卻提醒了我們，她內心裡不只保有些許人性，面對她自以為已掌控的世界，也有如一個迷失的孩子般驚惶失措。

任務完成。無須破門而入。從系辦秘書的桌上拿到了史丹迪佛大樓的萬用鑰匙。

妳這麼做真是大錯特錯。

但你很有興趣知道我找到了什麼，不是嗎？

英國秘密情報文件：荷蘭武器商愛普在義屬島嶼上有秘密工廠的傳聞未經證實。

菲樂在此主張「愛」最能展現人性：否認愛，就是否認你的人性中最重要的一部分。

關於這一點我問過她，她說這確實就是她想說的。否在故事中寫出這樣的字句，想必對此也有某些程度的了解，她便利用註解再推他一把。

而她始終不知道是否奏效了。

她認為她知道。

所以我想我們應該記住：雅各、伊莎，或甚至莫迪也是這樣，對吧？這差不多是每個人都在追求的，即使他們本身沒有察覺，即使過程中有許多附帶傷害。

我們自己也是。

我的幾位老朋友邀我出去「為舊日情誼」喝幾杯。
真煩。好像在替自己守靈似的……
她們全都知道自己接下來要做什麼，而且都興奮以待。
是啊，當然了，既然再也沒啥好煩心的，
何不花點時間懷舊呢？

何不乾脆就去呢？
妳一直都太用功了。懷舊也沒那麼糟啊。

的留聲機，還有一支麥克風連接到大小如童棺的無線電發送機。沒有男人，沒有女人，只有保存在醋酸纖維唱片溝槽中的語句。

#41正要轉向#9，便有一支細小飛鏢插入他喉嚨，聲音有點像張開兩片溼溼的嘴唇。她的目光還來不及從他身上轉開，第二支飛鏢便射向了她。

他們摔倒在地，一起扭動抽搐著，宛如一對舞伴。屍體一直躺在那裡未被發現，直到數星期後報社員工才被屍臭味逼出大樓。總編輯找了與占領軍合作的警察之一請求協助，得到的回答卻是他大樓裡的屍體他得自己去料理——他難道不知道有一場該死的仗正在開打嗎？

＊＊＊＊

船，就如同逐漸蕭條的鳥舍。（水手減少了，哨聲減少了，如今吹出的音色也不若S.初登船時那般豐富多變的鳴囀）（可能之前數百年都是如此），而是虛弱無力的咕咕尖叫，根本壓不過瀰漫在空中的可怕迴響，那聲音撼動的不只是船，還有大海與天空。唯一能逃避這股喧擾的地方就是底層甲板。

S作家群，一一死去。

尤其是在1930年代。對他們來說，
那是特別難捱的10年。

唉，早知不該去的。
她們只想談論「珍妮的新男友」。大概是室友說出去的。
她們說雅各知道了，
而且十分關切。

所以呢？

炭黑霧霾模糊了海上景致。一股無煙火藥與焦肉味被海風推著走，卻沒有散開，偶爾還從韋沃達在海岸山區裡的試爆場飄來一波令人作嘔的氣味。那味道不只讓S.想到那座小潭，還讓他彷彿身歷其境，雙腳踏在短硬的枯草地上，肺葉因身在高處而吃力地運作，朋友們一面移動一面交談，一面懷抱信心一面努力掩飾自己內心的懼怕。

為什麼空氣中有這種味道？稍早他問了大漩渦，但與其說是想找答案，倒更像是為了想辦法救自己脫困，因為直到今天，每當想起死去的友人，那憂傷的捕狼陷阱就會啪一聲咬住他。為什麼呢？

細界在燃銷啊，大日頭。[12]

你以前聞到過？

很多次了，可從旡一次像這樣。

緊張的狀態讓大漩渦、讓其他水手、讓他都受到折損。他們快速地老

12 這句話呼應了殘酷的萬卜勒在《萬卜勒的礦坑》第六章中說的話（除了「大日頭」一詞之外）。

我一直想到老友葛瑞夫…他也主修文學。我們倆都專攻20世紀，我畢業論文寫石察卡，他寫保羅・海豪・保羅（英國作家，書晦澀難懂，不太受到讀者喜愛。而且名字很荒謬）。保羅和石是同一時期的作家，因此我們經常開玩笑說，如果兩位作家原來是同一人，那該有多酷（儘管我們會批評對方研究的作家寫的東西一文不值。）

真有意思。你們還保持連絡嗎？

接到通知，禮拜一要和波州大圖書館的頭兒開會。不妙。

化，他們的身體一致地衰退，思緒一齊變得迷糊，在等待未知的未來時，彼
此的恐懼也連成一體。

＊＊＊＊

呵，索拉！請妳凌駕
這最高明而混亂的發明！
為我歌唱，索拉，
歌唱愛情，且願妳的歌聲
如潮流般牽引，
帶領我穿過這些鮮血
與墨水的洶湧湍流，
因為我一次又一次
被迫脫離正軌。

呵，水手，請你結束
恍惚吧，這無心
而混亂的失望！你
只是個水手，如此而已。
白晝漫長，而黑夜擾人。
你結合了一陣洶湧
激盪又狂亂的鮮血與墨水。
為什麼呢？遭天譴的人。
一次又一次被撕扯，
你已無足輕重。

但是召喚繆思應該是為了求取靈感，對吧？他卻不然～他是在求她救他。

指的是S.或是石？

不管是誰都一樣爛～把救他一命變成她的責任。其實那是他自找的。

召喚繆思變成自我鞭笞。

很像「夜驚」。只是我們無法把自己喊醒。

我還是覺得牆上的文字裡有暗語，我們只是還沒看出來。

如果這是石說的話，表示他知道這是他的錯。他想表達他選擇鮮血＋墨水而放棄了愛，因此遭天譴。至於畫上刪除線，我想是在暗示儘管明知這是事實，他仍沒有勇氣去聽。

你是說：去看。

[• •]

艙壁上的刪除線，地板上的刪除線。在艙房裡，為了召喚她而開始的一切，最後卻都成了對他自己的詛咒。[13] 於是他放棄了嘗試；他閉上眼睛書寫，只是把釘子放到木板上畫形狀，沒有任何意圖、靈感或慰藉。睜開眼睛時，他發現眼前的木板上只刻了短短一句，一個問句：

誰是西妮．哈珀？

＊＊＊

13 比較S.對於自己這般「中介書寫」之經驗的不同反應。在第七章，他似乎對此手足無措，卻又能感覺到他有些驚訝。但在這裡，我們看到S.在抗拒，努力想征服它，好像比較確定自己想說什麼，又不能忍受無法說出來。可不可能石察卡自己也在與類似的矛盾拉扯著——存在於藝術的意圖與實踐之間的矛盾？存在於期望與表達能力之間的矛盾？我與他的書信來往無助於了解此問題，但這似乎是相當普遍的內心掙扎，不只是藝術家，一般多數人也都有，因此我要大膽宣稱答案不只是可能，而是肯定的。

按第8章藏的暗語看來：她的情敵是死是活都無所謂。

根據伊莎：
哈珀＝德語「渡鳥」
→狄虹？

小說從頭到尾都沒解答這個問題。為什麼？

我回去檔案室查過了～石察卡的原稿沒有這幾行！這一段寫到「意圖、靈感或慰藉」為止。

所以是她把自己要問他的問題直接放進小說內容？幸好他已經死了，否則會氣炸。

也許這正是她的目的～她在問他是否愛上別人。

感覺又是一個她早已知道答案的問題，只是想讓他親口坦承。

這件事你問過翡樂嗎？

她知道的就只有名字，說是麥金內有意無意提起過，但同時留意著她的反應⋯她認為西妮．哈珀就是狄虹，卻始終未能證實。

她根本不知道自己在問什麼⋯⋯（但她難道不知道這麼做會讓某人陷入危險？又是為了什麼～忌妒？西妮．哈珀對她而言只是個名字。不對：一個名字、一場儀式、一份威脅。）

絕對不要對我做這種事。雅各做過。惱死人了。

他想讓妳親口坦承什麼？

我不知道。我沒什麼好坦承的。

我該相信妳嗎？

#2坐在一輛 Cord 810 的駕駛座上奄奄一息，車子停在金門大橋下的尖兵堡暗處，登記的車主則根本不存在。太平洋海風從車窗吹入，將特務的頭髮（此時已比照片上花白許多）吹得一團亂。#2臨死前說了幾句話，嘲弄仍留在後座的S.（他正等著看長期以來的對手斷氣）。**到領地去吧，特務說，去找總督。你該會有多驚訝。**

停屍間裡，當驗屍官撬開死者的嘴巴，將會發現《*Ang Mamamana Kuwento*》（作者名叫柳麗娃．席羅伊）第一八九與一九〇頁鬆鬆地揉皺成一個玫瑰花飾。

此事確實發生過：有位舊金山驗屍官寫過一本回憶錄，提及這是他終生難忘的殺人懸案之一。我的意思是，（關於車子&書頁的）細節絲毫不差——儘管所有報導中都沒提及，而回憶錄也是直到1950年代才出版。

弓箭手故事集（菲律賓塔加拉語）

菲律賓常見的姓。

這麼說你認為石察卡是在坦承犯案？

特務#2

當然了，如果他認識警局裡的人（或甚至驗屍官本人），也可能得知這些細節，但我覺得讀起來像是他人就在現場。

之前我不這麼想，但現在改變主意了。

第八章
領地

領地：一長條偏僻的熱帶河谷，在韋沃達發現它周遭山地礦藏豐富之前，幾乎鮮為人知。然後，他送來了撤離部隊，送來了槍和錢，送來了對現代化的渴望藉以魅惑原住民，送來了監督者與化學家，送來了私人軍隊以確保該地區繼續鮮為人知。

韋沃達在領地開始布署作業後不久，某鄰國政府便派來一支軍隊兼併了這塊土地，並宣稱擁有其資源。那些人無一生還，而數日後該國本身也遭到北半球某個與韋沃達這名武器商交好的強權侵略、占領、去勢。[1]

競爭的採礦公司所承租的飛機飛越後一去不返。巡邏海岸的軍艦遭遇到柵欄→珍，這是什麼意思？

意思是，我們從這裡更能了解到翡樂傷得多深。
這是柵欄加密法（rail fence cipher）～
自己去查一查吧。

好酷。有幾道柵欄？
妳又是怎麼解出來的？

註解說柵欄「高得令人暈眩」～所以我想數目一定不小。結果一試就中。猜猜看？

19

答對了。

無法解釋的災難。間諜佯裝成有意交易的買家（或是勞工、研究當地住民的人類學家和迷路於叢林的笨拙探險家），都被大卸八塊寄回給他們的連絡人。倘若韋沃達有任何手下要離開領地，他們不會開口；倘若有任何人打算開口，就會在話出口之前消失無蹤。（因爲看見韋沃達不想讓人看見的東西而付出代價的，不只有札帕迪、歐布拉多維、賴杜加。）

他們到底從這些山中土地裡挖出了什麼？鐵和鋁礬土，某個情報單位這麼說（儘管他們並不以獨立作業著稱）。[2] 鋅和鉬，另一個說。瀝青鈾礦和某些尚未命名的稀有金屬，又一個說。這些說法可能全部屬實，也可能無一

---

1 本章較早期的草稿中，對於領地歷史有較長而詳盡的描述。雖然絕大部分的歷史都是悲劇，卻也不乏一些喜劇元素，其中包括一段插曲是關於政府如何不斷逐步進逼，企圖將該地區納入版圖，進而宣示主權。原本一條畫了百哩長的線，拓展（或稱轉讓，端視你對私有土地的感覺）成臉上畫著可怕表情的大量人像，隔著一定距離設置，擺滿整條邊界；後來被一面及腰的石牆取代；後來又被一道壕溝取代；接著變成護城河；接著再變成充滿肉食性鰻魚的護城河，但鰻魚很快便被貪婪兇惡的老鷹給撲滅了；然後護城河得以乾涸，壕溝填平，搭起了一道高得令人暈眩的柵欄，並在柵欄上釘了一些老舊、飽受鼠齧且表情遠不如從前可怕的邊界稻草人，此後手段愈來愈荒謬。即使這段原始草稿鋪陳巧妙，但在這嚴肅得要命的S故事中，石察卡在這個時間點決定不加入如此趣味的引伸場景來分散讀者的注意力，我認為是明智的決定。

這裡面有解開暗語的線索？
章名沒有幫助。

大海撈針。

是眞。但在S.看來有一點再清楚不過：你不會只爲了保護一個鋁礬土礦場，就招募軍隊、組織策動戰爭、收買地區軍權政府，並貫徹大範圍的沉默與血腥治理手段。

因此S.想像中的領地，並不是一片詩情畫意的田園風景，有綠意深淺不一的濃密叢林，有*咖啡褐色的混濁河水，有鮮豔的藍、綠色熱帶鳥類鼓翅高飛；而是覆著厚厚一層藍黑色糊狀物的山陵，是叢林地上有又臭又黏的藍黑色絲網從密密的枝葉間懸垂下來，動物一旦被網住便難逃掙扎到死的命運。他還看到一條河有如環節動物似的朝大海蠕動——不是流動，而是**蠕動**——慢慢地逐步前行，同時卻也義無反顧。

然而這只是S.心目中的領地。事實上，河流就是河流，並且保留了它應

2 雖然石察卡從未向我坦承過這種事，但我相信他多少能從全世界幾個最可怕的情報單位處，走門路取得卷宗資料——包括針對他個人所蒐集到的全部檔案。

*問了凡妮莎能不能把交換取書的地點改到叉角羚咖啡。圖書館的會議讓我很緊張。特殊收藏品室的進出紀錄可能會反咬我一口。

妳在裡頭沒做什麼不該做的事吧？~~（還是妳有？）~~若有誰做錯事情，那就是莫迪（或者更可能是那些拿訪客證進出的人）。

可能有人故意陷害我。而且莫迪是教授/我不是。拿訪客證的人一定有強力靠山/我沒有～我身邊只有一個被逐出校園的人。還有，別忘了伊莎（雖然我猜你從沒忘記過）。

??? 妳在說什麼啊？

有的面目：河道有大量泥沙淤積，但河水暢通注入大海。S.與嚮導（一男一女）約在河口碰面，他們將一艘獨木舟側翻過來，躲在舟身的陰影中等他。男人幫S.把小船拉上海灘，藏入和樹一樣高的沼澤草叢中。

這對男女年紀很輕，頂多十九、二十歲。他們盡可能避免直視他，不過這是出於當地習俗或純粹是理性的判斷就不清楚了。女子自我介紹名叫安佳，男子叫瓦卡。她沒有主動說出她揹巾裡嬰兒的名字。S.說出自己的姓名，安佳卻搖搖頭，指著他說：「塔拉卡契。」

「S.。」S.說。

「塔拉卡契。」

「我不知道那是什麼意思。」

她看著他，不發一語。

「好吧，」他聳聳肩說：「塔拉卡契。」重要的是你做的事，不是你的名字。[3]

介紹過後，兩名嚮導只與彼此交談，僅寥寥數語，用的是S.從未聽過的

在埃斯壯的日記裡發現這兩段文字：
1929年5月：「我從未想到能和我們的朋友如此親如父子。雅也有同感。十分感激。」
1930年11月：「我們的朋友今天到來。我涕泗縱橫難以自抑。」
*這位朋友必定是石察卡吧？

如果是，石肯定是S作家群中年輕一輩的：麥金內、瓦茨拉夫、維克斯勒、辛格、德洛茲多夫…（見下一頁*）

那麼1930年發生了什麼事？是某種背叛嗎？

他會不會知道自己將在巴黎遭遇到什麼？似乎難以置信。（即便他知道，為何沒告訴S裡的其他人？為何還讓那個人繼續待在組織裡？）

名字的寓意？

毫無頭緒。

有沒有哪個真實人物吻合此處的安&瓦？

我沒查到，但吻合的人肯定太多，我們永遠不會知道誰負責幫助石，然後又消失。我們不可能無所不知。這是個複雜又亂七八糟的人生。

會不會是石察卡某本書中的人物？也許是《葛卜勒》的馬努森夫妻？

妳說得對，有些相似處。
也可能是呼應司坦法&蔻波（好像他們又重新輪迴了一次）。

* 會是清水嗎？

不是。

關於他的證據比其他任何人都多.

珍，我知道妳很努力想當個勤奮的研究者，但是拜託——妳真的認為是他？

不過從埃斯壯日記那句話的慈父口吻看來，最符合的人選是瓦茨拉夫（若我們對1910年發生在布拉格的事情猜測得沒錯的話。）

語言。安佳先爬上船，然後從S.手中接過行李妥善收到漁網底下。S.隨後上船。瓦卡負責將他們推離岸邊，進入微波盪漾的河水中。

安佳坐在船首，當她面向前方划槳時，嬰兒正好與S.面對面，並以冷靜、明確的打量目光凝視他。S.知道自己的長相醜陋嚇人；縫線的傷口在滲血，鬍子卻尚未長到可以遮蓋，臉頰凹陷，嘴唇布滿痂疤與傷口，頭上有一塊塊光禿，還有一隻眼睛因為微血管爆裂而眼白充血。假如他們看見他赤身裸體，看見他全身的淺藍斑點，一定會害怕或嫌惡到棄他而去。[4]

瓦卡遞給他一張薄薄的樹皮，上面用胭脂蟲紅墨水畫著一張人臉，手法細膩得驚人。那是一個中年男子的臉，禿頭、三層下巴，眼睛被多肉的臉頰

3 此處S.那麼排斥取新名可視為身分認同的基本要素。仔細想想，他最早探討這個觀念是在《三聯鏡》中，那是一本過度冗長、自我意識強烈、上市後滯銷的小說，出版時間就在我和他開始長期合作前不久。但如今回想起來，那本書似乎是《希修斯之船》的試作。

4 以S.這個角色的性格發展而言，這一刻具體呈現了他目前為止最有趣的特色之一：雖然能夠冷血地殺人，卻也想著尋求社會關係的連結（但話說回來，他又沒有把握能做得成功）。

擠小了。這個長相有些面熟，但S.也說不出爲什麼。五十七人當中僅剩數人，而此人並非其中之一。「這人是總督？」他問道。

瓦卡點點頭，便向S.取過樹皮，將畫像抹糊成一團紅，然後從船側丟入水中讓河水沖走。5

「這是奈梅莢？」S.問。兩名嚮導一聽到這個名字立刻沉下臉。

安佳打了個手勢，示意S.在沿著船中心線的一個狹窄空間躺下。他們已經逆流而上夠遠了，現在他得躲藏起來。他覺得被溼溼的漁網困得難以動彈，又找不到適當的姿勢能讓行李不再戳刺他受傷的臀部。這天的天氣炎熱，空氣潮溼得讓人呼吸困難，他的鬍子也癢得要命。他可以聽到低語聲從水中穿過船身傳來。小嬰兒眼睜睜盯著他看，顯然對他的苦境無動於衷。

之前，在船上，大漩渦曾爲了領地的任務與S.起爭執。*

*這幾係某個特務要釣你喪鉤的陷阱。

6

5 看著瓦卡的舉動時，我們也看到了自我——尤其是多重的道德自我——被迅速、輕易且毫不猶豫地抹去。

*爸媽剛剛留言給我~說他們要來找我。我不喜歡。

他們一定是注意到穀倉失火時妳有多驚慌。也許只是想親自確認妳沒事。

若是如此，那就是整個大問題（也就是我的全部人生）的其中一部分。

顯然不是全部吧。

???

妳並不像妳希望別人以為的那麼無助。

這位先生，你怎麼知道我在想什麼？

對了，還有呢，我從來沒有說過我很無助。所以你去死吧。

我討厭看這一頁。

S.點頭認同，有可能是這樣，但他仍然要去。

細下裡好好瞧瞧，大日頭，聞聞那煙味。把叟指從耳朵裡抽出來，唏要再到處晃蕩，想找出記己係誰了。大漩渦的粗壯臂膀交叉在雄厚胸前。他在等著，S.也在等著。

在環繞著船身轟鳴不停的隆隆聲中，他們默默注視對方。大塊頭的擔憂不是沒有道理，這S.明白，而且他說的也沒錯。一個人的身分會有多重要？或者說得更正確一點：一個人**知不知道**自己的身分會有多重要？可是一小時前在底層甲板，S.發現自己寫出了在熱帶河流中划船的事，並且感覺到紙頁空白處有索拉存在。**繼續吧**，她只是這麼說，**繼續划船，你就會找到自己**。換班後，當他回到主甲板上，卻沒有遵照既定流程。他沒有吹哨子，沒有在微光中緩緩走過甲板，沒有爬上桅索梯到桅頂就定位，反而是站在中央甲板

6 我可以試著想像石察卡提出主張說，任何讀者面對作者給的故事都只能照單全收。他的措詞會非常嚴肅，但字裡行間卻看得出他在使眼色承認，大漩渦這句話帶有他的自嘲自貶。

艾瑞克，只是讓你知道一下：行銷課補救得還算差強人意。雖是哀求、眼淚等攻勢多管齊下，但還是補齊了所有作業。會有點危險，但我想我和學位之間的唯一阻礙就是藝術史期末考＋伊莎/伏可士。

太驚人了。真的很以妳為傲。繼續加油吧。

上，用刀子（就是那塊黑曜石，裝上鯨魚骨把柄）割斷縫線。感覺到清醒、毅然決然且意外地完整的他，衝向船尾的海圖室猛然推開門，打斷正對著另一張滲滴著紅色的海圖沉思的大漩渦，提出他的要求。

他們瞪大眼睛等著，直到西方天空出現一道靛藍色閃光，[7]兩人才同時轉頭去看。S.才剛張嘴要問是怎麼回事，船身便受到衝擊波震撼，他們在一陣舷側砲火齊發的猛烈重擊下趴倒在甲板，瞬間大塊木板與碎片釘子齊飛，有個水手從船桅頂上摔落，整條船也幾乎翻覆。一種類似切碎金屬的聲音穿刺著他們的耳膜，刺鼻的毒氣無所不在。S.從甲板上眼看那個留著開花掃帚鬍的水手掉落，抱著頭鼻血直流。一邊耳朵流出血來的削哨人低聲哀哼著，猴子則不知在什麼地方吱吱尖叫。

大漩渦拉著欄杆站起來，望向出現閃光的天空。S.順著他的目光看去，

7 一九四六年二月，據報在荷蘭小鎮沃弗哈附近的天空出現了奇怪的靛藍色閃光。雖然武器製造商愛普集團在那一帶有一間工廠，卻未能證實該現象與其工廠運作絕對有關，報導中甚至隻字未提。

發現就在海平面上空有六個黑點排列成V字形。是飛機。距離很遠很遠，引擎聲卻震耳欲聾，彷彿正從頭頂上疾飛而過，還擦掠過前桅支索。緊接著，在另一道閃光過後（這道光讓S.在船上時間的一星期當中，視線持續出現條紋），飛機不見了，世界回復安靜，只剩微風、小浪和困在縫合雙唇內的恐懼呢喃。

他們進企了，還嘸追蹤到我們，可他們進企了。

「進去哪裡了？」

像我們這樣底船，打造底很安全。

「所以這是……」

表係他們吔再來，更常來，來底也更久。追得我們更近。他吹了哨子，恢復鎮定的水手們也以哨音回應。那是一首協議與絕望之歌。計畫是：轉帆順風駛向黑曜石島去清空船艙。要係滿船沉下企就該死了。

船首三角帆揚起時，大漩渦拉住S.的衣服，整個臉湊上去，幾乎和他鼻尖相碰。順便把你丟到領地企，唏代表你贏，幾係在我們掌握情況以前，讓你暴露

我打電話給妹妹，問她爸媽到底要來幹嘛。她說雅各打電話給他們，說他很擔心我～為了課業、「我的行為舉止」，還有你。他們問她知不知道我的情況。她說她把我帶回家的「那一大堆瘋狂又無聊的玩意」告訴他們了。老天爺，聽她的口氣還挺得意的。我恨死她了。

妳把那些東西帶回家了？

當時沒打算把東西留在我住的公寓。

在陸地喪比較安前。S.被他滿嘴臭到極點的氣息驚呆了，一時語塞，他則自顧自地大步離去。

小嬰兒就是不停地看著S.。[8]他流著口水，他用牙齦含著小小手指，他皺起嘴巴做出古怪表情，他會無緣無故忽然大叫起來，但始終盯著S.不放。這份關注讓人有些狼狽不知所措，因此當他好不容易昏昏入睡，S.大聲吐了口氣，然後整個人放鬆下來，看著積雲飄過天空、翠鳥在水上的枝葉間輕盈飛舞。一隻兇猛的老鷹從高處俯衝而下，消失在舷緣底下，再次升空飛離時，爪間有一條細瘦如鞭的棕蛇在扭動掙扎。

瓦卡用腳碰碰S.的肩膀，隨後丟了一些網子在他身上。S.不明白有何必要更加小心，因爲不管河上或岸邊都不見任何人跡，但他相信他們比他更清

他在想像自己與翡樂從未有過的嬰兒嗎？或是與任何人。

嬰兒在故事中的功能？象徵？隱喻？與情節無關。

8 如果本書讀者以安佳的幼兒為題熱烈地討論與臆測，也沒什麼好訝異。石察卡顯然想藉由這個無名嬰兒的存在暗示些什麼，只是他確切的用意十分隱晦不明。我覺得我們可以推測此刻在S.眼中，這名與他自始至終都保持距離，甚至可能陷入某種神秘僵局的幼兒，證明了他無法在傳統家庭生活中找到一席之地，未來他除了繼續從事危險工作、過著漂泊的生活之外別無選擇。

楚當地的危險所在。他盡量無視魚腥味，專注傾聽各種聲音：昆蟲的唧唧聲、喇叭鳥的咕咕叫聲、動物躍出河面的嘩啦聲。

他當然應該想著總督（叫奈梅茨，他暗自複誦，一次又一次地檢驗有無任何熟悉感）[9]，可是他的心覺得疲倦，沉悶潮溼的空氣也令人頭昏腦脹。雖然不打算睡覺，他還是睡著了（還有什麼地方比划行在充滿肉食魚類與爬蟲類的河上的獨木舟，更不適合發生夜驚的嗎？），而且飄忽入夢。

他坐在獨木舟中，是一艘鋼鐵製而非樹皮製的小舟，他坐在船尾大大地擺動手臂划槳，自信滿滿，而不是躲在船底縮成一團。陽光燦爛，汗水浸溼了他的衣服，卻有大塊大塊的冰漂浮在水面上，碰撞著船身、刮擦著船的龍骨。船首坐著索拉，別開了頭。她的頭髮又長了，和他在舊城區遇見她時一樣長，只是黑鬈髮如今摻雜了數量驚人的灰髮。她背上背了一隻猴子，不過

與原稿不符

而她還在註解中加以強調。

9 這一刻很有趣，因為S.不知不覺間落回到傳統想法的窠臼，認定任何人名都必然有某種意義與持續性。（你想想船：儘管沒有名稱，又幾乎時時都在做一些小改變，它的身分何曾有過疑問？）

猴子動也不動，S.心下懷疑牠是否還活著。

索拉沒有說話，也沒有轉過來面向他。他隱隱知道有某種違禁品藏在他們之間的船底，只要看一眼或有所反應都很危險。他沒有看，說也奇怪，對這樣神秘物品他一點也不在乎。他划著槳，她也划著槳，兩人相距咫尺卻宛如天涯，彼此不交談也不打照面。他們就這樣划入白浪滔滔而洶湧的河水，逆流而上，天長地久。

當防水布從臉上滑落，陽光照射下來讓闔著的眼前一片通紅，S.才醒過來。他眨眨眼，讓眼睛適應一下光線，此時獨木舟正好繞過一個急轉的河灣，景色起了變化：原本兩岸皆是平地，如今進入了深谷。兩邊岸上聳入雲霄的赤褐色峭壁，高度至少有上千公尺。

山丘上草木蓊鬱，不過每一面都有一塊橢圓形紅岩，邊界畫分得清晰而用心，看得出是刻意從翠綠山林中仔細切割出來的。每一塊橢圓石內都有一幅以高浮雕刻成的岩畫。S.只要將脖子略轉幾度就能看見十五、二十幅畫：

一隻展翅的猛禽、一隻睜開的眼睛、一輪光芒四射的太陽、三條細長的魚排成三角形、一隻閉上的眼睛、一隻張開的手、一道閃電、一個讓S.聯想到風車扇葉的圖像、一圈羊角螺旋、一隻蜘蛛、一條蛇、一匹狼、一隻鳥。[10] 每幅圖像高約七至十公尺，即使距離這麼遠也能看清細節，而且背景塗上光亮的藍黑色顏料更加強了立體感。

有些岩畫布滿裂縫，或是有部分石塊受到重力作用自行掉落而變得坑坑疤疤。這些圖像已經俯臨這座深谷很長很長的時間，這一點倒是顯而易見，因此當嚮導收起船槳，彷彿行額手禮似地向前彎身時，S.並不意外。獨木舟中的沉默也從單純沒有出聲說話變成一種虔敬的噤聲。

獨木舟自動向前漂流。安佳彎著身子，背上的嬰兒正好面朝天空，一面咯咯輕笑。當她挺直上身重新划槳，嬰兒又再度面向S.，也再度變得一臉正

10 在石察卡第四部小說中，與書名同名的洞穴裡的石壁上，你也會看到許多像這樣的圖像，不過此處的圖像外觀有一些細微但重要的改變。見英文版第四八至五五頁。

我覺得這些改變似乎不重要。

我也覺得。

經。看著雲彩斑爛的浩瀚藍天無疑是比較愉快的。

「那些畫，」S.輕聲問道：「是什麼？」

安佳的聲音嚇了他一跳，因爲他並不眞的期待他們回答。「我們的故事，」她說話時始終望著河水上游。「我們是誰，又是怎麼來到這裡的。」船尾的瓦卡噓了一聲。爲什麼？擔心被人聽見嗎？關於那些圖像有什麼是S.不應該知道的嗎？他們的故事必須瞞著外人以策安全嗎？

上游遠處傳來機器的聲響：在某處河灣背後有引擎聲嘎嘎作響，有排放廢氣的嘶嘶聲，有某樣重物反覆持續敲擊土壤的砰砰聲。瓦卡又用腳尖去踢漁網，把S.的臉多蓋住一點，S.不得不極力壓抑住氣惱。他從網眼看出去，發現獨木舟左轉離開主河道，進入狹窄蜿蜒的支流，接著進入更小的支流，再來又是更小的支流。左手邊有一塊空地，許多和他們這艘類似的獨木舟沿著河岸排放，後方可以看見樹蔭下的幾個茅草屋頂。

「舊村。」安佳說：「舊習俗。」

「你們住在這裡嗎？」S.問道。

「我們一直住在這裡，」她說：「以後也會一直住下去。」

這裡都是他們的人，S.卻還得繼續躲著。這裡缺乏信任，他猜想。

瓦卡迅速而鬼祟地點一下頭，向岸上傳遞某種細不可察的暗號。這些人，或者是其中一些人，知道他來了，而且一直在等他。他逐漸意識到他有多麼不了解自己的處境——遠遠超過他平時出任務時所能容忍的程度，通常早在他下船之前，目標、方法與危險便都已歸納得一清二楚。

敲擊聲持續著，現在離得更近了，緊接著有三個快速連爆聲。聲音很遙遠，但S.感覺到身體緊繃起來，準備好迎戰另一次的衝擊波震撼。幸好並未發生，讓他鬆了一口氣。

支流向右轉，他們又回到主要河道。此時映入眼簾的是另一個較大、人口較多的聚落，地上寸草未生，只是密密擠滿廢木片與錫片搭起的歪斜小屋。沿著河邊有四棟營房般的長形建築和一個水泥碼頭，碼頭架設了一座高大吊車與其他重型機具，以便將礦砂裝上貨船。電線桿架起的電線發出單調的低音嗡鳴。

「新村。」安佳說：「公司建造的，很多人搬到這裡來。他們拿公司的錢，幫忙盜取我們的山林。」

S.拉開漁網，將臉微微抬高想看清楚些，但瓦卡踢踢他的肩膀（力道不重也不輕），他便又倒下去。以前見過這個地方嗎？是在夢裡出現過？或是某一次在底層甲板的神遊？在成為S.之前的生活經歷中來過這裡嗎？

想必有兩千人住在新村，並在礦場裡工作。他不禁好奇還有多少人留在舊村。根據他看到的情形，可能不到一百人吧。[11]

曾一度團結的居民，如今為了各自在周圍山區的不同利益考量而分裂。對某些人來說，最重要的是**山上**的圖像，對另外一些人來說，則是**山裡**的財富。S.想起了K族，想到該族到後來愈來愈少藝術家選擇深入黑暗中留下歷史壁畫。他也想到了船，想到日益減少的船員。他心想成為同一族群中剩下

11 在《萬卜勒的礦坑》中也有類似的工作動力。正如耶羅尼米斯．萬卜勒對那個在他礦業帝國的帳篷鎮裡印製宣傳報的人所解釋的，用比喻的方式來說，你可以買走一個鎮上最重要的謀生技術，讓鎮民「挨餓」，然後就可以著手開始讓他們真正挨餓，直到他們沒法可想了，就會來求你給他們工作。

不可思議，看看那個荷蘭武器商愛普集團衍生出多少公司、這每間公司又衍生出多少、每間又再衍生出多少：煤礦、鋼鐵、化學、鐵路、報紙、石油、銀行……我才剛開始畫布沙/愛普的子公司族譜，就已經失控了。

艾瑞克，你聽說過TLQI吧？

很大的農業綜合企業。

我爸的公司替他們做一些人事+行銷諮詢服務。猜猜我找到關於他們的什麼資料？

妳追溯到了愛普/布沙。

給這位先生頒個獎。

我嚴重懷疑妳爸是個邪惡的布沙人。

我知道。這讓我對他安排的那份行銷工作更加反感。才不想和那個世界有任何牽扯。

很難避免。

甚至是根本不可能。

的最後一批人，或甚至最後一個人，該是什麼感覺。12

支流朝另一個方向急轉開來，環繞著礦業小鎮轉出一個更大的彎之後，便看見另一座綿延數哩直到遠方的峻峭山嶺。不過遠處許多山頂都被剷平了，這些山從谷底拔起，最後卻忽然截斷成凹凹凸凸的平台，輪廓有點像黑色島上的火山。（差別當然在於這些山見證的並非大地的力量，而是人類的。）公司盜取了山林，安佳是這麼說的；S.對此話的雙重真相感到不可思議。山裡的礦產，當然是了，但他們也盜取了山峰本身。

每座人工平頂山的中央似乎都有一個開放的坑洞，人與機器從這裡挖出山的內臟，讓礦井不斷深入地底。鋪設的道路蜿蜒而上，將每個礦場與河岸連接起來。兩山之間的斜坡則布滿一堆堆腫瘤般的碎石。這一切（包括礦坑、剷平的山頂、碾碎的石塊）全都和山側圖像一樣染上了藍黑色光澤。假

12 石察卡曾向我坦承（而且還是寫在《飛天鞋》手稿空白處的留言）：當他所屬團體（從他極有限的社交能力看來，他與該團體的關係應該是拘謹且／或不深的）成員不斷迅速流失之伊始，他也感覺到了這種痛苦。

如這樣的圖像曾裝飾過這片山林，如今也只成回憶了，而且是很快便會遭人遺忘的回憶。[13]

此外，還有第三個眞相：韋沃達的公司也偷走了象徵的符號。靠近村子的山多半都還完好，包括這些山上的橢圓形岩面與其中的石畫。S.暗忖這番光景還能維持多久呢。

「奈梅茨。」船尾的瓦卡說完啐了一口。

S.明白政府的策略：如果要把山炸開來，而且每爆破一次就抹去一個族群的歷史，那麼就得從最遠的地方開始動手。不管你怎麼做，舊村民都會憤怒，但新村民卻會容忍，認爲這是爲了現代化與富足的未來所做的合理交易。等你挖到聚落邊緣的山區時，新村民早已忘記曾有那些雕刻存在，否則至少也忘了它們曾被重視珍惜過，至於舊村民則已經消失了。

這個得上網到一個珍本書網站訂購。

13 石察卡曾一度在一九三二年那本極受低估的《洛佩維島》中，提出無比巧妙又令人難忘的探討：即使再進步、再有遠見、再合作、再善意的社會，都可能因為自然與人類所引發的劇變，以驚人的速度瓦解。根據石察卡的想法，我們不該認為文化認同比個人認同更持久。

我的借妳就好了。

沒關係。我想要自己有一本。
(反正爸不會看信用卡帳單！) ← 我還真丟臉。

安佳一手放開船槳，握拳擱在舷緣上。「塔拉卡契。」她喊了一聲，S.很好奇這個字眼究竟何意，因爲她似乎相信單憑他一人之力就能阻止這一切。他很想告訴她說他辦不到，說他累了，說他這麼多年來的秘密行動與死亡任務，其實只是讓自己，又或許也讓其他被特務盯上的人活在這世上更安全一點點；說他即使殺了總督，很快又會有另一個新總督取而代之。假如韋沃達需要那些山裡的東西，韋沃達就會取得那些山裡的東西。可是S.不想讓安佳和瓦卡知道這個，他自己也不願去想。[14]他必須保有最低程度的錯覺，相信這麼做是有重大意義的。

他留意到約莫一哩外有一片遭破壞的山林，仍保留那片圖騰空地最底下的弧形部分，只是一塊小小的扇貝狀紅岩，周邊都被樹木與染成藍黑色的枝葉所遮蓋。而那個空間剛好也是一幅雕刻的底部，圖形被厚厚的藍色塗料覆

14 參見《山塔那進行曲》的人物傑瑞．佛斯特。他始終苦於無法忘卻宿命思想，認定那膚淺腐敗的文化前景堪憂，而他除了自己也再無力改變些什麼，結果他找到一個救贖的機會，就是參與一趟表面看似毫無意義的探險活動，深入傳聞記載有魔鬼之風吹襲的危險山區。

原來柯代拉也有本事寫些有用的註解。

面對莫迪一定要做好充分準備，
即使是和石察卡無關的事。
那些監視妳的傢伙……幕後黑手就是他。
無法證明，但我知道就是他。儘管他們只是在裝神弄鬼，這種行為還是殘忍到令人痛恨。
裝神弄鬼？你是說我不應該害怕？
我是說「也許」。→面對這種事最好別做出錯誤判斷。

蓋而難以辨識（呈現出的效果十分奇特，看起來好像同時燒焦又凍結），不過他看到的就像這樣：

在他的視野前方：是那個嬰兒的臉，此時正睡得香甜，還皺著小嘴輕吸空氣。

他想起了紙頁空白處的索拉，在他決心動搖時她叫他繼續，繼續逆流而上做他自認爲該做的事。他的努力不夠充分，但很可能是必要的。即便他無力阻止——不管是領地的破壞，是讓城市化爲灰燼、讓人民變成鬼魂的戰爭與武器，是用一人的命換取另一人的利益，或是讓孩童失去父母無家可歸——他的任務就是嘗試。這份義務，這份應該，從何而來？對他始終是個謎，就如同那個符號的來源，但卻絲毫無損它的眞實感。

塔拉卡契。也許這代表的意義就是：嘗試的人。

艾瑞克，你有沒有看到圖書館的展覽「從歷史看波勒」展出的照片？
沒有，怎麼了？
因為有一張照片可以看到葛洛佛公司旁邊的建築正在施工，也就是說你可以看到那間公司如今已不存在的某一面牆壁，而且上頭塗了一個大大的S。已經褪色了，幾乎看不到，但我發誓真的有。你一定要去看看。
妳說得對，很難看清，但確實有。問題是：那是誰畫的？

我應該要拿到[redacted]學位。
不是因為爸媽這麼說（或付了學費）。是為了我。
很高興聽到這話。
然後我應該要離開這個鬼地方。
去哪？
不知道。但我認為重點就在於這份未知。

感覺有點像我去跳的克盧格特公園。

安佳和瓦卡又划了十分鐘，他們才看見總督官邸。宅子座落在河岸邊一座小山上，潔白嶄新得耀眼，屋裡大概能容納幾百間工寮，花園裡還能再塞進幾百間。總督（當他在陽台上吃早餐的時候）想必能欣賞到令人讚嘆的美景：一條主要河流，多道深沉濃濁的支流蜿蜒過山谷，成排未遭破壞的山陵，大片大片的天空，當然還有他所居住的突發之城。[15] 他就在這個將土地轉變成帳本數字的地點欣賞這片美景。

河道轉了彎，將他們帶到官邸所在的另一邊，這裡有一片帶狀的濃密樹林聚集在山坡上，正好能為入侵者提供掩護。瓦卡輕輕踢了踢S.——做好準備——接著他和安佳又用力划了幾下，找到一處林木較稀疏之處讓獨木舟靠岸，也好讓S.下船，只是他動作不怎麼優雅俐落。他把行李抱在胸前，兩條腿交互站立，一面等著腿部的血液流動恢復正常。「跟著猴子走。」安佳划

明智的建議。

15 不排除影射《科里奧利》（第六部）中的「突發之城」，而後者本身又影射《飛天鞋》中伊米迪歐．艾弗茲的來處「沉沒之城」。

槳將船推離岸邊時，這麼對他說。

他不確定她是什麼意思，但也不感到驚訝。當然會有猴子了，猴子總是無所不在。「我回來的時候你們會在這裡嗎？」他問。

「如果安全的話。」她回答道，但口氣讓S.覺得她有什麼重要的話沒告訴他。他已經學得教訓：你不小心捲入的情節總是比乍看之下更為複雜。

安佳與瓦卡划到河心，套句大漩渦的話，就是暴露自己。瓦卡將釣線拋入水中，安佳則將揹巾拉到前面開始給孩子餵奶。總督的守衛（毫無疑問是有守衛的）只會把他們視爲舊村裡一對死守著舊生計的夫妻，正在河上頂著酷熱汗流浹背地幹活——這些人眞是笑話，怎麼就不明白還有比祈禱讓魚上鉤更簡單、更好的謀生方式呢。眞讓人忍不住要可憐他們，至少會可憐他們直到厭倦了爲止，到那時候再拔槍將他們趕回他們祖先的淒慘沼泥地去。[16]

S.打開手提包拿出所需用品後，將提包藏到一棵即將枯死的沙盒樹的空心樹幹內。他很快就找到猴子了：是用刀刻在樹皮上看似猴子的笑臉。這記

我爸對任何非白領階級+「不奮發向上的人」(套他的話說)，就是這種感覺。

學術界人士夠不夠奮發向上？

門都沒有。學校是達成目標的手段～
而所謂的「目標」並不包括學校在內。

號標示了一條上山小徑的起點，山徑狹窄而草木茂盛，比那裡更隱密。

有人在監視他嗎？也許有吧，但他並未感覺到威脅迫在眉睫，何況他有信心能在必要的時候消失。他腳步平穩、靜悄地在樹林間移動，仔細留意著四周環境，觀察傾聽有他人存在的跡象——還眞是奇怪，他竟能對自己的秘密行動、對自己的身體從經驗中學習培養出來的能力這麼有把握，而對於這個身體的主人、對於同時賦予身體保護殼與生命的這個身分卻又如此地不確定。有一隻吼猴從遙遠的山裡發出叫聲，聲音迴盪整個山谷。地面上頓時一陣窸窣響聲：很可能是嚙齒動物。許多昆蟲在他周遭噗噗噗地飛竄，空氣中只聞處處鳥鳴卻不見鳥的蹤影。有些啼聲在他聽來格格不入，他分辨出了有：灰背隼、烏鴉、鸊鷉，還有一隻鵲色唐納雀吱吱啾啾叫得熱切。[17]但全

16 歷史上的帝國入侵者往往會展現出令人惱怒、無窮無盡的高傲態度，還誇口炫耀自己在文化與精神上的優越，結果為比他們「低等」的人帶來的也只不過是死亡（包括肉體和精神上）、疾病與掠奪，一念及此，石察卡總是憤慨不已。可參見他的著作《部隊旅》，書中虛構的歷史連結了現代（真實）發生在非洲、亞洲與美洲原住民運動的鎮壓行動。這部小說影響深遠，當今許多革命運動領袖都宣稱受到她的啓發。

然沒有哨兵、狗、警報器、詭雷等跡象，S.完全暢行無阻，不久便來到山頂，注視著領地總督的世界。

他沿著周邊穿梭在樹林間，一面勘查情勢。陽台上有兩名僕人靜靜地收拾餐桌，五官膚色都與安佳和瓦卡相似。站在車道大門入口處的守衛是個年紀較大的男人，大肚腩把身上那件褪色土灰長袍的釦子繃得緊緊的，臉上留著密密的花白鬍子，低垂的眼皮偶爾會猛然睜開，好像就連站著都可能睡著。大宅三樓敞開的窗戶傳出了婦女與孩童的聲音。花園裡，有一個白皮膚、體型稍胖的男人，穿著白色亞麻衣、戴著寬邊軟帽，閒步走在一排排色彩豔麗的玫瑰花叢間，偶爾蹲下來摘除幾棵雜草，從那慵懶姿態看得出他是出於自願而非受命於人。[18]

17 許多評論家都察覺到石察卡經常以鳥類來界定虛構的景色，因而思忖他會不會是訓練有素的鳥類學家，或至少是個熱愛賞鳥的人士。老實告訴你們，我確知他至少是後者：有幾次他打電報通知我將有一、兩週無法回答我關於稿子的問題，因為有某種他特別喜愛的鳥類正好從他住的地區遷徙過境，他非去看看不可。但是讀者們，沒有，他從未明確說出是哪個地區或哪種鳥類。

結果妳在莫迪的辦公室有何發現？

花了一點工夫才找到這個……還在想你會不會秉持原則不問我。

我大概也沒那麼有原則吧。好了：快說。

聽好了：沒找到他的書稿～卻找到一本拍紙簿。只是快速瀏覽（不想拿走，也不想待在裡面看太久），但他似乎認為石察卡是沙默思。（沒看到有提及埃斯壯～所以他或許認為單純只有沙默思？）

- 沒找到你的帶子，但無所謂～反正他肯定已經存了錄音檔。（你自己怎麼沒存？）
- 沒有蘇布雷洛（正如我所希望）。
- 找到一張裱框照片，是伊莎低頭看著他的辦公桌抽屜。
- 找到一塊黑曜石，放在一個有襯墊的盒子裡，還有個信封（可能是郵寄這塊石頭用的），蓋了巴黎的郵戳。
- 還找到：他房子的設計圖，連同一份瑞菱的估價單放在桌上（波州大就是聘請瑞菱重新裝設圖書館特殊收藏品室的空調）。

不可思議

不曉得他到底打算在裡面收藏什麼，但我可不會做無罪推論。

看來他就是總督了。

男人脫下帽子搧風時，S.清楚看到他的面貌。瓦卡的素描與眞人不太相符（畫中的他顯得兇狠許多），但也相似到足以證實是他沒錯。不過S.仍然沒有認出他是誰。

總督走到一排花叢的盡頭後掉頭回來，現在他每走一步就離得更近了。S.定在原地不動。蟲子在他頭的四周嗡嗡叫，吸著他臉上的汗水，他依然不動如山。他已備好三支鏢，儘管他知道只需要一支。

總督走著走著，來到花園邊緣一棵美果欖樹蔭下停下腳步。S.看著這個男人在熱帶氣候的燠熱中，胸口隨著粗重的氣息起伏著。也許那個特務臨死前誤導了S.，也許這裡不會有什麼大驚奇。

總督再次脫下帽子，拿出手帕擦擦額頭。他的胸膛鼓脹、收縮，S.瞄準

18 這種工作如娛樂、娛樂如工作的狀態，是僅止於有錢有勢者得以享受的奢侈，其例之一參見本書第十章節慶賓客的榨葡萄。

我想到莫迪的履歷～他還在念研究所時拿到的那些補助金……這會不會是他和戴加丹決裂的部分原因？說不定他被收買了～被麥金內的人，或是其他人。

怎會有人想收買他？
誰會在乎一個文學系研究生在幹嘛？

不知道。或許他們以為能讓他寫一些似是而非的東西，藉此防止其他人更進一步發現石察卡的身分？以及／或者：布沙曾經是／現在是／變成了什麼身分／狀況？

這有點牽強，珍。

好歹是個理論啊，艾瑞克。

又或許他們想看看他知不知道（或是能不能找出）任何關於西妮的資訊？

了胸骨下方格外脆弱的那一點，因為如日冕物質噴發般的神經就藏在那寸肌膚底下。S.的準度完美無瑕，數年如一日。飛鏢射出、擊中目標的聲音（僅僅一個聲音）既熟悉又新鮮得迷人。

麻痺的效果幾乎是立刻發作。總督被S.拖進樹林時，雖然意識仍非常清楚，卻有如一團上百公斤的重物。

總督的臉圓圓胖胖，被肥油包覆的顴骨因微血管擴張而漲紅，已轉灰白的頭髮理成小平頭，臉上的鬍子刮得乾乾淨淨。他的鼻子肥厚帶有紅斑，眼睛和一般中年人一樣經常瞇著，左耳形狀畸形。直到這人的表情緊繃成兔子般的抽動模樣，S.才察覺他是誰。他想像著總督體重減少二十五公斤、滿頭亂髮、不聽話的鬍子參差不齊。「菲佛。」他喊道。那對眼睛長得比較開，但這比較不可能是歲月的痕跡，應該是S.記錯了。

「奈梅茨。」總督回答，不過那是菲佛的聲音，只是因為年歲而變得沙啞，因為毒藥而變得黏濁。

他當然改了名字。「菲佛」是被通緝的炸彈犯，如果重新改造成一個

這一段被翡樂做了修改。在石的原稿裡是歐斯崔羅，不是菲佛；總督的名字則是史班聶（Španel，意為「西班牙人」）。所以說，石鐵定認為叛徒是西班牙裔的狄亞哥・賈西亞・賈拉拉。

可是翡樂在第6章的暗語中提過這點了。

也許她想要100%確定他收到了訊息。

你為何不就用你本來的中間名「約翰」？

因為那也是父母取的。
也因為我比較喜歡「艾瑞克」。

可是你從來沒有正式去改名，對不對？

這個嘛…最近太忙？

全新的人，對他（還有韋沃達）會簡單得多。「這名字是韋沃達替你起的嗎？」S.問。

「你憑什麼……」他喘著氣說：「以為我見過他？」

「這裡的礦場由你監督，你又是極少數幾個近距離見過我的人之一。如果眞有人去過城堡，那非你莫屬。」

奈梅茨笑了起來。「根本沒有城堡。那不是眞實的。」

當然，這件事本身就不眞實。「是韋沃達任命你的嗎？」他再問。

「那麼久以前的事，誰還記得？」總督試探性地微微一笑，也許是因為不確定身體還有哪些部位能動。（嘴巴，可以；臉，可以，差不多就這些了。）「你還是被叫作S.嗎？」

「沒有人會叫我。」

「眞可惜。你……一定很難過吧。」

「他們在洞穴裡朝你開槍了。」

總督又發出一個無力的笑聲。他似乎是那種用輕笑聲來斷句的人。「你只是聽到他們開槍。」他說。

「他們殺了其他所有人，爲什麼不殺你？」

「我運氣好，」奈梅茨說：「最初幾發子彈沒射準。我說我想幫他們，我是說眞的。我的人生就在一瞬間改變了，但改變總比結束好。」他伸舌頭舔了一下嘴唇。「告訴我，現在要結束了嗎？我就要死了嗎？」

S.不理會他的問題，接著說：「司坦法、蔻波、歐斯崔羅。所有人當中，最憤怒的人是你，想燒掉工廠的人是你，如果要說這是誰的戰爭，就是你的戰爭。」

「對，的確如此。直到我決定不再作戰爲止。爲什麼你還在戰？爲什麼這會變成你的戰爭？」

S.看著躺在眼前地上這個人：手臂垂在身側，原本潔淨無瑕的亞麻衣沾黏了泥土與樹葉，一張靈活的臉被僵硬的身體所困。他尋思著：是否有辦法讓另一個人完全了解你所做的抉擇？「那毒藥，」S.爲稍早那個較簡單的問題提出解釋：「是從紅斑曼巴蛇身上提煉的，稀釋以後成了絕佳的麻醉藥。」

翡樂說她在1940年收到一份很糟的稿子，後來石討了回去以便銷毀。連郵寄用的信封也一併要回，她說有別於以往的信件，這是唯一一次信封上的郵戳清晰可見：都柏林。她說稿子是用英文寫的，但裡面錯誤百出，她覺得像是以德文爲母語的人會犯的錯。

是維克斯勒的書。那是與石察卡合作的失敗之作，或是他自己個人的敗筆？

無論何者都不好受吧。

如果那本書是一項「石察卡計畫」，合作經驗又糟到某種程度，他可能因此轉投布沙與覺普的陣營？

或是他從此變得很容易受到誘惑。

珍？

艾瑞克？

所以你很可能不會死，至少不會因為這個而死。」

「瞧瞧我們，」總督說：「我們漸漸老了，我們已經老了。現在才來問，才知道自己後半生的評價，已經太遲了。」

「你的評價很簡單。你把一生賣給韋沃達了。」

「我過得很好。我促進有利的投機事業，負責管理、監督，我可沒有在世界各地奔波毒害人。」總督頓了一下，仔細觀察S.，測試他對自己的挑釁有何反應。S.則小心地不露痕跡。「這就是你做的事，對吧？」

「我一直在逃亡，」S.說：「自從我們離開B城以後。」

「這麼說你真的是他最想找到的S.。這麼多年來，特務們解決了那麼多人……」

不是「解決」，是殺死，S.很想說，但仍提醒自己要冷靜。

他發現有一隻鋸針蟻正沿著總督額頭上一道汗漬爬行，顎夾隨時可能刺入皮膚。S.盯著螞蟻看，一面調節呼吸，慢慢吸氣、吐氣，一面斟酌思量，最後還是揮手撥開螞蟻。他並不期望，也沒有因此獲得感謝。

新S將(舊)S——
解決？

但不一定是殺死他們～
也讓他們有很多人
倒戈。布沙+麥金內
有的是錢。

而我們很清楚
那有多容易陷
進去。

今天史丹迪佛大樓
&莫迪辦公室到處
都是條警。
媽的。
一千遍：他媽的。
不曉得他怎麼知道的。
我發誓我沒有拿走/打
破/移動任何東西。
希望真是如此。
我真的不想被抓。我知道我當時沖昏了頭。
我不是那種人，真的不是。
只是現在一切都變得好瘋狂。

「你其實可以不再逃亡的。」總督說。

「我從來就沒得選擇。」

總督笑了一下，但由於身體無法動彈，喉嚨被鎖住了，只發出打嗝般的聲音。「你一直都有得選擇。」

S.納悶著爲何尚未有人來擾亂他們。「沒有人會來找你嗎？」他問：「現在，你好像和我一樣孤單。」

「有的話，可能是路邊那個守衛吧。還得看他午餐喝了多少酒。希望你別殺他，他老了，走路不穩，也不怎麼清醒，不過倒是個好人。」

「沒其他人了？」

「也許有哪個想找人玩耍的孩子，也許我的妻子。」總督說到這裡略一停頓，用盡力氣將頭微微側偏。「你沒結婚吧？」他問道，但想必已知道答案。「你有找到你一直在找的那個女孩嗎？叫莎樂美吧？」

「我們曾經擦身而過。」S.說。索拉。想到她讓他痛苦。痛苦會轉移注意力。

這樣的狀態會比較像是石察卡的人生。

也像翡樂美拉的。

「可是你從來沒有找到她。你只是從她身邊經過。」

「我還沒放棄。」

總督嘆了口氣——挺戲劇化的，S.暗想。「我有好的生活，我有家庭，我吃得好、睡得好，還種我的玫瑰花，沒有什麼危險——除了現在的情況之外。」

「也許你應該更常身陷險境。」S.說。

「你聽著，你想想，在任何時刻你都可以決定把尋找莎樂美當成最重要的事，在任何時刻你都可以說不，不再四處漂泊，不再試圖拯救世界上那許多狹窄、陰暗、過時的小巢穴……」

「你對那艘船知道多少？」

「我根本沒提到船。」

「你暗示了。」

「我暗示的是……這是你自己做的選擇。所以你從來沒找到她，關於她是誰，你還是一概不知，更甭提你自己是誰了。」有隻帶著虹彩的綠蠅停在他鼻頭，嗡嗡叫，搓搓腳，然後又飛走了。「你知道嗎？村裡有個女孩長得有點像她，我可以帶你去見她。」

S.沒有回應。

「我娶的也是村裡的女孩。」總督說著微微一笑，露出的牙齒和大宅本身一樣潔白耀眼又方正。「她叫茉莉，她父親就是主導分裂的村長。」

「這麼說，也就是幫助你剝奪這些山林的人。」

「我們不是剝奪，是採收。」

「那麼岩畫呢？」

「村長了解他們已經不需要那些畫了，再說也沒有證據顯示那是村民祖先刻的，只不過族人選擇相信這種說法。」總督的呼吸變慢。「他們的歷史、我的、你的……這只是經過選擇的……故事。

「他們之所以需要他們的故事，只因為他們別無所有。想想韋沃達所做的：他以充滿動力的方式、獨創的方式，幫人們重新塑造他們的世界。他提供多種理解世界的模式。不錯，的確有破壞，但那是為了……」他閉上眼，

珍，就在妳忙著闖空門+天曉得還做些什麼的時候，我又繼續找起資料。結果發現戴加丹的結婚紀錄：1952/12/1，在卡卡松。對象：西妮・哈珀。

我的媽呀。但她是誰？為什麼藉樂會把她寫進書中？

卡卡松離狄虹博物館所在的佩皮尼昂不遠。與狄虹有關？西妮會是狄虹的女兒嗎？

西妮・哈珀：1930/11/4生於佩皮尼昂。母親：「雅・哈珀」。沒有父親的紀錄。

又重新睜開。「爲了創造。而且這種創造更深入也更眞實，不像山坡上那些形象……或是帆布上的色彩……或是紙上的塗寫……」

「閉嘴。」S.命令他。只要筆尖一刺就能讓這個全身麻痺的人肺部停止運作，就能讓他溺斃在這叢林的空氣中。甚至不需要切割得很深，只要在他額頭表皮畫一條短短的破折號，又或是往他的脖子打個句點就夠了。假如S.選擇在他身上刻一個S記號，還沒刻完死神就會降臨。

總督安靜片刻，但隨即又低聲竊笑，好像無力克制自己的思緒。「我的岳父大人啊！那個人太熱愛他的礦藏了，所有女兒都以礦物命名。若想對自己稱爲家鄉的地方表達敬意，還有比這更純粹的方式嗎？茉莉是茉莉迪娜（鉬）的簡稱，還有她的姊妹們：波西雅（鋁礬土）、費拉（鐵）、亞珍妲（銀）、尤拉妮亞（鈾）。最年輕的一個叫莎布絲坦西雅（物質），老實說，雖然幾個姊妹都很美，這個小妹卻更是美若天仙。她們全都……」

總督在拖延時間。S.仔細審視周遭。眞的還沒有人發現他失蹤嗎？

S.把排行第六的妹妹的名字重複一遍。「就是那藍黑色的物質。」

好啦，艾瑞克～
我把你的字條釘到布告欄上了。
莫迪要是去過咖啡館，
那麼他已經看到了。
凡妮莎那邊還沒消息。

他很快就會有反應。我保證。

沒錯。他留下一個信封。告訴我他在裡面寫了什麼！

他表達了歉意，但很籠統，完全沒有承擔起任何特定的過失責任。他說他想在書中列出我的名字，特別感謝我找到沙默思的自白錄音帶，還說我是「團隊」的重要一分子，值得肯定。唯一的條件是（他努力說得很委婉）：我必須正式授權讓他使用錄音帶當作證據。他還說，別人發表了清水＝石察卡的論文，對「這個計畫」是個加分，因為比起沙的自白，那篇文章實在可笑（他寫道：「而你想必已經知道這一點，否則我身為你的老師就『太失敗了』」）。

真是不可思議～他想巴結你，卻照樣可以這麼討人厭。

不意外。我訝異的是他想讓我重回「團隊」。

只有在他出書之前的籌備期吧。

「對，不過它在土裡是灰色，而且有漂亮的金色紋理。你想看的話，我可以拿一點給你看。」

「不過那到底是什麼？」

「就是物質。一直都是這麼叫的。」

「你的朋友們就是因爲發現這個才會被殺。現在世界各地都有人因它而死，而你卻在這裡幫他，看他需要多少就提供多少。」

「這些？這離他需要的量還差得遠呢。別低估了……」

「夠了。」S.說。

「你會殺我嗎？」

「我說，夠了。」

「我和茉莉，我們生了四個孩子。」總督說：「別殺我，你沒有必要這麼做。」

「說實話，」S.說：「我可能有必要。」

原來出版社打了電話給沙默思律師的女兒，以確認莫迪有權使用錄音帶。她說她把帶子給了我，所以得由我授權。

！！！

真想不到。她一定很喜歡你。

或者她只是個誠實的人。光是這點就值得慶祝一番，何況還有一個事實：我不點頭，莫迪就不能出書。

……

而你不會點頭。

當然不會。但我要利用這點讓那個紐約大編輯艾絲梅・艾默森・朴蘭來找我接洽，到時候我會讓莫迪的所有論述變成一堆屎，還要讓他急得像熱鍋上的螞蟻。

就在此時槍火聲響起，寥寥幾個模糊的啵啵聲，彷彿新年午夜開香檳的聲音。「那是什麼？」S.問道。

「你不知道？」總督再次發出悶阻在喉頭的笑聲，這讓S.覺得已有充分的理由要這個人死。

「告訴我。」

接著聽到愈來愈多槍聲，太多了（光聽聲音，有數百支槍吧），無情的子彈連發射出。總督帶笑的嘴咧得更開了。（那些牙齒啊！）「想必是四點整了，」他說：「若是如此，那聲音就是我們最偉大的創造之舉。」最近有一間倉庫丟了很多炸藥，他解釋道。他接獲舉報說舊村民準備在貨物裝船時炸毀碼頭，藉此展開一場大規模血腥暴動。「我們認爲最好在他們行動之前加以阻止。」他作此結論。

就算有尖叫聲，早在傳到官邸的高度以前就被濃稠的空氣阻隔掉了。

「你在殺他們。」S.說。

「只殺參與的人，」總督說：「和那些沒能阻止他們的人。是別人下的

S的成功：
短暫，而且
微不足道。

命令。要是讓我做決定，我會直接逮捕他們送到礦場去。不過他們得先看看山裡的表演。」[19]

表演？

鎮上的槍聲很快便消退，此時只偶爾爆出一、兩聲，S.想像著從新村到舊村路旁的屍體，茅屋內與茅屋之間的屍體，腳步蹣跚走向幽暗樹林時被攔截的傷者。緊接著遠方山頭傳來一陣爆炸聲，幾乎震傷S.的耳膜，並在他頭顱內不停迴響。一道褐色塵柱直升上天，隨後有許多藍黑色火花環繞著塵柱往下飄。有碎石紛落的聲音，只是從這個距離聽起來很微弱。又一次爆炸：另一個山頂，沒了。那個氣味，那個藍黑色氣味，那個物質的嗆鼻臭味，充斥在山谷的空氣中，還有呢喃人聲頓時變成長長的尖叫，讓人聽得咬牙切齒，耳朵也緩緩滴出暗色液體。騷動氣氛讓S.一時失了方寸，讓他的思緒與

19 參見《阿木里查的百年四月》，該小說揭發了在殖民地印度諸多令人沒法寬恕的暴政與勾結行為，最終並引發一些與惡名昭彰的一九一九年大屠殺有關的事件。此處正如同上述小說，我們看到一個有權勢的人物在「懲罰」民眾，引致可怕的結果，卻不肯承認自己選擇成為屠殺工具的罪責。

有些人認為辛格可能有插手這一本。

就像狄虹有參與《彩繪窟》。

只不過不是因為細節。這本有辛格的影子，是因為風格。

有趣～《華盛頓＆格林》和《阿木里查》彷彿如出一轍，除了阿木里查大屠殺改為三角製衣廠大火之外。相同架構、相同語氣、相同主角（只是名字不同）。

這2本書其實都不算是有主要角色。

你對辛格的作品了解多少？

不多。

你能不能多讀一點他的東西？我還在忙著消化石察卡。

……還有妳該完成的其他所有作業。

隨便啦。

欸，再把戴加丹寫給我的便箋重讀一遍。他的語氣聽來不就是這種感覺嗎？

決斷力都變慢了。

也或許他只是老了，無力應付了。

全身僵硬的總督抽動了一下小指。

如今S.需要的是些許的安靜，是靜止的片刻，以便想想如何應變（他千不該萬不該沒有事先計畫好就前來），不料另一座山頂又爆出爆破巨響，然後是第四響、第五響。還有多少呢？

「我們接到指令要讓產量增加到三倍，」總督在陣陣噪音中說道：「到了某個時間點，全部的山都會開發，所以何時開發又有什麼關係呢？」他的語氣絲毫不帶感情，實事求是。這不是幸災樂禍，這是信仰。

這時候，近處發出巨大的砰砰砰三聲響，S.抬頭一看，看見那個老守衛出現在近百公尺外的草坪上，由於手持火器並有了使用它的理由而再次精力充沛。他翹起臀部，穩穩地站著，一縷煙從槍管冒起。槍口不是瞄準S.，而是河的方向。

S.感覺到五臟沸騰，這種憤怒並不是他熟悉的感覺。情緒會引發失誤，他

他好像無法決定能信任哪個學生，所以他信任了你。且讓我們面對現實吧～此舉完全不理性。

但他並沒有錯。他相信了自己的直覺，而且直覺是對的。

不是每個人都會這麼想。

等我的書出來以後，他們就會了。

你會在扉頁寫說這本書是要獻給他的嗎？

不會，獻書的對象已經定了。

不過我會說出他的故事。也會讓讀者明白他幫了我們多大的忙。

你說「我們」。

告訴自己。情緒會引發失誤，話語是給死者的禮物，從水邊開始也將在此結束，而**在此結束後也將重新開始**。他腦子裡充滿各種說話聲，一種譫妄狀態產生了。

他驚愕地看著老人轉過身來，槍口大致朝向他們，慢慢地往前走。守衛在一座大理石噴泉背後找到有利的位置站定，噴泉水從墨丘利神像的嘴巴噴出，也就是那個穿著飛天鞋又身兼商業之神的使者。[20]

「我們都有自己的任務。」總督說。假如他想藉此向S.求情，恐怕是選擇錯誤。這句話很可能是他的最後遺言，但S.並未慢慢花時間證實這一點。他反而是再次享受了筆尖穿透表皮的感覺，享受了輕輕一戳便突破皮層微不足道的防衛的那種快感。（說真的：我們自以為控制得多麼萬無一失、界線畫定清楚、個人道德百密無疏，其實幾乎不費吹灰之力就能讓我們門戶洞

20 此處是一個複雜的影射。在我看來，此刻的S.顯然是作為作者的「他我」；長期以來，作者不停地在藝術與交易、在意圖純正與講求實際（或是再更進一步推到犬儒）之間的固有壓力下痛苦掙扎。不過這些矛盾對每個人而言都很辛苦，大家當然也都能理解——只是證明了一個人因為身為人而苦惱。我在《希修斯之船》工作稿的旁註中曾指出這一點，卻不知道他有沒有看見。

從水邊開始：加來大屠殺、聖托里尼島、S.的每次重大轉變。

還有……瓦茨拉夫的跳水，埃斯壯的解救：V.M.石察卡的開端。

但無法證明這是真實情況。

目前還無法。

對，得繼續查。

這比初階的行銷工作有趣多了。

即使每個人都覺得這根本不可能（所以說查下去也毫無意義）？

對。當然了，還有其他一些好理由……

所以這是石對於所有出賣S組織之人的復仇幻想？

但若是如此，卻也突顯了復仇是多麼空洞。

不知道是不是真有這種說法，但我喜歡。

新的最愛用詞？

不是。前10名吧。

墨丘利（Mercury，羅馬眾神之信差）
等同於艾馬斯（Hermes，希臘神的信差）
艾馬斯·布沙……這段顯然在影射布沙。

那麼從他嘴裡噴出的就不應該是水。

這段又是自憐的口氣。為了自己製造的問題怪罪全世界。

妳說得或許沒錯。但發生在哈瓦那的事正是「幸運遭遇卻以悲劇收場」的最佳詮釋，不是嗎？原本他們好不容易終於能脫離，完成著作＋在一起。

鵲鳥石察卡

這話很耳熟……

開、精力外洩或是引進異物與毒物。）他衝過林間時，那種快感的幻覺讓他指尖微刺；與此同時，子彈在他四周咻咻飛射，使得樹葉焦黃、樹枝迸裂，連原本幸運築了巢的鵲鳥也因找錯地方落腳而慘遭殺害，悲劇收場。

他停下來給吹箭筒裝好箭，瞄準，老守衛立刻重重倒落。

S.奔往河邊，樹枝割傷他的臉頰，藤蔓將他絆倒，而像他這樣一個不存在的人是不該發出這麼多聲響的。山間的爆破聲仍持續著。十七聲、十八聲、十九聲……

這次還是一樣，他沒有救活任何人，沒有阻止災難降臨在周遭的人身上，苟且偷生卻未能發揮更大的用處。他好想回到船上。

他在下游四分之一哩處找到了獨木舟，船徒勞地往岸邊推進，因為被一棵絞殺榕暴露在外的V字形樹根給纏住了。瓦卡的屍體不見蹤影，從獨木舟側面與岸上草地沾染的血跡看來，應該是被某種餓獸拖下船去了。安佳仰躺著，身子底下的漁網滲成飽滿的紅色。她頸間有個暗色的洞，雙眼圓睜凝視

畫這段是因為想到叔叔嗎？

不記得了。

你要知道，你沒有責任救他。

好吧，也許是想到他，但也是想到我朋友葛瑞夫。我們各自上了研究所，我來到這裡，他去了佛羅里達。之後我只見過他一次。有天晚上他打給我（沮喪到極點，精神錯亂，需要我安撫）。於是我在電話裡安慰他。後來我借了一輛車，開到佛羅里達去確認他沒事。在那兒住了一星期（那幾天很辛苦），他好不容易才答應住院一陣子，接著一切問題似乎都解決了。他出院後，我們為了雞毛蒜皮的小事起爭執，後來再也沒說話。一年後他真的自殺了。我一直到看到校友會訃聞才曉得。

天啊，艾瑞克，真想不到。

但你也沒有責任要救他。

但的確有個嬰兒：
我們知道西妮、狄虹和戴加丹之間有所關連。
有個嬰兒存在過。另一個卻不然。
「負空間」
這麼說他是想在不洩密的情況下告訴翡樂？
老天爺，就直接告訴她不是簡單多了？ → 透過書是最安全的做法。
也許吧～
但沒成功，
她沒看懂。

天空。

嬰兒，無影無蹤：沒有嬰兒，沒有揹巾。

關於這個，有許多可能的解釋，S.爬上船後嘴裡喃喃叨唸著這些可能性，一面從安佳逐漸僵硬的指間搶過船槳，往船尾一坐，將船推離，發瘋似地向下游划去。嬰兒呢？和瓦卡一樣，被拖下船去了？被某個披荊斬棘穿越濃密樹林來找他的人搶去了？像摩西一樣，被絕望的母親放到籃內順河漂走了？還是可能有圓滿結局。

不是他所想的那個。

又或者：也許一開始就沒有什麼嬰兒。也許根本只是S.的幻想，是他想像出這個孩子，暗喻一個許諾的人生，一個他從未有過的人生。毫無跡象顯示嬰兒是真實的，除了S.那靠不住的記憶之外。如果嬰兒從未存在過，就不可能失蹤，不是嗎？S.邊划船邊喃喃自語邊點頭。

經過舊村時，現場一片火海。

韋沃達——創造需要毀滅

支流交會處，水流像彈弓一般將S.——這個操控著一艘裝載死者、失蹤

這段安佳的描述與蔻波有關？＋和狄虹死於馬德里有關？
（但狄虹的「他我」，也就是書中代表她的角色……已經死了。）
誰知道呢？
作者說了算。
又或者他想藉此表達他再次經歷了狄虹之死。
還有埃斯壯之死。（代表他的角色顯然是瓦卡）
那麼嬰兒呢？西妮沒死。
也許他並不確定。

者與從未存在者的獨木舟的男人——彈射出去，以更快的速度向前移動。前方河上有其他獨木舟，於是他划得更賣力想追上去，賣力到幾乎每划一槳就可能翻船。當最後面那艘獨木舟距離近到能聽見他的招呼聲，他立刻扯開嗓門大喊到聲音沙啞。後來，河水流到一處石灘岔了開來，水勢洶湧湍急，S.已不記得逆流而上時河水有這麼兇猛（不過他當然不記得；那和緩、慵懶的水流必然也和小嬰兒一樣，是他想像出來的）；而就在河流分道前，那艘船上的兩個人轉過頭望向他。

坐在船尾的（他可以發誓，他真的發誓，他永遠都可以發誓）是索拉，正身手矯健地划船通過激流。

在船首的則是S.自己。或許比較年輕，手臂結實黝黑，肩膀寬闊方正，但他看得出來：那個人是我。

在他們倆眼中他又是誰？一個瘋子？被遺棄之人？從陰間返回的亡靈？

S.的船槳沒抓穩，被水沖走了。他用手划過去，卻眼看著槳愈漂愈遠。

他看著前方那群獨木舟迎上水流，順著沙洲左側河道急速衝向下游；看著自

埃斯壯在日記裡提到的會不會是……2個不同的「朋友」？會不會1929年是瓦茨拉夫／1930年是西妮？

那麼埃死的時候，西妮才只有幾個月大。天哪。

至少他見到她了。也體會到做她父親是什麼感覺。

艾瑞克，一年前你不會寫這種話。

己無能為力地漂向更深、更緩、更多石頭的右側河道。當索拉與他的另一個自我消失不見，他垂下頭，用手掌根使勁搓揉眼睛。好長一段時間，他閉著雙眼任憑漂流，每當船撞上石塊，就懶懶地打轉。和一個死去的女人與從未存在過的嬰兒同在一艘獨木舟上的這個男人，他順水漂流著，漂流著也淡淡期望著：無論何時何地，當這條支流將他注入大海時，船都能找到他。在這個人生中，那是他唯一能夠仰賴的依靠了。

船沒有找到他，是他找到了船。

或者說得更真確些，他在不遠處的外海看到了船被炸毀、燃燒後的殘骸：焦黑的木板與桅杆、船帆與木箱、繩索與纜線等碎片，全都在覆蓋著一層藍黑色油膜的水面上起伏波動。許多船骸仍冒著煙，有一些漂浮的碎片上揚起小小的暗橘色火焰風帆，在微風中啪啪晃動。即使船身還有完好的部分，也消失在水底了。韋沃達的戰機已然飛走，但引擎巨大低沉的轟隆聲仍迴盪在空中，隨著風的迴旋打轉，音調時高時低。

我爸媽以為穀倉的火是你放的。
因為那個符號+妹妹跟他們說的話+
雅各告訴他們關於你的事。
我口中所描述的你則完全不重要。
爸說要報警，但想先給我一個機會「做對的事」。
我就照做了～我叫他少煩我。
你會以為現場一片叫囂痛罵，其實沒有。

我大概就是因為這樣才回到車上。當我們停在醫學中心對面等紅綠燈，我才意識到是怎麼回事，然後氣沖沖下了車。

珍，今晚到我這兒來，住我這裡。

不行。

看到一輛清運公司的貨車停在妳的住處外。今天。

我也看到了。我戴了頂帽子，低著頭。他們在清空我的東西，就是我爸+我妹那個白痴男友。

那妳現在要住哪裡？

你那裡？

屍體都面朝下漂著，四周的水面在沸騰，冒著看似濃稠的大水泡，水泡一破便散發出灰色蒸氣與那藍黑色物質的氣味。他認出了其中幾人，又或是告訴自己他認出來了：有那個削哨人，少了一隻胳臂；有那個噘嘴女孩的纖瘦身軀；有那個從幽靈船逃離的倖存者；還有一個已面目全非的水手。他四面八方都是肌肉燒焦的味道。他大喊出聲，問問還有沒有人活著，懇求至少還有誰活著，但耳邊只聽見那個令人暈眩的嗡嗡聲、他自己粗啞的呼吸聲，和他自己無聲的吶喊。

那邊，倏然浮現：一具體積最龐大的屍體。頭髮散成一圈大大的光環，粗壯的四肢加上酒桶般的軀幹。瞧，他手裡還緊抓著一張地圖，整張完好無缺未遭火噬，但直到四個角落處全都染成最深、最血腥的紅色。

從水邊開始也將在此結束，而在此結束後也將重新開始。話語是給死者的禮物，給生者的警告。

他告訴自己的是什麼樣的故事？說他是個乘船航行於文明邊緣的人？說

救葛瑞夫也不是你的責任，你知道的，對吧？

有時候吧，但並非總是如此。我現在有點創痛感，很擔心可能會再次亂發神經。如果是這樣……我不知道……請原諒我。對不起，珍。

別道歉。否則我也得為我的失控道歉。

我解開了這一章的柵欄加密。共有19道柵欄，配上註釋中特別標記的字：

這麼長時間以來你有沒有忘記過她你有沒有停止過思念不再想他你又有沒有試著想走出來給其他任何人一個機會

他是個漂流在一個應該從不屬於他的人生邊緣的人？說什麼都沒有了？什麼都沒有了。能夠救他、能夠解釋的女人，沒了。他其他無數的自我，沒了。他的縫線沒了。他的毒藥沒了。他的紙頁沒了，也許沉入水底也許化為灰燼。他只剩這副空空的軀殼。他是個幽靈。

圖書館把我攆走了。需要找個新地點放書。書放在一個有我名字的袋子裡，請叉角羚的人替我收在櫃檯後面。這不是長久之計。

如果這問題還要煩惱很久，那我們運氣也未免太好了吧。

解出來之後我哭了。菲樂美拉以為問題全在狄虹身上，卻沒察覺到他其實一直在想她……他只是從未給她機會證明她也愛他。

今年冬天讀這個，你會不會覺得很難過？

還好。讓我覺得好像有另一個人
明白這種感受。

我猜應該也沒有乍看之下那麼悲慘。

第九章

負空間的鳥

這一章的暗語完全沒進展。

本章只有一個註解，
她沒給~~我們~~他太多線索。

可是一定就藏在文字之中
的某處。

S.的公寓住所只有一扇窗，窗外景致幾乎全被直徑大過拳頭的垂冰給遮蔽了。從冰柱間的空隙望出去，S.看見又一個灰暗早晨在冬日的冰雪迷濛中來臨。地上的每個形體都變得模糊，磨去了稜稜角角，剩下一團與原物形狀相似的白色。

他一手壓在窗戶上，五指張開。寒意凍僵了手心，緊緊攫住手腕，又順著前臂往上爬，直到他將手抽離。手的形象留在玻璃上，宛如霜海中一座透明島，由他體溫製造出來的一點暫時的清明。

沒錯。他還活著。

這真是快~~把我逼瘋了~~找不到線索，我沮喪透頂。

別擔心，不必特別
劃掉……我完全不在意別人怎麼
使用「瘋」這個形容詞。我再也不在意了。

你什麼時候改變的？

不知道。但應該是因為我們
在書上交換留言的關係。

我想我永遠無法表達
我有多感謝妳屬於我的世界。

艾瑞克～
請你看我夾在這一頁的信。
我需要你看看這封信。

原來妳撒了謊。

當然，那個空間很快又會被從邊緣滲透進來的霜所占領。再過不久，也將只有S.自己記得原先邊界所在了。

我沒有。只是沒有說出整件事的經過。

妳修改了整件事的經過。

我從來沒有告訴過任何人。我甚至從未考慮過要告訴任何人。以前我從不覺得這有什麼重要。

他不曉得自己何以會在冬之城。他不記得如何到達此地，也不知道最後怎麼來到這間公寓。最早的記憶所及是他腳步沉重地走在結了厚厚一層冰的大馬路上，牙齒在冷風刺骨、如極地般的凜寒中格格打顫。身邊有其他數以百計的人，但在他眼中都只是模糊不清的淺淡影像。他試圖和其中幾人說話，他們卻置若罔聞，彷彿他不屬於他們的世界。慢慢他才回想起，在這裡誰都不屬於其他任何人的世界。他們都占據同一個空間，卻並非共同占據。想像上千張描圖紙，每一張都淡淡地畫了一個人，然後全部疊在一條冰棟市街的景象之上。就如同上千個互不相干的獨立現實出現在同一地點。

他死後到了某種煉獄嗎？他莫名來到司坦法那個民間傳說中的奇特國度居住了嗎？也就是不乖的小孩被送去的那個神秘冬之城？他在這裡是囚犯？是流亡的人？是懺悔者？這些問題他都還無法回答。他知道，自己有可能是

拜託，艾瑞克～別為了這件事情離開。我想要幫助你了解。對不起！真是太對不起了。

真的嗎？這件事真的讓你這麼生氣？或者你只是想找個方法甩掉我？

我知道這聽起來很瘋狂，但我一結束最後一個考試，就想和你搭上飛機去巴西。說真的～別管什麼典禮、別管我爸媽、別管我的租約、別管我的東西。全都別管了。我有我爸的信用卡。

而我有賽林的$$

你還是不知道他們是誰／他們想要什麼。

瘋了，但無法判定，何況無論如何他都無計可施。總不可能吹個哨子，就讓心智恢復理性與健全。（如今能做的就是扣起大衣的鈕子、綁好靴子的鞋帶，努力跋涉過嚴寒的存在現況。）**

S.轉身離開窗邊在房裡踱步，試著活絡雙腿的血液循環。這裡空間很小，和如今已不存在的船上艙房差不多一樣大。地板是松木板，拼接得不怎麼完善，牆壁刷了一層薄薄的白色塗料，顏色變得比較淡。有電，一盞裸燈泡小燈；有水，走廊盡頭一間只與幽靈共用的廁所；有暖氣，但不夠暖，即使在屋內也要穿上厚重的大外套，加上靴子、手套和毛衣，而這些衣物感覺上仍不像是自己的。他在褲管和衣袖裡塞了報紙隔絕寒冷。他有一張簡單的木桌、一張椅子和一支筆，就跟在底層甲板時一樣。地上有一部打字機，他只會在屋裡冷到讓墨水凝結的時候才使用。他睡在角落一張簡陋的床上（一個塞滿報紙的麻布袋）。他喝茶，吃餅乾（比船上的餅乾好不了多少）。這些都不是他去找來的，他到的時候就已經在那兒了。他仔細留意著墨水和茶

← 學務長來電，他們應該已做出決定。我不敢回電。儘管老是說我不在乎，我其實是在乎的。抱怨也沒有幫助。

** 看到這段……你知道嗎，我明白石察卡是想告訴翡樂說他知道少了她，他的人生是空虛的，只是我對這種烈士姿態厭惡至極。明明是他自己做出的選擇，一次又一次。他原本可以說「我們在一起吧～這所有一切都比不上妳、比不上我們重要」。而他沒有，他硬是沒有說。感覺上你好像不太明白這點，艾瑞克，你好像隨時都準備替他找藉口～你瘋了嗎？因為你不但親自和翡樂美拉見過面，還親眼見到她的人生最後變成什麼樣／沒變成什麼樣。

妳說得一點都沒錯。他們的際遇是齣悲劇，這是他的錯。我明白。但他只是一個凡人，不是什麼超級英雄，甚至連英雄都稱不上。有點頹喪、有點悲傷、有點渺小，充滿悔恨。或許不是妳、我或甚至翡樂心目中的他，但他是翡樂愛上的人，所以一定有些什麼優點。再加上，或許等他領悟到生命中重要的事物是什麼，已經太遲了。不過妳知道嗎？這種事是會發生的。但不會發生在我們身上。

我猜以後就會知道了。

和餅乾的存量，總覺得會愈來愈少，但其實完全沒有。

S.重新坐下，將椅子拖向前靠到桌邊，俯身開始工作。他拿起筆沾了墨水，在紙上草草寫了起來，將剛才爲了證明自己的存在，中途站到窗邊透過冰柱向外凝視而沒有完成的句子寫完。

他啜飲一口杯中的茶。杯子是冷的，茶也是。

他並不想離開冬之城。在這裡的時刻，他沒有目擊到紛爭或煩悶或痛苦，無須哀悼，更無須目睹任何人死亡。他始終沒有感覺到特務的存在。在冬之城不太可能慘遭橫死，卻也不像眞正活著。

冬之城有一份日報，供作三項重要用途，不過S.只注重其中兩項：

首先，可用來充塡袖子和褲管和靴子和床鋪。

其次，它記載了S.以前居住過的世界所發生的事件。報上敘述戰爭、貿

*交了艾略特的報告。請伏司士幫我批改（這肯定把伊莎氣死了）。但他說得由她來改。到時我若需要申訴，可以再拿去給他。

至少交出去了，這才是最重要的。

這一章有許多短短的、跳躍式的段落，感覺很像辛格早期作品。（是為了向他致意？）

不過辛格後期的小說和石黎卡的非常相似：那種不太屬於這個人世的疏離感、隱藏的自我檢視、身分的問題。

這麼說或許有點冒險…不過辛格&石黎似乎合作了《阿木里查》一書，最後受到彼此影響。

你這個險冒得可大了。可以看出同樣情況也發生在沙默思身上～在《山培那進行曲》&《夜柵欄》之前／之後。

所以說到目前為止妳喜歡沙？

深愛。他的書有點不入流，但看得出背後有個聰明的傢伙。

所以說：妳讀他的書是為了逃避現實？

有意思。

天啊，這地方還真冷。

易、暴動與屠殺的故事，一篇篇文章瘋狂記錄權力的無數形態與口氣。（報上並無冬之城的新聞，因爲冬之城沒有新聞。這也可以視爲市場力量的作用；冬之城寒冷、靜止、毫無重要性，這種地方誰也不想掌控。）

第三，報紙是S.的書寫媒介。他塡滿了數千頁，字就寫在一行行鉛字之間細細的白色空間，空白處寫完了就直接寫到印刷字體上面。像洗去墨水後再次書寫的重疊抄本，層層澱積。

他塡寫完的報紙堆在角落裡，幾乎已堆到天花板那麼高。

索拉一次都沒有出現在空白處和他說話。他剛來的時候，幾乎毫不間斷地寫，就只爲了能碰巧找到她。如今書寫時，他總是忘了留意。

一段時間以前，S.還很在意冬之城的可能地點（相對於報紙上所提到的世界），便整理出一個理論：雖然冬之城屬於那個世界，但嚴格說來卻不在那個世界裡面。光是揚起船帆朝低緯度駛去，絕對無法到達。冬之城與那個

不，老實說，分數才重要。

伊莎給了我C。依可士沒有異議。

那麼妳現在的情況如何？

和之前一樣～完全不確定能不能過關。喔對了，今天在課堂上伊莎瞪了我一眼。我所做的一切都讓她更恨我。

又一個妳最愛的詞？

我真的很想收斂一下……不過算了，沒錯。

我打了電話給沙默思的律師的女兒，謝謝她沒授權給莫迪。我們聊了一會，她對石察卡的問題真的很感興趣。放心——和她談話，我很小心。但不可思議的是她告訴了我什麼事。我提到《希修斯》書中的壞小孩傳說，她說她小時候有一次跟爸爸說她討厭他，結果他說她應該懂得感恩，而且要小心點，因為他認識一個小女孩父母雙亡＋有壞人在世界各地追她。而那女孩只有二個叔叔在輪流當她的爸爸，他們必須一直換地方，因為也有人在追他們。她說多年後她還經常想起那個小女孩，每次都會傷心落淚。

西妮？

那二個「叔叔」呢？一個是沙默思，另一個是誰？

世界既非上下關係，也非平行關係。冬之城在，我們熟悉的世界在，而且兩者相距不遠，但也許不總是如此。

S.寫了什麼很難看清，可是細心的人也許會發現在滔滔字流間提到了以下字句：沉默寡言的水手；一群被蛇咬傷，渾身顫抖發熱、瀕臨死亡的孩子；聖人在一個表面浮油的光滑水窪中顯靈；集體墳墓；旋轉的單車輪；留著傳奇小鬍子的男人；一個陷入熱戀、鞋子上長著翅膀的探險家；一場工廠大火；蜘蛛王子孤獨以終；賑濟所；壕溝；節慶蛋糕的溫熱香氣；在粉紅色的手之間傳遞的鈔票；垂掛吊死在桁端的男人；一個叫化子的說教；有個弓箭手的箭飛繞世界一圈後落在自己腳邊；一座著火的帳篷鎮；穿過山洞的鐵軌；一個消失的部落；一群自稱為革命黨的人；船上一名年輕女子對自己帶有口音的英語感到害羞；一群瘋狂的猴子列隊遊行；印刷紙張如傾盆大雨般落下；無盡的懊悔。至於這些元素與故事內容有無連貫性，則完全是另一回事。

這段混合了《希修斯》的劇情＋瓦茨拉夫的人生。

你剛剛說出了石察卡＝瓦茨拉夫～沒有任何修飾。

也許吧，但某些書有賴其他人幫助？或是所有的書，除了最後3本？《飛天鞋》（為翡樂寫的愛情故事）、《科里奧利》（大量的存在幻覺）＋《希修斯》。

你和葛端夫為什麼起爭執？

真是那麼雞毛蒜皮的事嗎？

還在等你回答……

好吧，就告訴妳，葛瑞夫出院後沒多久打電話來，要我幫他看論文的其中一章。他的沮喪口氣讓我覺得可笑，因為他早在幾年前就該交出去了。我笑了笑，跟他說等我有時間就會看。他卻大發雷霆，罵我是個高高在上的王八蛋。我也發火了，拜託，虧我大老遠開車到佛羅里達，幫你撿回一條命，結果得到這種對待？於是我叫他別再來煩我，就掛了電話。我真是完完全全的自私、自以為是、小心眼。但我一直想著這件事，後來領悟到事情並不像表面這麼單純。這件事讓我了解他有多脆弱、我有多脆弱、我們都有多脆弱，包括妳在內。還有伊莎&莫迪（即使他們倆都不知道）＋石黎卡&菲樂，肯定是。我們都想成為「了不起」的人（不管這個詞如何定義），但大部分時間卻都不是。我們都陷在一片汙穢混沌中，試著相信自己有能力變得了不起，卻只是愈來愈接近崩潰而不願承認。我們會對自己編故事：關於我們自己的故事，或許也有許多關於其他人的故事，關於角色的故事，藉此躲避自己是多麼渺小的事實。

S.抬起頭來，因爲聽到送報貨車駛過積雪大街時轟隆隆、咯喇喇的聲音。貨車每天早上都會將一大疊當天報紙運到中央廣場放進一個木箱，但和城裡的人一樣，只能透過濛濛霜霧隱約看見。車子複雜的引擎聲和裝上雪鏈的車輪聲也同樣微弱不明，但S.已經自我訓練到可以聽見，也期待著聽見這每日的嘈雜聲。能幫助S.維持所剩無幾的健全心智的事情不多，而出門拿報紙這個簡單儀式便是其中之一。

當他踏出公寓大樓來到街上，肺部受到寒冷衝擊，一時幾乎無法呼吸。頂著風移動時也受到寒風懲罰，臉失去知覺、眼睛刺痛，寒意更有如一根根細針刺穿他層層衣物。風呼嘯掃過街道，發出了此地所能聽見最接近旋律的聲音。

冬之城沒有鳥，至少S.沒有見過。他偶爾會夢見一隻黑鳥仰躺在雪地裡，掙扎著。鳥的胸口被子彈貫穿，但傷口流出的不是血，而是羽毛裡的色素，滲入積雪後散開形成一個黑色橢圓。隨著色素排放，鳥的軀體逐漸退

也許這不是躲避。也許是這些故事幫助我們不至於如此渺小。

色，愈來愈淡，而雪也飢渴地，甚至於貪婪地接收牠拋棄的所有顏色，直到最後只剩一大片冷黑中一具烏鴉形體的白色軀殼。一隻負空間裡的鳥。但S.知道這只是個夢。他還有足夠的理智告訴自己這一點。

他雙手環抱身子往前走，儘管這樣並沒有溫暖一點。還要走多遠？他說不準，也許一哩，也許更遠，他對於這類事情的感覺好像變鈍了，有些日子跋涉的距離似乎多了一倍或甚至兩倍。冬之城彷彿一個距離變化不定的城市。

今天會有另一個居民抬起頭與S.四目交接嗎？即使在如此惡劣的情況下，會有人展現一絲共通的人性嗎？

不會的。今天他仍會一如往常走在沉默疏離的人群間，每一步都在提醒他，他們眼中的他就像他眼中的他們那麼虛幻模糊。他們的目的地或許相同，都是報箱，但之後他們依然會回到自己陰鬱安靜的寓所，讀著自己無力改變、遙不可及的事件。

艾瑞克，我不敢相信你去了史丹迪佛大樓。大概是非常時期…之類的緣故。竟然沒人認出你。

就連她一開始也沒認出來。我只不過是戴了頂帽子。竟然如此輕易就能當隱形人，不可思議。

他不得不告訴自己這不是真的。

等等，他說「你們所有人」？剛剛再次查對過。沒錯。

1930年10月，沙窩給埃斯壯的信：「聽說維住院已久，十分掛懷。謹在此為你們所有人獻上最誠摯的祝福+深情思念。」那是埃斯壯去世前兩個月。

還有：維瑪柏特‧狄虹的相關文獻找不到任何資料提及她當時人在醫院。

或許她認為不值得一提。她很堅強。

她也很貫徹始終。就在那之前，她和費拉拉一直有固定通信，1931年3月又寫過一次，卻依舊沒提起。就我看來連拐彎抹角的暗示都沒有。

S.拚命眨眼，想眨掉結在睫毛上的冰。他縮起脖子，繼續往前拖行。

報箱有超過一公尺高，吹集在它周圍的雪堆也差不多一樣高。S.伸手進去，用凍僵的手指摸索著拿起一份報紙。今天的頭版：另一座城市遭火夷平的照片。

極端的寒冷中和了報紙油墨的複合香甜氣味，或者也可能是勁風直接將味道吹散了。不過，S.還是把報紙湊到鼻子前嗅了嗅，沒有期待也沒有收穫。他將報紙對摺捲起，塞進大衣口袋，重新展開漫長而艱辛的回家之路。風往往會在同一時刻跟著他轉向，因此回程也和去程同樣辛苦。不料今天的風向維持不變，朝他的背狂吹，執拗地推著他，讓他最後快步疾走了起來。他滑倒了幾次，還有一次一頭栽進剛吹積起來的雪堆中。

快到公寓大樓前，突如其來的一陣強風吹得他從大門口前滑行過了頭。他雙臂畫圈，兩腳猛地倒退試圖讓自己穩住，但還是再次摔倒，這回肚子朝下，像企鵝般滑過冰面，一直滑到一間空店面的櫥窗前才被擋下。這棟建築內的水管肯定在漏水，垂冰從天花板連到地面，粗得有如橡樹樹幹。

他從窗玻璃看見自己掙扎起身的倒影。好不容易站穩腳步後，他細細端詳：一個男人與他對望著，站在一座冰林前方，臉上最後的些許青春氣息已然消逝，而他又被帶回到置身於碼頭城市上方洞穴裡的那一刻，置身於鐘乳石與石筍與K族繪畫歷史中的那一刻，置身於希望中的那一刻——不管希望多麼渺小，至少當時蔻波還活著，菲佛還是菲佛，而S.儘管對自己的經歷毫無所知，也還感覺與過去和未來相連繫。

他轉身背對櫥窗，挺起胸膛迎向凜冽寒風，逆著風走回家。在他內心裡迴旋的怒氣猶如在街道上打轉的雪魔，氣韋沃達和他那幫特務，那是自然，但也氣自己做選擇時的決定與拖延。多奇怪呀：他獨自身處於一個半存在的市景中，但憤怒卻讓他想起悸動與真實的感覺。他想大聲嘲笑這種諷刺現象，但只怕風會把肺葉凍僵。

進到大樓門廳後，他解開圍巾，跺跺腳將雪抖落。地上有個信封，上頭印著模糊不清的*S*字母。他彎身撿起時，背脊還發出訴苦的聲音。他聞了聞

最近一直在想這個～我是說，的確好像自從離開校園就好像放棄了。這樣……就不能把自己當小孩了。表示你再也不是小孩。你再也不能回頭了～有時還挺興奮的，有時可以令人沮喪到極點。

我在醫院裡驚覺到的其中一件事，就是我真的不再年輕。沒錯，我還沒30，但其實沒有差別…我花了10年研究這個東西，結果卻一無所獲。沒有報酬、沒有成就感、沒有事業。天曉得你該如何從頭來過？該如何塑造自我？而很顯然的，我還沒辦到。

也許你辦到了～只是不怎麼明顯。

(A)我不知道妳在說什麼，還有(B)我是為了什麼目的而重塑自我？

ⓐ我不知道。
ⓑ也許這正是我們應該做的。

其實，我一點也沒有我預料中那麼生氣。

布蘭德醫師一定說了什麼，關於把話說開來總會有幫助之類的。★

不過早在跟她談之前我就感覺到了。

（我是說，我確實氣她這樣對妳施壓，但對於我跟她之間的事，我倒沒那麼生氣。）

我覺得遇見妳以後我火氣變小了。

（我是說真正遇見妳本人。）

墨水，有股甜味。接著他脫去手套撕開信封，裡面有一張筆跡陌生的短信，開頭直呼了他的名字，信尾卻沒有署名。信中指示他趕往廣場以西六條街外一棟公寓大樓的九樓，亦即要多挑戰半哩路的酷寒。

他毫不猶豫，圍起圍巾戴上手套，歡迎天候使出最殘忍的手段。假如他要去的是個充滿特務的狼窩，而他們認為將他放逐到冰天雪地之境太便宜了他，他也認命。他已經準備好面對一切可能發生的情況。

來到那棟公寓時，他的眉毛和睫毛都結了冰，臉頰被霜雪凍得已無知覺，口水與吐出的氣息也在上唇凝結成一層厚厚的冰。他停下腳步，抬頭望向最高層的九樓。窗口沒有透出燈光，半透明的行人在他身旁默默地川流而過，沒有說話聲，甚至沒有腳踩壓雪地的聲音。

樓層有何寓意？

今天比平常更冷嗎？有一隻腳已經完全麻木，他往地上踩踩腳跟，希望踢回一點感覺。經他這麼一踢，一塊三角形冰塊跟著滑落，露出嵌在人行道上一塊銅牌的一角。刻在上頭的正是他久違的記號。他於是朝冰面一踢再

★ 妳打算和妳父母試試這個方法嗎？

你打算和你父母試試嗎？

艾瑞克，我沒有用你的報告，甚至連看都沒看。那篇要命的報告裡字字句句都出於我，要完成可真不簡單啊～我一走進辦公室就這麼告訴他們。之後發生了什麼事，我幾乎都不記得了。腎上腺素太旺盛。

踢，直到整塊銅牌露出來爲止。

編故事的人
阿奇美戴斯・德・蘇布雷洛
在此墜落
一六二五年 一月九日

初落的雪已積到大樓門階的高度，幾乎就要堆到門口，但一路來到柱廊的地面上卻只有他的腳印。他停下來，凝神觀察背後的街道，深自以爲會有什麼不同，至於是什麼他也不知道。但放眼所見，還是那些虛無縹緲的人彼此擦肩而過、轉過某個路口、進出建築物、蹲下重新綁好冰凍靴子的鞋帶，手裡同時拿著報紙，但比起放在報箱裡，此時的報紙則顯得比較不扎實，形體也比較不明確。

樓梯不平整，隨著他一階一階往上爬，腳下不時發出吱吱嘎嘎的呻吟聲。他慢慢上樓，一面提醒自己要保持冷靜，要保留精力與專注力。（唉，想當初這

→所以這是在向他的生命致敬？或是慶賀他的死亡？

從未想到這個…「編故事的人」語意不清，可能指「說故事」或「說謊」。

還有那個S符號呢？是哪一邊的人在使用？我完全摸不著頭緒。

好～現在我明白了。因為好人不會燒穀倉。

可是在費爾巴哈的出生地和狄虹的洞穴裡也有一個S。埃斯壯的鳥類素描裡也有。

菲樂的洞穴裡也有。

可是就在我臥室窗戶底下的人行道也有一個。有哪門子的好人會做這種事！

現在清楚了。兩邊的人都會用。一邊是為了做記號；另一邊則是要嘲弄他們，就像在說：我們贏了，而且我們可以盜用代表你們的符號。

艾瑞克，當時你是希望我把一切想透徹吧。

我是在釐清思緒。

你不能因為我把自己的故事告訴你，就這麼走人。這樣不公平。要走晚一點再走。但現在拜託留在這裡。

些都是出於本能的事！）然而踏上九樓平台時，他已汗流浹背氣喘如牛。他脫下圍巾和手套收進大衣口袋。此時只有一扇被霜遮蔽的小窗透進光線，空氣中有被遺棄的味道。

被放逐至今，昔日的人聲第一次傳進他耳裡，雖然並不是往常那種喧鬧聲。他只聽到兩個聲音，十分微弱，被數百年空洞的偌大回音所環繞：

Você não está seguro（妳不確定），一個男人的聲音說。

Ninguém é（沒有人確定），一個女人的聲音說。[1]

為什麼在此用葡萄牙語？

他試圖盡可能直接與翡樂美拉對話。

緊接著，一個尖銳、往下降的音調，幾乎細不可聞，可能是鉸鍊的摩擦聲、病貓的叫聲，或是一個人從九樓墜樓身亡的聲音。

S.走向公寓門口。他伸出手撫過所剩不多的頭髮，在大衣上將手擦乾，然後敲門。

1 原始打字稿中有無數畫線刪除與手寫訂正之處，顯示作者對於誰該說哪句話始終搖擺不定——事實上，就因為塗改太多次，那一頁根本髒亂到無法辨讀。我採用的是最初打字稿的原文，這與其說是編輯上的決定，其實更像是考古。

什麼也查不出來～我也不知道還能想出多少方法來解讀這個註解。

也許這不是暗語的一部分。也許她只是實話實說。

那麼這一章的暗語在哪？

也許根本沒有。也許有某種別的訊息。

也許就明擺在眼前。這一章的章名、意象……她靠這些就足夠了。她認為他們很類似，都是鳥、都很脆弱，隨時可以不再做此刻的自己～可以死去，可以發現他們有不同的信念，或是愛上不同的人。

也就是：把握今日。

而他並沒有。

腳步聲從公寓裡面慢慢靠近，門把轉動，門開了，只開一條小縫，他從門縫瞧見有一雙眼睛在打量他。隨後眼珠往左看、往右看、越過他的肩膀往後看，似乎在確認S.是單獨一人。

「是我，」S.說：「只有我。」

門又打開了些。一隻手從縫隙伸出來，抓住他的手腕往內拉。警訊立刻傳遍他全身，但後來發覺他是受到引導而不是拉扯。他跨過門檻……

……進到一個空蕩蕩、幾乎毫無特色的房間，牆上的油漆剝落成近似裝飾性的捲曲長條。沒有家具。有一扇窗，外側冰封內側髒汙。在一面牆上有一扇衣櫥門。不過，房裡唯一重要的細節是有索拉在。

她將他身後的門推關起來之後，抬頭直視他的雙眼，一面在尋找些什麼，一面牢牢抓住他的手臂。

她出現在這裡真教人吃驚。還有一件事也幾乎同樣令他吃驚，那就是她清晰、鮮明、溫熱、有呼吸，無可否認地真實。再者：他可以感覺到她的觸摸。她的手溫暖地、緊緊地扣住他的手腕，她黑色大衣的袖口毛邊搔弄著他

但願你能叫莫迪把他的人撤走，或者如果真有新的S組織，而我又是他們的目標，就叫你賽林的那群混蛋夥伴做點什麼。
除非其實是他們幹的。

的皮膚。

她額頭上、眼角與嘴角、下巴兩側的下斜處，都有淺淺的皺紋。她深淺不一的灰白頭髮剪到下顎長度，髮型應該是在他所不知道的某個地方或某個時間相當流行。她的臉蛋依舊像一個散發著月光的明亮、淺淡星體，只是似乎比他記憶中瘦了些。他忽然害怕她會再次消失，害怕他們會繼續變老，而且可能個別死去。他差點就脫口說出**我愛妳**。

很好奇石察卡曾有多少次差點這麼做…

多少次不重要。重要的是他做了沒有。而他沒有。

如果哈瓦那的邀請不算在內的話。

不夠。差得遠了。★

「妳是真實的嗎？」但他卻如此問道。

「我無法證明我是，」她說：「但你也無法證明我不是。」

「所以這是信任，又或是信念的問題。」他微笑著說。

「對，我想是的。」

你應該把瓦茨拉夫的事告訴艾絲梅・朴蘭什麼的那個編輯。

我試過了，她完全不買單。

她走到窗邊，透過一個可以清楚看到外面的小孔空間向外凝視，視線掃過街道、附近的樓房、天空。

「我想我們很安全。」S.說。

「不，」她說：「沒有人是安全的。」

珍，看下一頁※

★又或許他是想透過這整本書來告訴她？沒那麼直接，但畢竟是心意。也許他自認這是能力所及的最佳方式。也許他覺得利用這本書來表達，能夠多付出一點。

也許他是這麼想的～真的，有何不可？寫作是他喜歡做的事，他也以此界定自我。或許寫作也是他認識自己的唯一方式。但這樣還是太便宜行事了。寫進書裡，迴避親自去做，這樣冒的險比較小，暴露的自我比較少。這其實是不夠勇敢去愛人和某人一起體驗愛。

別忘了：菲樂也做了她自己的選擇。

他凍僵的腳逐漸恢復知覺，彷彿被人一刀刀猛刺著。他屈屈腳趾，畏縮了一下，又屈了屈。

「這麼說，」他發覺到：「蘇布雷洛曾經住在此地。」

「時間很短。」她說：「更重要的是他死在這裡。」

「我們會在這裡碰面相當巧合。」

「也許是巧合，也許是傳統慣例。」

「我不懂。」

「你好像覺得我有答案。其實我和你正在做一樣的事：憑直覺做出反應。或許我快了半步。」

「妳是怎麼找到我的？」他問。

「也只剩這裡了。」她說得好像理所當然。「你還想找到韋沃達嗎？」

在今天以前，在一小時以前，他會對這個問題猶豫不決。可是現在呢？

「想，」他回答：「當然想。」

找到城堡的位置了，她告訴他，而且有辦法把他們兩人都弄進去。陸上

※今天收到他們寄來的包裹。又一張支票——但更重要的是：哈瓦那的那張照片!! 紙條上說他們最近才取得，急著進一步了解。

啊哈。所以現在該是你回報他們的時候了。

他們是站在我這邊的。我知道。

也許當初就是他們在拍賣會上買下照片，而他們需要你來釐清這照片為何如此重要。或者他們可能變造了影像來唬嚨你、誤導你。你不會知道。

結束了。伊莎告訴他們說她弄錯了。

天大、天大的好消息啊，珍。太棒了。

但她又是為什麼呢？之前她是那麼有把握。

時間的九個月後，會有上千人聚集到那個地方參與一項活動，到時韋沃達會發布某種聲明。從賓客名單看來（其中包括國家元首、軍事與宗教領袖、無足輕重卻狂妄的獨裁者、一夕之間竄起的反叛軍、產業鉅子——總而言之，就是韋沃達能販售武器的所有對象，他能居中牽線建立合作關係進而需要武器的所有對象，正在大規模採收或尋求自然資源的所有人，渴望聆聽並附和他對於「毀滅是爲了創造」「重整世界的藝術」等等簡潔有力看法的所有人），幾乎可以確定這份聲明十分重要。「你可以在那裡發揮巨大影響力。」她說。

「我一無所成，」他對她說：「我這一生中毫無重要成就，又可能會有什麼影響力？」

真的嗎？

她打開衣櫥門，取出他留在領地的手提包，只是現在更加破舊、傷痕累累，汙點與霉跡斑斑。她把手提包往他面前一丟，他問說這是不是他的，她點點頭。

「妳當時在領地，」他說：「在那艘獨木舟上。」

你認為在布沙的公司曾發生過這樣的事嗎？

情況和這段描述的不同。我認為這是石黎卡希望發生的狀況。他藉由寫作來實現願望。

只不過那並不是他寫的結局。

上個月在加拿大的新斯科細亞發現了聖托里尼男的屍體。還有另外兩具：一在喀麥隆，一在貝里斯外海的一處環礁上。

見他個大頭鬼！還以為巴塞隆納的屍體只是巧合…結果現在呢？

「對。」

「跟妳在一起的人是誰？」他問道，並沉住氣等候她的回答。

她面露困惑。「只有我一人。」她說。

她沒有說謊，他心想，但她說的並非事實。

他們裹好禦寒衣物，步下蘇布雷洛那棟公寓大樓，隨後暴露在此城永不止息的冬寒中。她超前幾步，兩人既不交談也不對望，以免招致注意。他們走得很快，都弓著身子抵抗風，但即使如此，S.的眼睛仍舊刺痛、灼熱、掉淚，溼溼的淚水凍結在臉頰上，握著行李手把的五指也屈僵成爪狀。

一哩路，也可能不止。S.瞇起眼睛，甚至閉上眼一連走個十來步，因此當索拉停下來，他便撞了上去。她帶他來到冬之城的港口，只見水面結滿一大片冰，似乎已有千百年之久。海灣裡全是被冰塊困住、擠壓變形的船隻殘骸。

「我們來這裡做什麼？」他問。

如果我終究要被棄屍河中，希望至少能選擇他們撕下的書頁是出自石察卡的哪本書。

珍，別開這種玩笑。

老實說，我覺得我必須要。

那好，哪本書？

《飛天鞋》。

不是《希修斯》？

我想要奇幻愛情故事。沒有這許多悔恨的那種。

從水邊開始也將在此結束：

有趣～他怎能知道自己是在終點或起點？我們又怎能知道？

他愕然地看著她，她則伸手指向冰封荒地的另一頭。扎實的冰層延伸數哩遠，但再過去可以看見一條細細的開放水域，上面有一個黑點。她踩上海水表面，然後回頭等他跟上來，可是他害怕。他想像自己走在冰上，聽到一個巨大的龜裂聲，然後眼看腳下裂開一條縫。他想像自己掉入水中，被水流捲到堅硬的冰塊底下。

「冰塊很結實。」她說：「我就是從船上走過來的。」

信任的問題。又或是信念。

「我的紙，」他想起住處那堆報紙，躊躇地說：「我的工作。」

「已經裝上船了。」她告訴他，而他相信了。他拉著她的手，跨上冰面，兩人一起往前走，一步接著一步。

他們並肩走著，腳下不時打滑但從未摔倒。

「我一直以為妳知道我是誰。」他大聲地說，好讓聲音壓過風聲。

「跟其他人知道的一樣多，」索拉說：「如此而已。」他看著她的氣息綻放如花，又立刻被強風一吹即逝。

就像槍上膛。

告訴我妳沒有槍。

我沒有槍。

就像石察卡在對翡樂說。他為何就不能直接告訴她？

在石察卡的原稿中，此處她並未回答他。

這是翡樂對石察卡說的，她已經努力表達得很直接了。

這段寫的是…他必須回答自己的一個問題。
或是決定他有無必要回答。

因為我們就只是我們
——此刻的我們。

也是我們決定以後
要成為的人。

「妳找到我了。在舊城區。妳知道要上那兒去。」

「我不是去找你的。是你剛好在。」

S.繼續追問。「據妳所知，我是誰？」

她擦擦鼻子，撥去睫毛上的冰珠，繼續艱難地往前拖行。「我想你要問的應該是你曾經是誰，」她緩緩地說：「而這點除非你深深在意，否則並不重要。你在意嗎？」

S.遲疑了。他知道自己曾經很在意，也覺得似乎應該在意。曾經有許多年，他以爲自己在乎，卻幾乎沒有認眞去追查過眞相。這個秘密不再令他動心。比起記錄著他人生眞相，但早已被遺忘的官方文件，這些眞相本身並不是更重要。那麼回憶呢？身爲家庭一分子的感覺呢？童年的感官印象呢？還有日復一日爲銅製彈殼裝塡火藥的青少年，在開始認清眞實世界時所感受到的小小領悟與心碎呢？他在船上的恍惚狀態中、在嚴寒的公寓裡都體驗過這些，也許無法擁有，但那些時刻環繞在他身旁，偶爾也可能閃閃發亮。他可以看見星星，但他已不再需要星群。

前方近百公尺處，扎實的港口冰層結束，開始出現浮冰。從漂浮冰塊間的裂縫已可見深色海水，底下的波浪一推湧，冰塊便起伏不定。而漂浮在這些冰塊之間、不時遭到大冰塊撞擊的，是一艘熟悉的船。

直覺告訴他這是同一艘船，多少經過重整修復，只是比原本胡亂拼湊的破損狀態更加不堪。這可能是海面上所見過最怪異、最破爛、最可能隨時解體的船了，即使再寬宏大度，對航海深具感情的人看了都會覺得生氣。船身鑲接的木板似乎各有不同來源，三支桅杆和船首斜桅也都歪七扭八，船帆則是用黃色、骨頭色與灰色的帆布碎片縫接而成，從那一條條歪斜長線看得出來縫補手術毫無技術可言。頂層甲板上的槍砲是來自不同時代與地區的武器大雜燴，其中幾座布滿鐵鏽，想必是在海床上待了數十年。S.發覺有一點不僅是可能，而且是大大可能，那就是這船上無論木板、艙門、纜栓、木釘、門閂、鐵釘或繩索，無一是從他頭一次被帶上船時留存至今。但無論如何：

這是石對於自己的想像？

或是瓦茨拉夫的？

或是在諷刺整個「V.M.石察卡」合體。

哇，難以想像那群人之間還能有更大的差異。

★我可能應該告訴妳，今天早上我去見了伊莎，跟她說我和妳討論過那首詩，但我並未逾越助教的分際，只是提問題、試著引導……而妳的報告完全是自己寫的。還說我可以簽保證書什麼的，只要有必要。

所以她才退讓？我不信。看她之前咄咄逼人的樣子，不可能。

也許她夠了解我，看得出我是真心誠意。其實我們聊了一下。

一開始我告訴她我要授權給莫迪。（她說她「才不為莫迪的事」）接著我告訴她我已經不生她的氣了，所有的事都不氣了。我說我們都只是試著找出自己想要什麼＋努力接近目標，而這一切比起石察卡 vs. 布沙、S vs. 新S、布沙 vs. 世上僅存的和平＋公義等林林總總，也就不那麼要緊了。

只不過你還是有一點氣她。

這些話都只是說說，我毫無損失。

說什麼真心誠意也不過爾爾。

這就是那艘船。不管這船多麼畸形醜陋，不管它基本上有多麼不可能存在，見到它還是讓他有種慰藉感。儘管艙房裡的艙壁木板全都換新了，但他知道今晚躺在吊床上，還是能感覺到自己的字句環繞整個房間。或許他對於在黑曜石島上看的書了解並不完整，或甚至不多，可是他相信書中對這艘船存續的敘述。

「要毀滅這樣一艘船，需要的不只是破壞。」她說。

他停下腳步，頂著夾帶冰霰的呼呼勁風往前傾身，以免被吹得倒退。

「妳去過島上嗎？」他問。

「我就是從那座島上船的。」

「妳為什麼會去那裡？」

「幫助夫人，管理、翻譯、裝訂，修復可以修復的。」

★「但妳是怎麼去的？我是說一開始。島不在地圖上，而是在……」他找不到適當的字眼，便用戴手套的雙手畫一個代表圓頂的弧形。

索拉深深吐了口氣。他們倆就一齊看著這口氣息升起、跌落、消散。

哈 :)

這句話可以用來形容S組織對吧？仍繼續有人失蹤、墜落、和聖托里尼男落得同樣下場……所以說還有人在奮鬥。

希望S組織是這樣……

因為新S組織是。

等等～這位先生，你怎知我沒用你的報告？
我還沒告訴你。
我並不知道，只是這麼相信。

這麼說是你主動說謊。你曉得，我有可能這麼做，
也許只是還沒那麼絕望。
也許我知道妳沒有。

「就跟你一樣，」她說：「很久以前，我被帶到那裡去。是另一艘船，另一群船員。爲什麼呢？問爲什麼就像問天空爲什麼在頭頂上，星星爲什麼在更遠的地方。這些的確是好問題，可是沒有答案，到了某個時候，我們就會選擇不再問了。」

前方，船員正往一塊浮冰上放下舷梯，S.暗暗希望這塊冰會穩固一些，而他和索拉也能順利穿越浮冰群到那兒去。他瞅了一眼腳下的冰，想必正逐漸變薄，他們腳下隨時可能出現裂縫，也或許冰塊前緣會傾覆到冰寒的海面下。

索拉跨出一步踩上一塊平坦光滑的浮冰。見S.躊躇不前，她揮著手催促道：「快點，我們愈早進入開放水域愈好。」

S.呆呆看著手上的行李。不重，但凡是可能讓他失去平衡的東西都令他擔心。「臉上有疤那個男人是誰？」他喊著問她。假如那個男人在酒吧裡選擇綁架別人，S.的人生可能截然不同，甚至可能很健全、平靜，平凡而幸福。不過他已經遇到索拉了，他提醒自己。說不定她也會帶引他來到同一個

今晚到這裡和我碰面。午夜。好嗎？

好，我會走地道。在地面上沒有安全感。

我不會。昨晚那底下的聲音和符號都變多了。上面安全一點。

地方，只是路徑不同罷了。「我見過他幾次，」索拉說：「可是我不認識他。他的目的不見得和我們一樣。」

「不見得？」

索拉轉身走過冰面。他可以看出她在厚重的外套底下聳了聳肩。「不見得。」她又重複一次。話語聲隨風吹回到他耳裡。

他往浮冰跨出的第一步只是試探性的一步，不料冰塊搖晃不穩，使得他張開手臂、踉踉蹌蹌地跳了幾步。不過他很快就恢復平衡，離冰塊邊緣還有好一段距離。他覺得沒有自己原先想的那麼害怕。

他跟在索拉後面，像玩跳房子似的從一塊浮冰小島跳到另一塊。雖然落腳時仍十分小心，他發現自己已經享受起騎乘在每一塊側傾的厚板塊上，起起伏伏，一會往這邊一會往那邊傾斜，還有跳到下一塊時腳往後一蹬，冰塊陷落的感覺。

當他追上她，來到放置舷梯的廣闊平坦的冰塊時，另一邊就是海浪洶湧起伏的開放水域，他卻欣喜渴望著回到港口，再重新走一回冰上步道。

關於那些跟蹤妳的人，我問過莫迪了，結果他大笑，說我肯定是找到了合適的女孩。記得我說過熄滅漸消嗎？又再度重燃了。那是穀倉之火。是他媽的致命武器黑藤之火。他喝醉了，但還是氣死人。

下次他們再有人靠近我，一定會後悔。

理論上：了不起。實際上：萬萬別想讓自己冒那種險。

所以我就只能呆呆等著他們找上門？

甲板上有二十多名水手正在準備啓航，他們身上穿的補丁衣似乎和縫綴船帆用的是相同質料，而那勤奮卻遲鈍的動作S.也仍記憶猶新。索拉跳下甲板時，其中有一人去牽她的手，S.看得目瞪口呆，不敢相信這艘船上會出現這樣的舉動。他本身沒有受到類似幫助，但有幾個船員往上瞄了他一眼，雖然同樣沉默，卻與以前的感覺不同——愚鈍，或許有，但其中帶著敬意。這是個令人欣慰的轉變。

他雖知道在領地遭受攻擊後無人生還，船的重生卻給了他希望；他掃視著冰冷的甲板，從船首到船尾，盼望能看見大漩渦的獨特身形，可是大塊頭不在。他端詳這支雜牌軍的每張臉與五官特徵，一個也不認識，唯一熟悉的就是縫合他們嘴巴的黑線。傳統。

「妳上哪去找來妳的船員？」S.問索拉。

「他們不是我的船員，」她說：「他們就是船員。」

「但是誰招募來的？總有個召集人吧。」

傳統仍持續著。他期望S組織可以持續。而新S持續了下去。新斯科細亞的屍體身分確認了，是個叫卡華納的人，愛爾蘭作家，激進派，不太出名，但畢竟還是…

怎麼確認身分的？聖托男的最大特點就是無法確認身分。

一定是有人出了錯。

她聳聳肩。「志願者幾乎沒有少過。」

只不過他們不斷被殺。或被收買。

「是妳讓他們縫嘴的嗎？」

「我是乘客，對他們毫無影響力。我沒有任何權限。」

「那我有嗎？」他問。

「我想不太可能。」她回答道，口氣中的不屑刺痛了他。他很想說，**真的嗎？即使我做了那麼多、承受了那麼多、放棄了那麼多？**卻也知道這裡容不下這種抱怨。

「他們確實明白我們的任務，」她接著又說：「也確實了解這任務的重要性。」

他建議一塊兒走到中間甲板處去避風，她婉拒了，反而要他跟她走，然後帶他來到海圖室門口。「你其實還有個老朋友在這裡。」她說。

S.全然不明白她的意思。舊船員當中沒有人是他的朋友，而他在陸地上僅有的朋友也早已死了。

她打開門領他進入幽暗小室，溼冷的氣味一如往日，只是如今多了一股類似麝香的臭味。一開始S.只注意到大漩渦經常彎伏著身子看地圖用的桌子，接著才聽見桌下有窸窸窣窣的聲音。是那隻猴子，用毛毯包裹著，如今已老邁佝僂，嘴鼻與眼睛四周的毛變得雪白，乍看還以為這頭畜生剛去過下著霜的甲板。牠抬頭看著S.，喉嚨裡發出一個細而尖的聲響，可能是打招呼，也可能是牠一貫的嘲弄。

「很高興見到你。」S.謊稱。

猴子捲起嘴唇，露出空無一牙的口腔，緊接著很快又倒頭睡去。

「這畜生好像一直跟著我。」S.說。

「也或許是你跟著牠。」她回道。儘管看不見她的臉，聽起來像是帶著微笑說的。

她從桌上拿起一張紙遞給他。「我們的地圖。」她說。這張紙比大漩渦那厚厚的羊皮紙海圖要薄得多。還有一點不同的是，那些海圖雖然霉跡斑斑又有流血的傾向，卻是以精準製圖手法仔細畫出來的，甚至帶有藝術風格，而這張則像是匆忙之中的潦草塗鴉。

這麼多令人毛骨悚然的牙齒細節是怎麼回事？

今天打電話給雅各，告訴他下次再想要搞砸我的生活，至少應該禮貌性地先跟我打聲招呼。

他怎麼說？

他一直反覆說他真的很擔心什麼的。我說我明白他是好意，但我就是不在乎。我唯一在乎的是我爸媽來到這裡之後會發生什麼事。

不可能像妳想的那麼糟。妳已經成年，他們能做的有限。

這我知道。不確定他們知不知道。

原始書稿中沒有這地圖。
也許他覺得不必要畫出來？認為有其他人會畫？

或是翡樂放進來的。那就太猛了：
在這本要命的書裡放一張前往布沙莊園的地圖。她是我的偶像。

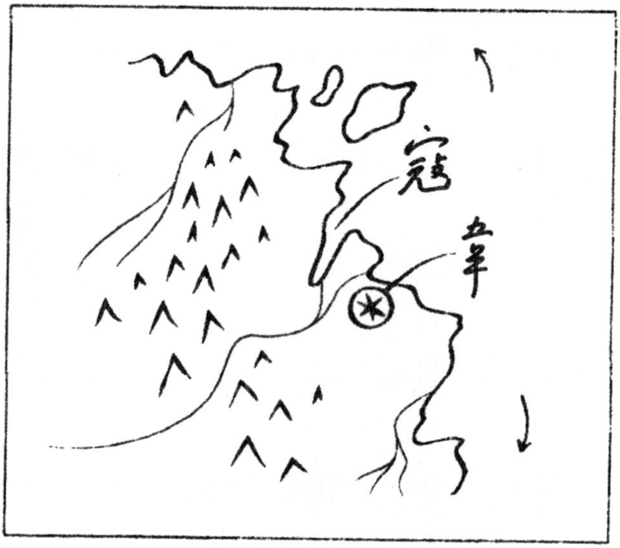

我問了她。她面露微笑，說她不確定地圖是否正確。但看得出來她對此舉真的很引以為傲。

查了衛星地圖，看起來那裡現在好像什麼都沒有了。

但有些地方在衛星圖上可能被隱去了。聽起來的確像是非常普通的陰謀論，但還是有可能……

我們應該去一趟。親自瞧瞧。反正也不是太遠，大概一天的火車？不到一天？

法國。庇里牛斯山腳。多年前，S.聽過一個傳聞說韋沃達的莊園就在這一區，但他始終沒有找到證據證明這不再只是無端臆測。

「妳怎麼弄到這個的？」他簡直認不出自己的聲音。

「當你苛待許多、許多、許多人許多、許多年後，終究會有一個人絕望到願意冒生命危險來阻止你。」她說：「某個人的膽識：這是反抗運動唯一不可或缺的。」

「畫這張圖的人呢？」

「是個女人，她甘冒生命的危險，也犧牲了。」

「發生了什麼事？」

「她在加泰隆尼亞的波爾岬被沖上岸。是溺斃，卻不是被海水淹死，而是被酒淹死的。有人**把她的頭壓進葡萄酒裡面淹死她**。」

這話為何聽起來遠比B城的屠殺，比歐斯崔羅、司坦法、蔻波遭殺害，更令人震驚？因為感覺更像是針對個人的殺人行為嗎？因為與韋沃達個人的關係更近了許多嗎？

比起他做的其他事情，這事會更糟上許多嗎？又是一個好問題，卻也是個沒有答案的問題。而且，也是他決定不再問的問題。

惡劣天候猶如夢幻般的布幕一層蓋過一層，冬之城隨之消失其後，浮冰也逐漸變薄；四周水上仍有一些冰山漂浮，但比較小、比較分散，茫然迷失一如船上方蒼穹的星星。S.和索拉坐在第二層甲板一間臭味較淡的艙房裡，

另一部分的自白？或只是貫徹S.的故事情節？

話說今天早上市警到我的住處來。我猜他們是透過車籍資料找到我的，就知道遲早會發生。總之：我告訴他們沒有搜索令不能進來，而他們不可能申請得到，因為他們握有的只是莫迪對我的指控。甚至沒有證據證明當天（或是前幾個月）我人在校園。

既然他們找到你了，那些穿西裝的傢伙也能找到。

珍：如果他們到目前都沒有任何行動，那麼將來也不會行動。

也許他們在等我們找到什麼。我不知道。我只知道我不斷看見他們。

他們搞不好根本不是妳所想的人。

法國馬賽地區的報紙報導過這個：1948/3/19。這件事的確發生過。

在想如果我們早點見面，會是現在這個情況嗎？

我們會有更多時間。

但後來變成她的了。

喝著她沖的茶，幾乎淡得沒有味道，卻仍是他做夢也沒想到能在船上擁有的奢侈享受。他們鮮少交談；就好像空氣被數十年毫無所獲的追尋、錯失的連繫機會與未表白的心裡話劇烈翻攪著，他們正在靜待這一切，這些已逝的過往時機塵埃落定。之後，離開艙房時，他們也許可以不讓塵埃重新揚起，只是鎖上身後的門。

S.的杯子差不多空了，他輕輕旋轉搖晃著些許殘存在杯底的微溫茶水，看著幾片葉子隨茶水打轉。他問她在船上期間有沒有到過底層甲板。

「那一直都不是我扮演的角色，」她回答：「而是船員們的。自從你選擇加入後，也是你的了，其實你要是再仔細一點看夫人的書，應該就能猜到。不過，我倒也不驚訝，聽說蘇布雷洛也有過同樣遭遇。」她摸摸他的臉頰，雖然手一直握拳捧在手心裡，指尖依然冰冷。此時做出如此親密之舉，感覺很奇怪。

「這麼說我的確和蘇布雷洛有關係。但有什麼關係呢？」

她的口氣很適合指導腦筋遲鈍的小孩。「不同的故事，」她說：「同樣的傳統。」

於是他頭一次理解了這個傳統，或至少明白了它最基本的組成部分。在時間之外發展的故事——那些轉移、對立、反抗的故事。他以文字、圖像與聲音構成的人生，凝視著世界眞實或可能的樣貌。一絲絲的眞實。他想起了大漩渦，那水手許久以前的忠告驀然在他腦海沙啞響起：你要尊重她，要把她咚作記己的一部分。我們係靠她搵載的。下樓的時候到了。該開工了。「跟我來。」他說。他想告訴她，每當感覺到她在身邊，就是他最佳的書寫時刻。而如今她就在這裡，就在身邊。

「我會跟你下去，」她說：「但不能久留。」

他們站在搖搖晃晃的底層甲板，站在那個房間的門口。

四下只聽見三桅船在強風吹襲下加快了前進速度，以及海水擦掠、撞擊船身的聲音。S.腦袋裡嗡嗡響，頓時一陣天旋地轉。他想坐到那張桌前，翻轉沙漏，一頭埋入墨水與影像的甜蜜雲霧中，正如毒癮發作的人渴望鴉片、那個編輯艾絲梅說不管我怎麼做，他們都會出版莫迪的書。還說會給我一些錢，而且我若不接受，他們的律師會想辦法玩些手段，讓他們照樣能談論裡面的內容。賤人。你應該找個律師反擊。

渴望古柯鹼那般急迫，可是也感覺到內心充滿焦慮，甚至恐懼。現在想必是輪到其他人寫，不是他，還沒輪到他。「現在水手們還輪班嗎？」他問。

「輪啊，」她對他說：「但這趟行程除外。抵達韋沃達的地盤之前，你要待在這裡。」

「那樣可能太過度要求了……」他不知道她有沒有聽出他的聲音緊縮，微弱到逐漸消失。

「你應該待下來，親愛的，」她說：「這可能是你這輩子最後所做的幾件事之一了，好好把握機會。」

儘管他心裡想著對，卻連連搖頭。「有太多事要做、要計畫。我得把裝備準備好，那些飛鏢……」他知道這是個站不住腳的藉口。事實上，他只是不想冒險與她分離。

親愛的。

「你行李裡頭的裝備都放置妥當了，」她說著，手往書桌一指：「而計畫就在那裡。」

我放膽一試，告訴她我認為莫迪的論點是錯的。她說她沒那麼在乎，因為他的舉證相當強而有力，這對出版社來說就夠了。重要的事實只在於未來的銷售數字。

也許她覺得你在吹牛？

不，我認為她是認真的。於是我又放膽一試。她問說我認為石察卡是誰，我說瓦茨拉夫。結果她笑了，還問我有無證據證明他1910年之後仍健在。她說：「如果你連他的存在都無法證明，就絕對找不到人出版那本書。」

你沒提到西妮吧？或是戴加丹？沒有。

他舉起手到唇邊。嘴唇被風吹得火辣辣，但卻平滑。「我沒有針，」他說：「沒有線。」他雙腿在顫抖，不是因爲深深刺入骨髓的嚴寒。「那是傳統的一部分，」她說：「但不一定非要如此。」她又再次觸摸他的臉，這回他也伸出手，將她的手壓貼在自己臉頰上。他們靜默了片刻，在變換不定的船上的另一個片刻。

「我就睡在這裡？」S.問道。

「如果你會睡的話，是的。」

「那麼我原來的艙房呢？艄艛底下那間。」

「我會在那裡，我一直都住在那裡。」

「我在那裡寫了關於妳的事。」S.說：「在艙壁上。至少我曾經試著去寫。」

「我知道。」

「還能看到那些字嗎？」

「看不到，」她說：「但我知道寫了些什麼。」

S.無法判定過了多少時間——不是陸上時間，不是船上時間——只知道他已經把沙漏翻轉了一次又一次。當他坐好將椅子往前拉，縮小身體與桌子之間的空間後，索拉看見他翻了一下沙漏，便對他說他不需要這麼做，不需要計時；他不必爲任何人騰出空間，誰也不會來和他交班。可是他覺得這是儀式中重要的一部分，依然行禮如儀地轉沙漏，儘管在時空中踉蹌迂迴地前進，還是要讓時間保持穩定。

一開始出現的句子和影像和細節和想法和感覺，都是經過這麼多年以後他已習以爲常的：他遺忘的過往生活中的孤兒與難民，以及在墨水灌注到筆尖刻在紙上的溝槽那一刻，他身邊的夥伴們——無論當時他處於何種狀態。但接下來，他可以感受到那種改變，就好像鋼琴和弦在寬闊的音樂廳彈出後得以慢慢迴蕩轉弱，即便和弦本身消失了，一部分泛音仍繼續在偌大空間裡生氣勃勃地嗡鳴，然後提琴的音符揚起、結合、交織成意想不到的和音，接著加入了先前那些樂音，將整首樂曲帶往新的方向，當他跟隨在後，便看見了城堡與其庭園在心裡面展現。

這讓我想到沙默思寫給埃斯壯的信…
S組織似乎像個家族。至少對他來說。
又或許對他們所有人都是。

尤其是瓦茨拉夫～他與其他所有人的關係都被切斷了。他恐怕比組織裡的任何人都更需要這份寄託。

他幻想的影像並非建築藍圖或地圖，而是韋沃達慶祝活動的場面。他當然能看見整座城堡的格局：城堡本身；遮蔽了城堡南北面的整齊樹木；如波浪起伏的草地與綠意盎然的庭園；往內地延伸甚遠的大片葡萄園，爬升越過一座座赤褐色緩坡；許多附屬建築；韋沃達用來隨意藏放藝術品與古董的穀倉（那些收藏若非受贈於人，就是竊取、拍賣得來）；六、七棟供勞工居住的簡陋房舍，後面有一口又深又黑的乾井。

他看見草地上搭滿尖頂大帳篷，小燕尾旗在微風中劈啪飄揚；看見賓客穿著晚禮服、剪裁精緻的西裝，軍裝上配戴的徽章在火光中熠熠發亮；聽見開瓶聲、笑聲、不輕易相信他人的人保持距離的冷淡聲音，甚至還聽見有所圖謀的沉默。他可以看到特務們從人群內外全程監視，他們的秘密行動在他眼中明顯得有如打了探照燈。他可以看見談定交易後的握手，聽見碰杯預祝世界進步、改造成功的聲音。有些賓客拄著枴杖蹣跚而行或是坐在輪椅上，有些醉得步伐踉蹌，有些挺直了腰桿看著那些踉蹌的人。許多人捲起褲管、拉高裙襬，在橡木桶裡興沖沖地用力踩踏，興奮地假裝正在認眞執行秋日榨

莫迪知道艾絲梅已經決定
不管錄音帶授權的事，
直接出版那本書。
這是其中一件令他發笑的事。

艾瑞克，你知道嗎？頒獎典禮過後一個月，布沙的妻子自殺了。布（+他的任何孩子）可能因此有了恨石察卡的理由。

葡萄的工作（管他什麼端莊有禮），並一面開玩笑說葡萄園工人應該減薪，因爲這個呀，這是玩樂不是工作，又或者乾脆把他們全都解雇，韋沃達大可用賓客在宴會上榨的葡萄汁來裝桶就行了。

富人 VS. 窮人
勞工 VS. 管理階層

他可以看到一個年輕人，約二十五歲上下，站在整個畫面正中央，就在城堡的巨大鐵門前方，鐵門上幾乎布滿了扭曲盤繞的神與蛇的鑄銅雕像。年輕人是韋沃達家族的下一代，艾華六世，他的任務就是迎接這些貴賓、詢問他們的需求，並向他們保證韋沃達帝國不僅會繼續爲他們服務，還會做得更快速、更秘密，並展現更優秀的技術與更強大的力量。他是位於節慶活動中心的行星，是宴會賴以運作、時間賴以運轉的軸心。唯一讓S.看不見的人：就是韋沃達本人。

他描畫出他與索拉從海邊往城堡前進的每一步。他可以看到船將要駛入的岩洞，還有歷經海水堅毅不撓地蝕刻了數千年，又歷經在地中海劫掠的海盜開發了數百年的一條岩壁小徑。他可以看到岩洞內一面牆壁的紅底上，以黑墨畫了一隻骸骨般的兇猛軍艦鳥，那是海盜寇瓦路比亞的標記，旁邊還有

好吧～我有時候依然希望這個海盜就是石察卡。

剛剛收到藝術史助教的email。他說我這次期末考成績好到空前絕後。還說我回答關於超現實主義畫家博斯的申論題，是他見過寫得最好的

妳太棒了。
妳是做得到的。

一堆亂七八糟的神秘符號，而寇瓦路比亞豐富寶藏的藏匿地點幾乎可以肯定就隱含在其中，這是多麼誘人的謎題，他和索拉卻毫不遲疑地從旁經過，就跟軍艦鳥本身一樣兇猛，絲毫不爲外界誘惑所動。

他看見迂迴曲折的小徑帶領他們往上深入面海峭壁的中心，接著是一條狹窄步道，想必是岩壁經過數十年徒手砍鑿形成的。他隨著他們亦步亦趨、汗流浹背的拖曳步伐，沿小路蜿蜒盤旋而下，來到那口廢井泥濘汙穢的底部。他記錄了他們微顫的氣息。他看到石頭上的切口，他們就利用這個爬向日光。他看見他們倆從井口冒出來。他看見（又或是曾見）一個人影躲到韋沃達收藏大量藝術品的穀倉後面，不禁好奇會不會是以某種方式、某種形式出現的喀泰芙澤。他看到那個被酒淹死的女人受雇於韋沃達十九年間所夜宿的工寮。他聽見成千上萬不安的靈魂在竊竊私語，並聽出那個已死的女人的聲音也在其中。他仔細聆聽，甚至不敢呼吸，盡其所能地集中注意力細細聆聽。他將它從周遭的嘈雜聲中向上牽引，牽引到他耳裡，直到聽清她說的話：*les caves, les caves, il est dans les caves*（地窖，地窖，在地窖裡）。

天文館有個廢棄不用的電箱，就在視線高度，裝貨門右邊約十五公尺。我們可以用來藏東西。

要是有人看見我走到那後面去，不會覺得奇怪嗎？

如果妳低著頭、步伐堅定，我想不會有人看到。不過蒸氣地道入口就在小巷旁，從那兒走吧。

酒窖。韋沃達在酒窖裡。

他還能看見座落在酒窖上方的建築、已經被滾進建築裡的那只大橡木桶，也看見僕人正在用桶裡的酒一一裝瓶。他留意到幾扇門連接著日照表面與黑暗地窖。他可以感覺到門打開時從地窖吐出的涼氣，可以聞到橡木與發酵與泥土與時間的味道。然而如此的視覺稟賦也只到此爲止：他看不穿酒窖裡的複雜網絡，無法確定韋沃達在裡面的什麼地方。他試了又試，卻仍舊看不見。

他放下筆，雙手抱頭，專注了也許有數小時或數日，但就是看不見，於是他終於領悟自己是註定看不到的，在這裡不行；他必須親自步下那座黑暗迷宮，才能找到韋沃達，這個影響S.人生之鉅更甚於S.本人的男人，找到他，然後寫出結局。

當他回到桌前，回到底層甲板，回到船上，赫然驚覺背後有粗粗的呼吸聲，他旋即轉身抓住椅背，準備必要時出手揮擊。但他把椅子重新放下，輕輕地，因爲是索拉，就坐在甲板上背靠著艙壁，正在熟睡中輕聲打呼。眞不

妳會輕輕打呼。好可愛。

你很會打呼。

可思議：這麼長的時間以來，他不斷在這個房裡嘗試召喚她前來，都未能成功，而如今她就在這裡，眞人實體的繆思本尊。繆思、女主人翁、同謀、戀人——不管哪一個是眞正適合她的角色，她都在這裡。

這時候哨聲響了，是他記得再清楚不過的一串音符：看到陸地啦！

他們在一起～
一起生活＋
創作。

收到亞圖羅的信。

今晚到妳那裡去。11點。

不要～因為：

A)明天有文學考試。

B)我知道信裡要說什麼，
而我現在不想聽～
也許永遠都不想。

C)對你來說不安全。

不只有信，還有隨信附寄的東西。

告訴我何時可以見到妳。
希望很快。

我覺得我需要妳。

請告訴我她走得很安詳。

睡夢中走的。她最後幾天都在安排後事、感謝眾人+道別、聽音樂。好像認定時間到了。

第十章

「希修斯之船」

第10章，共有10個註解。
從章名和註1找不出任何線索……沒有奇怪的細節，註解中提到的隨筆作家是確有其人，他的書名和書籍內容也都沒錯。

在地中海霧氣的籠罩下，[1]船駛進海盜的岩洞，主桅的扭曲不直正好給了他們足夠的空間。進入後，船員將繩索套進已固定在石壁上數百年的沉重鐵環，以便將船繫牢。細碎的浪輕輕湧入，又捲流而出，像一首淺灘之樂，船也隨著波浪搖擺晃蕩。

妳有讀過嗎？
有～當初想去巴黎的時候讀的。不過我放在家裡。也許可以叫我妹幫我送過來。她欠我一次。

1 石察卡此處的遣詞用句並非偶然；雖然書中人物持有前往韋沃達莊園的地圖，卻仍需要透過霧來辨識地點。隨筆作家挪曼．卑爾根（Norman Bergen）曾在《**旋轉的羅盤**》系列第三冊中探討過，人類對於**確認**罪惡的**位置**有極強烈的需求，亦即需要給它一個特定的、有界線的地點（有時是一個特定的人），儘管這是不可能的事。卑爾根主張道，倘若真有罪惡的界線存在，那也是模糊而空洞的。

她在這個註解中好像也沒有捏造事實：確實有個關於寇瓦路比亞&比亞布的傳聞。

還有：《洛佩維島》賣得很差。這部分也是真的。

——很高興你把這本書帶來了。

有一名水手年紀較長，淚滴狀的雙眼離得很近，頂上光禿但耳上卻冒出兩撮蓬勃白髮，他幫著索拉將行李綁到S.背上。最後一次拉拉繩索確認之後，他給了他們倆一人一個薄薄的木哨，然後目送他們步下舷梯走上一塊滑溜的岩石平台，從那兒順著愈來愈窄的通道便能更深入內陸。當S.轉頭想再看船最後一眼，竟看到老水手還站在欄杆邊看著他們。水手向他點頭，只是很快點了一下，卻堪稱是S.從船員身上所見到最明顯的休戚與共（甚至於人性）的展現。點那一下頭，也是確認了他們將永遠不會再碰頭。

S.和索拉經過了寇瓦路比亞的紅色死亡軍艦鳥與其隱藏在符號中的許諾，[2]但他們沒有駐足審視圖像（或是畫在一側鳥翼下方的*S*符號），而是繼續往前走，同時悄悄練習著種種不同的鳥類鳴囀聲，以便進入敵營後能互

你看過沙默思1940年代的照片嗎？這就是他。

不知道有沒有他和西妮的合照。

我很懷疑會有。他們對她的謹慎程度恐怕不亞於對瓦茨拉夫。或許更甚。

希望那些人不久就能找到戴加丹婚禮的照片。

照片裡不會有任何S組織的作家。（何況所剩也不多了…）

我知道。只是想看到他和西妮在一起。

2 一九三三年二月，卡石特出版社委託我向石察卡轉達《洛佩維島》的淒慘銷售數字，他回信說（這封信我沒有保留）若能找到寇瓦路比亞的一個藏寶窟就好了，那麼無論是他或卡石特或我，便再也無須為「賣書這種單調乏味且本質上就很矛盾的事情」操心了。他說他找到一張地圖，顯示在聖文森島上的比亞布（Biabou, St. Vincent）附近藏有一處，打算立刻動身前往。我極少有這樣的機會能明白石察卡是在開玩笑。

我每讀她的信必哭。

我懂。我也是。

通訊息：跟我來；小心前進；你被盯上了；留在原地；我找到韋沃達了；我曝光了；我受傷了；救你自己；快逃。這條手鑿的狹窄通道走到一半時，他們已經練習好五十種暗號聲。有沒有什麼偶發事件沒有暗號？有。安全的時刻少之又少，他們知道，而危險則是無窮無盡。

他們側身走過通道，腳和肩膀不時互撞，但嘴裡仍練習著鳥鳴聲，並未開口說話。儘管地下陰涼，S.卻渾身冒汗，此地的溫暖對於他仍習慣極地氣候的身體是一大衝擊。他停下來擦拭刺痛的眼睛，並吹哨示意索拉等一等，索拉照做了，神情不耐地回頭看他。

行李重重壓在他肩上。裡面裝的是食糧，沒錯，但他頂多只是粗略看了一下內容物。他竟然變得這麼粗心大意？

「可以說是粗心大意沒錯，」索拉說道，而他大吃一驚，心想剛才應該沒有說出心裡的想法。「但也可以說是信任。」

「也許吧，」S.說：「依我的經驗，這兩個是同義詞。」

「你信任過很多人。」

終於明白沙默思為何在自白中一再強調他一輩子身為唯一的石察卡何其孤單。他這麼說是為了讓新S/布沙玫過翡樂，沒錯；但也是為了藏匿西妮。這樣一來，他們若聽到任何關於她存活的消息，都會認為只是謠言。

通道→轉移/改變

話說機票錢是賽林付的。

我還是想知道他們的$$$從哪兒來。

你沒告訴我這地方會這麼冷。

從小在陽光加州長大的人是我耶，妳應該已經習慣了。

如果海盜寇瓦路比亞是石察卡，我們就會在加勒比海。

在石察卡的世界裡有許多人出賣、剝削、卑鄙地陷害朋友；但同樣也有許多人對彼此（和他們努力執行的任務）忠心不二。我花了好一段時間才了解到這點。

直到妳寫出來我才了解到。

「大多數都死了。」

「你信任我嗎？」

「信任，」他們的鞋底摩擦過石面的同時，S.回答道：「但我要是不信任，對妳可能會好一點。」

假如通道寬一點、地面平一點，她一定會大步衝向他，然而她卻得小心調好角度跨出每一步。不過，她的靠近倒也同樣戲劇化。她整個人撞進他懷裡，力道之大讓他倒退了一步，他們倆就這樣合體置身於這片土地底下，任由重力擺布。他可以感覺到她呼吸時胸口的起伏，可以聞到汗水與快樂鼠尾草的熟悉氣味，可以聽到她張開嘴唇的聲音。「你信任我，」她說：「雖然我猜不透是什麼原因，但你並不認爲你信任我，又或是應該信任我。」3

他感覺到她的胸口脹起、落下、又脹起。他明白她的意思，只是不確定是否真是如此。

她呼氣在他脖子上，暖暖的、刺刺的。他很納悶自己是不是又不自覺地說出聲來，因爲又聽到她說：「你聽著，我們是**我們**，我們已經是**我們**好

我一直希望我們能告訴她是瓦茨拉夫，她愛的人是瓦茨拉夫。但後來想起她有好長、好長一段時間根本不在乎他是誰。重要的是愛～不是名字、不是事實。想到這裡我忍不住又哭了起來。

珍，這種事妳可以跟我說，不必用寫的。

有些事用寫的比較容易。

久、好久了。正因爲如此，我就是你。」

他們在井底休息片刻養精蓄銳，準備往地面攀爬，從底下看彷彿是頭頂上很遠處的一點金光。S.踩上第一個立足點測試了一下摩擦阻力，接著用力一蹬騰空而上，當他伸出手找地方攀附時，不由得心想是否應該回頭。回頭，乘船到鄰近的某個海灘，游水上岸，平安地、靜靜地度過下半生，將韋沃達、S組織、神秘船、死者的聲音、暗殺、蘇布雷洛和這整件事全都拋到九霄雲外。毒殺上千人的他果眞能被無罪開釋嗎？就算可以，這一切有意義嗎？除了自己，他救得了任何人嗎？能讓任何人的人生變得比較不悲慘嗎？

3 我鮮少在意評論家，但在此我想對一位K. R.西蒙斯的評論文章表示感謝。一九四二年九月十日，在奧瑞岡一份《波特蘭號角報》（*Portland Clarion*）上，西蒙斯寫了一篇關於《伊米迪歐．艾弗茲的飛天鞋》的書評，指稱該書並非描寫世界政治的失敗小說，而是刻畫個人情感的傑出且具啓發性的作品，證明他（或她）是極少數認清這點的人之一，或許也包括石察卡在內。文學才華不受重視在這個世上也許已見怪不怪，幾星期以後《號角報》便倒閉了，我也不曾再發現過這位機敏的西蒙斯的任何文章。

好啦～就我判斷，這註解中沒有一件事是真的（除了她對書評評價不高這一點）。

所以這裡面哪個部分是暗語的線索？

不知道。

線索就在這段文字中，我很肯定。

妳會找到的，我知道妳會。

我要回史丹迪佛大樓。不先找他談談我不會離開。

這不是個好主意。但我明白你為何非這麼做不可。

攀爬的過程比他想像中更費力。雖然在冬之城這段時間讓他變瘦了，往上拉升的重量不重，但他畢竟老了，或是非常接近老年狀態，垂直爬升四百公尺已非他的身體所能負荷。行李的重量讓他頸肩痠痛，每往上踏一步膝蓋就格格作響不停發抖，繩索也緊緊嵌入他的皮膚。在他下方的索拉爬得似乎還算輕鬆。自從在舊城相遇至今，她當然也增添了年歲，只是她似乎老得比較慢。

你的腿還好吧？必要時能跑嗎？

別替我操心。

S.繼續往上爬，不是出於勇敢或不認輸，而是因爲不往上爬就只能往下墜，[4]最後他們終於爬出井口，摔倒在其中一棟工寮後面的日光底下。一路爬上來的時候，他不斷想像著一種報酬：享受片刻的和煦陽光，讓緊繃的肌肉鬆弛，深呼吸幾口海邊的清新空氣，讓遙遠的弦樂旋律輕拂耳畔。但他隨即認清這不是他會獲得的報酬。

也是事實（我是說，這確實是「傳聞」之一）。

4 關於作者居住地的傳聞，其中較為有趣的一個說法是，他每年會在不丹的桑卡（Thunkar, Bhutan）附近一間偏僻小屋住上六個月，除了寫作之外還忙著爬山。雖然這幾乎肯定是不實說法，但我確信石察卡即便上了年紀，還是有體力攀登那個地區的險峻高峰。

他聞到的不是海的氣息，而是那藍黑色物質的臭味；雖不至於無法忍受，卻是怪誕刺鼻。然而令他無法忍受的，讓他彎下身、雙手摀住耳朵、在草地上扭曲打滾的，是這個地方的聲音：恐懼與憤怒的吶喊聲又尖又響，好像不是從千百年的霧中傳來，而是由無窮盡的現在猛力戳刺著。他隱約意識到索拉攙扶他起身，牽著他往前走。慢慢地，那些聲音減弱了，當他垂下雙臂重新睜開眼睛，發現自己和索拉在一個大帳篷裡，韋沃達的僕人就在這裡熱食物、倒飲料，隱密地操辦宴會上的服務。僕人約有二十、二十五人，其中大多數人粗略圍成半圓形站在他們面前，有男有女、有老有少，全都穿著潔白無瑕、燙得平整的制服。

他在船上的幻象中已經見過他們，也知道這一刻的情形：僕人們一直在等候這兩名旅人，也願意提供協助，因爲他們的友人兼同伴，也就是那個敢於反抗的女人，受害後下場悲慘。然而S.仍感到氣憤，因爲他們的反抗是被動的，不是自動挺身而出對抗城堡裡那個人。「你們在替韋沃達做事。」他衝動地脫口而出，語氣中的輕蔑無庸置疑。他感覺到心往下沉。他這才明白

謝謝你的答案。
不客氣。

**
那幾頁書稿。想想看。
她把那幾頁寄給了我們。

亞圖羅說他自己從來沒讀過。

想想有多少人會為了一睹為快而大開殺戒。(好吧~我用詞不當。)

不，妳說得很好。我們不能忘記這點。一定要小心。

賽林說他們這裡有人。
希望我不會看到他們。

即使自己曾擁有過社交風度，也老早喪失了。

有名中年男子一邊臉頰上留下一道彎曲的白色長疤，很細也很整齊，看起來像是小心而有技巧地刺上去的。他瞇起眼睛，雙手交抱說道：「沒錯，《可是你也即將要假裝爲他工作，這沒什麼太大差別》。」人群中泛起一陣竊笑，此人受到的尊敬S.永遠望塵莫及。

索拉連忙道歉，那人點了個頭表示接受。他說他叫圖普，而現在抱著兩疊摺好的衣物走過來的女人是他的妻子蘿絲蘭。她將一疊交給索拉，另一疊交給S.。是長褲、襯衫、背心、短外衣、領帶、襪子，和一雙S.永遠不可能穿到的嶄新而晶亮的鞋子。

「別告訴我們你們的名字，」圖普說：「我們不知道比較好。」

蘿絲蘭帶領他們到帳篷最內側的角落，那兒有一個用板條箱蓋上桌布搭成的臨時更衣間。在布幕後面，索拉開始解開上衣釦子，S.則默默站著，將視線轉移開來。[5]

「不，」她說：「看著我。」見他猶豫不從，她又說了一遍。他於是定定看著她解開其餘釦子後將上衣抖落在地上，接著再解開幾顆

收到教務長的email。他們打算調查檔案失竊的事。不曉得他們要怎麼進入莫迪家，但畢竟還是……

→ 提供那麼多文件證據，妳恐怕忙翻了吧。

哪有，我不怎麼忙。

妳對那個謊言有什麼感覺？

其實算不上謊言，只是編故事。我的意思是，要不是伊莎願意替他去偷，他就會試著收買我，好進入檔案室。

我很確定這還是個謊言。

嗯，可能一半是謊言，一半是故事吧。更何況一旦找到他偷的東西，他們就不會在乎了。若是真的找到～那又如何？我都已經……遠在5000公里外了吧？而且也畢業了。他們根本沒證據。

妳還不知道妳會畢業。

我知道我會。我絞盡腦汁硬是分析了「政治之詩」。真的是火力全開。

瑞典文「公雞」。

法文「紅朱雀」。

又是法文和瑞典文：另一個版本的狄虹＋埃斯壯？

喔，以他護照上的名字，叫了「尼哥底母」！

請妳當作沒看過。

但此時此刻，我又（再度）熄火了。你應該可以聽見我冷到牙齒打顫。

回應上一頁★：
亞圖羅寄來email，
他說是一個法國
人給了她那個信
封，大約在70年代
中期。他們都很喜
歡他，覺得他親切、
有禮，儘管話不多。
翡樂說他「一舉
一動充滿憂傷」。
一定是艾戴加冉。經
過多久了依然悲傷？
15年？20年？

其實他和西妮也始終
沒什麼機會相處。
至少不夠多。

/

這次我們別搞砸了。
我不會讓你搞砸的。

釦子，連身裙隨即滑落到腳踝，她跨步踏出。多奇怪呀，他暗想，之前看過她那麼多次（不僅是在實體世界，在心裡、在夢裡、在底層船艙那有如羊膜般的氛圍裡，看過的次數更多得多），如今又見到這樣的她。那些幻象並不是假的，但這個卻是眞實的，兩者之間有著天壤之別。

他看著她看著他，雙手不停顫抖，但終究還是讓鈕釦從釦孔滑出。他脫掉襯衫、長褲。他們倆：藝術家與繆思、殺人者與教唆者，兩具已進入且超越中年的身軀，還有最眞確的說法是呑忍下心中不確定感的兩個人，就這樣穿著亟需清洗的內衣，面對彼此站著。**這是眞正的我們**，他心想，她點了點頭，而這次他很確定自己並未出聲。然後她蹲下來，將他小腿上鬆脫的膠帶重新黏好，那是用來黏貼一個裝滿 *Sanguinem ulcera* 毒液的羊皮袋。S.迅速穿上衣服，索拉爲他檢視長褲覆蓋住羊皮袋的情形，點了點頭；隱藏得夠好了。

她的僕人裝合身得彷彿是特定爲她賞心悅目的身材量身訂製。她把頭髮

5 這一刻讓人想起《飛天鞋》中，艾弗茲與聖地亞哥（Santiago）親王的五女兒獨處之情景。

這段也是真的……

不知道翡樂對這一幕作何感想？
這很可能就是她寫的。

珍……
我有話跟妳說
（下一頁）

纏成鬆鬆的髻，圍裙上過漿，純白得再無一絲雜質。打扮成這個模樣的她像個陌生人。看得出來她在克制平時充沛而旺盛的精力，而他已經開始感到懷念。她摸了一下戴在頸間塞入上衣裡頭的哨子，也摸摸S.的胸口以確定他也戴上了。他很希望她的手別拿開，很希望那溫柔又令人安心的壓力能永遠跟著他。但這當然是不可能的事。

他們再回到圖普身邊時，他正用紙巾擦拭光亮皮鞋表面的一個汙漬。S.向這個面有疤痕的男人詢問關於空氣中的味道。「那是韋沃達某一種武器的味道，」他說。「為什麼在這裡會聞到呢？」

圖普嫌惡地揮揮手，解釋道：葡萄園裡的工人被嚴格下令，節慶宴會期間要待在工寮裡。只要有人被哪個賓客瞄見一眼，就會馬上被解雇並逐出莊園。可是一小時前，有一群來自三大洲各個不同國家的軍人（這些人一拋開裝腔作勢的民族主義，承認彼此的武力聯盟關係後，就痛快地大喝特喝起來），把其中一間工寮從外面閂住，再將韋沃達一桶深色葡萄酒從木板門口和木板牆倒進去，點燃火柴。工寮瞬間著火，那群軍人也不管裡面的工人尖

我一定要告訴妳——以前沒說過，但曾經想要說，而現在則是無時無刻都想說：**我愛妳。**
我愛書頁之間的妳＋愛圖書館的妳＋咖啡館的妳＋學校電影廳最後一排的妳＋愛這裡的妳。

我愛頁空間裡的妳（老實說我也不太明白是什麼意思，但我很確定這是真的）
我愛過去的妳＋未來的妳。這些話應該當面對妳說，而我也會一而再、再而三地告訴妳。但我想有必要先在這裡說出來。
珍妮佛・海華，
我愛妳。

參見：我今晚要當面對你說的話。

還有：我愛在布拉格的妳。住在一間冷風直灌、到處堆滿書本&厚厚幾大疊紙張的公寓裡的妳。我真真切切愛著~~那裡~~這裡的妳。

希望莫迪沒有喝得太醉。
你好不容易挺身對抗一個像他這樣的人，當然希望他好好記住。

叫、搥牆、哀求放他們出去，就跑到不遠處的草地斜坡上，一面猛灌一瓶新開的酒一面笑著看熱鬧。「這些是最沒資格擁有武器的人，」圖普說：「甚至不應該允許他們喝酒。」他往腳邊被踩平的草上啐了一口。

「那些工人，」索拉說：「死了多少人？」

「一個都沒死。」他回答。韋沃達手下的幾名特務從莊園四下的隱藏位置出現，用一些大得像降落傘的特殊毛毯和某種粉霧劑撲滅了火。工人們還是得留在濃煙密布的房舍裡，不過出於人道，特務們允許他們打開三扇小窗讓空氣流通。

起初，這件事最令S.感到奇怪的是，韋沃達的特務竟然會幫助除了雇主之外的任何一個人。他正想開口評論，才猛然想到還有一件事更奇怪。軍人把葡萄酒倒在門上？葡萄酒會燃燒？「那是酒還是武器？」他問圖普：「怎麼可能兩者都是？」

「我們不會得到解釋，」圖普說：「你得自己判斷。」

蘿絲蘭把剛剛從酒桶盛起的一瓶酒拿給S.看，說這是韋沃達最香醇、最

可是賽林為什麼想要知道這一切？

因為他們愛著石察卡的書。跟我們一樣。

你一定要讓他們說出他們是誰。必要的話到巴黎去追蹤他們。

我會的。
繼續往前
妳沒問題嗎？

如果要走向未知，我倒寧可面對真正的未知。

珍貴的葡萄酒之一。透過綠色酒瓶看去，酒色純黑。S.心中暗忖：這是結局的顏色。

「他極少請人喝這個，即使有，也只和一小群人。」蘿絲蘭說：「他想要盡力巴結這些人，幾乎可以確定是想爲小艾華鋪路。」

代代相傳。血的歷史。「妳對那個兒子了解多少？」S.問道。

蘿絲蘭笑了一聲，短短的一聲苦笑。「六世沒什麼好了解的，他什麼都不是。」

圖普倒了十八杯酒放在托盤上，讓S.端著到賓客間來回走動。S.從未見過顏色如此深暗的酒，這是底層船艙墨水與領地那些受創山陵的光滑表面的色調，那不透明感則有如黑藤爆炸地點周邊的黏稠物與司坦法從肺裡咳出的瘀血。「他的酒都像這樣嗎？」他問道。圖普搖搖頭，說大部分還是當地的傳統葡萄酒。這些黑葡萄從何而來，沒有人知道。

S.拿起一杯酒放到鼻子底下轉一轉，香氣宜人，光是聞這味道幾乎就能醉人：香甜墨水的氣味，加上酒精的辛辣嗆鼻。他腦海裡的聲音又回來了，那些從喉嚨深處發出的低語聲，他閉上眼傾聽。溺斃女子的聲音也混雜在裡頭，但在它們再次安靜下來以前他無法辨識。當S.睜開雙眼，發現圖普和蘿絲蘭正帶著或許是好奇也或許是擔憂的神色望著他。

S.讓自己鎮定下來，然後把酒杯遞給索拉。她舉起杯子，細細研究那個古怪的顏色。「我在想，」她沉吟道：「他們會不會就是用這個溺死她的？」

圖普哼了一聲。「他們不會把好東西用在我們身上。」

索拉將杯子湊近準備嚐一口酒，被他制止了。「會染色在舌頭上，」他邊將酒杯放回托盤邊解釋。「妳會引起注意。在這裡，黑舌頭會讓妳當場被解雇。」

帳篷外傳來一連串調情口哨聲，對象是一名年輕女僕。口哨聲停歇後，S.發現沒有聽到任何類似音域的其他聲音。「這裡沒有鳥。」他說。

索拉的手摸向頸間，摸向上衣底下的哨子。

「韋沃達每星期都會在樹上噴藥，」蘿絲蘭提出答案。「他受不了小

鳥，不管是啼聲、天空掉下的排泄物，或是牠們偷吃他的葡萄。」

他們的哨子聲根本混不進來。賓客可能不會發現，但特務們一定會。他們一旦分開行動，任何連繫溝通都將會很危險。**這也沒有辦法**，S.以眼神告訴索拉，**我們只能小心**。

「時間到了。」她說。

他點點頭。「時間到了。」

S.撐起托盤踏出帳篷。斟在十八只杯中的墨水酒吸收了他手的顫抖，輕輕晃動。（問題在於重量不平衡，他告訴自己，不可能是因爲膽怯。）他朝酒桶室的方向移動，只要經過幾分鐘毫無瑕疵的隱形服務，他就能完全不引人注意地進到裡面。每當他遞出一只酒杯，接受者的目光若非穿透他就是繞過他。即使已經這麼多年，他仍暗自訝異於一個人竟能如此輕易地隱形。

這回，船上的幻象再次幫了他的忙。他看見了自己預料的，或甚至創造的景象：除了毫無節制地飲酒作樂之外，交頭接耳的私語聲、瞄來瞄去的懷疑眼神，與消失在帳篷裡進行商業、政治與色欲等種種交易的身影，都增添了趣味與複雜性。S.感覺到狂歡的氣氛中有一種不諧和，繃得像根弦，讓他想起許久以前在B城碼頭上，他所感受到的那股幾乎壓抑不住的怒氣。

凡是從托盤上取杯的人，嘴唇、舌頭和牙齒幾乎都染上那深深的藍黑色。在他看來活像一群食屍鬼，但他們彼此間似乎並不覺得。有只杯子進到一隻中風麻痺的手中，S.認出了手的主人是某個中美洲軍政府的前總統，他原以爲此人早在數年前就死了。圍繞在他身旁的是幾名親信，想必就是這些人爲這個領導人策畫了戰略性的失蹤；他們留著仿革命分子的髒亂髮鬚，搭配他們恐怕更熱切相信的金緶肩章。和他們在一起的還有一名德州石油大王，那張長滿痘疤的臉，S.也曾在冬之城的報上見過；一位來自東歐的財政部長；一名來自中亞、同時受聘於數個主要強國的火箭科學家；四名年輕女子（S.猜想應該是法國人和加泰隆尼亞人），她們微笑再微笑，同時還要優雅地閃避輕捏、撫摸與摩蹭身體以獲得快感的企圖。財政部長開玩笑地將第一口酒含著漱口，可是當一度已死亡的總統用手肘往他脇邊一撞，液體隨即從他的嘴裡噴出，把他下巴的鬍子染成黑酒色，並在微微灰白的上衣和長褲這裡沒有寫到喀泰芙澤～他在第9章做了鋪陳，卻沒有延續下去。

留下條痕。眾人哄堂大笑，就連忙著揩去臉上那噁心黑色水霧的女孩們也不例外。

托盤空了之後，S.以堅決而冷靜的態度大步走向放置大酒桶的附屬建築，他只不過是另一個去拿酒瓶重新爲客人供酒的僕人罷了。遠處是那座放滿以不當手段得來的藝術品的穀倉，外面有一些賓客正在排隊等候參觀。S.眞希望也能去瞧瞧，他想像著也許會發現以前欣賞過的畫作（甚至可能有一些是來自H城的儲藏室）、來自早已被燒成灰燼的諸多城市的雕刻、蘇布雷洛那本故事書的原始初版。（會不會也有從黑曜石島上圖書館掠奪來的書籍呢？那本S書本身？一想到這裡他的手又抖了起來。）但他永遠不會知道穀倉裡有些什麼，因爲沒有時間。對一個必須做S.該做的事的人而言，時間永遠不夠。

兩名男僕搬著放滿剛裝瓶的酒的箱子離開酒桶室，往僕人帳篷走去。他們已接獲指令，要讓門半掩著好讓他進去，他們做得很稱職。S.很快地掃視草坪以確定自己沒有被特務盯上之後，悄悄溜了進去。

其實他有。肯定是寫在翡樂沒拿到的其中一張稿紙上。我是說她「當時」沒拿到的。

喀泰芙澤在書中形同西妮的化身……天啊，他很怕西妮會發生什麼事，擔心死了。

他之所以沒有對翡樂露面，另一個原因就是要保護西妮，這妳了解對吧？

我很懷疑翡樂知道了會比較好受嗎？

對。我也知道不該這麼說，但還是想指責他。他難道就不能另找別人嗎？不能讓沙默思一個人去做嗎？但我猜他是覺得沒別的辦法了。

酒桶看起來再尋常不過：隨著歲月慢慢變黑的法國橡木，頂端與底部直徑一百五十公分，側邊安了一個裝瓶用的龍頭。只有些許跡象顯示桶內裝著韋沃達的奇怪美酒：桶塞周圍的木頭沾染了一圈藍黑色彩暈，下方地板則有一些暗色的噴濺痕跡與糊狀物。酒桶側面以粗大的字體寫著：**黑加來，一九一二**。[6]

門邊架子上有個小型的手搖鑽，是特地爲他留的。他拿起鑽子擠進桶身與牆壁間的狹窄空間，在酒桶最上緣的平面鑽了個洞，然後將一截橡皮管連接到羊皮袋的開口，另一端插入洞中。最後將羊皮袋斜斜提起。

但是不一會兒工夫，他又把袋子換個角度。他眼看就要殺死上千名毫無防備的人，但從另一個觀點看來：他即將爲這個世界除去上千名最該受譴責

一切都回歸到加來。

6 把這個放在生涯最後一本書的最後一章是多麼恰當，石察卡如此明顯地暗示了那個形塑他的文學生涯以及他的一生的事件：一九一二年發生在布沙位於法國加來（Calais）的工廠之大屠殺。

的好戰分子與人力剝削者。這一刻理應感到情緒激動才對，他心想，甚至應該激動到無法忍受。可是他卻覺得像在做一件最平凡的工作，和出門拿報紙或泡茶相差無幾。

他將管子分別從酒桶的小洞和羊皮袋口抽出，把羊皮袋緊緊夾住。這時他突然劇烈地冒汗，開始頭暈。他讓自己站定，不過與其說是站，倒不如說是讓酒桶和牆壁撐住他。

這不是他想做的事。

他想要什麼重要嗎？尤其是現在這一刻，能有機會平反數十年的逃亡與掙扎與恐懼與流血的這一刻，一個人想要什麼真的重要嗎？[7]

重要，他如此斷定。現在重要，或許一直都重要。

到目前為止他加入酒內的劑量還不會致命，但仍會產生一些尷尬的情

7 細心的讀者會注意到這句話呼應了《蝰蛇的幽默》第二十六章的一句話。就在霍爾醫師為了發送疫苗給不友善的原住民部落而消失在叢林之前，他對馬達加斯加摩倫達瓦（Morondava）教會的傳教士們說：「一個人想要什麼並不重要。」在此處賦予S.的想法中，石察卡似乎是承認了自己對這類問題的感覺改變了。

這段也是真的：霍爾在第26章做了此事，引述句也正確無誤。怎麼回事？翡樂怎會突然變得這麼有條理？

他想要的是：寫作／改變世界／和翡樂在一起／確保西妮平安長大。這一切他都想要。有那麼要不得嗎？

沒有，但最後還是傷了翡樂的心。你不覺得只要他開口，翡樂也會幫他撫養西妮嗎？與其找沙默思，他就不能倚賴她嗎？

也許他覺得這樣不夠安全……無論是對翡樂或西妮。

或是他自己。

這也可以理解。

我明白，但就是不喜歡這樣。他們應該要在一起才對。

他們3人。

多謝。Není zač 捷克文？！你太厲害了。

珍，看下一頁★

況——藉由一杯藍黑色液體給予的些許羞辱。S.暗自微笑，心想這種感覺多麼奇怪：是輕率。（以前當然有過同樣感覺，只不過不是在他記憶中的這段人生。）那場面也將會帶有某種詩意：上千人的體內造反，上千人將他們從生活與工作中吞下的髒東西全部清空。

韋沃達（艾華五世）的確應該有更淒慘的下場，不過艾華六世呢，這個即將崛起的鉅子呢？他會不會和父親不一樣？會不會有些什麼已從他內心翻攪脫離？他會和他爸爸一樣或（但願不會）更加兇殘嗎？

正當他腦中閃過一個念頭，敞開的窗口便傳來索拉的顫動哨音：*一切都按計畫進行嗎？*

他回應道：*酒窖的門開著，妳在我離開以後進來，我馬上回來找妳。*

她沒有吹哨答應。這沉默隱含的意思是：*不按計畫行事有好理由嗎？現在不是失焦的時候，現在不是懷疑或顧慮瑣事的時候。*

我馬上回來找妳，他又吹一次哨。這回，她答應了。

回到僕人帳篷後，他拿出藏在板條箱中的行李，瀏覽著以皮環固定並按

這點你問過她嗎？

問過。她說那是她的秘密。又或者她當時是說「我們的」。

這個細節似乎相當關鍵。

好吧，我並不完美。

我並不希望你完美。

＊莫迪一次又一次想引我上鉤，讓我爆發（就跟之前一樣）。我差點就要上當，還好腦中聽到妳的聲音，妳跟我說：他怎麼看待我並不重要，任何事都不重要。於是我坦白告訴他我的想法：「事實終究會有水落石出的一天。」但妳知道嗎？就算不會，也無所謂。我並沒有自己想的那麼需要真相大白。還有其他更重要的東西。

你說我是東西？

那我們就上囉？

上吧。別忘了那幾頁書稿。

[· ·]

只是確認一下。

敘事觀點從S.轉移到艾華6世。
其他段落不常看到類似的寫作手法
——有何寓意？

讀了他的版本……
想想看，如果你當時就知道猴子做了什麼事呢？

那時的我會很喜歡牠，但現在我不確定了。不過呢，文字沒有改變，其中隱含的意義卻能有所改變，這實在太酷了。

因為讀者變了。

正是。

字母排列的玻璃瓶，找到了他想找的那瓶——*Avis veritatis*——塞入背心內。多年來他極少使用這瓶，因為結果總是難以預料，但今晚在韋沃達的城堡或許正是最佳時機。

艾華六世一面咬中指一塊煩人的指緣死皮，一面等候不管是誰他都得忍受的賓客上前攀談，方才有個野心勃勃的年輕獨裁者為了以更優惠的付款條件添購軍備，長篇大論的犀利言詞到現在都還讓他頭昏腦脹。他掏出懷錶看時間。根據指示，他七點得在中庭的講台上向賓客們發言，現在是六點四十五分，他害怕得五臟六腑都揪在一起了。他知道自己面色土黃、顯得焦慮不安，他也知道自己無能為力，只能拿手帕一再地擦拭額頭，父親曾譴責說這樣的舉動洩漏出一種與生俱來且讓人無法接受的懦弱。他伸手到胸前口袋，摸摸有人代為寫好的演講稿，安慰自己不可能會出太大差錯，他只要照唸就行了。

一聲爆炸（小小的，但又尖又響）嚇了他一跳，心臟差點跳到喉頭，緊

他們說戴加丹的妻子死於1956年。不是墜亡，死因毫無可疑之處，只是一個拖了很久、非常可怕的疾病。

天啊，她還那麼年輕，他們在一起的時間那麼少。

你覺得他是什麼時候得知她的身分？

也許是她生病之後告訴他的——她希望有個人知道。

接著四面八方的人都在尖叫。特務們奔向騷動現場，帶著毛毯聚集到那名美國汽車製造商的帳篷。帳篷前面有東西著火了，十來名賓客正連滾帶爬地逃離火焰。年輕的艾華漸漸看清了那樣東西是個人。特務還沒趕到之前，全身著火的人已經倒下，在變黑的草地上發了瘋似地扭動，來來回回使勁翻滾。最後，特務們用毛毯將他包住，既滅了火也蒙住了那人的尖叫聲。他們將他抬離宴會，經過處留下了他肌肉燒焦的濃重氣味。那人才一消失，宴會立刻回復原貌，氣氛幾乎沒有明顯改變。艾華搖了搖頭，納悶著什麼樣的悲劇才能讓宴會提早結束，讓這些笨蛋紛紛回到自己的家與戰爭與敵手身邊。

麥克風發出一聲尖銳噪音，艾華倏地轉頭，看見那個分派給他的特務（這是他父親手下資歷最久也最得信任的人之一，身上還穿著舊日的褐色風衣）已站上講台，對著麥克風說話。他的臉被頭上的軟呢帽遮住了，說話不帶口音，音色也不特別，長相和聲音都讓人轉瞬即忘；不過他姿態中的威嚴，就連酩酊大醉、最粗魯無禮的賓客也看得出來。**各位先生女士，有位貴賓發生了意外，因為儘管事先已清楚說明，他依然選擇要測試酒的揮發性。這酒是用**

你啊……當時對這個註解的反應還挺激烈的。

我現在的感受也一樣。
我可是文學人士，我想知道啊。

來品嚐享受的，但也得受到尊重。各位剛剛已目睹了後果。感謝大家。再過十五分鐘，韋沃達控股公司的新任董事長艾華．韋沃達六世將要上台發言。和酒一樣，他也得受到尊重。唯一的差別可能只在於不尊重的後果爲何。他步下講台時，整個庭園內一片死寂。[8]就連格格笑著踩榨葡萄的人也安靜下來，其中許多人都瞪著木桶內自己那雙染成紫色的腳，不確定這項活動還是不是那麼有趣。

艾華又搖搖頭，低頭看著鞋子，擦得亮晶晶的鞋面都可以看見自己的倒影了。**你只要照著唸就好了**，他告訴自己，隨後從口袋拿出稿子，瀏覽一遍之後再塞回去，這時候有個侍者，一個灰頭髮、骨瘦如柴，他並不認識的人，端著托盤走上前來，托盤上擺著一杯父親的深色好酒。

「老人家，你可能沒注意聽，」他說：「但父親吩咐過僕人們今天不要

我想我現在明白了：她藉由註解來強調這部作品是他們的，他們倆是共同創作。而且兩人不只寫下《希修斯》，還共同創作了他們的故事。

而且他們的故事比《希修斯》更重要……

8 誠如序文中所提及，在哈瓦那（Havana）的混亂流血事件中，有幾頁手稿始終下落不明。在這個重新建構的第十章，我選擇了不明述哪裡是石察卡文字的終點、我的文字的起點。文學專家們必然會對此決定憤怒咆哮，但我認為這麼做是正確的；若明確畫出這樣的界線，等於把這本書單純看成拼湊的雜燴，而不是為了保持石察卡寫作原意之完整性而協力合作的結果。

柯岱拉的理論，簡直狗屁不通。

原來在我還沒去紐約之前，
戴加丹老早就知道我了……
因為里斯本那場研討會的關係。
看來那份報告終究不算太爛。
我很確定幾個月前我就告訴過你了。

讓我喝這種黑酒。我必須保持最佳狀態，你不明白嗎？麻煩你另外給我一杯格那希葡萄酒吧。」

「您馬上就要上台說話了，我了解。」侍者說：「您看起來很緊張。」

艾華沒想到這個瘦弱的老傢伙竟如此無禮。難道他無視命令與規矩，一直在偷喝黑酒？不——這人的舌頭是正常的粉紅色。也許他是老了，又或是傻了。「我不緊張。」他說。

侍者聳聳肩，動作細微到難以察覺。「要對著上千個非常有權力的人說話，任誰都會緊張。您確定不喝這杯酒嗎？」

「萬一父親看見我舌頭變黑怎麼辦？」

「您可以提醒他，宴會期間他可是藉口帶人參觀酒窖而一直躲著。」

艾華忍不住咧嘴一笑；這個侍者說的是實話（說不定他自己也不知道）。艾華拿起托盤上的杯子，高舉著向自己敬酒。「乾杯。」艾華說完啜飲一口，噢，天啊，這杯中物真是他的救星。整個下午他所需要的就是這個。剎那間他感覺到自信的暖意在體內油然而生。

好像每個人都會擔心自己的父親。

昨晚我們互通了email。他沒道歉，但的確說了他「或許太急於」想讓我許下承諾。他最關心的似乎是我打不打算去參加畢業典禮，以及他該怎麼跟紐約那邊的人說。（我說①不要，就算我要去，也不希望他去；②我已經跟他們道謝但回絕了。）

感人。

我猜這大概是他能做到的最大限度了。他取消了信用卡～說他不想「當幫兇」。他沒做錯。我要是他也會這麼做。

我懷疑翡樂美拉是否就是從這裡開始重建故事。

讀起來的感覺確實有所轉變（但不大），
後面接續的段落仍有不少是石察卡的典型手法。

不過，她肯定很了解他的文風…

侍者低頭鞠躬。「很高興能幫上忙。」他說著將空盤夾在腋下，往僕人帳篷走去。那位美國汽車製造商的人嚷著要他再端些酒來。可不是嘛，艾華暗想，要從失去自己人的悲傷中走出來，他們的確需要提提神。

六點五十五分，S.往回走向酒桶室。他在酒中下的藥開始奏效了，爲下田工人準備的戶外廁所已經大排長龍，還因爲有人想強行插隊而爆發衝突。有數十名賓客則已循著蜿蜒路徑爬上城堡，睜大了眼睛懇求讓他們解放一下腸胃。還有幾個人狂奔向近五百公尺外的樹林邊緣，但不是所有人都順利抵達。看來混亂局面已逐漸成形。

進到裡面，他發現兩名僕人站在一個標示著「**黑伊普爾，一九一五**」的新酒桶旁，正輪流試著拔出一個不合作的桶塞。S.把托盤放到架上，朝開著的地窖門走去，他們瞥了他一眼，點點頭，轉移視線，讓S.鑽入黑暗中。不過走了幾步後，他停下來；從這裡還是能聽到小艾華的演說。或許圖普認爲這個年輕人不成氣候，但很快就能看出他究竟是什麼樣的人。

六點五十九分，艾華六世用一條白餐巾擦擦舌頭，在上面留下斑馬似的條紋後，連同空酒杯一起丟到地上。他對那名侍者無比感激，那酒正是他需要的，此時他感覺到一切完全在掌控中，對自己的口才與說服力信心滿滿。他自覺力量強大得有如白磷，冷靜得有如灰雲。倘若父親對他喝了黑酒表示不滿，他就得意地揮舞那疊新訂單，只要他的話一傳入那兩千隻耳朵裡面，這些單子就會立刻填好簽字。

他爬上講台，感覺合身的西裝好像就要被緊繃的肌肉撐裂。他走向麥克風，用兩手包握住，製造出的尖銳回授聲讓每個人警覺到當晚最重要的節目即將開始，他們也該閉上嘴、拉起褲子拉鍊或是做好任何該做的事，然後齊聚到他面前注意聽他說話。

他們默從地聚集了過來。9

9 在石察卡的小說世界中，最重大的罪惡莫過於默從（無論是政治、經濟或社會的）權力強加於個人的限制。至於石察卡如何看待一個人默從於強加給自己的限制，就不是那麼清楚了。這一點從《科里奧利》第二部中維克多與索菲亞（Sofia）的對話可以看出一些蛛絲馬跡，但要以此斷言還差得遠。

細節正確；論點合理。線索何在？

我覺得這句是個線索～只不過線索中隱含的是不同的訊息。

他從口袋掏出講稿攤開來，清了清喉嚨，開始誦讀。「各位先生女士，」他說道：「今天我已經認識各位當中許多人，也希望在你們離開我們的美麗家園之前，我能結識每一個人。我是艾華·韋沃達六世，誠如各位所聽聞，再過幾個月我將接任韋沃達控股公司的董事長職位，因爲家父的健康日益衰退——或者應該說是，他要求我宣稱他的健康日益衰退。」多有趣啊，那最後一句是他的即興創作，不過台下響起陣陣笑聲，感覺很好，感覺很對。「各位當中有許多人已經是家父相當長期的客戶，我想在此向各位保證，韋沃達控股公司將會繼續提供大家期望的服務，其中包括你們可能眞正需要的服務，但當然不僅止於此。」說到最後這幾個字，艾華覺得自己彷彿挑了根弦，以純熟的技巧、優雅的姿態，彈出一個令人悸動的清脆音符。

他往下看，判定下一句話太無聊也沒有什麼意義，再下一句和下下一句都一樣。無所謂，他知道自己需要說什麼。這瞬間他整個人呆愣住，看著那些字句出現在紙上，與事先爲他準備好的內容重疊在一起，塡滿了空白處，活力飽滿地脈動著，那些是他創造的字句，只屬於他一人。他留意到群眾間鴉雀無聲，不知道自己已沉默多久。他們在等他，等他出聲、等他說話，等他表達自己、表達他的願景。他往右看、往左看、往講台邊的四下看。那個老特務在嗎？那個人老是神出鬼沒的。

「我相信，」他說完決定再強調一次，「我相信還有一件事也至關重要，那就是要告訴各位，無論是我、我父親或他父親，對你們從來都只有輕蔑——對你們自稱掌控的小得可憐、朝不保夕的封地裡那些前任者也一樣。你們之中有一半行爲幼稚得像小孩，另一半則像脾氣古怪的老人。幸虧有我們家族，你們才都能擁有玩具……那種製造巨大噪音而且/或者造成大規模破壞的玩具。」

他暫停下來喘口氣。事情進行得很順利。他的心活過來了。他們很認眞在聽，也都被他語句的力量與直率所感動。有人倒吸氣、有人吶喊，甚至有一些像小提琴般的叫聲。他讓幾個人因爲害怕而疾步走向樹林，很可惜，不過當一個人找到眞正發自內心的語句，往往就會發生這種事。看到了，老特務就在那裡，從講台左側密切地守護他，一面環顧庭園；他向其他執勤特務們打出快速、細膩、精準的手勢暗號。艾華對老特務點了個頭致意，因爲假如有任何人能明白他此刻在麥克風前所做的事，明白他正在散發力量、決心與魄力，那個人就是他。

「我且說清楚一點，」艾華繼續說道：「我們……」（不過這**我們**是誰？他父親和他本身？公司？可能需要再進一步考慮。但暫時就是：**我們**。）

吸一口氣。

「我們將會成長茁壯，只要各位寶貴的客戶——是的，儘管憎惡反感，我們仍然重視各位，因爲你們提供了奢華與安逸，你們是白蘭地酒漬的圃鵐，骨頭把我們的牙齦割得痛快極了，你們是我們一屁股坐下時，墊在底下柔軟而舒適的肉團——只要各位重視權力、利益與政治權謀勝過追求愛與平和，勝過所有人（包括，也特別是那些不是你們而你們也不認識的人）的生命與尊嚴，勝過心平氣和地接受你的位置只是在遼闊宇宙間，一個——**就這麼一個！**——微小而有限的分子排列組合。」

圃鵐是布沙的最愛之一

你怎麼知道？

就在頒獎典禮過後，英國某家報紙對他做了側寫報導，還大肆渲染一番。

我是說，烤圃鵐這道菜色最適合壞蛋了。

群眾間一陣喧嘩騷動！所有人都在注視他，所有人都在傾聽他，即便有賓客重重敲打大宅與戶外廁所的門，即便有人奔入樹林又踉踉蹌蹌走出樹林！特務們匆匆上前展現團結！能這麼慷慨激昂、口若懸河、毫不費力地說話，能和悶在心裡的話有這麼直接的連繫，感覺實在太好了！

「我們將會成長茁壯，」他接著說：「只要你們選擇壓榨而不是創造，只要你們誤將交易視爲藝術、破壞視爲進步，只要你們繼續沉醉在從某樣東西、某個地方或某個人榨取而來的汁液中。我們將會成長茁壯，只要你們合併了權力與影響力、首要地位與榮譽感、目標與決心、義務與責任。因爲唯有如此我們的生意……才能永續……唯有如此才能不斷地加速興隆。我們最熱切的希望就是繼續並毫無限制地利用你們的有毒夢想，因爲唯有如此我們才能針對你們——還有許多時候也包括你們的對手——個人的無限可能，求取事先協議好的應得比例。」

此時老特務以更令人眼花撩亂、連艾華也無法譯解的手勢表達了他的支持，甚至於他的熱忱。其餘的特務慢慢接近講台——靠近一點，各位先生，一直在等莫迪的消息見報。還沒動靜。想打電話給圖書館的一個朋友，但似乎不是個好主意。

靠近一點，不要錯過任何一句話，因爲這是眞相，是個奇妙的東西！

「我們做的事是個奇蹟。」他對聽眾說，而他們正以忠於自我的表達方式體驗一種狂喜的高潮。（那麼多人正朝著他而來！多麼成功地介紹了他的願景，簡直有如藝術一般！他不只要繼續經營家族生意，還要把它帶向新的高度、新的廣度，甚至於新的深度，爸爸最後也會了解到他艾華六世不是個朝三暮四、不思進取、呆傻愚蠢的累贅，而是一個……）

S.對於自己在外面引發的混亂十分滿意。當他愈深入韋沃達的地窖迷宮，昔日的窸窣低語也愈來愈大聲。他豎耳傾聽，試圖辨清字字句句，就在他幾乎整個人陷入那聲音漩渦之際，草坪上的一聲槍響讓他立即停下腳步。一記槍聲，接著是從擴音器傳出的砰咚一聲，再接著是很長、很長又刺耳的麥克風回授哮叫聲，傳遍了整座莊園。

他的胃猛然一顫。沒想到會有人激動到殺了那個孩子。是怒火中燒的賓客開槍的嗎？或者是韋沃達自己的特務，希望在傷害擴大之前讓這毀滅性的

對了：編輯艾絲梅．朴蘭什麼噗哏的今天來電，想知道我們有沒有興趣寫「為狄亞哥．賈西亞．費拉拉平反的書」。（猜猜費拉拉所有作品的版權在誰的公司手上～有11種語言的版權！）我問她會不會出版我們主張瓦茨拉夫就是石察卡的書，她笑了。她這麼說：「我跟艾瑞克說過很多遍了，我不會讓他拿我的錢去追逐幽靈。我不能出版無法證實的東西，而這個是你無法證實的。就這麼簡單。」無所謂。她去死好了。她配不上我們的書。我是說……等我們寫出來的時候。

總之，希望你在烏普沙拉開會順利。（你很可能比我還要冷！）

期待明天見到你。少了你，我最愛的哥拉奇點心也沒那麼好吃了。

情況告一段落？

移動，他告訴自己。那孩子死了。這世界也許會因此變得更好，就算不會，你的內疚也無法讓他死而復生。

他用哨子輕輕吹出帶有氣音的五連音。**我在酒窖。你找到他了嗎？**然後等著索拉回應。

在他頭頂上，隱晦不明的混亂聲、暴力聲愈來愈響。在他腦子裡，那些聲音含著久遠的痛苦起伏脈動。這個地方肯定發生過無法想像的苦難，這些聲音的主人也必然是在這裡被偷走了心與靈魂與生命。[10] 它眼下的安靜，它的清涼靜謐，是一種短暫的反常。

他正打算再吹一次哨子，便終於聽到她的回應，聲音來自他下方左側深處。**我找到他了，往下四層。另外還有兩個人。**

10 當我坐在位於紐約市（New York City）三十三東街的飛天鞋出版社，積滿灰塵的狹小辦公室裡，寫這最後一個註解時，忽然想到心、靈魂與生命本身也可能是無法想像之苦難的發生地。

話語（石察卡的？）是給死者的禮物。

關於那句話：「話語是給死者的禮物，給生者的警告……」話語不也是給生者的禮物嗎？為何會只是警告？

《希修斯之船》這本書＝給菲樂的警告？為了她的安全？

或是在警告她：他無力滿足她想要的。

是他們想要的。

這段話讓我好傷心。尤其想到我們能像現在這樣在一起。她甚至連這樣的機會都沒有。

沒錯。但她很替我們高興。

還不知道自己已經無後的艾華・韋沃達五世，剛剛用吸量管爲客人斟滿酒杯，汲取的是標示著「黑NV」酒桶中的酒（如果容他大膽自我吹捧一下的話，這是幾種年份較新的黑酒混合而成的瓊漿玉液，是他至今最成功的手藝展現——**但他只是實話實說罷了，不是嗎？**）。這時他忽然僵住，皺起臉來，彷彿嗅到死亡的氣味。「你們聽到了嗎？」他問客人，但他們說沒有。

「有鳥，」韋沃達喃喃自語。「那些該死的髒鳥跑進我的酒窖來了。」

我在第四層。再給我信號。

我到了。

小心。

好，妳也小心。

「鳥，」韋沃達這回口齒清晰地說：「這些髒東西。我都起雞皮疙瘩了。」

我說真的，這裡面冷死了。

妳剛剛從溫度調節器旁邊走過！

你也是！[・・]

[・・]

一如在B城上方的洞穴裡，聲音來源的位置很難確定。雖然在韋沃達最上面兩層的酒窖裡，酒桶整整齊齊排成棋盤狀，距離平均分隔，也清楚貼了標籤，第三層卻是一片雜亂，四面八方都有彎彎曲曲的陰暗小道，酒桶的大小與構造各有不同，有些貼了標示有些沒有。一種更深沉的、混雜著泥土與水果與歲月的濃烈臭味，讓空氣更加混濁。還有一種更強烈的感受，就是少有生人走進來過。

第四層呢？假如是在建造前先畫了圖，那麼製圖者就是個瘋子。S.緩緩朝索拉的信號方向走去，結果卻只是一次又一次走進臭氣沖天的死胡同。環狀路徑總是來到一半中斷，有時延伸到上方樓層界線之外的數百公尺處，有時則是以難以想像，甚至是不可能的斜度爬升、下降。來到這裡，他腦中的聲音更加響亮，也更清晰可辨；當他看到像是人類的大腿骨從土牆突出而伸手觸摸時，立刻便有一聲尖叫刺穿他。他沒聽見的是韋沃達或他的客人的聲音。距離想必沒有他想的那麼近。

他也在第四層頭一次看到標示*S*符號的酒桶。看到一個之後，每次停下

說真的：書上那個S是你畫的，對吧？

我發誓不是我。會不會是有人（不曉得，可能是某個根本沒聽說過石察卡的大一新鮮人）無意間在書架上發現了書，於是決定在書裡面／我們之間插一腳？

我覺得說得通。

不管怎麼樣，都有一段時間了。從那之後就再也沒有別人拿到這本書。

雖然我們也不能確定……

來檢視的酒桶上也幾乎都有。

第四層。妳還在嗎？在我左邊嗎？

在，是的。找一條又長又直的下斜通道。

客人品完一八六三年的黑塔拉納基，顯然十分滿意，韋沃達替他們將酒杯擦乾。

哨聲又來了。

「唯一令我感到安慰的是，」他對聚集在身旁的人表示：「牠們將永遠找不到出去的路。你們認為牠們能在這下面撐多久？兩天？三天？鳥能靠酒和骨頭維生嗎？」

黑赦得薩　一八七一

黑達荷美　一八四〇

黑哥爾威一八三一
黑比查浦一七九一
黑阿達納一九〇九
黑尼格羅河一八七八
黑巴里坤一七五六

這一些：都是有無數民眾遭受苦難、死亡、失蹤的時間與地點。個人與族群，被消滅得一乾二淨。傳統與歷史、傳說、由最不爲人所知的個人所說出最普通的故事，全都沒了。

喝下那黑色玩意，就是喝下已經消失的一切。

依S.想像，把它保留在酒桶裡，就等於禁錮了生命核心；將酒桶貯藏於地窖，就等於庫藏了精華。

發射一枚黑藤就等於奪走消失者所有的翻湧怒氣，並藉此讓其他某個地方的其他人也同樣消失。一種抹滅的連鎖反應，湮沒的範圍有如感染般蔓延

這些全查過了。
好令人難過。

我們已經幸運到不可思議了。看看我們現在到了哪裡。
看看我們能做些什麼。

你還是這麼想嗎？因為我感覺不到。

真丟臉，
我完完全全迷失了。

妳當時在害怕嘛。

開來。

他經過一個未見標示的酒桶，發現裡頭的酒從一處桶板裂縫滲出，將下方的木頭染黑了，還能看見泥土地上一片外滲的痕跡。他蹲下來用食指摸了一下，就在這瞬間，他腦中那些瘋狂雜亂的混聲安靜了。

安靜無聲。

安定了。回到土裡安定了。聲音與敘述，重新被我們行走的土地吸收了。他領悟到這便是關鍵所在，能藉此看清在船上與H城，還有在黑曜石島與布達佩斯、愛丁堡、法耳巴拉索、布拉格、開普敦、法勒他、冬之城，以及其他上千個地點所進行的活動之目的。那無數的墨水、無數的顏料，爲了保存前人的創造而進行的無數絕望行動——這些都很寶貴，因爲故事本身脆弱而短暫，很容易被抹去或消失或被破壞，卻又值得保存。倘若無法保存，就應該加以公開、循環。

用那樣黑色的東西書寫是創作，同時也是復生。等於是用先人寫的東西來寫。

這也可能是翡樂接手續寫的地方。

我好慶幸翡樂始終沒有打開那個信封。

一切都重新寫過。傳統底一部分。

而他最大的啓示卻是很個人的：他再也不關心韋沃達了。只要那人活著一天，S.和其他人就會對抗他給世界帶來的一切。當韋沃達死去，將會有另一人取代他。當S.死去，將會有另一人取代他。另一個S。另一段故事。

索拉。他得找到她，把自己的體悟告訴她。他用哨子吹了一個短音後，匆匆穿越一個個交叉口，希望能循這些方向找到她。她回應時，聽起來距離好近，他於是加快腳步衝過幾近漆黑的空間。小路上突然一個凹陷讓他跌了一跤，倒下時他想起菲佛在洞穴中受傷的情形，不由暗暗禱告別讓同樣命運降臨在自己身上。摔得很重，可是當他費力地重新撐站起來，身體所有部位似乎都仍正常運作。

忽然間，時間就在此處聚集、碰撞。一滴溼溼的東西落在他頭上。他伸手一抹，手心留下一道黑漬，抬頭便看見那藍黑色物質滲透過天花板，在此處滴下來沿著面前一條曲折小徑往前流。他向前跑，一面拭去額頭上、眼睛裡的物質。空氣中充滿甜得嗆人的香味，也充滿絕望的呢喃，直到一聲尖

是啊。看了他寫的版本害我做惡夢。那幾個女人……

我不認為他有意讓讀者震驚。我想他是真心覺得自己讓她們全都失望了。

他真的在那裡對嗎？
投影機的燈熄滅的時候。
我發誓我打到他了。至少6、7次。
妳聽到我打他了。
那麼他上哪去了？
蒸氣地道？

叫、一聲怒吼才將呢喃聲淹滅，而他知道那是韋沃達的叫聲。隨後又有一聲——一種狂喜的高聲尖叫。那是猴子的聲音。他沿著一條筆直下斜的廊道又走了五十公尺後左轉（唉，要是會畫畫就好了！這畫面該有多奇怪又有趣啊！），看見了白髮、白鬚、全身蒼白無色的韋沃達，手裡拿著手槍，發了瘋似地到處奔來跑去，試圖瞄準那隻白嘴猴。而猴子則彷彿重拾了年輕時的活力，不停地在酒桶上、下、中間亂蹦亂跳，一面拔掉桶塞扔向遠方暗處，讓黑酒滲流到地上。上一層樓想必也是牠的傑作。

韋沃達的一位客人追著猴子跑，但是沒有用，猴子根本不讓他靠近，而他追逐的最大功效就是讓怒髮衝冠的韋沃達無法瞄準。另一名客人則是手腳並用爬來爬去地找尋被丟棄的桶塞，以便趁黑酒全被土地吸回去之前至少保留住一點。另外還有索拉，她穩如泰山地站在這片混亂當中，手中高舉著在這酒窖中最強有力的武器：石腦油打火機，拇指就搭在打火輪上。他注視著她的臉，那張坦率、鎮定的面孔，他知道她願意將這一切付之一炬，願意失去一切，也包括（或許特別是）失去她自己，而且毫不猶豫、無須三思。她

也許那裡也有賽林的人。
要是他們事先告訴我們就好了。也很希望我們當時留下來，多看一會兒星星。
當時是妳說要丟下一切離開的。
你覺得我的車到現在有幾張違停罰單了？

願意這麼做，因爲她已經知道最重要的在於努力，努力地對抗。

「把槍放下，」S.從暗影中走出來說道：「你兒子需要你。」這當然是個故事，只爲操控事實而訴說，此外則與事實幾乎無關。白鬚人轉身面向他，握槍的手因爲情緒激動而抖個不停。槍口瞄準了S.的頭。此時此刻扣下扳機便能立刻除掉他，再也無法挽回。

韋沃達再望向索拉，端詳她，評估她的威脅與其眞實性。或許他也看到S.在她臉上所看見的——冷靜而欣然地接受爲了崇高目的而自我毀滅的神情。於是他放下手槍，丟向S.腳邊，接著咆哮著叫客人別再跑來跑去，說他們像笨蛋一樣，眞該覺得羞愧，另外他也該去瞧瞧他那該死的兒子現在搞成什麼局面了。

S.撿起手槍，打開彈膛，只有一顆子彈，看起來已有數十年歷史，應該不太可能發射得了。他將子彈甩進手心，往暗處拋得遠遠的，然後將沒有子彈的槍插入腰帶。

時間驀然停頓，動力起了轉變，因爲他們全都敏銳地警覺到彼此實際的

我還以為妳在裡面工作。

沒辦法，太冷了。

這地方是妳選的。

閉嘴。換作是你也會選這裡。

真有趣，每次妳進來這裡，我都能從妳臉上猜出妳剛剛寫的內容是什麼噢。

我們多相處一天，我就更愛你一天。

欸——妳又露出冷嘲熱諷的表情了。

你的解讀能力不佳。

存在，也警覺到這一刻，他們每個人的故事都賴以爲旋轉中樞的這個時間點，竟和諧得如此怪異。

韋沃達從他們中間擠過去，吃力地爬上走道斜坡，那兩名自慚形穢的客人跟隨在後；猴子則跑到最前面，將酒桶的塞子一一拔除，讓他們三人踩濺過覆滿黑酒的溼答答地面。走道中散發出燒焦皮革味，因爲那酒具腐蝕性，不僅更進一步毀損他們的鞋子，也毀損了他們的心情、他們對於自己在這世上掌控著多少力量的感覺。

他們的掌控並非絕對。這是個故事，S.的故事。

「除非妳知道怎麼回去，」S.說：「否則我們應該跟他們走。」

「太可惜了，」索拉說：「我很喜歡這雙鞋子。」

S.用右手牽起她的左手，兩人並肩而行，又長又直的走道另一頭仍見得到韋沃達與兩名客人的身影。「把打火機收起來，」他對她說：「但拇指繼續放在火輪上。」

好啦～這肯定是翡樂寫的台詞之一。

妳這是性別歧視？

女生自然知道。

看到沒？這最後一連串的情節都是她寫的。從猴子的出現開始。

我一直以為是石察卡選擇寫一個虎頭蛇尾的結局，想呈現出布沙個人的邪惡特質有多麼微不足道……其實要對抗那股邪惡，你只需要目不轉睛地正視它，看清它的真面目，證明你的力量並沒有比較小。如今我倒認為這結局是翡樂想試著讓石知道：他們在一起比鬥爭更重要。

她難道不可能是同時抱持這兩種念頭？

有趣……妳很久以前說過：重點在於掌握在誰手上。

他們將走向何處？爬上酒窖較高層，這是肯定的，接著穿越草坪到僕人帳篷，鑽入乾井，走過繞圈的通道，進入岩洞，上船。會有一名水手解開纜繩，也許就是那個留著兩翼白髮，見他們生還詫異不已的老水手；其他人則搖起船槳，帶船駛向布滿繁星的天空，駛向溫暖的東南風，駛向開放水域，然後他們將揚帆而去。此時，S.會從海圖室拿出大漩渦的舊望遠鏡，它就藏在那隻滿身黑漬的猴子躺在上頭睡覺打呼的毯子下面。從左側欄杆望出去，他將會看見很長、很長時間都沒見到過的東西：另一艘船。不是幽靈船，不是；那艘船上有旗幟飄揚，有水手在甲板上幹活，船帆調整到適當的受風角度並在風中哼鳴，船後捲起壯觀的白浪，而且看似有兩個人站在船尾甲板一同掌舵。從望遠鏡中看不清他們的臉，其實幾乎完全看不清這兩人，但他收起望遠鏡，對索拉說那艘也是他們的船，至於兩名掌舵者的身分嘛，就由索拉和他的想像力為他們填上五官吧。

（故事終）

如果艾絲梅說得對呢？
如果我們不能寫那本書呢？
如果我們根本就是在浪費時間呢？

我們不是在浪費時間～不管今年會不會找到瓦茨拉夫的線索～不管是否有朝一日能找到。我們在一起，而且我愛你。句點。結局。

我們並不知道那就是結局。

我們也不知道那不是。所以何不相信呢？

這結局……就連菲樂寫的版本也有點模稜兩可。

我不覺得。

真有意思，她沒提到港口的水雷。

她八成不知道他有意再寫到水雷。

她也可能知道……只是她最想讓S.+索拉能徹底逃離。

喂，把書放下。進來吧，別走了。

好